大 学 问

始 于 问 而 终 于 明

守望学术的视界

钱谦益的诗文、生命与身后名

严志雄 —— 著

GUANGXI NORMAL UNIVERSITY PRESS
广西师范大学出版社
·桂林·

钱谦益的诗文、生命与身后名
QIANQIANYI DE SHIWEN SHENGMING YU SHENHOUMING

《牧齋初論集：詩文、生命、身後名》originally published by Oxford University Press (China) Ltd, 39/F One Kowloon, 1 Wang Yuen Street, Kowloon Bay, Hong Kong © Oxford University Press (China) Ltd 2019
This adaptation edition is published by arrangement with Guangxi Normal University Press Group for distribution in the mainland of China only and not for export therefrom
Copyright © Oxford University Press (China) Ltd and Guangxi Normal University Press Group [2024]
著作权合同登记号桂图登字：20-2024-054 号

图书在版编目（CIP）数据

钱谦益的诗文、生命与身后名 / 严志雄著. -- 桂林：广西师范大学出版社，2024.8. -- ISBN 978-7-5598-7128-2

Ⅰ.I206.2；K825.6

中国国家版本馆 CIP 数据核字第 2024GX3688 号

广西师范大学出版社出版发行

（广西桂林市五里店路 9 号　邮政编码：541004）
（网址：http://www.bbtpress.com）
出版人：黄轩庄
全国新华书店经销
广西广大印务有限责任公司印刷
（桂林市临桂区秧塘工业园西城大道北侧广西师范大学出版社集团有限公司创意产业园内　邮政编码：541199）
开本：880 mm ×1 240 mm　1/32
印张：13.75　　　　字数：310 千
2024 年 8 月第 1 版　　2024 年 8 月第 1 次印刷
定价：98.00 元

如发现印装质量问题，影响阅读，请与出版社发行部门联系调换。

目　录

导　论　1

第一章　钱谦益攻排竟陵钟、谭新议　21

第二章　情欲的诗学——钱谦益、柳如是《东山酬和集》窥探　62

第三章　哭泣的书——从钱谦益绛云楼到钱曾述古堂　97

第四章　清初钱谦益、王士禛"代兴"说再议　138

第五章　春秋有变例，定哀多微辞——试论钱谦益之论次丽末东国史及诗　179

第六章　典午阳秋、休听暇豫——朝鲜文士南九万所述钱谦益诗考论　237

第七章　钱谦益遗著于清代的出版及"典律化"历程　261

第八章　权力意志：清高宗乾隆帝讥斥钱谦益诗文再议　325

第九章　近代上海《申报》中钱谦益的身影　374

征引书目　413

导论

　　我学习、思考、书写的对象是牧斋的文字以及环绕着牧斋的文字,不是一个先验或超验的牧斋。这个自号牧斋的个体在一六六四年已撒手人寰,同时辞世的,是他父亲命名为钱谦益(1582—1664)的,后来进入各种场域、作出种种举措,并为人谈论、再现的他。除非借助神秘的力量和经验,我们人天相隔,我无法接触他,无从了解他。况且,即便我能"穿越",有机会直面他,与他促膝谈心、盘桓交游,吃饭、喝酒、聊天,我也不能确定我所知道的就是真正的他。人的内心感情、思想与他缔造的自我形象每每存在着落差、延异,而且受制于语言的机制,或因为有机心地使用语言的机制,永远无法、不会尽显其意,与情,或欲。是以对我而言,牧斋只存在于他的文字及与他相关的文字,以及我自己拙劣地书写下的这些文字中。牧斋的主体寄存在这些带有意义向度的文字符号中,等待着读者组装、解释、重构、解构。经由诠释这些符号的意义,牧斋的主体渐次浮现。然而,任何带有本体论、认识论的赋义系统都同时给出洞见与偏见,以及不见。所以,举凡对真理、历史、道德的傲慢宣称总让我敬而远之,袖手旁观,甚或生气,哑哑怪叫。

一、通过文本想象作者

从符号、语言、主体的角度哲学性地思考作者、文本的本质意义,可以走到很远、很极端,譬如在福柯(Michel Foucault)那里。

很多年以前,我读福柯的 The Archaeology of Knowledge (中译《知识考古学》)至其终章,看到福柯设计"作者"(the author)现身,与他争辩得面红耳赤,煞是有趣。作者亟亟捍卫自己的存在感、主体性、心灵、创造性,福柯则既残酷又温柔地以"话语"(discourse)的真相晓之以大义(其实是再一次宣布"作者的死亡")。那几段文字太引人入胜了,乃至于从此就烙印在我脑海里。

要了解福柯为何、如何刻画"作者的死亡",却又得从他先于《知识考古学》的另一部书 The Order of Things: An Archaeology of the Human Sciences (中译《词与物——人文科学考古学》)说起,在那里,他更耸人听闻地宣布了"人之死"。也是在书的结尾,福柯写下他极为形象化的名言:"……人将被抹去,就如那画在大海边沙地上的一张脸。"("...[M]an would be erased, like a face drawn in sand at the edge of the sea.")①在福柯之前,尼采宣布了"上帝之死",福柯在《词与物》中接过棒,把"人"也"处理"了。福柯要对抗的,其实是近世西方哲学的种种"主体主义"(subjectivism)、"人文主义"(humanism)。他要剥夺的,是主体作为知识、自由、语言和历

---

① Michel Foucault, *The Order of Things: An Archaeology of the Human Sciences*(New York: Vintage Books, 1973), p. 387.

史的起源的位置。是以"人之死"应该理解为"主体之死",大写的主体(Subject)之死。

在福柯的解剖刀下,文学文本一样不存在大写的主体——"人已走到尽头"(man has come to an end)①,"人正在消失中"(man is in the process of disappearing)②。对他而言,那里也许曾浮现过"人的形象"(figure of man),但那是被那大写的话语(Discourse)的专横跋扈的统一性维持的。福柯认为,语言一旦被置放在再现(representation)的情境中,就会被消解。为了不被消解殆尽,它宁为玉碎(at the cost of its own fragmentation)。人只能在那破碎了的语言的缝隙中拼凑起自己的形象(man composed his own figure in the interstices of that fragmented language)。③ 真正的人,在那残山剩水支离破碎不成文章中。"……人的存在与话语的存在是不相容的,人之序与符号之序是不相容的,活着的、劳动着的和讲着话的人只存在于话语消失的地方。"④

到了《知识考古学》时期,福柯依然倾全力去问题化,驱逐那"主体的统治权"(sovereignty of the subject)或那"至高无上的主体性"(a sovereign subjectivity)。他要"把主体驱离中心"(decentred

---

① Michel Foucault, *The Order of Things*, p. 383.
② Ibid., p. 385.
③ Ibid., p. 386.
④ 莫伟民《译者引语》,见[法]米歇尔·福柯著,莫伟民译《词与物——人文科学考古学》(上海:上海三联书店,2002年),第8页。又,本文翻译,参考过这个译本。

the subject)。① 在他提倡的"陈述的分析"(enunciative analysis)中,福柯畅论"主体的驱散"(the dispersion of the subject)及其"不连续性"(discontinuity),②并主张用"言说的主体性效应"(the speaking subjectivity effects)来替代那"至高无上的主体性"。③ 在书末,就出现了我在上文说的"作者"与福柯的争辩。其实,把他们想象为已死的"作者"的冤魂在说话更妙。他们的幽灵在咄咄书空:

> 这什么话!看看这些文辞啊,层层叠叠,盘根错节,铭刻在那么些纸张上,呈献在万千世人面前;呕心沥血,为的就是让文字永远存活,不至于随人兴尽而忘;费了多少心血,为了保存它们,印刻在人们的记忆中——那一切一切……而你什么都不留给我这曾经让它们留下痕迹的可怜的手;那曾经在它们当中寻求得到抚慰的焦虑,那除了寄身于它们当中就一

---

① Michel Foucault, *The Archaeology of Knowledge*, trans. A. M. Sheridan Smith (New York: Pantheon Books, 1972), pp. 12–13, 122. 本书中译有[法]米歇尔·福柯著,谢强、马月译《知识考古学》(北京:生活·读书·新知三联书店,1998年)。本文翻译,参考过这个译本。

② Michel Foucault, *The Archaeology of Knowledge*, p. 55.

③ 福柯又认为,"作者的名字"(the author's name)应以"作者功能"(author function)的概念来理解。"作者功能"并不指称某一特定个体,因为它可以同时呼唤出几个不同的自我,几个不同的"主体—位置"(subject-positions),占有这些位置的可以是不同阶级的个体。Michel Foucault, "What Is an Author?" in *Aesthetics, Method, and Epistemology,* ed. James D. Faubion, trans. Robert Hurley et al., *Essential Works of Foucault 1954–1984*, vol. 2 (New York: The New Press, 1998), p. 216. 业师孙康宜教授有论文讨论了一系列西方学者近年探论中国"作者"问题的论著,文末也提到福柯"作者功能"这一概念,可参考。见[美]孙康宜著,张健译《中国文学作者原论》,《中国文学学报》第7期(2016年12月),第1—13页。

无所有、业已完结的人生,也都要抹去。你不是说过,话语(discourse),在它最确凿的测定中,就是"痕迹"(trace)?这些喃喃的低语,不就是那非实体性的不朽的所在吗?我们就非得要承认,话语中的时间不是外延到历史层面的、具有意识的时间,也不是呈现在某些意识形式中的历史时间?难道我就该设想,在我自己的话语中,我无任何存活的空间?又或者,在我说话时,我不是在驱逐着死亡,而是在建立着它?你这毋宁说,我是在把我的内在性(interiority)驱逐到那外缘性(exterior)上去,而这外缘性对我的生命是如此之冷漠,如此之中立,乃至于我是死是活,对它来说也毫无差别?①

在这之后,福柯写下全书最后一段话。聪明的读者会猜到,福柯是不会和这些"作者"直面对话的,他要是那么做,不啻背叛自己的理论。他在书中反反复复、不厌其烦地论证,在话语系统中,没有大写的"认识主体"(knowing subject),这些所谓"人的形象",只是语言所成就的"效应"而已。从这段话的语态来判断,福柯转向《知识考古学》的读者,和他们(我们)说话。如此这般,其实,我们大可以反诘福柯:那您又为何设想,有一个"阅读主体"在捧着、拜读着您的大作?您是不是搞错了?"我"是不"存在"的,"我"不过是一个"阅读主体的效应"而已,也无非是"话语"系统中偶然裂开的一个空间。(福柯会说:"孺子可教也"?)

神学中的上帝必须死去,才能成就近现代西方的主体性哲学。

---

① Michel Foucault, *The Archaeology of Knowledge*, p. 210.

人、作者告退,话语方滋。话语权力系统不承认认识主体的存在。在福柯看来,人自以为是语言的主人、创造者,却不知道,他们其实是在服从着种种语言的规限性要求。不仅语言,举凡历史、经济、社会实践、神话、童话等等,都是由一些人们意想不到的规律控制着的。话语"服从着可被分析的规律及种种转化",①而活人,不是这个逻辑,可以一边玩儿去。规律、权力形构着、支配着一个又一个的话语。国家与社会的典章制度、社会中人们的言行举止莫不有其话语结构,而文学所谓参赞化育、造化生成、感动顽愚,亦复如是。

福柯全书最后几句话如下:

> 他们承受不了——他们这样,教人于心不忍哪——有人会这样跟他们说,"话语不是生命:它的时间不是你的时间;在那里,你不会和死亡达成妥协;你可以认为你所说的林林总总,其力量之重大,足以杀死上帝;但请你别以为,凭着你所说的这些那些,你就可以造就一个比他活得更久的人"。②

福柯要否定的,不是文本有其作者、作者有其主体这个事实(任谁都不会那么愚蠢),他想要我们明白的,是从作者的文本不可能还原到作者本人这个道理。事实上,福柯为了探究如何谈论人、认识人这事儿费煞思量,几乎生死以之。他的"话语"理论揭露了语言系统中无所不在的制约,令人感到万分压抑、沮丧,但同时,他

---

① Michel Foucault, *The Archaeology of Knowledge*, p. 211.
② Ibid.

的"考古学"进路又召唤着我们往文辞的深幽处、曲折处、缝隙处考掘,那里有诸多殊胜的意义被遮蔽着,等待我们去发覆、捡拾、重构、思考,或再次摒弃——这就是解读、赋义工作困难但可贵的生机、乐趣。在解读的过程中,有一个认识主体始终在作用着,那就是读者(此时读者就是作者),但读者与作者之间横跨着种种话语,我们要同时"屈从"于它们及逾越它们。

况且福柯也不得不承认,"这些堆积在尘埃满布的图书馆的文字符号(written symbols)"也许一直在沉睡着,但一旦它们被解读,有些东西就会蹦出来:

> ……它们带有可以回溯到它们发出声音那一刻的标记(marks),……当这些标记被解读时,它们可以——犹如记忆穿越时间——释放出意义、思想、欲望、埋藏着的幻想(meanings, thoughts, desires, buried fantasies)。这四个词:阅读—痕迹—解读—记忆(reading-trace-decipherment-memory)……定义着这个系统,我们借着它,可以把过去的话语从它的惯性静止状态(essential inertia)中夺回来,也可以短暂地焕发它某些本来已经失去了的生命力。①

有此"意义、思想、欲望、埋藏着的幻想"四端,研究者可以翱翔的空间其实已经不能算小了(我们很多研究都只停留在前二项,都还没有延伸到欲望、幻想的层次)。而且,执此四端,我们通过某些

---

① Michel Foucault, *The Archaeology of Knowledge*, p. 123.

理论的操作,是有可能逾越福柯,让它们回归到一直被压制着的"主体"那边的。

其实,福柯给我最大的启发在于要给予文辞、语言系统足够的重视、思考、分析,以及要尽最大的可能探悉意义的所在、生成过程,包括显露的和被遮掩着的、可以理解的和不能理解的、能言说的以及无法言说的。要往语言内部曲曲折折地走一遭又一遭,也要借着文辞的意义"逆"其所连接的、外部的种种"话语",见树又见林。拆散七宝楼台,又在那残金碎玉中呼唤起一应亭台楼阁,或空空荡荡。

也许福柯是对的,对于后之读者而言,文本中的"主体""人的形象"无非是"言说的主体性效应",而所谓"作者",只是一个"功能"。但我仍然把这个"效应""功能"称为"牧斋",不觉得勉强。于我而言,"牧斋"带有足够的差别性、区分性,有着明显的个性特征、语言风格。在一些情况下,我可能会分不清谁是陈子龙,谁是杜甫,但我不会混淆牧斋、吴伟业、龚鼎孳,甚或与牧斋文字有着师承关系的冯舒、冯班、钱曾。就这一意义而言,"牧斋"具有明晰的身份与形象,甚或主体性。

文字中浮现的牧斋是文辞作用、成就的结果。经由写作主体的匠心独运、经营布置,以及文字系统内各要素的联系协调,这个"自我"(self)在文本记忆(textual memory)中的内涵相对统一,也相对封闭。在历史记忆(historical memory)中,"牧斋"的含义、形象却是多元的,也不无断裂、矛盾之处。要充分了解此中异同,有必要用别的以牧斋为书写对象的文本作为参照。这就到了牧斋研究最困难、最具挑战性的层面了。任何话语系统都带有自身的逻辑、知识、有效性,以及权力机制,而最强势的,莫过于政治话语、历史话语、道德话语。我们假如不步步为营,理智克制,一不小心就会走进泛政治主义、泛历史主义、泛道德主义那些尴尬、苍白的死胡同。明末清初的历史、政治、文化、文学、社会异常复杂诡谲、丰富多端,我们要全面丰富我们的知识,潜研细究,深思熟虑,才好发言,否则我们就不能真正开显牧斋文字的意义,没有跟牧斋对话,也没有真正了解那个时代。①

过去一个世纪,牧斋研究在各方面累积了不少基础知识,现在或许是时候,朝更具反思性、开拓性、更深刻细致的方向发展了。这些年来研究牧斋,我深深体会到牧斋传世文字的珍贵价值,它是极高的文学成就,也是知识的宝矿。这已是学者的共识,就不必多说了。我比较困惑的,是如何从他的文字联系到他这个人。我在上面叨唠了一番关于主体、作者、话语的理论,读者大概会感到纳闷:这是一本研究牧斋的书啊,怎么就扯到那些莫名其妙的西方理论上去了呢? 其实我是想走到一个极端(也是异端),换一个哲学的角度,去思考、去展示:谈论"人",是可以多么的困难,多么的曲折,多么的是非莫辨,也多么的引人入胜。如果我们服膺于福柯的理论,甚至只能谈话语、文字符号的记忆,就不能说牧斋怎样怎样(因为牧斋先生根本就不在那里,别无的放矢了)。固然,福柯的理论没能让我完全心悦诚服,但无论如何,我的确也认为,我们的研究,应尽量顺应着文字、文辞、文本的脉络展开,那样才有可能进入牧斋的语言系统,才能揣摩这个主体的心思、感情。牧斋的内心世

---

① 另可参拙著《钱谦益〈病榻消寒杂咏〉论释》(台北:联经出版公司,2012年),导论,第3—20页。

界非常丰富、复杂,他所身处的历史世界充满着美好与疯狂。我告诫自己,研究牧斋以及这个历史时段,要带着诚恳、开放的心态,多读书,多思考,不妄言。牧斋的文字非常迷人、蛊惑人,他的学问以博大见称,但也纯杂互见,我们要尽量尝试进入当时的知识、思想、情感世界,回到当初的历史现场,不盲从权威、成说,不妄作批判,努力焕发文本的记忆及生命力,再提炼出自己的见解。

最近偶然重读亚里士多德的《诗学》,看到一段话:"诗人在安排情节并用语言把它写出来的时候,应尽可能把剧中情景摆在眼前。用这种方法,就会生动地看见每件事情,好像他自己亲历了那些事件,他就能够找到适当的处理方法,不太可能漏掉情节矛盾的地方。"①书写主体若然服从这要求,如此结撰,我们不妨也这样往里面走一遭,静心玩索剧中的种种情景,体会、思考其中的世界,然后才说点儿什么。

二、通过"关系"理解人

上面谈过纸墨中的牧斋。下面换一个角度,把牧斋放置在社会空间中考量。这涉及所谓个体与社群的关系、人际关系网络中的自我、身份认同的社会构成等概念。

依然可以从语言的现象说起。

社会哲学名家查尔斯·泰勒(Charles Taylor)的名著 *Sources of the Self: The Making of Modern Identity*(中译《自我的根源:现代认

---

① [古希腊]亚里士多德、[古罗马]贺拉斯著,郝久新译:《诗学·诗艺》(北京:中国社会科学出版社,2009年),第47页。

同的形成》)有"道德空间中的自我"一章。关于"自我"怎样形成，泰勒有一个很精警的说法："研究人，固然是研究生命，而人的生命只能存在于某种语言中，也可以说，其生命的一部分必然是某种语言所形构而成的。"(To study persons is to study beings who only exist in, or are partly constituted by, a certain language.)① 而语言是"语言群体"(language community)所共同使用、维护的；自我与语言、群体有一种互为依存的关系。泰勒顺此提出一个他称为"原初状况"(original situation)的情境，以解释语言、群体、自我、身份认同(identity)互动互为的微妙关系。②

人为何有"自我定义"(self-definition)的必要？必先有"我是谁"(Who I am)之大哉问。这问与答的逻辑指认着一个说话者交流互动的情境与本质：我站在我的立场对自己作出定义。我的立场可以是我在家族中的位置，或是在社会地位和职责中的处境，或在我和我所爱的人的亲密关系中，或更为关键及显露地，在我的道德与精神的取向中。要之，除非身处某种语言环境，我们的个性、人格无从显现，也无从被知悉；不以他人作为参照，自我无从说起。③

泰勒指出，自我存在于"对话网络"(webs of interlocution)中。在对话网络的原初状况里，人因要根据自己的立场向别人给出"我

---

① Charles Taylor, *Sources of the Self: The Making of Modern Identity* (Cambridge, MA: Harvard University Press, 1989), pp. 34-35. 本书中译有[加拿大]查尔斯·泰勒著，韩震等译《自我的根源：现代认同的形成》(南京：译林出版社，2001年)。本文翻译，参考过这个译本。
② Charles Taylor, *Sources of the Self*, pp. 35-36.
③ Ibid., p. 35.

是谁"的答案而获得身份。于是人的身份不仅与他的道德和精神立场有关,也与特定的社群有关。换言之,自我、身份认同出现在公共的或共同的空间(public or common space)中。语言的种种运用凝聚或启动了这个共同空间。人只能在某种共同空间中,通过自己及别人的经验,懂得什么是愤怒、爱、焦虑、求全等等,并确认这些是"我们"共同的功课。①

泰勒所说的"公共的或共同的空间"可以从社会学理论再加以认识。社会学家、思想家布迪厄(Pierre Bourdieu)集中讨论过"社会空间"(social space),其中的核心概念是"阶级"(class)、"位置"(position)、"权力"(power)和"关系"(relation)。布迪厄说:

> ……社会世界犹如一个(多维度的)空间形式,这空间的基础是差异(differentiation)和分配(distribution)原则,这些原则是由在该社会领域中起着活跃作用的一套特性(properties)所制定的,它们能够给予这一领域的拥有者力量或权力。② 行动者或行动者群体就是以他们在这个空间中所占的相对的位置(relative positions)得到定义的。行动者被限制在一个位置,或一个带有若干邻近位置的特定阶级(也就是说,被限制在这空间给定的区域内),一个行动者断不能占有——尽管他私下会这样希望——空间中两个对立的区域。只要那些被选择为构成空间的特性足够活跃,这个空间就可被视作一个力量的场域(a field of forces):换言之,这空间无异一套客观的权力

---

① Charles Taylor, *Sources of the Self*, p. 35.
② 所谓起着活跃作用的特性,指各场域不同形式的权力或资本(有形或无形的)。

关系,谁进入这场域都得承受,而这些关系不能化约为个别行动者的意向,甚或行动者之间直接的交涉互动。①

又说:

> 掌握了位置的空间,我们可以就逻辑意义来切割出不同的阶级(classes),那就是占据着相似位置的行动者群体。他们被放置在相似的条件(conditions)下,承受着类型相似的条件作用(conditioning),可以推知,他们有着相似的性情和兴趣,也因而会作出相似的实践,采取相似的立场。②

与过去的马克思"阶级本质主义"不同,虽然布迪厄理论中的社会空间存在着种种制约性的社会条件,但行动者的阶级属性可凭借自己的实践"策略",顺着自己的行为"习性"而发生变化。行动者可以缔造自己在社会空间中位置不一的"社会轨迹",不至于"永世不得翻身";行动者的"区分化"活动是一种积极的生成能力,他可以拥有不同的资本和力量。

无论如何,在社会空间中,行动者难免厕身复杂的社会关系互动网络。他依循其中的"游戏规则",尽量攫取"专门利益"。③ 布迪厄的社会理论首重"相关性",如论者所说的:"场域基本上是靠

---

① Pierre Bourdieu, *Language and Symbolic Power*, edited and introduced by John B. Thompson, translated by Gino Raymond and Matthew Adamson (Cambridge: Polity Press, 1993), pp. 229—230.
② Ibid. p. 231.
③ 参高宣扬《布迪厄的社会理论》(上海:同济大学出版社,2004年),第138—139页。

社会关系网络表现出来的社会性力量维持的,同时也是靠这种社会性力量的不同性质而相互区别的。例如,政治场域是靠在特定的社会空间中所表现出来的人与人的权力关系网络来维持的。经济场域是靠在某一特定社会空间中的人与人之间的经济利益关系,靠他们之间的金钱、货币和各种商品往来关系来维持的。"①

上述的西方社会哲学、社会学理论固然有其各自的生成脉络、理论性格、所欲对治的问题与现象,但都涉及个体在社会或公共空间的人际关系网络中如何构成自我、身份、能动性(agency)等,假如结合中国社会的特性、本质加以疏通、融会,不难发展出一套具有相当普遍性的、有效的学理、分析概念与术语,诸如群体、对话网络、阶级、位置、权力、关系等等,可以灵活、选择性地运用于理解、分析中国明清时期类似的现象与课题。明清诗文、文史研究大有必要开拓这方面的探论。实际上,前辈史家陈寅恪先生所著《柳如是别传》的一大特色,就是展示了相关诗文、历史诠释与"人际关系学"可以有千丝万缕的有趣且重要的关系。② 下面我重点述介陈著中一个个案,用以彰显这方面研究的重要性及可行性。

清朝建立数年后,江南发生所谓"黄毓祺案"。顺治四年(1647),黄毓祺(1579—1648)起兵抗清,谋复常州,事败潜逃。顺治五年(1648)四月,黄被捕。牧斋受黄案牵累,至南京诉辩,颂系

---

① 高宣扬:《布迪厄的社会理论》,第139页。
② 陈氏之后,明清文史研究名家谢正光教授所著书文于使用"人际关系学"最称擅长。可看谢正光《清初诗文与士人交游考》(南京:南京大学出版社,2001年)。

(软禁)逾年,至顺治六年(1649)春始获释归里。① 陈寅恪先生所著《柳如是别传》对此案之考辨特为详尽,前后百余页,六万余言。②《柳如是别传》为研究牧斋、柳如是的典范之作,有口皆碑,影响深远,毋庸赘言。惜乎陈先生考论此案,误判牧斋二狱案为一,论述有不少硬伤。顺治四年至六年间,牧斋实曾二度陷狱:顺治四年,因受山东谢陛私藏兵器案牵连,逮狱北京;顺治五、六年间,受黄毓祺起兵海上案牵连,颂系南京。③ 陈先生考证百密一疏,混二事为一,而牵一发动全身,致使有很大一部分考释文字不能成立,委实可惜。虽然英雄失足,但陈先生于此开示了一个重要的研究法门,对明清文史研究大有启迪之效,实应加以阐扬。

首先,陈先生考论此案,基本的思路是这样的:"关于牧斋所以得免死于黄毓祺案一事,今日颇难确考。但必有人向当时清廷显贵如洪承畴马国柱或其他满汉将帅等为之解说,则无疑义。"④ 又:"但有一点可以断定者,即牧斋之脱祸,由于人情,而不由于金

---

① 《清史列传·贰臣传·钱谦益传》载:"……以谦益曾留黄毓祺宿其家,且许助赀招兵,入奏,诏总督马国柱建讯,谦益至江宁诉辩:'前此供职内院,邀沐恩荣,图报不遑,况年已七十,奄奄余息,动履借人扶掖,岂有他念?哀吁问官,乞开脱。'会首告谦益从逆之盛名儒逃匿不赴质,毓祺病死狱中,乃以谦益与毓祺素不相识,定谳。……于是得释,归。"王钟翰点校:《清史列传》(北京:中华书局,1987年),卷79,第6577页。
② 陈寅恪:《柳如是别传》(上海:上海古籍出版社,1980年),第878—982页。
③ 可参何龄修《〈柳如是别传〉读后》,《五库斋清史丛稿》(北京:学苑出版社,2004年),第118—123页。
④ 陈寅恪:《柳如是别传》,第895页。

钱。"①"清廷显贵……为之解说""由于人情"云云,就是陈先生的"论旨"(argument)。然而世态人情,千头万绪,该如何有效地展开探论?怎样发想?陈先生提点:

> 吾国旧日社会关系,大抵为家族姻戚乡里师弟及科举之座主门生同年等。牧斋卒能脱免于黄案之牵累,自不能离此数端,而于科举一端,即或表面无涉,实则间接亦有关也。②

这里揭示的,不妨称之为明清文史研究"社会关系学"的标志,涉及传统社会人际关系中的"家族""姻戚""乡里""师弟""座主门生""同年",个人与之交涉互动,从语言到举止,事情可轻可重,都有一系列或隐或显的礼仪、规矩、习惯要遵守,内里牵涉不同形式的互惠、制衡、利益、权力关系,动辄影响到个人的喜乐忧患、贵贱穷通。③ 而从这种种人际关系出发联系,又每每触及"地域""党社""身份""阶级"的层面,借此,或可给予一些悬而未决的问题一个合理的思考方向,如陈先生说:

---

① 陈寅恪:《柳如是别传》,第899页。又:"兹略征载记,以证牧斋此时实不能付出如此巨大数量之金钱,而河东君之能利用人情,足使牧斋脱祸,其才智尤不可及也。"同前揭书,第900页。
② 同前注,第944页。
③ 循此发想,不但能照应到重大事件,还可以处理到一些很微末的细节,如陈氏此论:"考梁(清远)洪(承畴)俱为万历四十三年乙卯举人,有乡试同年之谊。……在旧日科举制度之下社会风习,两人之间纵无其他原因,即此一端,慎可亦能与亨九(洪承畴)发生关系,遂可随之南下,为入幕之客,寄寓江宁。"同前注,第896—897页。

> 前论牧斋热中干进,自诩知兵。在明北都未倾覆以前,已甚关心福建一省,及至明南都倾覆以后,则潜作复明之活动,而闽海东南一隅,为郑延平(郑成功)根据地,尤所注意,亦必然之势也。夫牧斋当日所欲交结之闽人,本应为握有兵权之将领……牧斋固负一时重望,而其势力所及,究不能多出江浙士大夫党社范围之外,更与闽海之武人隔阂。职是之故,必先利用一二福建士大夫之领袖,以作桥梁。苟明乎此,则牧斋所以特推重曹能始,逾越分量,殊不足怪也。①

设若结合明清改朝换代之际的历史、政治情势来考量,又或可联系至"明清""满汉""南北""文武"各股力量的斡旋,获得更广阔的诠释视野。陈先生说:

> ……佟国器于顺治二年授浙江嘉湖道,当是从其叔佟图赖破嘉兴后,因得任此职。顺治三年丙戌九月其母陈氏殁于官舍,归葬金陵,揆以墨绖从戎之古义及清初旗人丧服之制,并证以当时洪亨九(承畴)丁父忧守制之事例,大约顺治三年冬,或四年初,即可扶柩至白门。此时怀冬正可为牧斋向南京当局解说。明南都倾覆未久之际,汉族南人苟延残喘,已是幸事,自不能为牧斋关说。其得为牧斋尽力者,应为北人,如梁慎可辈,而最有力者,则是汇白(佟国器)一流人物。盖满人武将与江南士大夫,绝无关涉。惟有辽东汉军,如怀冬者,在明

---

① 陈寅恪:《柳如是别传》,第 944 页。

为叛族，而在清则为新贵，实是向金陵当局救脱牧斋最适宜之人。况国器之父卜年与洪亨九同为万历四十四年丙辰进士，两人本有通家之谊，尤便于进说乎？①

循上述种种思维，推而广之，甚或可对牧斋的"文学批评"作一有别于一般文学研究的总体归纳。陈先生说：

> 综观牧斋平生论诗论文之著述，大别可分二类。第一类为从文学观点出发，如抨击何李，称誉松圆等。第二类为从政治作用出发，如前论推崇曹能始逾越分量及选录许有介诗，篇章繁多等。第一类乃吾人今日所能理解，不烦赘述。② 第二类则不得不稍详言之，借以说明今所得见牧斋黄案期间诗文中所涉及诸人之政治社会关系也。至牧斋选许有介诗，在顺治十四年丁酉冬季游金陵时。此际牧斋正奔走复明运动，为郑延平帅师入长江取南都之预备。③

如上所述，陈先生对此中史事的述论未必完全正确，但其所示范如何对相关人物、事件循社会关系的角度展开联系、想象、解读

---

① 陈寅恪：《柳如是别传》，第 980 页。
② 即便是"文学批评"，其实也不能忽视内里可能有社会关系的因素在起着作用，如陈氏云："……牧斋排击钟（惺）谭（元春）尽嬉笑怒骂之能事，……所可注意者，詈伯敬（钟）之辞，略宽于友夏（谭），殆由钱钟两人有会试齐年之谊。旧日科举制度与社会之关系，即此可见一斑。"同前注，第 952 页。社会关系一端，近世治文学批评者多未遑注意，未尝不是遗憾。
③ 同前注，第 949—950 页。

的方法则大有借鉴的价值与必要。牧斋是官员、党派领袖、史家、文人、诗人、选家、藏书家、佛教徒,身份众多,其所属社群多样,成员复杂。牧斋所为诗文,又鲜少纯粹"为创作而创作",大都缘事而发,涉及特定之人、事、地、物、时。我们探求牧斋诗文的感情、思想、意义,于人际关系一环若不加以重视,所失必多。

这是我写牧斋的第三本书。与此前的 *The Poet-historian Qian Qianyi* (《钱谦益的"诗史"理论与实践》,2009)、《钱谦益〈病榻消寒杂咏〉论释》(2012) 不同,本书现在的整体面貌是渐次浮现的,非如前二书之先有整体构想,依次完成。也因如此,借这个机会,我在上面就"通过文本想象作者""通过'关系'理解人"二大端对我过去的一些想法、思想资源及长期关心的课题作了一番反思、检讨,俾读者知我心思之所在,并困惑之所在。这或许对牧斋、明清诗文研究也有些许参考价值。

本书各章初稿,多先在国内外学术研讨会上发表,蒙师友、方家不弃,多所教正,感戴不忘。各章修订后刊登于各学报或专题论文集,刊出前通过匿名审查,承蒙审查人惠赐修改意见,使论述更臻完善,特此致谢。牛津大学出版社为本书之出版郑重其事,又送请匿名审查人审阅书稿,审查意见中肯老到,笔者获益良多,谨致谢忱。此次结集成书,我对各文都作了不同程度的修订。

牛津大学出版社学术部总编辑林道群先生对本书之出版予以支持、鼓励,诸多配合,本书之印刷、装帧又如斯精美,使我非常感动,于此衷心感谢。我过去"中研院"中国文哲研究所的研究助理、在台门人,以及近年香港中文大学的助理、门人对本书的撰作、整理也付出过辛劳,于此也一并谢过。

本书命名为《牧斋初论集》,冀以此向牧斋致敬也(也带有点游戏的意味),因其前半生所为诗文结集为《牧斋初学集》。牧斋后半生之诗文,则收入《牧斋有学集》,我答应他老人家,假以时日,我会再有一本《牧斋又论集》。

二〇一八年春于九龙荔枝角海天一阁

新版补记

本书自香港牛津大学出版社印行以来,颇蒙海内外学者雅爱。日本大平桂一教授、中国香港许建业教授曾撰书评(分别刊京都大学《中国文学报》及香港浸会大学《人文中国学报》),对拙著给予肯定、称许,十分感谢。鄙人又以本书(及其他书文数种)获香港中文大学颁授杰出研究奖,辱蒙错爱,亦颇堪告慰。

今承广西师范大学出版社社科分社刘隆进社长热心策划,诸方联系,本书遂得于内地出版,一陈浅见,实不胜欣喜,感谢之至。此外,责编赵英利女士悉心编辑、精心制作,黄君怡同学协助校对,使本书益趋完善,谨致谢忱。

年来天灾人祸,岁月荒凉,于今检点旧作,追忆前尘,感慨系之矣。

2024年春严志雄识,时客沪上

第一章　钱谦益攻排竟陵钟、谭新议[①]

　　自从钱谦益(1582—1664)对钟惺(1574—1625)及其所代表的竟陵诗学(含理论与创作)作了几乎是一锤定音、极其负面的讥议后,明清以降对竟陵的批评实践就不出两大范畴:一为对钟惺、谭元春(1586—1637)及其诗学作知识性与考证性的论定,如执"古学"以为准绳,挑剔《诗归》等钟、谭之诗选、诗评与"正统"文本、义理抵牾之处(及此等议论的反调);一为将钟、谭及其诗作置诸泛历史及道德论的三棱镜下,给予定性,如视其人为"诗妖",判其言为

[①] 本章系据拙文"Poetics and Politics: Zhong Xing and Qian Qianyi in the Late-Ming Literary Field"(未刊稿)第一节译出、增订而成。原文于台湾"中研院"中国文哲研究所主办之"钱谦益诗文研讨会"(2003年)上发表,承蒙特约评论人蔡英俊教授及与会诸学者先进不吝赐教,特申谢忱。

"亡国之音"(及相反的为竟陵的辩解)。①

本章取径与诸家不同,尝试扩大可能的批评语汇及概念,在第一至第三节中援用当代法国思想家布迪厄(Pierre Bourdieu)文化社会学中"文学场域"(the field of literature)理论的一些批评元素展开论述,将钟惺及竟陵诗学置于明末清初(十七世纪)文学/文化建构、生产、接受的语境里,理论性地重新检讨钱谦益对竟陵的批评,揭示其背后意识、价值、权力等的逻辑。本章第四、五节转而考论相关文献的具体历史脉络,凸显钱氏论述中地域性、时代性及史论性的向度,并剖析钱氏在建构其理论权威时所援借的文化资源及采取的不同策略。

---

① 孙立在其近著《明末清初诗论研究》"竟陵诗说"专章后附集评,上起袁中道《花雪赋引》,下迄陈衍《石遗室诗话》,共三十余家;诸家之说,大都在这两大范围内,而其中回护钟、谭较力者,唯朱鹤龄、袁枚与陈衍三人而已。孙氏集评见氏著《明末清初诗论研究》(广州:广东高等教育出版社,1999年),第53—65页。近人钱锺书在《谈艺录》里提出王士禛神韵诗说与竟陵诗论有精神上的承袭关系。自此以后,对竟陵的议论焦点始有较重要的改变。钱说见氏著《谈艺录(补订本)》(北京:中华书局,1984年),第102—106页。陈广宏《竟陵派研究》(上海:复旦大学出版社,2006年)为迄今所见竟陵派研究最全面的专著,创获甚富。此外,吴调公著有《为竟陵派一辩》一文,就"孤芳自赏""信笔扫抹""但趣新隽,不原风格""诗境狭隘""不如后七"诸端全面驳斥前人对竟陵的批评,极具参考价值。吴文原刊《文学评论》1983年第3期,后收入吴承学、李光摩编《晚明文学思潮研究》(武汉:湖北教育出版社,2002年),第220—243页。王恺《公安与竟陵:晚明两个"新潮"文学流派》(南京:江苏古籍出版社,1996年)对竟陵派作了较全面的探讨;陈书录《明代诗文的演变》(南京:江苏教育出版社,1996年)、孙立《明末清初诗论研究》、陈文新《明代诗学》(长沙:湖南人民出版社,2000年)、李圣华《晚明诗歌研究》(北京:人民文学出版社,2002年)等研究明代诗学的专著都有章节讨论竟陵诗派。

一、文学场域理论

在进入讨论之前,必须先略述本文所援借的,布迪厄文学/文化场域理论的几个关键性观念及术语。布迪厄在其研究福楼拜(Gustave Flaubert)及法国文学场域的专论中指出:文学的魅力来自作品(体现于历史性的体式、内容及其脉络)与其背后一个若隐若现(veiled revelation)的结构之间的相互关系。这若隐若现的结构意指"权力场域的结构"(the structure of the field of power)。[①] 文学场域与权力场域的交涉互动是布迪厄探究文化生产及实践(cultural production and practices)的核心概念。

布迪厄在"Field of Power, Literary Field and Habitus"一文中说:"文学场域是一个独立的社会体系,有其内在的运作规律、特定的动力分布、宰制者及被宰制者等等。"(Bourdieu 1993: 163)然而,布迪厄强调,他的理论不应与各种"内缘释读"(internal reading)相提并论,他并不主张将文学作品抽离其生成的历史脉络去理解。同时,他亦声称,他的理论并非"外缘透视"(external explication)一路,他对种种将文学作品与特定历史时空的经济或社会条件直接挂钩的决定论(determinism)大不以为然。他认为,文学场域并非一个笼统的社会背景,亦非狭隘的"艺林"(milieu artistique);他所关注的,远远超过艺术家、作家的交际范围和圈子。他说:

[①] Pierre Bourdieu, "Field of Power, Literary Field and Habitus," in *The Field of Cultural Production: Essays on Art and Literature,* edited and introduced by Randal Johnson (Cambridge: Polity Press, 1993), p. 160. 本书下称 Bourdieu 1993,随文注,不另出脚注。

> （文学场域）是一个可以辨识的社会体系，囤积着其内在特定规律所容许的特定资本；其中，一种特定的动力关系发挥着作用。这个体系是种种特定斗争激烈进行的场所，尤关紧要的，是指认谁是这体系一员的问题，谁是真正的作家，谁又不是。对于作品的诠释而言，我们必须明白这个自主的社会体系运作的一个重要情实：它像一个棱镜，折射着种种来自外界的形构条件——人口性的、经济性的或政治性的事件总被场域特定的逻辑兑换着，经由这个中介过程，它们始得以影响作品的生成逻辑。（Bourdieu 1993:163-164）

这段文字内蕴着布迪厄文化实践理论几个重要的观念。正如兰德尔·约翰逊（Randal Johnson）所指出的，布迪厄的文化场域理论可被视作一种"积极的语境构成"（radical contextualization），"要超越艺术作品内缘与外缘释读之间似乎无法调和的歧异，只有一个办法：首先要保存互文性的观念（那是指一个包含不同姿态的系统），并将行动者（agent，制作者）的观念重新引介进来，让其自觉或不知不觉地活动于一套特定的社会关系中。这亦正是布迪厄透过场域与习性（habitus）的观念所建立的方法"[①]。

布迪厄强调，文学场域是在更大的权力场域的结构内运作的，而后者的正当性来自经济或政治资本（economic or political capital）的拥有及其相对的、在社会中的宰制权力。在布迪厄的描述下，文

[①] Randal Johnson,"Editor's Introduction: Pierre Bourdieu on Art, Literature and Culture," Bourdieu 1993: 9.

学场域(相对于权力场域)是"经济世界的倒转"(the economic world reversed)(Bourdieu 1993: 164),它拥有的经济资本微不足道,处于权力场域中让人啼笑皆非的"疯狂角落"(corner of madness)——文学场域的参与者以"被宰制的行动者"(dominated agents)的身份进行宰制;他在宰制阶级中处于被宰制的位置,其拥有的,只是种种象征性的资本(symbolic forms of capital),如学术资本、文化资本等等。(Bourdieu 1993: 164)

文学场域又是一个"祭如在,祭神如神在"的信念体系(universe of belief),因为:"不同于制作寻常物事,文化制作之所以特别,在于它不但需要制造物品的实体,而且还要制造其价值;换言之,要让物品的艺术合理性获得别人承认。"(Bourdieu 1993:164)

在文学场域中,争夺统领权的行动者所拥有的地位及其特征(objective characteristics)最需注意。行动者所占有的不同地位构成所谓"轨迹"(trajectory),意指同一行动者在不同阶段所持有的相续的"位阶"(positions)。行动者的特征来自其习性,形之于其"被陶铸亦进行陶铸"(structured and structuring)的习气(dispositions)。文学场域的实际形态由位阶的分布及占有它们的行动者的特征构成。文学场域的活力显露在所谓"位阶争占"(position-takings)中。正统(orthodoxy)与异端(heresy)之争(固有传统的正统性与新兴文化实践的异端性之间的冲突)往往触启整个文学场域的演变嬗递。位阶争占造就了原创性作品可能出现的空间(space for creative works),并且牵动着内缘的(如风格上的)及外缘的(如政治上的)种种位阶姿态(positionings)。位阶争占的形式与策略(strategy)每每取决于行动者的习性。习性云云,意味着行动者的策略与实践不一定出于深思熟虑,而往往是习气不经意的流露。①

布迪厄的文化实践理论极有利于剖析与重构文艺作品里里外外的生成与构成条件;他自言,他试图"使用一连串的共时切割面"来重塑"这个世界(艺术或文学场域)的形相"。② 我们认为,布迪厄的文化及权力场域的理论模式,以及其相关的批评概念,如象征资本、行动因(agency)、位阶争占、策略、轨迹等等,对于思考明清文学、文化现象极富启发性。场域这个概念适用于不同的社会及文化(不仅限于西方世界)。③ 中国明清之际(约整个十七世纪),文学、政治与经济场域互动频仍,而斡旋其中的行动者又很有可能是同一群人。因此,布迪厄的理论极便于我们描述这种种交通互

---

① 以上概念,可参 Randal Johnson, "Editor's Introduction," Bourdieu 1993:1–25。
② Pierre Bourdieu, "The Market for Symbolic Goods," in *The Rules of Art: Genesis and Structure of the Literary Field*, edited by Werner Hamacher & David E. Wellbery; translated by Susan Emanuel (Stanford, CA: Stanford University Press, 1996), p. 141.
③ 可参 Michel Hockx, "The Literary Association (Wenxue yanjiu hui, 1920–1947) and the Literary Field of Early Republican China," *The China Quarterly* 153 (Mar. 1998): 49–81; Michel Hockx, ed., *The Literary Field of Twentieth-Century China* (Honolulu: University of Hawai'i Press, 1999); Michel Hockx, "Playing the Field: Aspects of Chinese Literary Life in the 1920s," in Hockx, ed., *The Literary Field of Twentieth-Century China*, pp. 61–78; Michel Hockx, "Theory as Practice: Modern Chinese Literature and Bourdieu," in Michel Hockx & Ivo Smits, eds., *Reading East Asian Writing: The Limits of Literary Theory* (London & New York: Routledge Curzon, 2003), pp. 220–239; Arthur C. Danto, "Bourdieu on Art: Field and Individual," in Richard Shusterman, ed., *Bourdieu: A Critical Reader* (Oxford: Blackwell Publishers Ltd., 1999), pp. 214–219; Kai-wing Chow, *Publishing, Culture, and Power in Early Modern China* (Stanford, CA: Stanford University Press, 2004); Atsuko Sakaki, "Sliding Door: Women in the Heterosocial Literary Field of Early Modern Japan," *U.S.-Japan Women's Journal* 17 (1999): 3–38.

动。在明清研究中,"学者诗人"(scholar-poet)已为习见之称。但我们认为,"政治家诗人"(statesman-poet)甚或"商贾诗人"(merchant-poet)等可能的提法,亦有助于披露此一时期文化作品的生产资源与动力。明清之际文坛的一大特征,端在不同的诗歌流派的相继涌现,各领风骚,诗歌美学、宗尚之争无时或已。本文将集中探论钱谦益对钟惺及谭元春所领导的竟陵诗派的攻击。竟陵与虞山(钱氏)的代兴,是明末清初文学场域的重大事件,标志着诗学典范(paradigm)断裂性的变革。竟陵之诗于晚明风行三十余年,天下趋从,但自钱氏奋起而攻之,清初以降,对竟陵的议论几乎全都是负面的。钱氏之论,缘何有如此巨大的杀伤力?竟陵之后,钱氏继起,执文坛牛耳长达五十余年,我们又当如何理解钱氏异军突起、成功带领文坛走向另一方向这一现象?布迪厄的文学及权力场域理论将有助于我们展开这种种议题的探讨。

二、钱谦益对其同年友竟陵派领袖钟惺之批评

钱谦益批评竟陵的核心文献是钱氏为钟、谭所撰,附于钱编《列朝诗集》中的小传。我们先看钟惺传文。《钟提学惺》云:

> 惺,字伯敬,竟陵人。万历庚戌进士,授行人,迁南京礼部祠祭主事,历仪制郎中,以佥事提学福建,丁忧归,卒于家。伯敬少负才藻,有声公车间。擢第之后,思别出手眼,另立深幽孤峭之宗,以驱驾古人之上。而同里有谭生元春,为之应和,海内称诗者靡然从之,谓之钟谭体。譬之春秋之世,天下无

王,桓、文不作,宋襄徐偃德凉力薄,起而执会盟之柄,天下莫敢以为非霸也。

数年之后,所撰《古今诗归》盛行于世,承学之士,家置一编,奉之如尼丘之删定。而寡陋无稽,错缪叠出,稍知古学者咸能挟策以攻其短。《诗归》出,而钟谭之底蕴毕露,沟浍之盈于是乎涸然无余地矣。当其创获之初,亦尝覃思苦心,寻味古人之微言奥旨,少有一知半见,掠影希光,以求绝出于时俗。久之,见日益僻,胆日益粗,举古人之高文大篇铺陈排比者,以为繁芜熟烂,胥欲扫而刊之,而惟其僻见之是师,其所谓深幽孤峭者,如木客之清吟,如幽独君之冥语,①如梦而入鼠穴,如幻而之鬼国,浸淫三十余年,风移俗易,滔滔不返。

余尝论近代之诗,抉擿洗削,以凄声寒魄为致,此鬼趣也;尖新割剥,以噍音促节为能,此兵象也。鬼气幽,兵气杀,著见于文章,而国运从之,以一二轻才寡学之士,衡操斯文之柄,而征兆国家之盛衰,可胜叹悼哉!

钟之才,固优于谭。《江行俳体》,其赴公车之作,入蜀诸诗,其初第之作,习气未深,声调犹在,余得采而录之。唐天宝之乐章,曲终繁声,名为入破;钟谭之类,岂亦《五行志》所谓

---

① 钱氏屡以"木客""幽独君"比喻钟、谭,有必要稍事说明其含义。"木客",指山中怪物。王廷相《雅述·下篇》云:"若夫山都木客,魑魅魍魉,罔象之类,及猿狐之精,皆有形体,与人差异耳,世皆以此为鬼,误矣。……盖此类视人则不如,视禽兽则又觉灵明也。"见〔明〕王廷相著,王孝鱼点校《王廷相集》(北京:中华书局,1989年),第862页。"幽独君"则指鬼物。《全唐文》卷458载有李道昌《祭幽独君文》一文。〔宋〕朱长文《吴郡图经续记》卷下"事志"记《幽独君诗》,鬼题壁上者也。

"诗妖"者乎！余岂忍以蚓窍之音,为关雎之乱哉！①

用布迪厄的批评术语及观念来阐述钱氏的论点相当便捷。很明显,钱氏对钟惺文学活动的检讨建立在文学场域与权力场域之间的辩证关系中。在传文第一段里,钱氏对钟惺之冒起于文坛及跻身于仕途的描写是平衡并进的。钱氏首次述及钟惺的文学才能时说"伯敬少负才藻,有声于公车间",同时点出钟惺的才藻与其于社会中所处的特定阶级身份。"公车"即"举人",是通往仕途必须取得的资格,成为举人后方可参加会试,如会试成功,成"进士",便有可能出身授官。钱氏将钟惺早期的文学声名及其立身仕宦阶级的可能性相提并论,但对前者仅止于轻描淡写,并未述及其实际内容,重点无疑放在钟惺的"公车"身份多于其"才藻"上。在仕途的轨迹上,举人资格是必要但非至显要的位阶,于是乎在文学场域的轨迹上,钟惺此时获得的评语亦仅寥寥数字而已。

钱氏从钟惺的公车身份跳接到钟"擢第"成进士,正式开始仕宦阶段的位阶。于此,钱氏再次从钟惺的政治/社会位阶连结至其文坛地位,并论及其"深幽孤峭"的诗学。钱氏说:"(钟)擢第之后,思别出手眼,另立深幽孤峭之宗……"除了时间性的信息,这样的语意逻辑尚缔造了一个印象,即钟惺是在巩固了权力场域的位阶后才开始经营他异端性的诗学的。在同一语境内,钱氏谓"同里有谭生元春,为之应和",这同声应和亦透露了钟、谭的竟陵体有地

---

① 〔清〕钱谦益:《列朝诗集小传》(上海:上海古籍出版社,1983 年),丁集中,第 570—571 页。本书下称《小传》,随文注,不另出脚注。

域习性的元素存在(竟陵为二人之原籍,在今湖北天门市)。① 至谓"海内称诗者靡然从之,谓之钟谭体",则无疑是承认充满行动者(钟、谭)特征的竟陵诗学已然成为文坛主流,二人摇身一变而为文学场域的领袖。

钱氏进而论钟、谭勃兴的机缘及性质,以春秋霸王的兴替比喻钟、谭之崛起于晚明文坛。他以"天下无王,桓、文不作"暗示钟、谭本"德凉力薄",实不足以领导天下,只如宋襄、徐偃僭行霸主之事,乘时占位成功而已。以力(非以德)服人谓之霸是传统对春秋霸主的认识。钱氏如此比喻,无疑是将文学场域置于权力/政治场域的语境内来刻画,而"德凉"一语,亦含道德批评。此处乃钱氏在传文中攻诋竟陵之始,而在钱氏的修辞运作下,文学场域的结构与道德批评的结构已显露重叠的倾向。钱氏几乎一笔抹杀钟、谭在文学史上所扮演过的重要角色。钟、谭于晚明取汲于公安而另创竟陵新体,以诗人、文评家及选家的实践进一步廓清了以前后"七子"为首的复古派诗学势力,其诗学以"深幽孤峭"风靡天下,长达三十余年。职是之故,在钱氏之前,钟、谭积极进取而成文坛宗主一事实不容置辩,然而钱氏却将晚明文坛比作一真空地带,制造出钟、谭争占位阶能轻易成功的印象,这毋宁是完全否认钟、谭之得以成为文学场域领袖乃因二人具有鲜明的行动者特征,且系二人努力争取的成果。

在传文中段,钱氏论述竟陵的诗学习气。布迪厄的行动因和

---

① 所谓"楚风""楚人之诗""楚人之文"等地方文化、文学性格,可参陈广宏《竟陵派研究》,"'楚风'之崛起及其背景"一节,第114—130页。

习性观念可以凸显钱氏的议论特色。文中"数年之后"承上"擢第之后"一语而来,暗示钟、谭所选,盛行一时的《诗归》①系二人(尤指钟惺)举进士并提出"深幽孤峭"的诗学以后渐成习性并历经数年逐渐发展的结果。布迪厄指出,习性乃一"被陶铸亦进行陶铸"的力量,影响着行动者的文化实践。这有助于说明《诗归》制作的本质及其产生的效应。就某一意义而言,《诗归》是钟、谭对古代(自"古逸"至唐代)之诗的改订评选本,其制定/改订的文本每每沾有二人的批评及诗学习气(这些改订,不少评论家直斥为钟、谭的窜改)。② 此外,诗作多附有钟、谭的评点;不消说,这些诗评亦满载着竟陵诗学的色彩。钟、谭之选与评因而反映着二人作为文化生产行动者的活跃活动,是出于二人自觉的策略,为其操持着文本与意义生产者的权柄而进行的,其目的是铸模同代(甚或后代)的诗学习气。(在此一层面上,我们的看法与布迪厄稍有不同。布迪厄强调,策略作为实践并非出于自觉的算计,而是来自不知不觉的习气。但似乎若对策略的含义稍作扩充,对我们在理论上的操作是有利的。)

钱氏对竟陵的批评展示着一场正统与异端无法调解的对立斗争。钱氏以"古学"自命,对《诗归》深恶痛绝。对他而言,钟、谭之制充满"无稽"与"僻见";二人的编撰活动背后隐含着一个争占位阶到成功占有的进程。对钟、谭早期的努力,钱氏在一定程度上还是予以肯定的。他说:"当其创获之初,亦尝覃思苦心,寻味古人之

---

① 含古诗 15 卷、唐诗 36 卷,共 51 卷。
② 对钟惺改字的责难,始自顾炎武,见氏著《原抄本顾亭林日知录》(台北:文史哲出版社,1979 年),卷 20,第 541—542 页。

微言奥旨……"然而,在他看来,钟、谭却渐渐迷失于师心自用;二人亟欲取代其他批评家及诗人的位阶,建立批评与创作的新典范,"以求绝出于时俗"。久之,钟、谭之"胆日益粗",乃至于"惟其僻见之是师"。二人能如此恣意,其实反映出一个事实:他们在文学生产上已取得权威性行动者的地位。除了评议《诗归》明显的文义及编辑性的问题,钱氏在本段结尾还用了一连串比喻把竟陵诗学说成荒诞无稽的体现。然而,即使竟陵真为异端,钱氏亦不得不承认,钟、谭的铸模力量风靡文坛已久,称诗者唯其马首是瞻,深为二人的习气所熏染。在小传末段,钱氏直接表示,他将剥夺钟惺在诗坛的盟主地位,具体的策略是在《列朝诗集》中只收录钟惺成大名之前的作品。

　　钱氏之攘竟陵还涉及一个更深刻的,关于明清时期文化、文学生产的课题。在明清二代,制作诗选、文选是创造文学合理性、权威及累积资本的重要策略。布迪厄认为,文学场域是"经济世界的倒转",经由文化生产所获得的象征资本不能直接转换为经济利益。但就钟、谭选本的制作与流通来看,《诗归》可能为其编者带来的利益却不一定仅仅是象征性的。遗憾的是,我们对明清时期畅销出版物的制作、流通、销售及个人经济收益的情实所知不多,这里仅能提出一个臆测,无法提供实际数字说明其中的情况。但既然钱氏说《诗归》风行三十多年,"承学之士,家置一编,奉之如尼丘之删定",稍后的顾炎武(1613—1682)说当时人们把钟惺奉为"利市之神",①朱彝尊(1629—1709)亦说"《诗归》既出,纸贵一时,正如摩登伽女之淫咒,闻者皆为所摄",②我们可以想象,《诗归》有可能为钟、谭带来相当可观的收入。果如是,则二人创造、累积的资本就不纯粹是象征性的,同时亦是实惠性的:文学场域的结构与经济场域的结构在这里实际上重叠起来。我们没有足够的理由认为钱氏之攻诋钟、谭《诗归》乃出于争夺市场的私心,毕竟《诗归》与《列朝诗集》的性质与篇幅都相去甚远。但无论如何,在讨论文学选本于明清二代文学场域中所扮演的角色时,我们有必要进一步追踪经济利益这个元素。至少,我们知道,在制作、行销《列朝诗集》时,钱氏确实曾将种种市场机制纳入考虑。在现存钱氏致汲古阁主人毛晋(1599—1659)的书札中,就有若干处涉及市场估量及书价等问题。③(毛晋系钱氏门生,亦为钱氏著作的出版及发行人。)

在文学场域的机制里,选集的制作是建立象征权力的行动,甚或关乎"经典建构"(canon formation)的企图与结果。哪些作家及哪些作品会被选入集中,在相当大的程度上取决于编纂者来自其习性的习气与策略。在明清二代的阅读实践中,评点本已成为当时的强势文本。于是,文本的编制者亦被赋予了一个优越的位

---

① 顾炎武评钟惺云:"今日之学臣其于伯敬固当如茶肆之陆鸿渐,奉为利市之神,又何怪读其所选之诗,以为风骚再作者邪?其罪虽不及李贽,然亦败坏天下之一人。"顾炎武:《原抄本顾亭林日知录》,卷20,第541—542页。
② 〔清〕朱彝尊著,〔清〕姚祖恩编,黄君坦校点:《静志居诗话》(北京:人民文学出版社,1990年),卷18,第563页,"谭元春"条。
③ 可参钱氏《与毛子晋(四十六首)》其19、31、39三通;见〔清〕钱谦益著,〔清〕钱曾笺注,钱仲联标校《钱牧斋全集·牧斋杂著·钱牧斋先生尺牍》(上海:上海古籍出版社,2003年),卷2,第305、310、313页。

阶——当然，这位阶亦往往是行动者主动争取得来的——得以便利行使建构艺术价值及经典性（canonicity）的象征权力。《诗归》（及钟、谭其他选本）之流播与竟陵诗学之大盛是相辅相成的。这现象即可说明，选本可为其编纂者带来极大的声望与权力。（以谭元春言，他考场屡屡失利，无法厕身仕宦之列，却因身为竟陵派领袖并与钟惺合作无间而得以成为文学场域中的权威行动者。此亦制作选集与树立文学场域权威密不可分之一例。）经典性的建立意味着行动者对某些价值及合理性的肯定，以及对与之相异者的否定；其中的否定行为，以布迪厄的理论来说，是一种"象征暴力"（symbolic violence）的施行。制作文学选本内蕴着这个逻辑：它同时行使接受与排斥，在其塑造的经典性背后，必然隐含着一番象征暴力的操作。无论钟、谭与钱氏三人的本意与目的为何，他们在编制选本时，必然施行着这种象征暴力。上文说过，钱氏对钟、谭之选的"寡陋无稽，错缪叠出"深感不满，对于二人对古代之诗所作的订改更深恶痛绝。但钱氏的《列朝诗集》只收入钟惺早岁的作品，无疑是企图将真正的、世人熟知的钟惺置诸死地。看来，钟、钱同样地施行着暴力，个中分别，可能只在程度上的不同而已（而钟惺似乎还比钱氏温柔些）。

　　文学场域永远存在着正统与异端的倾轧对立，而鹿死谁手，要看哪一方能成功制造出获场域中人接受的合理性与经典性。文坛风会往往由正统与异端之间辩证性的冲突带动。倘若没有活跃、性格鲜明的行动者出现，文坛绝不会发生重大的变革。在传文中，钱氏从对钟、谭的诗学批评一跃而至对整个晚明诗歌习气的总括。钱氏欲予人的印象是：竟陵之诗是晚明诗歌及其后果的罪魁祸首。

在钱氏看来,晚明诗歌呈现两大病征:鬼趣与兵象。此二者及其相应的诗风是国运的征兆,也是导致明室衰颓的歪风邪气,其实践者,钱氏目为"诗妖",而钟、谭乃其始作俑者。① 乐声与诗声反映国家命运,先秦早有此论,儒家经典文献如《礼记·乐记》及《毛诗·大序》亦彰此说,遂发展为中国诗学诠释传统的一大特色。钱氏"鬼气幽,兵气杀,著见于文章,而国运从之"之说,无疑是诉诸传统对"乱世"与"亡国"之音所抱持的忧患意识与忌讳,以妖魔化、恐怖化钟、谭,欲令天下称诗者对竟陵避之则吉。

自钱氏之倡言排击,竟陵之诗为人诟病已达三百余年(二十世纪八十年代之后始出现比较积极的为钟、谭平反的努力)。② 钱氏之论至今犹虎虎有生气,这个现象发人深思。在文学及批评史上,随着理念与风气的推移,另类及修正性的看法往往为原来备受推扬或质疑的诗人带来新的受容命运。但在中国人的思想观念里,钱氏对钟惺的诅咒却很难破解,因为钱氏的议论除了文学批评,还带着政治性的谴责:钟惺的诗学被看作荼害国家福祉的妖物,是导致明室衰败的一个原因。在这样的思想逻辑中,文学场域与政治/道德场域难免交叠起来。在布迪厄的理论里,作为社会实践的不同体系,各个场域(如政治、经济、文化等等)是相对独立的,各有内在的运作规律,只有通过"折射"(refraction)的作用,场域之间的资源才可以互为互动。但看来,在中国人的思想世界里,文学场域与

---

① 可参胡幼峰《清初虞山派诗论》(台北:编译馆,1994年),第202—204页;孙之梅《钱谦益与明末清初文学》(济南:齐鲁书社,1996年),第314—327页。
② "竟陵派文学研究会"于1984年成立,翌年以"发扬楚学"为号召,于钟、谭故乡湖北天门县举行学术会议,论文后结集为:竟陵派文学研究会编《竟陵派与晚明文学革新思潮》(武汉:武汉大学出版社,1987年),内多有为钟、谭鸣冤与辩解者。

政治/道德场域之间并没有那么泾渭分明,二者的交通互动来得比布迪厄所允许的容易。这个认识对我们了解钱氏为何能对钟惺及竟陵派造成巨大的创伤非常重要。钟惺与竟陵之诗不但被看作下劣诗人、诗作,更被指斥为导致政治及社会衰败的妖氛邪气。竟陵钟、谭在此种泛历史及泛道德论的审判压力下势难翻身。

三、钱谦益对谭元春的抨击

钱谦益所撰《谭解元元春》附于钟惺小传后,其言曰:

元春,字友夏,竟陵人。举于乡,为第一人。再上公车,殁于旅店。与钟伯敬共定《诗归》,世所称钟、谭者也。钟、谭之疵病,如上所陈,亦已略见一斑。谭之才力薄于钟,其学殖尤浅,谫劣弥甚,以俚率为清真,以僻涩为幽峭。作似了不了之语,以为意表之言,不知求深而弥浅;写可解不解之景,以为物外之象,不知求新而转陈。无字不哑,无句不谜,无一篇章不破碎断落。一言之内,意义违反,如隔燕吴;数行之中,词旨蒙晦,莫辨阡陌。

原其初,岂无一知半解、游光掠影,居然谓文外独绝、妙处不传,不自知其识之堕于魔,而趣之沉于鬼也。已而名日盛,游日广,识下而心粗,胆张而笔放,遂欲秤量古今,牢笼宇宙。《诗归》之作,金根缪解,鲁鱼讹传,兔园老学究皆能指其疵陋,而举世传习奉为金科玉条,不亦悲乎。

世之论者曰:"钟、谭一出,海内始知性灵二字。"然则钟、谭未出，海内之文人才士皆石人木偶乎！日极七子之才致，不过为宋之陆放翁，自南渡以迄隆、万，将五百年，亦皆石人木偶，而性灵独掊发于钟、谭乎！

彼自是其一隅之见，于古人之学，所谓浑涵汪茫、千汇万状者，未尝过而问焉。而承学之徒，莫不喜其尖新，乐其率易，相与糊心眯目，拍肩而从之。以一言蔽其病曰：不学而已。亦以一言蔽从之者之病曰：便于不说学而已。

天丧斯文，余分闰位，竟陵之诗与西国之教、三峰之禅，旁午发作，并为孽于斯世，后有传洪范五行者，固将大书特书著其事应，岂过论哉！

伯敬为余同年进士，又介友夏以交于余，皆相好也。吴中少俊，多訾謷钟、谭，余深为护惜，虚心评骘，往复良久，不得已而昌言击排。吾友程孟阳之言曰："诗之学，自何、李而变，务于模拟声调，所谓以矜气作之者也；自钟、谭而晦，竞于僻涩蒙昧，所谓以昏气出之者也。"孟阳老于诗学，其言最为平允，论近代之诗者，衷之于孟阳斯可矣。（《小传》，丁集中，第571—573页）

钱氏显然意犹未尽，传文之外，复益以篇幅与传文相若的一段诗评，云：

友夏诗，贫也，非寒也；薄也，非瘦也；僻也，非幽也；凡也，非近也；昧也，非深也；断也，非掉也；乱也，非变也。芜词累句，略举一二。如《拟读曲歌》云："庞是侬家庞，日啖侬家粥。

昔昔不吠欢，侬私令啖肉。"《夏夜古意》云："明月皎皎照罗帏，罗花一一影香肌。郎来谀妾肌生花，取衣覆肌花在衣。"何其淫哇卑贱也！《隋大业镬歌》云："镬兮镬兮！不复镬兮！以之爇香，大损沉水。"何其俚也。《听青羊硱》云："太始有真意，钦哉非雨声。"用经义何其谬也。"岁添新事送，月放众生肥。""三吴士女俗，万古雨晴天。""眼花非乱射，散作万山江。""万叶一色红易终，我爱黄边绿边江。"何其鄙而倍也！

吴、越、楚、闽，沿习成风，如生人戴假面，如白昼作鬼语，而闽人有蔡复一字敬夫者，宦游楚中，召友夏致门下，尽弃所学而学焉。其诗云："花心犹怯怯，莺语乍生生。""未见胡然梦，其占曰得书。""以日为昏旦，其云无古今。""居之僧尚发，来者客能琴。"之乎其若，逐字安排；钦肃澹静，连章铺比。钟、谭之体，家户传习，汴人以"峨山吞日憨"为清词，吴士以"花骑蝶过墙"为丽句，滔滔不返，不至于横流陆沉，不但已也。录诗及此，庸以别裁末流，垂戒后学，作《易》者其有忧患乎？世之君子，亦可以谅我矣！

金陵张文寺曰："伯敬入中郎之室，而思别出奇，斤斤字句之间，欲阐古人之秘，以其道易天下，多见其不知量也。友夏别立蹊径，特为雕刻。要其才情不奇，故失之纤；学问不厚，故失之陋；性灵不贵，故失之鬼；风雅不道，故失之鄙。一言以蔽之，总之，不读书之病也。"吴门朱隗曰："伯敬诗'桃花少人事'，诋之者曰：'李花独当终日忙乎？'友夏诗'秋声半夜真'，则甲夜、乙夜，秋声尚假乎？"云子本推服钟、谭，而其言如此。（《小传》，丁集中，第573—574页）

在传文中,钱氏之评谭元春,重点在议讥谭之才薄学浅,进一步揭露"竟陵之诗"的疵病,而全文的逻辑支点建立在一个正统与异端无可调解的尖锐对立关系上。上文说过,文学场域必待性格鲜明、勇于争占位阶的行动者出现,方可能发生重大变革。钱氏在钟惺小传中拈出竟陵"深幽孤峭"的诗学宗旨,但未论及其实际内涵。倘若细审谭元春小传,则竟陵予时人的印象或可举而论之。钱氏指摘的谭之弊端,正好反面地凸显出竟陵的美学企图以及时人认为竟陵所取得的成就:意者钟、谭以"清真""幽峭"的境界为鹄的;立意取象则期诣于"意表之言""物外之象",亟亟"求深""求新";钟、谭既自负于"文外独绝""妙处不传",而承学之徒亦"喜其尖新"。尽管钱氏认为钟、谭之知"堕于魔",其趣"沉于鬼",但时人悦慕竟陵之诗,以为其自"性灵"流出。性灵乃晚明公安派之美学旨趣,而钟惺曾亲炙公安三袁的中郎宏道(1568—1610)。钱氏在为袁宏道写的小传《袁稽勋宏道》中讲过比较持平的一番话:

> 中郎之论出,王、李之云雾一扫,天下之文人才士始知疏瀹心灵,搜剔慧性,以荡涤摹拟涂泽之病,其功伟矣。机锋侧出,矫枉过正,于是狂瞽交扇,鄙俚公行,雅故灭裂,风华扫地。竟陵代起,以凄清幽独矫之,而海内之风气复大变。(《小传》,丁集中,第567页)

钟惺入袁宏道之室而继公安而起,领导文坛走向一崭新方向,其性灵之作必有异于公安之性灵者可知。公安三袁为明前后七子复古派之后文坛的革新行动者,钟、谭能继起而成一代宗匠,使文学场域起了结构性的巨变,则钟、谭绝为强有力、面目鲜明的行动者亦可推知。① 至于钟、谭所制《诗归》,钱氏在谭元春传文中之论略如其于钟惺小传中所言,指斥其"疵陋"误人。但举世既奉《诗归》为"金科玉条",则《诗归》已然成为文学批评、习读之"典范",对铸塑晚明诗学风气习性之影响必然至巨至大。

诗评一段,钱氏以一连串对立的语词罗织其对谭元春诗的批评:贫—寒、薄—瘦、僻—幽、凡—近、昧—深、断—掉、乱—变。然则寒、瘦、幽、近、深、掉与变,都是可以接受的诗歌意趣与风格,或时人称美谭诗之大端。然而,在钱氏看来,谭元春实不足以当之,其诗只是贫、薄、僻、凡、昧、断与乱。钱氏论竟陵多以钟、谭并举,此处虽独挑谭元春,但可推想,这些评语当亦适用于钟惺。钟、谭诗的优劣得失,大概见仁见智,誉之毁之,游移往返于此二系语词之间。但竟陵全盛之日,抱持如钱氏之意见者,必在少数,且无论如何,竟陵之诗必然性格鲜明,从字法到章法皆有笔墨可寻。钱举蔡复一(1567—1625)之学竟陵体,短期内即可升堂入奥,仿佛钟、谭面目,即一明证。且钱氏亦不得不承认,"钟、谭之体,家户传习","吴、越、楚、闽,沿习成风"。似乎,要摧毁竟陵,廓清钟、谭影响,若从诗法上入手,或难竟其全功。我们观察到,钱氏再次把文学批评挪置到政治与道德的场域上去,站在正统与异端对立的制高点上,高姿态地打击竟陵。钱氏举诗例后评道,"何其淫哇卑贱

---

① 公安与竟陵之异同,可参王恺《公安与竟陵:晚明两个"新潮"文学流派》,第181—193页;熊礼汇《略说竟陵派对公安派性灵说的修正》,《荆州师范学院学报(社会科学版)》2003年第6期,第12—15页。

也""何其俚也""用经义何其谬也""何其鄙而倍也",说诗而外,兼有强烈的道德批判意味。钱氏在传文中说,"竟陵之诗与西国之教、三峰之禅,旁午发作,并为孽于斯世";于诗评中说,"滔滔不返,不至于横流陆沉,不但已也",把竟陵之诗视为荼毒国家命运的妖氛邪气,并指点后之修史者("后有传洪范五行者"),必以"诗妖"目钟、谭为要。

传文及诗评合观,可见钱氏刻意经营着一个貌似持平公允的评论者形象。钱氏甚至在传文末段声称:"伯敬为余同年进士,又介友夏以交于余,皆相好也。吴中少俊,多訾謷钟、谭,余深为护惜,虚心评骘,往复良久,不得已而昌言击排。"在诗评中又说:"录诗及此,庸以别裁末流,垂戒后学,作易者其有忧患乎?世之君子,亦可以谅我矣!"予人的印象,是为了捍卫正道、复兴诗教,不得已才倡言攻排竟陵,非关个人恩怨或权位之争。① 为了缔造正直公平的姿态,钱氏在二段文字之中还穿插了程嘉燧(孟阳,1565—1643)、张文寺、朱隗对钟、谭的评论。但如细审三人的评语,不难发现,他们与钱氏的意见是完全一致的:程谓诗至竟陵而"晦","僻涩蒙昧",充满"昏气";张谓钟、谭"才情""学问""性灵""风雅"皆不济,以"不读书"之故;朱氏之评,则在钟、谭诗作文理窒碍不通之处。实际上,这种种观点钱氏自己已充分发挥,没有必要援引;钱

---

① 亦有一说,谓钱氏之攻讦钟惺,缘于记恨明万历三十八年(1610)庚戌科场党争旧事。钟惺、钱氏、袁中道、韩敬本旧好,曾共结文社修业。万历三十八年,钟惺、钱氏、韩敬同举进士。说谓钱氏本得状元,而宣党头目暗通关节,改置韩敬为第一,降钱氏为探花。科场斗争后,袁中道声援钱氏,钟惺则同情韩敬,自是钟、钱遂有隙云云。其事虽不无可能,但文献记载失详,难以确考,今转述之以备掌故而已。可参李圣华《晚明诗歌研究》,第201—202页。

氏诉诸"公论",无非虚张声势,给读者一种客观的印象而已。

布迪厄对文化场域中"高雅"(high)与"通俗"(popular)作品的观察颇有助于我们剖析上述两段文字暗中援借的批评资源及其所反映出的钱氏心态。布迪厄指出:相对于通俗文化作品的行动者,高雅文化作品的行动者似乎活在"信念"(belief)与"反经济"(anti-economic)的体系内;他们之得以创造象征性利益(symbolic profits),端在成功地营造出一个清高、超然的姿态,予人洁身自好、不沾名钓利,对实际利益貌似"冷漠"(disinterested)的印象。高雅文化作品的象征性权力往往依赖各种庙堂式文化机构与机制的维护与支持。(Bourdieu 1993:75)钱氏对竟陵的评议展现了一个正统与异端之争的深层结构,而雅与俗的尖锐对立凝聚着其中的批评张力。在钱氏的理路里,竟陵之诗大盛于时,不啻风雅扫地、诗道陵夷;钟、谭之弊病在卑陋,而"不读书""不学"乃其症结所在。钱氏在《南游草叙》的一段相关文字中即明白地表达了这一层意思。他说:

> 自近世之言诗者以其幽眇峭独之指,文其单疏僻陋之学,海内靡然从之,胥天下变为幽独之清吟,诘盘之断句。鬼趣胜,人趣衰;变声数,正声微,识者之所深忧也。①

钱氏一己的诗学立场,于学与不学此一端,亦昭然若揭了。无论钱氏如何努力树立公允的形象,他最终仍暴露了自己的诗学习气,而

---

① 〔清〕钱谦益:《钱牧斋全集·初学集》,卷33,第960页。

为了夺取钟、谭在文学场域中的权威位阶,钱氏祭出"正"学,以之掊击竟陵的"歪"学。

重视学问是钱氏诗文论中极为显著的一环。钱氏与门人形成所谓"虞山之学",其特征之一即在重学。至于诗学之道,钱氏既反对前后七子文必秦汉、诗必盛唐的复古主义,亦反对竟陵因追求尖新"僻见"而堕入师心自用的魔道。他主张广泛取汲于经典,深培学殖。在《娄江十子诗序》中,钱氏强调了学习儒家正典(canon)对于诗学、"为学"的重要性:

> 古之为学者,莫先于学《诗》。《诗》也者,古人之所以为学也,非以《诗》为所有事而学之也。古之人,十有三年学《乐》诵《诗》舞《勺》,成童舞象,春诵夏弦,秋学《礼》,冬学《书》。其于学《诗》也,没身而已矣。①

在为其及门弟子冯舒(1593—1649)所撰的《冯己苍诗序》中,钱氏有更耐人寻味的两段话。他说:

> 吾党冯生己苍,早谢举子业,枕经藉史,肆志千古。其为学尤专于诗,其治诗尤长于搜讨遗佚,编削讹缪,一言之错互,一字之异同,必进而抉其遁隐,辨其根核。……若近世之《诗归》,错解别字,一一举正。宾筵客座,辨论锋起,援古证今,矫尾厉角,自以为冯氏一家之学,论者无以难也。②

---

① 〔清〕钱谦益:《钱牧斋全集·有学集》,卷20,第844页。
② 〔清〕钱谦益:《钱牧斋全集·初学集》,卷40,第1086—1087页。

又:

> 已苍顾不鄙余,而以其诗卷请叙。孟子不云乎:君子深造之以道,欲其自得之也。又曰:博学而详说之,将以反说约也。余以为此学诗之法也。杼山之言曰:取由我衷,得若神表。文外之旨,但见情性,不睹文字。① 严羽卿以禅喻诗,归之妙悟,此非所谓"自得"者乎?"说约"者乎?"深造"也,"详说"也,则登山之蹊,渡水之筏也。"读书破万卷,下笔如有神""别裁伪体亲风雅,转益多师是汝师",得之者妙无二门,失之者邈若千里。此下学之径术,妙悟之指归也。荀卿曰:诵数以贯之,思索以通之,为其人以处之,除其害者以持养之。以是学诗也,其几矣乎?已苍之诗行世,必有读其诗而知其学者,于以箴砭俗学,流别风雅,其必有取于此矣。余之为序,非以张已苍,亦以为学诗者告也。②

这番言说,党同伐异的意味其实相当浓烈。请注意钱氏塑造的冯已苍的形象。冯已苍即冯舒,著有《诗纪匡缪》及他书,与弟冯班(1602—1671)称"海虞二冯",以诗学名家,为钱氏入室弟子。钱氏

---

① 钱氏于此处乃撮皎然《诗式》序及卷1"重意诗例"中语为言。《诗式序》原文为:"其作用也,放意须险,定句须难,虽取由我衷,而得若神授。"见〔唐〕释皎然著,李壮鹰校注《诗式校注》(北京:人民文学出版社,2003年),第1页。"重意诗例"原文为:"两重意已上,皆文外之旨,若遇高手如康乐公览而察之,但见情性,不睹文字,盖诣道之极也。"同前揭书,第42页。
② 〔清〕钱谦益:《钱牧斋全集·初学集》,卷40,第1087页。

引为"吾党",钱、冯志同道合可知。在钱氏的形容下,冯舒不求名利,潜心学问,高尚其志("早谢举子业,枕经藉史,肆志千古"),治诗则以治学的态度及方法对待。冯舒对钟、谭的《诗归》曾大加声讨,钱氏首肯,且举以为快事。上论钱氏击排竟陵时刻意以公平持正的形象出现,而在这里出现的"吾党"冯舒超然于功利之外、博涉经史、识达古今,他也严厉批评钟、谭的《诗归》。这在本质上无非是正统与异端、雅与俗的斗争再一次的演述。世人咸知冯舒为钱门弟子。借着文中的描述,钱门师弟的严正与权威形象得以更加彰显,而钱氏批评竟陵的正当性复得以加强。

　　在第二段引文中,钱氏批评了与竟陵诗学一脉相承的另一种"俗学""伪体",即以禅喻诗及妙悟说。竟陵"深幽孤峭"的诗学有追求"意表之言""物外之象"的倾向;换言之,与严羽(1197—1241?)的"诗道在妙悟"的主张是有若干交涉的。① 钱氏素不喜此种诗学理论,于此直斥皎然及严羽之说为"下学之径术"。(秉承师教,冯班亦著有《严氏纠谬》一名篇。)从钱氏反复强调读书与学习前人作品的重要性来看,他企图掊击的,其实很有可能是这里没有引述的严羽《沧浪诗话·诗辩》中的另一段名言:"夫诗有别材,非关书也;诗有别趣,非关理也。"②钱氏一向对参禅般的直觉体悟诗法不以为然,于此遂明白提出,涵泳古籍、转益多师方为诗学之"风雅"津梁。末云:"余之为序,非以张已苍,亦以为学诗者告也。"钱

---

① 钱锺书认为:"钟、谭论诗皆主'灵'字,实与沧浪、渔洋之主张貌异心同。"详参氏著《谈艺录(补订本)》,第 103—106 页。
② 〔清〕何文焕辑:《历代诗话》(北京:中华书局,1981 年),第 688 页。钱氏对严羽的批评,可参〔清〕钱谦益《唐诗英华序》,《钱牧斋全集·有学集》,卷 15,第 706—708 页。

氏欲代钟、谭而为天下师的企图昭然若揭。

四、钱氏之论于"党""里""世""史"的企图

钟、谭《诗归》初刻,当在万历四十五年(1617)前后。① 钟惺殁于八年之后的天启五年(1625),而谭元春则于崇祯十年(1637)前后下世。揆诸文献,钱氏未尝因为钟、谭已作古而稍事放松他对竟陵的抨击,反而有越演越烈的倾向。谭元春辞世后一年(崇祯十一年,1638),钱氏撰《刘司空诗集序》,云:

> 万历之季,称诗者以凄清幽眇为能,于古人之铺陈终始,排比声律者,皆訾謷抹杀,以为陈言腐词。海内靡然从之,迄今三十余年。甚矣诗学之舛也! ……又使世之览山水造居室者,舍名山大川不游,而必于诡特,则必将梯神山,航海市,终之于鬼国而已;舍高堂邃宇弗居,而必于突奥,则必将巢木杪,营窟室,终之于鼠穴而已。今之为诗者举若是,余有忧之而愧未有以易也。今年与刘司空敬仲先生相见请室,得尽见其诗。……而余独喜其渊静闲止,优柔雅淡,意有余于匠,枝不伤其本。居今之世,所谓复闻正始之音者与?使世之学者,服习是诗,奉为指南,必不至悼栗眩运,堕鬼国而入鼠穴,余又何忧焉? 史称陈、隋之世,新声愁曲,乐往哀来,竟以亡国。而唐

---

① 参陈国球《试论〈唐诗归〉的编集、版行及其诗学意义》,收入胡晓真主编《世变与维新:晚明与晚清的文学艺术》(台北:"中研院"中国文哲研究所筹备处,2001年),第24—25页。

天宝乐章,曲终繁声,名为《入破》,遂有安史之乱。今天下兵兴盗起,民不堪命,识者以谓兆于近世之歌诗,类《五行》之诗妖。①

与此极类似的说法亦见于数年之后的《徐司寇画溪诗集序》②(1643?),而情辞更耸人听闻:

> 自万历之末以迄于今,文章之弊滋极,而阉寺钩党凶灾兵燹之祸,亦相挺而作。尝取近代之诗而观之,以清深奥僻为致者,如鸣蚓窍,如入鼠穴,凄声寒魄,此鬼趣也。以尖新割剥为能者,如戴假面,如作胡语,噍音促节,此兵象也。鬼气幽,兵气杀,著见于文章,而气运从之。有识者审声歌风,岌岌乎有衰晚之惧焉。……昔者有唐之世,天宝有戎羯之祸,而少陵之诗出;元和有淮蔡之乱,而昌黎之诗出。说者谓宣孝、章武中兴之盛,杜、韩之诗,实为鼓吹。今东夷南寇,王师在野,游魂丑类,将取次扫除,而先生之诗,应运而出。天子大开明堂,采

---

① 为刘敬仲作。〔清〕钱谦益:《钱牧斋全集·初学集》,卷31,第908—909页。
② 此序为徐石麒(1578—1645)作,当成于明崇祯十五年(1642)至十六年(1643)之间,理由有二。一者,徐石麒于崇祯十五年十一月迁刑部尚书(故有"司寇"之称),次年正月削职;顺治二年(1645)南明弘光朝溃,徐自缢死。细审文意,可判此序作于明亡之前,而最有可能在崇祯十六年,以徐氏是年正月削职,夏返嘉兴,曾访钱氏于虞山。二者,此序收入钱氏《初学集》,而《初学集》于崇祯十六年刻行,故此序之撰,至迟不会超过本年。徐石麒事可参〔清〕张廷玉等撰《明史·徐石麒传》(北京:中华书局,1974年),卷275,第7039—7042页。

诗定乐,将以先生之诗为风始,岂偶然哉?①

钱氏对竟陵的批判模式与大旨至此二论完全确立,当中的论点乃至于语气、措辞一直延展到《列朝诗集》中的钟、谭传文及他处(详下)。钱氏于天启(1621—1627)初年着手编纂《列朝诗集》,惟创始不久即因政局动荡而搁置,明亡后始重理旧业,花了极大的力气将之完成。《列朝诗集》于顺治六年(1649)开雕,顺治十一年(1654)竣工,其《序》则写于前此二年的顺治九年(1652),编撰的工作应亦停于本年。钱氏的钟、谭小传至迟写于顺治九年可知。换言之,由明末至清初,至少在崇祯十一年(1638)到顺治九年(1652)之间的十四五年间,钱氏对竟陵的评议是极其一致且严苛的。(《列朝诗集》行世后,钱氏仍时有攻排竟陵的举动,但角度已有所调整。)②

下文探论关于此一时段(明崇祯十一年至清顺治九年,1638—1652)上文没有完全展开的一些相关议题。笔者认为:钱氏建立的

---

① 〔清〕钱谦益:《钱牧斋全集·初学集》,卷30,第903—904页。此外,钱氏在《曾房仲诗序》(《初学集》,卷32,第929页)中又曾以对明代"学杜"与"訾学杜"者的评论为切入点,发表过类似的看法。以下各文亦有相关论述:《答唐训导(汝谔)论文书》(《初学集》,卷79,第1702页)、《题怀麓堂诗钞》(《初学集》,卷83,第1758页)、《书李文正公手书东祀录略卷后》(《初学集》,卷83,第1758页)。但在此数文中钱氏并没有把竟陵诗风与亡国的原因紧密地扣连起来。

② 下列各诗、文或多或少都可读出这层意思:《季沧苇诗序》(1654;《有学集》,卷17,第758页);《白下秋声引》(1655;《牧斋杂著·牧斋有学集文钞补遗》,第498页);《赠别胡静夫序》(1656—1657?《有学集》,卷22,第898页);《题冯子永日草》(1660;《有学集》,卷48,第1576页);《王贻上诗序》(1661;《有学集》,卷17,第765页)及《古诗赠新城王贻上》(1661;《有学集》,卷11,第544页)。但在1638—1652年这个阶段以后,钱氏再也没有把竟陵之诗与明朝的衰亡相提并论

批评观念与态度不但期于结聚同"党",亦在影响同"里"与当"世",更欲流传于"史"。

晚明时,钱氏对东南地区深染竟陵习气感到十分懊丧,他在《孙子长诗引》中说:

> 本朝吴中之诗,一盛于高、杨,再盛于沈、唐,士多禽清煦鲜,得山川钩绵秀绝之气。然往往好随俗尚同,不能踔厉特出,亦土风使然也。……迩来吴声不竞,南辱于楚。苍蝇之声,发于蚯蚓之窍,比屋而是。求所谓长江广流,绵绵徐游者,未之有也。夫声音之道,与元气变化。木客之清吟,幽独之隐壁,非不幽清凄怆也,向令被之弦歌,奏之于通都大邑,令子野、季札之伦,侧耳而听之,其以为何如哉?里中孙子长,刻其诗数百篇,名《雪屋集》,含咀宫商,组唐纬宋,缘情匠意,而不屑为今日之吴声,可谓踔厉特出者也。……余老且废,不能为子长长价,姑引其端以告于世之为文正者。①

钱氏世居江苏常熟,此处举论"吴中之诗",大有检讨家乡一带文学总体表现的意思。他从吴中的诗歌传统说到晚近"吴声不竞,南辱于楚",焦点由诗学源流而及吴地文学风尚为竟陵所深刻影响的现象,批评结构中明显增加了地方文化势力消长的考虑角度。从钱氏这里的形容可知,以湖广竟陵为基地的钟、谭"楚"调已无远弗

---

① 为孙永祚作。〔清〕钱谦益:《钱牧斋全集·初学集》,卷40,第1086页。

届,吴越间亦"比屋而是";竟陵给钱氏带来的"辱"在俯仰鼻息之间。① 多了这一层认识,钱氏此处的心理底蕴就显得更耐人寻味了。他少见地——虽然相当含蓄——肯定了竟陵之诗的某种美学特质,说"木客之清吟,幽独之隐壁"(暗喻钟、谭)未尝不"幽清凄怆"。"木客""幽独"云云,在上引钱氏诸文中屡见,含义都是极其负面的,这里却不尽然,有一定的许可之意。② 但钱氏坚持,此种"幽清凄怆"的美学虽有其一定的、自足的价值,却绝不能"被之弦歌,奏之于通都大邑",不能让"子野、季札之伦,侧耳而听之"——一言以蔽之,不堪登大雅之堂。

关于钱氏论述中正统与异端、雅与俗尖锐对立的思维逻辑,上文已析论过,但这里在这个逻辑内展现的新元素——"通都大邑"与"子野、季札之伦",却有待我们推敲其寄意。笔者认为,它们似乎隐喻着钱氏本人及虞山诗人社群。钱氏居吴,于明季为东林党魁、东南诗学巨子,四方瞩目,而立足于常熟、以钱氏同里及钱门弟子为核心的虞山诗派亦已形成;易言之,亦俨然一诗学之"通都大邑"也。子野及季札乃古代乐师,审音观乐能占国家命运,③钱氏以"子野、季札"自况,于诗、文中所在多有。④ 由是观之,钱氏此处之

---

① 关于竟陵诗派的组合与传播,可参李圣华《晚明诗歌研究》,第 176—186、192—199 页;陈广宏《竟陵派研究》,第六章"发展后期:谭元春于竟陵派影响的进一步拓展",第 282—316 页。
② 钱氏《曾房仲诗序》亦有类似的说法:"若今之所谓新奇幽异者,则木客之清吟也,幽冥之隐壁也。纵其凄清感怆,岂光天化日之下所宜有乎?"见〔清〕钱谦益《钱牧斋全集·初学集》,卷 32,第 929 页。
③ 在古代传闻中,师涓选曲,而子野识亡国之音;季札听弦,知众国之风。
④ 如〔清〕钱谦益《徐季重诗稿序》,《钱牧斋全集·有学集》,卷 18,第 796—797 页。钱氏以古乐师自况最戏剧化的描述见氏著《孙幼度诗序》,《钱牧斋全集·初学集》,卷 31,第 915—916 页。

论,除了嗟惜吴地士子"随俗尚同",失足于楚人之诗,还有为自己的诗学阵地开疆拓土的寓意在。至于这里的"里中孙子长",钱氏没有用"吾党冯生已苍"那么热情洋溢的笔触形容。孙子长实系所谓虞山诗派成员之一,但钱氏行文之际刻意保持客观距离,此无他,以增强不偏不倚的观感耳。① 无论如何,既然孙子长"踔厉特出","不屑为今日之吴声",其诗集"含咀宫商,组唐纬宋,缘情匠意",诗学取向自与钱氏有若干相通之处,而钱氏必以孙子长为对抗竟陵之诗的"同路人",此可断言者。

钱氏《列朝诗集小传》中有另一"里中"诗人的记载。《沈秀才春泽》略云:

> 春泽,字雨若,常熟人。……余爱其才,而悯其志,翻阅其诗二千余首,才情故自烂然,率易丛杂,成章者绝少。士之负才自喜,而不知持择,迄以无成,良可悲也! 钟伯敬官南都,雨若深所慕好,郑重请其诗集,序而刻之。伯敬亡,雨若著论曰:"大江以南,学伯敬者,以寂寥言简练,以寡薄言清迥,以浅俚言冲淡,以生涩言尖新。篇章句字,多下一二助语,辄自命曰空灵。余以为空则有之,灵则未也。波流风靡,彼倡此和,未必非钟、谭为戎首也。"人不可以无年,雨若遂反唇于伯敬。虽然,斯论亦钟氏之康成也。(《小传》,丁集上,第472—473页)

---

① 在顺治十七年(1660)所写的《嗜奇说书陆秋玉水墨庐诗卷》中,钱氏有"孙子子长,吾党之知言者也"之语,可见钱、孙关系其实相当密切。钱文见氏著《钱牧斋全集·有学集》,卷47,第1561页。此外,钱氏又有《孙子长诗序》一文,对孙推奖甚力。文见氏著《钱牧斋全集·有学集》,卷19,第819—820页。

在钱氏的形容下,常熟同里秀才沈春泽的诗艺不过尔尔。钱氏披阅其诗作二千余首,得出的结论是:"成章者绝少。"沈春泽得以占《列朝诗集》一席位,似乎在于他虽曾"迷途",而后知返。沈春泽曾酷嗜钟惺之诗,乃至于郑重"请",序刻钟惺的诗集。那是钟惺"官南都"时的事(明人或称南京为南都)。这意味着,沈春泽曾经为竟陵之诗在江南一带的流布起过推波助澜的作用。但钟惺殁后,沈春泽却对江南地区学步竟陵的诗人予以严厉的批评,而其评论的面向,究其实,与钱氏及上述程嘉燧、张文寺、朱隗等所议论谭元春诗者大同。沈春泽并不讳言,该种诗学流弊之始作俑者乃钟、谭二人。钱氏对于沈春泽之对钟惺入室操戈表面上稍有保留,说"人不可以无年",但仍以东汉郑玄之驳难何休所为公羊学来比喻沈春泽之抨击竟陵诗,①毋宁是相当肯定沈氏之举的。②

　　沈春泽之对钟、谭倒戈相向看来是自发的。《列朝诗集小传》记载了另一个秀才诗人对钟惺的离弃,而其改辕易向,则是钱氏一

---

① 东汉何休好公羊学,著《公羊墨守》等书,郑玄著《发墨守》等以相驳难。何休见而叹曰:"康成入吾室,操我矛,以伐我乎!"
② 沈氏果有此论与否,今已无遗文可资覆按。惟钱氏此处所述沈氏语颇类沈氏于明天启壬戌(1622)《刻隐秀轩集序》中所发之言,略云:"盖自先生之以诗若文名世也,后进多有学为钟先生语者,大江以南更甚。然而得其形貌,遗其神情。以寂寥言精炼,以寡约言清远,以俚浅言冲澹,以生涩言新裁。篇章字句之间,每多重复;稍下一二助语,辄以号于人曰:'吾诗空灵已极!'余以为空则有之,灵则未也。……波流风靡,此倡彼和,有识者微反唇于开先创始者焉,则何不取《隐秀轩集》而读之也?"观此,可知沈氏之意其实在于讥讽大江以南之学钟者以为钟惺辩解。至于钟惺殁后,沈氏是否真有"反唇于伯敬"之事,文献无征,不能确指矣。沈氏《刻隐秀轩集序》见〔明〕钟惺著,李先耕、崔重庆标校《隐秀轩集》(上海:上海古籍出版社,1992 年),第 601 页,附录 1。

力促成的。钱氏《商秀才家梅》小传略云：

> 家梅，字孟和，闽县人。万历末年，游金陵，与钟伯敬交好。伯敬举进士，从之入燕。马仲良榷关浒墅，偕仲良之吴门。其交于余也，以钟、马，而其游吴中也，最数且久。居闽之日，与游吴相半，则以余故也。孟和少为诗，饶有才调，已而从伯敬游，一变为幽闲萧寂，不多读书，亦不事汲古。鑯心役肾，取给腹笥，低眉俯躬，目笑手语，坐而书空，睡而梦噩，呻吟咳唾，无往非诗，殆古之诗人所谓苦吟者也。崇祯丙子，自闽入吴，冯尔赓备兵太仓，好其诗而刻之。明年，余被急征，孟和力不能从，而又不忍余之银铛以行也，幽忧发病，死娄江之逆旅。……余尝与孟和论诗，举欧阳子论梅圣俞之言，以为："……今之人，不安于僻固狭隘，而哆然自骜，穷大而失其居，博采而不领其要。今之所以不及唐人者，岂非惩欧阳之云，而反失之乎？"孟和俯而深思，喟然而长叹曰："善哉，子之教我也！我今而知所以自处矣。我宁规规封己为僻固狭隘之唐人，不愿为不僻固不狭隘之今人也。子幸以斯言叙我诗，百世而下有指而目之者曰：此有明之世一僻固狭隘之诗人也。视欧阳子之称圣俞者，不尤有余荣矣乎！"……今录其遗诗，追忆平时往复之语，聊举其绪言，以慰孟和于地下，并以谂于世之知者。（《小传》，丁集下，第588—589页）

商家梅（？—1637）本闽人，但好游吴中，游吴之日或与居闽相半，而其游吴是为与钱氏相过从盘桓，二人情谊深厚自不待言。商

53

家梅却先是与钟惺相友好,从游久之,且作诗深受钟惺影响。据钱氏所述,商家梅之诗本富才调,但他自从与钟惺论交后不复读书,不汲古,"钂心役肾",专事苦吟,殚精竭智而后已。后钱氏与之论诗,晓以诗人宜贵"自处"之理,商始惕然而悟,收摄心思神志,知所持择,不再为"不僻固不狭隘之今人"之诗。从传文看来,对于商家梅之去钟惺而就己,且洗心革面不复作竟陵体诗,钱氏是相当得意的。钱氏于商家梅的行踪、交游指述颇详,于其入吴与己游而知披露性情一端刻画尤其深刻,此固追忆游从旧侣感情之自然流露,但下意识亦不无天下学诗者宜俯首向吴之意。文中述商家梅听己言后谓愿"百世而下有指而目之者曰:此有明之世一僻固狭隘之诗人"云云,文末谓举述商氏遗言"以谂于世之知诗者"云云,都流露着以己为一代诗学渠帅、以己之所述为金玉之言,无愧史论的弦外之音。

请论"史"之一端如次。钱氏《列朝诗集》有以诗存史之深刻寓意在。其创划之初,钱氏与程嘉燧共任其事。程氏与言曰:"元(好问)氏之集诗也,以诗系人,以人系传。《中州》之诗,亦金源之史也。……吾以采诗,子以庀史,不亦可乎。"(《小传》,附录,第819页)后程氏先殁,斯世复逢明清鼎革之变,编集事遂告中断。入清后钱氏独力将编纂的工作完成,"采诗"与"庀史",一力肩之。钱氏说:"乃以其间,论次昭代之文章,搜讨朝家之史乘。州次部居,发凡起例;头白汗青,庶几有日。"(《小传》,附录,第819页)其事之艰巨可知。《列朝》一集,录有明一代二百余年间约二千诗人之作,复系以诗人小传。全书卷帙浩繁,至今仍为研究明代诗学不可或缺的重要材料,钱氏之功伟矣!虽然,《列朝》一集既有"史"的企图,则亦宜体现"史"之宗旨与精神。史家务在信实,秉公无私,持论平正。但于竟陵一脉,《列朝》一集的处理终究是极其偏蔽的,展示的是钱氏一元权威式的封杀。此中消息,上文已援用相关文献反复论证,而爬梳《列朝诗集小传》,尚得资料数条,可佐上论,录如后。

《王金事思任》略云:

> 季重为诗,才情烂熳,无复持择,入鬼入魔,恶道岔出……季重颇负时名,自建旗鼓,钟、谭之外又一旁派也。余痛加芟薙,仍标举之如此。(《小传》,丁集中,第574—575页)

《王山人野》略云:

> 自选刻其诗一卷。晚年诗颇为竟陵熏染,竟陵极称之,为评骘以行世。凡竟陵所极赏者,皆余之所汰也。(《小传》,丁集下,第606页)

《吴居士鼎芳》略云:

> 鼎芳,字凝父,吴人。……凝父与葛震甫称诗于两洞庭,皆能被除俗调,自竖眉目。震甫晚自信不笃,颇折入于钟、谭;而凝父亭亭落落,迥然尘壒之外。震甫自负才大,以为入佛入魔,无所不可,竟不免堕修罗藕丝中;凝父修声闻辟支果,虽复根器小劣,后五百年终不落野狐外道也。(《小传》,丁集下,第609页)

《葛理问一龙》略云：

> 一龙，字震甫，吴之洞庭人。……正嘉之际，洞庭蔡九逵为清绮之词，颇自异于文、祝诸贤，以为独绝。震甫闻而说之，刊落剪刻，欲追配之于百年之上。已而年渐长，笔渐放，楚人谭友夏之流，相与尊奉之，浸淫征逐，时时降为楚调。人谓震甫之咻于楚，犹昌谷之移于秦，可为一喟也。余录震甫诗，力为爬剔，披除其晚年之变调，而震甫之本来面目宛然故在，不独为震甫解嘲，亦使吴之后贤知所以自树云耳。（《小传》，丁集下，第610—611页）

《王秀才留》略云：

> 留，字亦房，伯谷之少子也。……亦房之生也晚，未能传习其家学，而又浸淫于时调，横纵跌宕，于先人之矩矱，遂将佝而去之。其诗有曰……则不独谓之诗魔，且转入恶道中矣。余录其声调之俊逸者，才得数首，使知者以为伯谷之收子，而无使不知者以为近时之渠帅也。（《小传》，丁集下，第657—658页）

这里是有幸抑或不幸？入选《列朝》一集的五家诗人遭逢两种命运：一为作为批评竟陵的相关材料直接呈现（王思任[1575—1646]、吴鼎芳[1582—1636]属此）；一为经由"象征暴力"操作被

"去竟陵化"后面目全非地呈现(王野、葛一龙[1567—1640]、王留属此)。王思任才情见重于时,却"入鬼入魔,恶道岔出",建竟陵"一旁派",遂遭钱氏"痛加芟薙"。吴鼎芳与葛一龙同为吴人,称诗于两洞庭。吴鼎芳"根器"虽非上乘,但始终不为竟陵所蛊惑,乃得钱氏称许,谓"后五百年终不落野狐外道也"。相对于吴鼎芳,葛一龙晚年"自信不笃,颇折入于钟、谭","笔渐放",得竟陵谭元春等尊奉,于是"浸淫征逐,时时降为楚调"。钱氏录葛氏诗,行使选政霸权,"被除其晚年之变调",还其"本来面目"。钱氏复言,此举不但"为震甫解嘲",亦可警戒吴中后学,使其"知所以自树"。受到钱氏类似的"去竟陵化"处理的尚有王野和王留。王野晚年受竟陵熏染,其诗竟陵极称之,并为评点行世。钱氏选王野诗,"凡竟陵所极赏者",汰尽不录。王留未能传习其家学,而"浸淫于时调",钱氏斥为"诗魔","转入恶道中"。这样的诗,钱氏自然是不收的;他录王留诗仅数首,皆其"声调之俊逸者"。如细心观察,我们不难发现,上述钱氏的种种举动,从实际的删选行为到语调措词,皆弥漫着一股近似传教者的宗教狂热:对于他的同年友"诗妖"钟惺及其竟陵诗派,钱氏义无反顾地扮演着一个"驱魔者"(the exorcist)的角色。

五、所谓"诗妖"

"诗妖"一语,典出汉代刘向《尚书·洪范五行传》,班固《汉书·五行志》引,①作:"言之不从,是谓不艾,厥咎僭,厥罚恒阳,厥

---

① 《尚书·洪范五行传》今只传辑本,钱氏所据,应是《汉书·五行志》所保存《五行传》者。

极忧。时则有诗妖,时则有介虫之孽,时则有犬祸,时则有口舌之疴,时则有白眚白祥。惟木沴金。"①《五行志》释"诗妖"句云:"君炕阳而暴虐,臣畏刑而钳口,则怨谤之气发于歌谣,故有诗妖。"②请观《五行志》所载诗妖事一例:

> 史记晋惠公时童谣曰:"恭太子更葬兮,后十四年,晋亦不昌,昌乃在其兄。"是时,惠公赖秦力得立,立而背秦,内杀二大夫,国人不说。及更葬其兄恭太子申生而不敬,故诗妖作也。后与秦战,为秦所获,立十四年而死。晋人绝之,更立其兄重耳,是为文公,遂伯诸侯。③

要之,所谓诗妖者,乃君主肆虐不仁,臣下畏刑缄口,失其劝谏之职守,民间"怨谤之气"无由宣泄,于是借带有政治抗议性及预言性的诗谣抒发。这种俗谣童歌出现之时,往往又见其他预示性、警告性的天象及自然界的祸患、异象,即所谓不祥之兆。④ 以此,则诗妖指歌者或其所歌之篇什,有三项特征:(一)带有政治抗议性的"怨谤之气";(二)暗藏预言或当时无法了解的神秘讯息;(三)与其他异象同时出现。

钱氏诗妖之说虽谓取义于《洪范五行传》,但严格说来,其与《五

---

① 〔汉〕班固撰,〔唐〕颜师古注:《汉书·五行志》(北京:中华书局,1962年),卷27,第1376页。
② 同前注,第1377页。
③ 同前注,第1394页。
④ 《汉书》以后,《后汉书》《晋书》《宋书》《隋书》《旧唐书》《新唐书》《宋史》《元史》《明史》《清史稿》等都有"诗妖"的记载,其特征亦与此处所述者同。

行传》《五行志》里的原义是颇有出入的。首先,"童谣"等歌谣体之作与文人学士之诗在内容、体式、情韵上大有不同,本来就不应混为一谈。此端姑且置之不议。就上述"怨谤之气"一端言,钟、谭诗确有之,但同时诗人,甚或钱氏本人,亦往往有之,钱氏若执此责难竟陵诸子,未免过苛。且钱氏诗妖之论中,又常兼及钟、谭所制《诗归》,惟"怨谤之气"的特征,又何可周延于二人之诗选及诗评?就政治预言一端而言,钟、谭诗绝无之。究其实,钱氏乃以异端邪说、不祥之兆看待竟陵之诗(主要是上述的第三项特征)。钱氏云"天丧斯文,余分闰位,竟陵之诗与西国之教、三峰之禅,旁午发作,并为孽于斯世,后有传洪范五行者,固将大书特书著其事应,岂过论哉!"(语在谭元春传文中)即充分透露出这层意思。以竟陵之诗为不祥之兆,钱氏所凭据的,是他在竟陵之诗中读出的所谓"鬼趣"与"兵象",具体表现于"凄声寒魄"与"噍音促节"(语在钟惺传文中)的诗作特征中。可是,此种风格的诗篇文学史上所在多有,论者或以"变风""变雅"目之。此类诗歌,虽然地位常被置于"雅正"之作之下,但传统论者并未完全否定其价值,因其结合所谓"怨谤之气",常具针砭时弊的"讽刺"功能,统治者览之,可收警戒之效——至少在儒家诗教的理想中如此——上述《五行传》《五行志》文即在一定程度上认可诗妖所担当的社会功能。况且,倘若"凄声寒魄"与"噍音促节"即为诗妖之表征,则中国诗妖又何其多也!

总而言之,钱氏虽滔滔雄辩,运笔为斤,但所持的理据、所进行的深文周纳式的批评操作,在很大程度上是难以取信于通人大匠的。但吊诡的是,"历史"却似帮了钱氏一个大忙,使他原来的危言竦论变成危言"核论":竟陵之诗大盛之日(万历末至崇祯末的三四十年间),正值明朝内外交扰,兵连祸结,乃至终为清人所灭亡。如此一来,历史的发展竟又似证实了钱氏的预言,而钱氏在明亡之后仍屡屡重申其在明末所发的议论,恐怕是与这段对他极为有利的历史情状有着密切关系的。

设若钱氏论竟陵之诗与国运的关系本质上还是一个"将来式"、预言式的说法(即便到了明亡以后,钱氏诸文的"时态"依然存在着这个本质),那么朱彝尊在清初对钟、谭的批判则是干脆用"过去式"把竟陵之诗与明朝亡国的事实直接扣连起来。他说:

> 《礼》云:"国家将亡,必有妖孽。"非必日蚀星变,龙蟹鸡祸也。惟诗有然。万历中,公安矫历下、娄东之弊,倡浅率之调,以为浮响;造不根之句,以为奇突;用助语之辞,以为流转;着一字,务求之幽晦;构一题,必期于不通。《诗归》出,而一时纸贵,闽人蔡复一等,既降心以相从;吴人张泽、华淑等,复闻声而遥应,无不奉一言为准的,入二竖于膏肓,取名一时,流毒天下,诗亡而国亦随之矣。①

又说:

> 《诗归》既出,纸贵一时。……充其意不读一卷书,便可臻于作者。此先文恪斥为亡国之音也。②

---

① 〔清〕朱彝尊:《静志居诗话》,卷17,第502—503页,"钟惺"条。
② 同前注,卷18,第563,"谭元春"条。

很明显,除了把"妖孽""诗亡"与"国亡"三者之间的因果关系讲得更确凿不疑,朱说毫无新意,几乎全袭钱说而来。然而正其如此,可以看到,钱氏努力经营、形构的"竟陵诗妖"论述(discourse)已经在更广大的诗学知识谱系里扎根了(朱彝尊是清初继钱谦益而起的新一辈批评家,其编大型诗选《明诗综》甚或有与钱氏《列朝诗集》相颉颃之意)。又一世纪后,乾隆年间钦定,带有史论权威性的《四库全书总目提要》说:

> 天门钟惺更标举尖新幽冷之词,与(谭)元春相唱和,评点《诗归》,流布天下,相率而趋纤仄。有明一代之诗,遂至是而极弊。论者比之诗妖,非过刻也。①

钱氏对"后有传洪范五行者"的寄望没有落空,他的钟、谭"诗妖"说被采纳为史家对竟陵"大书特书"的盖棺论定。

当然,钱氏议论之偏颇已如上论,持反对意见者亦代不乏人,但似乎都无法彻底祛除"诗妖"一说蛊动人心的力量。从此一现象来看,钱氏的说法又似乎成功地触动了中国人思想、信仰系统里某些相当深层、敏感的元素。然而,此中底蕴必须展开另一方向深入的探讨,方得为征实之论,这里只好暂时存而不论了。

---

① 〔清〕永瑢等:《四库全书总目》(北京:中华书局,1965年),卷180,第1627页,"谭元春《岳归堂集》"条。

第二章　情欲的诗学[①]
——钱谦益、柳如是《东山酬和集》窥探

明崇祯十三年庚辰(1640)仲冬,柳如是(1618—1664)访钱谦益(牧斋,1582—1664)于江苏常熟虞山半野堂。半年之后,钱、柳结褵于茸城舟中。柳随钱返常熟,钱为筑绛云楼于半野堂后,柳乃称柳夫人。嫁入钱门,柳氏结束将近十年的漂泊生涯。

前此,柳如是漂泊无定,迁转在吴越之间,直至虞山钱谦益之访,始寻得一生之归宿。其时,柳如是乃远近闻名的一代才妓,"从良"前在一艘画舫上不断移徙,目的,是寻觅一个可托付终身的男人。看来,柳如是较诸当时别的女性(如名媛闺秀),似乎拥有较多的自由,可以选择往来的方向、托身的对象。究其实,这自由与特权,却是丧失了正常社会身份地位始能获得的——柳如是是一妓

[①] 本章原稿之匿名审查人及李孝悌教授、黄仕忠教授为本章的修订提供了宝贵意见,谨致谢忱。

女,寄身、活动于正常社会、道德、伦理价值体系的缝隙中。而且这一艘画舫,是无法自给自足的,每隔一段日子,它必须靠岸——靠近、进入男性主宰的世界——始能获得赖以存活的资源与补给。这船,不事生产,它与世界交易的,是欲望(desire),这欲望就是柳如是。这艘画舫,几乎可以视作柳如是的隐喻(metaphor)。而它在水中漂移时,是约翰·伯格(John Berger)所谓男性观看中的"景观"(a sight)吗?若然,它的身份构成,来自它己身的"观察者"(surveyor),而这"观察者",又是一个"被观察者"(surveyed)。伯格说:"女性自身的观察者是男性,而被观察者为女性。因此,她把自己变作对象——而且是一个极特殊的视觉对象:景观。"①在这样的理论导引下,我们会看到,西方裸体画中,裸女惯常以温顺或诱惑的目光睇视着画框外的观者(画像可能的小资产阶级/资产阶级买家)。这个看法,或可为我们提供思考柳如是现象的一个起点,但柳如是牵动的欲望纠结、权力运作,实则远远超过这种稍嫌简略的"观看之道"。

柳如是可以裸露身体,向观者投以温顺或诱惑的秋波,但这屈从的行为同时也为她攫取得操弄男性欲望的权力。柳如是是一个有情无情似真似假的颠覆。她偶尔"着男子服",无视传统礼教对女性"性别"服饰的规范要求(而且还习武,有侠义之气)。除了姿容绝世,柳氏"词翰倾一时",擅长诗词书画,富学识,精音律,通禅

---

① John Berger, *Ways of Seeing* (London: British Broadcasting Corporation & Penguin Books, 1972), p. 47. 中译见[英]约翰·伯格著,戴行钺译《观看之道》(桂林:广西师范大学出版社,2007年),第47页。

理。① 她与当时江南各地著名文士过从甚密,数载以前,云间陈子龙(1608—1647)即与柳有过一段短暂但炽烈的爱情。② 不妨说,在当时构成一个文士身份的种种条件,柳几乎都具备。后来钱谦益有时称柳为"柳儒士"(柳如是的谐音),戏谑而外,不无道理,柳氏拥有的"文化资本"(cultural capital)确实不亚于(甚或多于)男性文士。就某一意义而言,当时众多才人学士之所以倾慕于柳氏,是因为在柳氏身上看出某种自己,是自我认同(self-identification)的结果;而柳氏所拥有的,甚或多于自己,于是他们出于对己身"匮乏"的焦虑,更渴望着柳如是。柳如是是一个"景观",又大于、逸出于一个"景观"。欲望之所以可怕,是因为它是无穷尽的,难以餍足,方死方生,连圣人都只能以"节""寡"规训,知道不能"绝"。

我们回到庚辰十一月,柳如是拜谒钱谦益那一天的现场吧。据钱氏门人顾苓(1609—1682后)的记载:

> 庚辰冬,(柳)扁舟访宗伯。幅巾弓鞋,着男子服。口便给,神情洒落,有林下风。宗伯大喜,谓天下风流佳丽,独王修微、杨宛叔与君鼎足而三,何可使许霞城、茅止生专国士名姝之目。③

---

① 〔清〕顾苓:《河东君小传》,收入范景中、周书田编纂《柳如是事辑》(杭州:中国美术学院出版社,2002年),第5页;陈寅恪:《柳如是别传》,第375页。
② 可参 Kang-i Sun Chang, *The Late-Ming Poet Ch'en Tzu-lung: Crises of Love and Loyalism* (New Haven, CT & London: Yale University Press, 1991);〔美〕孙康宜著,李奭学译《陈子龙柳如是诗词情缘》(台北:允晨文化实业股份有限公司,1992年)。
③ 〔清〕顾苓:《河东君小传》,范景中、周书田编纂:《柳如是事辑》,第5页。

第二章　情欲的诗学——钱谦益、柳如是《东山酬和集》窥探

在这描述中,柳如是乘的是"扁舟",小船,意味着柳如是离开了她的画舫、她掌控的资产、仆从、熟悉的环境,果毅地、神情潇洒地趋赴半野堂。(历史学家却可能会败兴地告诉我们,城里的水道,一艘画舫无法通过。此待考。)柳如是向钱谦益献上一首诗,目的,是奉承、诱惑他。此后半年,《东山酬和集》刊刻行世,集内收入钱、柳及钱之友人、门人唱和之诗文。① 《东山酬和集》是钱、柳的爱情结晶,也是一本欲望之书,镌刻着钱、柳环绕着爱欲的相互建构(inter-subjective constitution),也见证着诗歌的语言、书写行为在这段情感结构(structure of feeling)中所扮演的意味深长的角色。下文探论《东山酬和集》中二组最富诱惑、情色意味的唱和诗(也是集中钱、柳第一组和最后一组赠答诗),观看钱、柳如何在情色的机制及"赠答"的互动结构中展露、建构各自的主体性;复次,论述《东山酬和集》的权力形构(configuration),以及是书在晚明"情观"(cult of love)文化及文化生产场域中的意义。

---

① 金鹤冲《钱牧斋先生年谱》庚辰(1640)条载:"冬十一月,河东君至止半野堂。……与程孟阳辈文宴浃月,先生刻《东山酬和集》二卷。"见〔清〕钱谦益《钱牧斋全集·牧斋杂著》,附录,第937页。今案:金氏记非是。《东山酬和集》集中所载止辛巳(1641)六月七日诗。集前有沈璜序,有语曰:"壬午(1642)元夕,通讯虞山,酬和之诗,已成集矣。"下署"崇祯十五年(1642)二月望日"。另有孙永祚《〈东山酬和〉赋》,后署:"岁在壬午孟陬之月。"以知《东山酬和集》不能早于崇祯十五年二月十五日(公元1642年3月15日)行世。见〔清〕钱谦益、柳如是等撰《东山酬和集》,收入周书田、范景中辑校《柳如是集》(杭州:中国美术学院出版社,2002年),第119—120、123页。

一、诱惑的艺术,才色艺的诱惑

柳如是初呈钱谦益诗如下:

> 庚辰仲冬访牧翁于半野堂,奉赠长句
>
> 河东柳是
>
> 声名真似汉扶风,妙理玄规更不同。
> 一室茶香开澹黯,千行墨妙破冥蒙。
> 竺西瓶拂因缘在,江左风流物论雄。
> 今日沾沾诚御李,东山葱岭莫辞从。①

诱惑,以身体,以诗的语言,对情爱来说,再妥帖不过。以诗呈赠,又是拜谒名人惯常的做法。诗,在这个场合出现,名正言顺。七律的空间比绝句大,也容易写得比较工稳。柳如是必须找到一个如律诗的构体一般绝对稳当的结构与意韵,靠近钱谦益。于是,起句便拈出钱氏的声誉,将他比作东汉学者马融。夸赞钱氏学问渊博是字面的意思,更重要的是,挑拨钱氏不羁的一面。史传中马融的形象:

> 融才高博洽,为世通儒,教养诸生,常有千数。涿郡卢植,北海郑玄,皆其徒也。善鼓琴,好吹笛,达生任性,不拘儒者之

---

① 〔清〕钱谦益、柳如是等:《东山酬和集》,第125页。

第二章 情欲的诗学——钱谦益、柳如是《东山酬和集》窥探

节。居宇器服,多存侈饰。常坐高堂,施绛纱帐,前授生徒,后列女乐,弟子以次相传,鲜有入其室者。①

柳如是要钱氏接受自己"入其室",要他"不拘儒者之节",不顾忌"前授生徒,后列女乐"。柳如是就是"女乐"。用上"汉扶风"之典,柳氏轻而易举就为自己创造了一个立身之地。紧接着夸赞钱氏在佛学上的"妙理玄规",那是连马融都没有的夸赏之辞,落实到钱氏自负之处。马融一典,援借古代人物以喻钱,虚;说钱氏的"妙理玄规",实,分别布置在诗的首二句——钱氏会点头,欣然称妙,然后,抬头端视柳氏。

靠近他,用官感(senses),然后,靠近他的身体。体温。室外是十一月的虞山,寒冷黯淡,而室内,茶香满溢。冬日里奉的茶自然是温润的,一室之内,钱、柳共尝着这茶,在愉悦的嗅觉和味觉中,在端着茶杯的触感中,这茶味茶香,就有了肌肤柔腻的质感了。少了戒备,钱氏心神摇醉起来。"千行墨妙破冥蒙",是夸奖钱氏的著作或书迹。然而,更值得玩味的,是二人观看这"墨妙"的位置。是钱谦益和柳如是并肩看壁上挂着的条幅?这意味着二人从座位上站起来,走向对方,然后并肩站着。抑或是柳如是站在钱谦益身旁,低着头看钱氏在案上作书?抑或是柳氏接过钱氏手里的书迹观看?二人即便端坐着看,都会下意识地挪动身体,眼神瞬间接触。这种种都有可能,都意味着二人的身体接近了,即便不动。

接着一联,进一步煽动"风流"的"因缘"。业力。钱氏是虔诚

---

① 〔南朝宋〕范晔撰,〔唐〕李贤等注:《后汉书·马融列传》(北京:中华书局,1965年),卷60,第1972页。

的佛教徒,柳如是"在"字说得笃定坚决,仿佛二人的因缘宿命早定。这因缘论如何抗拒?何况有色。"风流"一语,继续驯服钱谦益。东晋谢安称"风流宰相",而钱谦益在当世不亦有"风流教主"之名?① 风流韵事与钱氏东林党魁、文坛宗匠的身份地位相得益彰,晚明之世可以这样。最后两句,柳氏坦言愿意跟随钱氏,而且不是像"御李"般晚辈追随前辈的意思,②而是像"东山妓"那样托身事主。谢安隐居东山,每游赏,必携妓以从,后"东山再起",建勋业伟绩。时钱氏正失意于官场,蛰居乡间,但东山复出之念无一日或已。柳氏用东山一典奉承钱氏,又自愿委身为东山之妓,与钱氏缔结"因缘",这样美好的诱惑,钱氏能抵挡得了?其时,钱谦益六十岁。人间爱晚晴。

钱谦益用韵奉答,其诗如后:

> 柳如是过访山堂,枉诗见赠,语特庄雅,辄次来韵奉答
> 　　　　　牧翁
> 　文君放诞想流风,脸际眉间讶许同。
> 　枉自梦刀思燕婉,还将抟土问鸿蒙。太白《乐府》诗云:"女娲戏黄土,团作下愚人。散作六合间,蒙蒙若沙尘。"
> 　沾花丈室何曾染,折柳章台也自雄。

---

① 〔清〕张明弼:《冒姬董小宛传》云:"虞山钱牧斋先生维时不惟一代龙门,实风流教主也。"收入〔清〕冒襄辑《同人集》(台南:庄严文化事业有限公司,1997年《四库全书存目丛书》,第385册据北京师范大学图书馆藏清康熙冒氏水绘庵刻本影印),卷3,第43b页。
② 东汉荀爽谒李膺归,沾沾自喜,云:"今日乃得御李君矣。"事见〔南朝宋〕范晔撰《后汉书·李膺列传》,卷67,第2191页。

第二章 情欲的诗学——钱谦益、柳如是《东山酬和集》窥探

但似王昌消息好,履箱擎了便相从。《河中之水歌》云:"平头奴子擎履箱。"①

钱谦益和诗题中谓柳之原唱"语特庄雅",无非是制造一个体面的回应借口罢了。柳诗末二句说得决断,钱诗"奉答",亦回得老辣,且字面背后,活色生香。起二句用西汉卓文君典,化用《西京杂记》文辞:"文君姣好,眉色如望远山,脸际常若芙蓉,肌肤柔滑如脂。十七而寡,为人放诞风流。故悦长卿之才,而越礼焉。"②此处"放诞风流"云云,钱诗化作首句。钱诗次句述柳氏"脸际""眉间"的姿色,然若与原典合读,则知还暗藏着"肌肤柔滑如脂"一句。一开始,钱氏就想象着柳氏的肌肤了。卓文君"悦长卿之才,而越礼焉",柳氏此际,不亦如是?究其实,钱、柳唱和之诗,就是在"越礼"与"语特庄雅"两端的罅隙中流连晃荡。

颔联"枉自"一句,用"梦刀"之典,其意来自唐代元稹《寄赠薛涛》诗:

锦江滑腻峨眉秀,幻出文君与薛涛。
言语巧偷鹦鹉舌,文章分得凤凰毛。
纷纷词客多停笔,个个公侯欲梦刀。

---

① 〔清〕钱谦益、柳如是等:《东山酬和集》,第125—126页。
② 〔汉〕刘歆撰,〔晋〕葛洪辑:《西京杂记》,(台北:台湾商务印书馆,1983年文渊阁《四库全书》,第1035册),卷2,第3b页。

别后相思隔烟火,菖蒲花发五云高。①

薛涛乃唐代名妓,有文才,能诗,柳如是则当代风流佳丽,亦以才艺见称,钱氏的联想是恰当的。句谓柳氏倾慕者如云,以得亲近为幸,即元稹"纷纷词客多停笔,个个公侯欲梦刀"之意。② 元稹诗第二句"文君与薛涛"并举,钱氏起联用卓文君典,颔联用薛涛典,灵感许是来自《寄赠薛涛》。钱诗首二句有"肌肤柔滑如脂"的潜文本(sub-text),颔联用"梦刀"一典,想象联系到元稹寄赠薛涛诗,"肌肤"的意象又浮现了。元稹诗起联说:"锦江滑腻峨眉秀,幻出文君与薛涛。"钱氏化用之,仍然幻想着柳如是的身体,肌肤如"锦江滑腻"。"还将"一句,钱氏自注,用李白《乐府》诗,暗指柳如是佻脱的性格、美色足可以蛊惑世人,倾城倾国。钱氏却在接着的颈联表示,众人皆醉我独醒,故意先退后一步,保持距离,然后再逼近柳氏。

颈联"沾花""折柳"二句,分用二典。"沾花"句,用"天女散花"意。佛经载,维摩诘室上天女以天花散诸菩萨、大弟子身上,至菩萨身上即皆堕落,至弟子身上黏着不堕,以弟子起分别心,结习

---

① 《唐诗纪事》:"微之闻西蜀薛涛有辞辩,及为监察使蜀,以御史推鞫,难得见焉。严司空潜知其意,每遣薛往。洎登翰林,以诗寄曰……"见〔宋〕计有功撰《唐诗纪事》(文渊阁《四库全书》,第1479册),卷37,第2a页。

② "梦刀",代指益州或蜀地。《晋书·王濬列传》:濬夜梦悬三刀于卧屋梁上,须臾又益一刀,濬惊觉,意甚恶之。主簿李毅再拜贺曰:"三刀为州字,又益一者,明府其临益州乎?"及贼张弘杀益州刺史皇甫晏,果迁濬为益州刺史。见〔唐〕房玄龄等撰《晋书·王濬列传》(北京:中华书局,1995年),卷42,第1208页。

未尽故然。① 钱诗说"何曾染",即谓未为如天女天花般美好的柳如是所迷惑。然而,钱氏在对句中却又用了唐韩翃旧事。上一句把柳如是推开,这里又把柳氏拉回来。唐孟棨《本事诗》载,翃有宠姬柳氏,翃成名,从辟淄、青,置之都下。数岁,寄诗曰:"章台柳,章台柳,往日青青今在否? 纵使长条似旧垂,亦应攀折他人手。"柳复书答诗曰:"杨柳枝,芳菲节,可恨年年赠离别。一叶随风忽报秋,纵使君来岂堪折!"②原典中韩翃以柳氏已为他人所"折"为恨,不复爱恋。钱诗却反其意而用之,意谓柳如是艺妓出身,以前风月之事自多,但他不以为嫌,"折"了眼前之"柳",亦一雄举也。

钱诗结联亦藏二典故。李商隐《代应》诗云:"本来银汉是红墙,隔得卢家白玉堂。谁与王昌报消息,尽知三十六鸳鸯。"③王昌于史上事迹不显,只因姿仪俊美为人叹赏,唐诗中屡及之,变成女子如意郎君的借代(stock image)。钱句用《代应》诗意,但以"但似"一语领起,是否表示犹疑之意? 抑或其事尚有障碍? 从《代应》诗接着一句"三十六鸳鸯"的意象可知,钱氏已表示愿意和柳氏结

---

① 《维摩诘所说经》卷中《观众生品》:时维摩诘室有一天女,见诸大人闻所说法,便现其身,即以天华,散诸菩萨、大弟子上。华至诸菩萨,即皆堕落,至大弟子,便着不堕。一切弟子神力去华,不能令去。尔时天女问舍利弗:"何故去华?"答曰:"此华不如法,是以去之。"天曰:"勿谓此华为不如法。所以者何? 是华无所分别,仁者自生分别想耳! 若于佛法出家,有所分别,为不如法;若无所分别,是则如法。观诸菩萨华不着者,已断一切分别想故。譬如人畏时,非人得其便;如是弟子畏生死故,色、声、香、味,触得其便也。已离畏者,一切五欲无能为也;结习未尽,华着身耳! 结习尽者,华不着也。"〔姚秦〕鸠摩罗什译:《维摩诘所说经·观众生品第七》(CBETA 电子佛典 V1.13 普及版《大正新修大藏经》,第 14 册),第 475 号,卷中。
② 〔唐〕孟棨:《本事诗》(文渊阁《四库全书》,第 1478 册),第 6a 页。
③ 〔唐〕李商隐撰,〔清〕朱鹤龄注:《李义山诗集注》(文渊阁《四库全书》,第 1082 册),卷 1 下,第 42b 页。

为鸳鸯佳侣了。诗的结句用《乐府诗集》梁武帝萧衍《河中之水歌》意,钱氏已引"平头奴子擎履箱"一句为诗注。《河中之水歌》全诗如下:

> 河中之水向东流,洛阳女儿名莫愁。
> 莫愁十三能织绮,十四采桑南陌头。
> 十五嫁为卢家妇,十六生儿字阿侯。
> 卢家兰室桂为梁,中有郁金苏合香。
> 头上金钗十二行,足下丝履五文章。
> 珊瑚挂镜烂生光,平头奴子擎履箱。
> 人生富贵何所望,恨不早嫁东家王。①

首句"河中之水向东流"恰好藏有柳氏"河东"之名,钱氏用此诗,可谓巧妙。钱诗前面一句原典中有"隔得卢家白玉堂",此句所用之典亦咏及"卢家兰室",意象相呼应。李商隐及萧衍二诗合观并读,可知此中"消息"大好,柳如是的"平头奴子"大可准备把她的"履箱"搬进钱家去了。

二、故人的欲望:记忆与压抑

《东山酬和集》钱、柳第一组唱和诗的赓唱者是程嘉燧(1565—1643)。钱谦益与程嘉燧情同手足,二人真挚的友谊,当时后世,传

---

① 〔宋〕郭茂倩辑:《乐府诗集》(文渊阁《四库全书》,第 1347—1348 册),卷 85,第 17b 页。

第二章 情欲的诗学——钱谦益、柳如是《东山酬和集》窥探

为美谈。程氏殁于一六四三年,后十二年,钱序程遗稿《耦耕堂集》。耦耕堂,其实是钱在自己的庄园里为程建的别业:"耦耕堂在虞山西麓下,余(钱氏)与孟阳(程氏)读书结隐之地也。"①钱谦益曾追怀与程氏往昔"读书结隐"之情谊并述"耦耕"之为义如此:

> 天启初,孟阳归自泽潞,偕余栖拂水,硼泉活活循屋下,春水怒生,悬流喷激,孟阳乐之,为亭以踞硼右,颜之曰闻咏。又为长廊以面北山,行吟坐卧,皆与山接。朝阳榭、秋水阁次第落成。于是耦耕堂之名,遂假孟阳以闻于四方。既而从形家言,斥为墓田,作明发堂于西偏,而徙耦耕堂于丙舍,以招孟阳。庐居比屋,晨夕晤对,其游从为最密。……此集则自天启迄崇祯,拂水卜居,松圆终老之作,总而名之曰《耦耕》者,孟阳之志也。余与孟阳相依于耦耕堂者,前后十有余载。②

钱、程友谊之深、情感之真,可见一斑。而《耦耕堂集》,亦可说是程嘉燧谢世前奉献给钱氏的最后一份心意。程氏殁前二月,作《耦耕堂集自序》,云:

> 余既归山中,暇日追录遗忘,辑数年来诗文为二帙。会虞山刻《初学集》将就,书来索序甚亟。自念衰病,不复能东下,就见终老,遂以是编寓之,而略序数年踪迹于卷端,使故人见之,庶可当一夕面谈,而因以见予老年转徙愁寂,笔墨之零落

---

① 〔清〕钱谦益:《钱牧斋全集·有学集》,卷18,第782页。
② 同前注。

如此,或为之慨然而太息也。①

钱氏在《列朝诗集·松圆诗老小传》中也记道:"(程)卒之前一月,为余序《初学集》,盖绝笔也。"(《小传》,丁集下,第577页)可见程氏最后还是为钱的《初学集》写了序言,而该文,很可能就是程氏一生之绝笔。

程嘉燧最后一次往访钱氏于虞山半野堂,在庚辰仲冬,适值柳如是翩然而至。钱、柳吟罢搁笔,程氏和韵奉赠,共二首,其一云:

半野堂喜值柳如是,用牧翁韵奉赠
偈庵程嘉燧
翩然水上见惊鸿,把烛听诗讶许同。
何意病夫焚笔后,却怜才子扫眉中。
菖蒲花发公卿梦,芍药春怀士女风。
此夕尊前相料理,故应恼彻白头翁。②

这是一首耐人寻味的和诗。柳如是,于程嘉燧是故人了。柳如是拜谒钱谦益之前数年,曾二度往游嘉定(分别在一六三四年及一六三六年),③与当地文士游宴酬唱;第二次赴嘉定,甚至曾在程

---

① 〔明〕程嘉燧:《自序》,《耦耕堂集》(北京:北京出版社,2005年《四库禁毁书丛刊补编》,第67册据上海图书馆藏清顺治十二年[1655]刻本影印),第1b—2a页(总第92—93页)。
② 〔清〕钱谦益、柳如是等:《东山酬和集》,第126页。
③ 此据陈寅恪之考证。参氏著《柳如是别传》,"河东君嘉定之游"一节,第142—234页。

宅留宿二夜。

那时,程嘉燧疯狂地爱上柳如是。《耦耕堂集》"诗卷中",有二十多首关于柳如是的诗,作期最早的是一题八首的《朝云诗》,咏柳如是首次嘉定行的情事。其时,柳氏十七岁,程氏七十岁。史家陈寅恪曾有此观察:"上海合众图书馆藏耦耕堂存稿诗钞本上中下三卷。其中卷载有《朝云诗》八首(孟阳之婿孙石甫介藏钞本,题作'艳诗'。刻本钞补题作'朝云诗'。此原钞本,本题'朝云诗',旁用朱笔涂改'伎席'二字。……)……"①二载之后,初春时节,柳再度现身嘉定,离去后,程氏复有《缅云诗》,亦一题八首,也是绮艳之词。

程氏《半野堂喜值柳如是,用牧翁韵奉赠》第一首的互文(inter-text),竟然是上述"伎席"之"艳诗"。请观《朝云诗》其一:

> 买断铅红为送春,殷勤料理白头人。
> 蔷薇开遍东山下,芍药携将南浦津。
> 香泽暗菲罗袂解,歌梁声揭翠眉颦。
> 颠狂真被寻花恼,出饮空床动涉旬。

其四:

> 邀得佳人秉烛同,清冰寒映玉壶空。
> 春心省识千金夜,皓齿看生四座风。
> 送喜舣船飞凿落,助情弦管斗玲珑。

---

① 陈寅恪:《柳如是别传》,"河东君嘉定之游"一节,第142—234页。

天魔似欲窥禅悦,乱散诸花丈室中。

其五:

城晚舟回一水香,被花恼彻只颠狂。
兰膏初上修蛾绿,粉汗微消半额黄。
主客琅玕情烂熳,神仙冰雪戏迷藏。
谁能载妓随波去,长醉佳人锦瑟傍。①

《缃云诗》其三:

朝檐天外鹊来声,夜烛花前太喜生。
婪尾宴收灯放节,扫眉人到月添明。
香尘洞洞歌梅合,钗影差池宿燕争。
等待揭天丝管沸,彩云缃定不教行。

其四:

梅飘妆粉听无声,柳着鹅黄看渐生。
雷茁玉尖梳底出,云堆煤黛画中明。
不嫌昼漏三眠促,方信春宵一刻争。
背立东风意无限,衩腰珠压丽人行。②

---

① 〔明〕程嘉燧:《耦耕堂集》,耦耕堂诗卷中,第 7b—8b 页(总第 111 页)。
② 〔明〕程嘉燧:《耦耕堂集》,耦耕堂诗卷中,第 15a—15b 页(总第 115 页)。

第二章　情欲的诗学——钱谦益、柳如是《东山酬和集》窥探

程嘉燧《耦耕堂集》中涉及柳如是事迹之诗篇,陈寅恪《柳如是别传》考证已极详尽,可参看。据之,《朝云诗》前五首,写的是柳氏初访嘉定,与当地诸老酬唱往还之事,而上引其四一首,乃程氏邀得柳氏至其住处秉烛夜饮之景况;《绐云诗》八首所咏者,乃柳氏第二次嘉定之行,而上引其三其四二首,更是柳留宿程家的写照。设若陈氏之说不误,则嘉定诸老及程氏拜倒柳氏石榴裙下的荒唐景象于诗中历历可考。①

不意一别数载,程氏再晤柳氏,竟是在柳拜谒钱氏,自表托身之愿之际。情何以堪?程氏和诗前四句,深陷在记忆的沼泽中,浮想联翩,不能自拔。"翩然水上见惊鸿",典出曹植《洛神赋》:"其形也,翩若惊鸿,婉若游龙。荣曜秋菊,华茂春松。仿佛兮若轻云之蔽月,飘飖兮若流风之回雪。"②将柳如是比作洛水女神,难免带有赋中所言"余情悦其淑美兮,心振荡而不怡"之意。而那时,程氏唤柳氏作"云生""云娃""杨朝"。③

"把烛听诗讶许同"——那次柳氏过程氏住处夜饮,那回柳氏留宿程家,程氏颠喜若狂,事后追忆,文辞依然热情洋溢,云:"邀得佳人秉烛同,清冰寒映玉壶空。""朝檐天外鹊来声,夜烛花前太喜生。"得与柳共处一室,程氏"不嫌昼漏三眠促,方信春宵一刻争"。正如现在所说的:"何意病夫焚笔后,却怜才子扫眉中。"柳氏才艺

---

① 陈说详参氏著《柳如是别传》,第 163、169—183、201—212 页。
② 〔南朝梁〕萧统编,〔唐〕李善、吕延济等注:《六臣注文选》(文渊阁《四库全书》,第 1330—1331 册),卷 19,第 19a—19b 页。
③ 此数名俱见程氏各诗题中。

色俱绝,让人忘记自己乃一古稀老翁,已不适合谈情说爱。邀得佳人来访,看一切仿佛都不一样,都更美好,"扫眉人到月添明"。程氏晚年,遏尘想,皈心禅寂,可柳氏的出现,让人方寸大乱,无法自持,端的是:"天魔似欲窥禅悦,乱散诸花丈室中。"天花坠落,维摩诘室中弟子"神力去华,不能令去",而程氏,却亟亟不欲此天花离己而去:"等待揭天丝管沸,彩云絪缊不教行。"花痕月片,无多风月,却痴情执念一至于此。程氏和诗颈联云:"菖蒲花发公卿梦,芍药春怀士女风。"览之,怎能不联想到上引元稹《寄赠薛涛》诗的结联"别后相思隔烟水,菖蒲花发五云高"?① 别后思念绵绵,不尽依依。

　　从旧忆中回转过来,此夕何夕?何思绪之纷乱难理?程氏挥笔写下"此夕尊前相料理,故应恼彻白头翁"作结。当年"殷勤料理"的"白头人",是因为"颠狂真被寻花恼""被花恼彻只颠狂",而此夕半野堂上的"白头翁",追怀前尘往事,面对钱、柳二人款曲暗通,情意方殷,如何能不再一次"恼彻"?只是,此时此地的"恼彻",恐怕别有一番酸涩滋味在心头了。

　　回过神来,程嘉燧急忙再濡笔写下另一首和诗,其辞如下:

次牧翁韵再赠
偈庵

居然林下有家风,谁谓千金一笑同?
杯近仙源花潋潋,半野堂近桃源硼,故云。云来神峡雨蒙蒙。

---

① 《薛涛传》,见〔唐〕薛涛、李冶《薛涛李冶诗集》(文渊阁《四库全书》,第 1332 册),第 1b 页。

第二章 情欲的诗学——钱谦益、柳如是《东山酬和集》窥探

> 弹丝吹竹吟偏好,抉石锥沙画更雄。
> 诗酒已无驱使分,熏炉茗碗得相从。①

程氏和的第一首诗太不得体,太不知情识趣了,轻则钱、柳二人看了尴尬,不知如何反应,严重则难保不会伤了和钱氏的感情。程氏必须马上调整语调,缓和气氛,找一个下台阶的办法。

这是一首工稳明快的诗。起联借古才女谢道韫"林下之风"以喻柳氏"神清散朗",才情出众——谢儿时即有脱口说"未若柳絮因风起"的急智,②话中又含"柳"字,用林下之风一典可谓巧思——而其一笑,千金难买。颔联意谓,千金难买一笑的柳如是,而今主动趋近半野堂主人钱谦益。第三句后,程氏自注:"半野堂近桃源磵,故云。"实则桃源磵既然在半野堂附近,此句所指,座中众人皆知,何烦添注?有可能,程氏添此数字的用心在于表明,现在所咏者,都是柳如是和钱谦益的事,并非自己对此才女仍有非分之想。在《耦耕堂集》中,本诗此句的小注有异文,作:"舟泊近桃源岭,用刘阮事。"③"刘阮事",指晋代干宝所著《搜神记》中的刘晨、阮肇,在天台山麓桃花缤纷的溪水中溯流而上,遇上仙人。大概程氏自知,原来"半野堂近桃源磵"云云,说得笨拙,后来编次《耦耕堂集》,遂易之以"舟泊"数语。用"刘阮事",至少情韵较佳。无论如何,此处有了"半野堂近桃源磵"这个"声明"(disclaimer),接着一句"云

---

① 〔清〕钱谦益、柳如是等:《东山酬和集》,第126页。
② 〔南朝宋〕刘义庆撰,〔南朝梁〕刘孝标注:《世说新语》(文渊阁《四库全书》,第1035册),卷上之上,第49a页。
③ 〔明〕程嘉燧:《耦耕堂集》,耦耕堂诗卷下,第19b页(总第127页)。

来神峡雨蒙蒙"就比较好下了。宋玉《高唐赋》云:"妾巫山之女也……愿荐枕席。……妾在巫山之阳,高丘之岨,且为朝云,暮为行雨。朝朝暮暮,阳台之下。"①程氏句自然有此绮思艳想,诗句及其出典中更藏有柳氏昔时"朝云""杨朝""云娟"之名,但既已暗示过,此时神女属意的是半野堂主人,说说巫山云雨,就都无伤大雅了。颈联"吟偏好""画更雄"二句分咏柳氏的才艺。柳氏素善歌曲,弹丝吹竹,无不精晓,自不待言,而程氏特意表出,其在诗词上的造诣,亦不同流俗。"抉石锥沙画更雄"一句,赞美柳氏书法劲秀。"怒猊抉石",怒狮脚挑石头,本唐人评徐浩书法语,以喻笔意遒劲。又,宋黄庭坚曾云:"王氏(羲之)书法,以为如锥画沙,如印印泥,盖言锋藏笔中,意在笔前耳。"②《耦耕堂集》本中,此句后有小注,谓"柳楷法瘦劲"云云。③

程诗最重要的,恐怕还是最后二句,说自己"诗酒已无驱使分",暗示风流韵事,已不敢作非分之想矣。以后如与钱、柳仍"得相从",只图个"熏炉茗碗"之雅趣,以一老禅翁待己可也。

程嘉燧一鞠躬,从钱谦益、柳如是正在展开的好戏中谢幕下台。

三、欲望的距离:身体、意淫

柳如是庚辰年十一月访虞山,钱、柳、程三人赠答之什如上。

---

① 〔南朝梁〕萧统编:《六臣注文选》,卷19,第1b—2a页。
② 〔宋〕黄庭坚:《题缝本法帖》,《山谷集》(文渊阁《四库全书》,第1113册),卷28,第9a页。
③ 〔明〕程嘉燧:《耦耕堂集》,耦耕堂诗卷下,第19b页(总第127页)。

不及一月,钱氏即有《寒夕文宴,再叠前韵。是日我闻室落成,延河东君居之》之咏,诗后自署"涂月二日",即十二月二日。① 我闻室(柳号"我闻居士"),是钱氏在离自己本宅拂水山庄不远处为柳筑的新室,其落成之快速,可见钱对柳倾慕之深,欲留住伊人之情切(大有上述程嘉燧"彩云绾定不教行"的炽热之情)。柳氏遂止居我闻室,钱、柳及友朋于此诗酒流连,乐而忘返。辛巳年(1641)正月,钱、柳连袂游杭州等地月余,至嘉兴南湖,二人分途,柳氏赋《鸳湖舟中送牧翁之新安》,钱氏往游黄山,柳暂归松江。六月,钱氏迎娶柳氏,乃有《六月七日迎河东君于云间,喜而有述四首》之赋。《东山酬和集》中,在此题诗前面,是钱、柳另一组唱和诗,一题四首,绝句,钱氏首唱,柳氏遥和。这八首诗可说是《东山酬和集》中钱、柳情色思想最浓艳之作。其时,钱氏黄山旅次,享受浸温泉之乐。浴毕大悦,摇笔写下《禊后五日,浴黄山下汤池,留题四绝句,遥寄河东君》,邮寄身在茸城的柳如是。诗,极其绮艳,想象柳如是身体。柳氏和诗,题《奉和黄山汤池留题遥寄之作》,亦如其数,而意象与修辞,比钱之原作更大胆,更显机智。

钱诗其一云:

香溪禊后试温汤,寒食东风谷水阳。
却忆春衫新浴后,窈黄浅绛道家装。②

诗中意象营造出一种温煦的感觉,这特质,来自首句"温汤"一语。

---

① 〔清〕钱谦益、柳如是等:《东山酬和集》,第128页。
② 同前注,第145页。

三月初试温汤,浴后仍浸淫在浑身舒泰的愉悦感中,思忆起"春衫新浴后"的柳如是。这里只描写柳的"春衫",说是"窃黄浅绛"的"道家装"。浴后穿上道家样式的衣服,大概是图其宽松适体吧。柳在"春衫"下的身体却隐隐约约出现在笼罩着全诗的慵懒、温煦感觉中。"道家装"本来予人净洁之感,但在这个场合出现,难免带有几分越礼、逾越之思。只说"新浴后",但浴前、浴中呢?观看的人在吗?眼底风光如何?无论如何,柳如是的身体都呼之欲出,若隐若现。

柳和钱诗,云:

> 素女千年供奉汤,拍浮浑似踏春阳。
> 可怜兰泽都无分,宋玉何骉赋薄装?①

柳诗首二字,下的是"素女",大胆夺目。传说中的上古女神素女精音乐,知阴阳天道,而且,擅长房中之术。柳氏设计给钱伴浴的,竟是素女。第二句说"拍浮",凝视的焦点移至温泉中素女划动着的双腿。双腿的动感还糅合着腿的触感:"浑似踏春阳",春日和煦的阳光晒得柔暖滑润的感觉。诗下半却一笔荡开,抱怨说,此温汤"兰泽"固好,自己却无享用之福,平添几分娇嗔之态。宋玉《神女赋》形容云梦之浦的神女说:"嫷被服,侻薄装。沐兰泽,含若芳。"②柳诗结句脱于此。在诗的收束部分,柳如是又留下一个身穿薄装的倩影,把诗的焦点巧妙地放回自己身上。

---

① 〔清〕钱谦益、柳如是等:《东山酬和集》,第145页。
② 〔南朝梁〕萧统编:《六臣注文选》,卷19,第11b页。

第二章　情欲的诗学——钱谦益、柳如是《东山酬和集》窥探

钱谦益第二首诗写道：

> 山比骊山汤比香,承恩并浴少鸳鸯。
> 阿瞒果是风流主,妃子应居第一汤。①

起句将黄山汤池比作骊山温泉,环绕唐明皇(玄宗)与杨贵妃的那一段旖旎风光无端就进入了这首诗的想象空间。骊山下有温泉,唐明皇建温泉宫,后改名华清宫。既有这背景,第二句"承恩"一语出,白居易《长恨歌》中的意象随即进入读者的视野:"春寒赐浴华清池,温泉水滑洗凝脂。侍儿扶起娇无力,始是新承恩泽时。云鬓花颜金步摇,芙蓉帐暖度春宵。"②接言"少鸳鸯",钱氏是多么渴望柳如是此际也在此黄山汤池,两人做鸳鸯戏水,并有"承恩"之事?本诗《初学集》本有异文,"第一汤"后附小注,作:"《南部新书》:御汤西北角则妃子汤,余汤逦迤,相属而下。"③"阿瞒"是唐玄宗在宫中的昵称。钱氏说他是"风流主",因妃子汤在御汤上头,洗过杨贵妃身体的温泉流入御汤,明皇浸淫其中,妙不可言。此诗上半言"少鸳鸯",惋惜柳氏不在身边,下半用唐明皇、杨贵妃旧事,自是虚写。钱氏想象柳氏在妃子汤中,自己在御汤中,承接着亲抚过柳氏身体的泉水,如明皇一样风流快活。

柳氏回说:

---

① 〔清〕钱谦益、柳如是等:《东山酬和集》,第 145 页。
② 〔唐〕白居易:《白氏长庆集》(文渊阁《四库全书》,第 1080 册),卷 12,第 12a 页。
③ 〔清〕钱谦益:《钱牧斋全集·初学集》,卷 19,第 642 页。

> 浴罢汤泉粉汗香,还看被底浴鸳鸯。
> 黟山可似骊山好? 白玉莲花解捧汤。①

柳诗承用钱氏"鸳鸯"的意象而发挥得比钱诗更香艳,更大胆。周法高《足本钱曾牧斋诗注》"原注补钞"补钱曾注"鸳鸯"一条:"《开元天宝遗事》:明皇避暑兴庆池,与妃子昼寝于水殿中。宫嫔凭栏,争看雌雄二鸂鶒戏于水中。帝时拥贵妃于绡帐内,谓宫嫔曰:'尔等爱水中鸂鶒,争如我被底鸳鸯。'"②(鸂鶒,俗称紫鸳鸯。)柳诗首句视觉性的身体暗示还带着嗅觉的愉悦感——从温泉站起来微微出汗的身体温热,体香可闻。次句以"还看"二字承接,使上下句紧凑相扣,视点从"浴罢"的身体迅速移至"被底鸳鸯"。钱曾引《开元天宝遗事》一条,没说破明皇与贵妃在被底有无穿衣,但柳诗的"被底"是"浴鸳鸯",无疑是赤裸的,而"被底浴鸳鸯"在做何事,在读者自行想象可也。

钱谦益第三首诗云:

> 沐浴频看称意身,刈兰赠药想芳春。
> 凭将一掬香泉水,噀向茸城洗玉人。③

钱氏沐浴温泉中,自然身心极其舒泰,水中还放了香兰、芳草等物,

---

① 〔清〕钱谦益、柳如是等:《东山酬和集》,第146页。
② 〔清〕钱谦益著,〔清〕钱曾笺注,周法高编:《足本钱曾牧斋诗注·初学集诗注》(台北:编者自印,1973年),卷19,总第1379页。
③ 〔清〕钱谦益、柳如是等:《东山酬和集》,第145页。

第二章 情欲的诗学——钱谦益、柳如是《东山酬和集》窥探

更感春意融融,便忽发奇想,欲将盈掬之水喷向茸城,"洗玉人"。"玉人",典出王嘉《拾遗记》,是一个带有恋物癖意味的故事:

> 蜀先主甘后……生而体貌特异,年至十八,玉质柔肌,态媚容冶;先主致后于白绡帐中,于户外望者,如月下聚雪。河南献玉人,高三尺,乃取玉人置后侧,昼则讲说军谋,夕则拥后而玩玉人,常称玉之所贵,比德君子,况为人形而可不玩乎?甘后与玉人洁白齐润,观者殆相乱惑,嬖宠者非唯嫉甘后,而亦妒玉人。①

钱用此典,除了以"玉人"暗喻柳如是肌肤"洁白齐润",有没有想象着像刘备拥玩甘后与玉人那般更狂乱的感官刺激与满足?诗中所指"玉人",定是柳氏无疑。茸城,即五茸城,松江别名。柳氏此际正住茸城舟中。既说"洗",钱氏想象的,自然是裸露着白皙肌肤的柳如是了。

柳诗和道:

> 睡眼蒙眬试浴身,芳华竟体欲生春。
> 怜君遥噱香溪水,兰气梅魂暗着人。②

柳如是的身体就是春天。"睡眼蒙眬试浴身",大有上引白居易诗

---

① 〔宋〕李昉等撰:《太平广记》(文渊阁《四库全书》,第 1043—1046 册),卷 272,第 5a—5b 页。
② 〔清〕钱谦益、柳如是等:《东山酬和集》,第 146 页。

"侍儿扶起娇无力"的意态,尽显慵懒之美。浴中的身体在睡与醒之间徘徊,如在春风吹拂之中,花儿在这里悄悄绽放,通体透香。这洁白光裸的身体,承受着钱氏从黄山喷来的温泉水,缠绵缱绻在兰气梅香之中。柳氏四首和诗,以此首最依顺钱氏的心意(确是"怜君")。

钱诗第四首云:

> 齐心同体正相因,祓濯何曾是两人?
> 料得盈盈罗袜步,也应抖擞拂香尘。①

"齐心同体",你中有我,我中有你,亲密无间之意,而合下句"祓濯何曾是两人"看,情投意合的意思外,尚流露着许多水乳交融的绮思旋想——钱氏要求再晤柳氏时,与她共浴。诗下半,钱氏凝视的焦点移至柳氏的三寸金莲。二句中,意象的推移有一个过程。"料得",是钱氏想象,柳如是穿着绣花鞋盈盈地走近自己,然后缓缓把鞋脱下,三寸金莲小脚,遂袒露眼前。缠足,是古人性癖好的一种。这两句的情色思想,跃然纸上。柳氏脱鞋,"抖擞""香尘"之后呢?诗上半既说两人一起"祓濯",那么在鞋之后,柳氏会把衣服卸下。

柳回说:

> 旌心白水是前因,觑浴何曾许别人?
> 煎得兰汤三百斛,与君携手祓征尘。②

---

① 〔清〕钱谦益、柳如是等:《东山酬和集》,第145页。
② 同前注,第146页。

说得高明，说得大方。《左传·僖公二十四年》有语云："所不与舅氏同心者，有如白水！"①"有如白水"，即"有如河"，河神鉴之之意，誓词，表信守不移。（南朝梁刘孝标《广绝交论》云："援青松以示心，指白水而旌信。"②）柳氏"旌心白水"以为誓，表与钱氏信守不移，愿以身相托。而意思又转深一层，说此盟誓"前因"早定，乃天意所安排。柳氏此句诗意雅驯，说得笃定。第二句却又有惊人之举。钱诗四首，流露着浓厚的"偷窥欲"。柳次句云"觑浴何曾许别人"，既承上句缘定今生、信守不改之意，又大胆设计出一个让钱氏偷窥自己出浴的画面，一方面满足钱氏的情色幻想，一方面用最具挑逗性的方式表达以身相许的意思。诗下半说所"煎"的"兰汤"有"三百斛"之多，又说"携手"，自然是答应钱氏旅行归来，将设"鸳鸯浴"以待，为钱"洗尘"。

四、《东山酬和集》的文学、文化意韵

上文论述的文本引领读者进入钱、柳的情感世界以及其文学性的再现与构筑。一层一层剥开《东山酬和集》文本中隐藏着的意义，随之而来的错愕与愉悦让人手足无措。伴随这本诗集诞生的是诗酒文宴，一个特定社群（主要是钱的好友和及门弟子）受邀加入，飞觞传茗，赋诗唱和。《东山酬和集》共收诗九十七首，一六四

---

① 〔周〕左丘明撰，〔晋〕杜预注，〔唐〕孔颖达疏，〔唐〕陆德明音义：《春秋左传注疏》（文渊阁《四库全书》，第143—144 册），卷 14，第20b 页。
② 〔南朝梁〕萧统编：《六臣注文选》，卷 55，第 10b 页。

二年春刻行,大有为钱、柳得成眷属献上一份贺礼之意。在这个以情爱为动力(dynamics)的心理、创作与成书历程中,赋诗首先是钱、柳个人及个人化的(individualized and individualizing)行为,它给予了钱、柳表达、探索内心世界的媒介(agency)。而当二人一唱一和时,诗歌亦同时成为一个"媒人"(agent),受命启动这个爱情事件,模塑其形态。再则当二人的诗作为身旁的群体所阅读时,它们又成为这一社群共同拥有的物事,一个容许别人参与、推波助澜的故事与事件。最后,当诗集刊刻流通,钱、柳的情事、诗作及别人的唱和篇什又进入更广大的阅读社群的世界,与晚明的情观及青楼文化,以及当时后世的美学、价值体系构成种种互动、对话、辩证的关系。

钱、柳的爱情事件及其诗性的体现充满表演性,同时是个人与公众的产物。这些诗篇在当时被演出、观看、谈论、消费;其后,又被人出于不同的目的重演、挪用、复制、改写。这桩晚明的情爱、文学、出版事件最后成为晚明文化记忆中一件缤纷灿烂的盛事,也成为人们情感与感官想象、幻想、投射的处所。《东山酬和集》在不同的时空中被阅读,环绕着它的细节与事件亦被想象、虚拟、历史化、物质化,就连原属二人的器物亦被人热情地收藏着,其象征价值(symbolic value)远远超过它们的实际价值——不同的柳如是像、柳如是墨迹画迹、她用过的妆镜(及其榻本),甚至从钱、柳二人所居的碧梧红豆庄旧址上一棵红豆树采摘下来的红豆都被人珍藏着,也成为清代迄今不少文人雅士在诗、文、杂录笔记中书写吟咏

第二章 情欲的诗学——钱谦益、柳如是《东山酬和集》窥探

的对象。① 近年,钱、柳情事更被演绎成几部长篇小说,又被拍成电视连续剧、电影。②

《东山酬和集》的持久魅力可从几个方面理解。首先,诗集的主要作者是钱、柳二人,这几乎就必然使它成为明季清初读者争相阅读的作品。钱、柳是当时名人,钱为东林党魁、文坛宗主,于明清之际出处进退朝野注目;柳则一代传奇才妓,倾慕者如云,四方文士都以一亲芳泽为荣宠。二人皆以诗名于时,惟《东山酬和集》的特殊魅力并非只建立在二人的名声上。它之所以能感染众多不同时空的读者,还在于集中诗篇具有非比一般的撩人意态。诗歌甫一进入钱、柳的情感关系中,就担当起红娘的角色,在这个游戏中时而传情递爱,牵线搭桥;时而横生枝节,让人心生疑惑;时而添香添色,使二人扎进感情的漩涡,不能自拔。诗歌成为一个活跃的媒人,斡旋穿插于钱、柳之间,牵成着也形构着二人情事历程中的曲曲折折、明明灭灭——要夺取对方的心,首先就要驯服这个媒人,成是诗,败不一定是诗,但就未免减却不少情趣、诗意雅韵。而看来,这个媒人颇值得嘉奖,集中的最后二题诗分别是《六月七日迎河东君于云间,喜而有述四首》及《催妆词四首》,写于钱、柳成婚之际,前题和者最众而后题钱氏自赋。③ 宋孟元老《东京梦华录·娶

---

① 范景中、周书田编纂:《柳如是事辑》中收录此等作品极夥,可参看。陈寅恪《柳如是别传》全书即以己作《咏红豆(并序)》一诗掀开序幕。陈书序中有语谓"昔岁旅居昆明,偶购得常熟白茆港钱氏故园中红豆一粒,因有笺释钱柳因缘诗之意"。见氏著《柳如是别传》,第1页。
② 类多卑琐无聊、凭空演义之作,不著录可也。
③ 〔清〕钱谦益、柳如是等:《东山酬和集》,第146—160页。

妇》记嫁娶旧俗云:"先一日,或是日早,下催妆冠帔花粉。"①成婚前夕,贺者或新郎赋诗以催新妇梳妆,即催妆诗或词。这二组诗见证了钱、柳终于共偕连理,也凸显了文学在他们的爱情路上所扮演的耀眼角色。试观《催妆词四首》其四:"宝架牙签压画轮,笔床砚匣动随身。玉台自有催妆句,花烛筵前与细论。"②就连在洞房里都为诗、书预留一席之位。(当然,"玉台"指《玉台新咏》,内多艳诗,其在钱、柳的洞房中出现,也相当应景。)

《东山酬和集》另一迷人炫人之处是它包含的情色(sexuality)潜文本。晚明情观中的情每每带有情欲的底蕴,情欲与各种美学、文化元素交相渗透,甚至融为一体,难以分割。上文分析的第一组诗已充分显露,钱、柳二人真乃语言诱惑、调情艺术的高手。《东山酬和集》文本的推进发展,一个重要的枢纽就是钱谦益对女性身体(柳的身体)的想象与凝视,而书中也明白显示,是柳先撩起钱的遐想的,并一直调弄着钱的欲望。这个身体"论述"(discourse)——我视之为一个论述,是因为这些文本具有自觉、刻意的情色思想,又交织着双方的声音、态势、美学观与权力意识——却并不停驻在纯感官或肉欲的层面上。例如上文分析过的《禊后五日,浴黄山下汤池,留题四绝句,遥寄河东君》四首,其内容为钱氏想象柳氏的身体及欲与柳共浴的绮思遐念,而柳之和诗,放恣佻挞的意态甚至超过钱作。但也应注意,钱氏有此四首之咏并遥寄柳氏,亦反映出钱对柳的强烈思念与渴望,而在柳的响应中,除了赤裸的身躯、以身

---

① 〔宋〕孟元老:《东京梦华录》(文渊阁《四库全书》,第589册),卷5,第4a页。
② 〔清〕钱谦益、柳如是等:《东山酬和集》,第158页。

相许的暗示,也表达了信守不移、嫁给钱氏的决心。有情人随之亦真得成眷属,《东山酬和集》在这组诗后,即为《六月七日迎河东君于云间,喜而有述四首》,钱氏写于迎娶柳氏于云间之际。

《东山酬和集》是一本特意编纂的集子,或钱氏手订,或系钱门弟子据其意旨编定,于一六四二年刻行。集前冠以二篇序文,乃钱氏友人沈璜及门人孙永祚所撰。《东山酬和集》收有沈璜一诗,题《辛巳元夕,牧翁偕我闻居士载酒携灯过我荒斋,牧翁席上诗成,依韵奉和》,乃步钱、柳诗韵(钱二首,柳一首)之作。① 而在《〈东山酬和集〉序》中,沈氏以一个幽人的形象出现,他为钱、柳能结为连理、共缔姻缘庆幸不已。回忆钱、柳的造访,沈云:

> 于时竹户萧闲,清阴寂历。白云残雪,映人面而不分;兰气梅香,与清言而无别。谈谐间作,献酬不烦。染翰论文,重剪西窗之烛;张灯促席,共开北海之尊。洞里吹箫,下飙轮于嬴女;筵前度曲,驻月驾于素娥。既醉言归,逡巡称遽。寒轻春浅,即席之诗立成;月避花输,倚答之词加丽。洵吴都之盛事,实艺林之美谭也。②

此中营造出一派清雅和乐的景象。诗酒酬良会,名士佳人共一堂,人间赏心乐事,似莫过于此。说"洵吴都之盛事,实艺林之美谭",更仿如吴中人氏、文人词客都以钱、柳相悦相欢为美好事而嘉赏之。(沈氏其实在说谎。其时钱氏正室犹在,却以匹嫡之礼娶妓,

---

① 〔清〕钱谦益、柳如是等:《东山酬和集》,第 135 页。
② 同前注,第 119 页。

吴中士绅,群情哗然。①)

至于钱、柳唱和之作,沈氏认为:

> 观其东山葱岭,赠切同声;白首红颜,感深相和。旌心信誓于白水,通词遥托于微波。及其婉娈定情,低回惜别。南湖七字,折文无以为媒;南国千言,扳柳枝而为赠。②

此处沈氏撮钱、柳诗文为评,颇见巧思。"同声""相和",强调钱、柳为知音知己,情投意合。"折文无以为媒"一句,"文无",当归别名。(《古今注》:"古人相赠以芍药,相招以文无,文无当归也,芍药一名将离。"③)沈氏乃指钱氏《陌上花乐府,东坡记吴越王妃事也。临安道中感而和之,和其词而反其意,以有寄焉》三首,柳氏奉和亦如数。④ 苏轼游九仙山,闻里中儿歌《陌上花》,问其故,父老曰:吴越王妃每岁春必归临安,王以书遗妃曰:"陌上花开,可缓缓归矣。"⑤此体诗第一首末句例以"缓缓归"一语作结,而钱诗则三首均以"缓缓归"收结:"狂夫不合堂堂去,小妇翻歌缓缓归。""请看

---

① 陈寅恪:《柳如是别传》,第 639—642 页。
② 〔清〕钱谦益、柳如是等:《东山酬和集》,第 119 页。
③ 〔明〕曹学佺撰:《蜀中广记》(文渊阁《四库全书》,第 591—592 册),卷 64,第 22a 页。
④ 〔清〕钱谦益、柳如是等:《东山酬和集》,第 143—144 页。
⑤ 苏轼《陌上花三首(并引)》云:"陌上花开蝴蝶飞,江山犹是昔人非。遗民几度垂垂老,游女长歌缓缓归。"(其一)"陌上山花无数开,路人争看翠軿来。若为留得堂堂去,且更从教缓缓回。"(其二)"生前富贵草头露,身后风流陌上花。且作迟迟君去鲁,独歌缓缓妾回家。"(其三)〔宋〕苏轼撰,〔宋〕王十朋注:《东坡诗集注》(文渊阁《四库全书》,第 1109 册),卷 7,第 14b—15a 页。

第二章 情欲的诗学——钱谦益、柳如是《东山酬和集》窥探

石镜明明在,忍撇妆台缓缓归?""花开容易纷纷落,春暖休教缓缓归。"①钱氏以此表达对柳强烈的思念之情、欲速归之意,宜乎沈氏谓钱氏命诗篇以为"媒",代己求爱,所论正合我意。沈氏接着的这段话最重要:

> 昔者鄂君绣被,徒感说于棹歌;蜀国朱弦,但留连于琴曲。岂如今日,以清文为蒲苇,以微词为缱丝,赠以芳华,止乎礼义者与?君方珩璜闺阁,衷褐山林。清旭绡帷,酉室羽陵之籍;夜窗缝蜡,三元八会之书。逝将刊落丹华,涤除妖冶。②

设若上一段引文以钱、柳情真意切为二人缠绵相好的合理基础,则此处乃刻意为《东山酬和集》的绮思艳想作一道德合理性的转化与诠解。无独有偶,孙永祚的《〈东山酬和〉赋》亦见出类似的修辞策略和诠释向度。赋文大部分内容脱胎自《东山酬和集》中的诗文,特意强调,二人所作虽"花影拂笺,丽句斯在",但"玉声度曲,清音未亡";甚至洞房花烛夜,"垂珰委佩,陪甲帐而横陈"之际,犹"敦礼说诗,吹乙藜而染翰"。孙氏最后总结:

> 岂若宋玉恍忽于梦中,江生仿象于水上;陈思感雒灵而空回,相如拟神女而永叹者与?若夫误曲引顾,秉烛投文。笑倚柳枝而起草,醉扶桃叶而书裙。掌记纾忧于行役,援桴贾壮于

---

① 〔清〕钱谦益、柳如是等:《东山酬和集》,第144页。
② 同前注,第119—120页。

从军。莱公受谏于蒨桃,学士鼓腹于朝云。莫不志一时之艳事,资千古之谈芬。况良缘之非偶,洵佳人之难得。锵和鸣于玉箫,谐婉娈于瑶瑟。止礼义而不淫,等《国风》之好色。倚酬唱于曲房,传风流于通国。宁芍药之盈篇,竟龙鸾之共织。虽靡滥于风人,亦不伤乎丽则。俪玉台之新声,猗彤管之有奕。①

此段文字用典繁富,但重心不难把握,在于强调,二人之"艳事",实系"学士""佳人"天赐之"良缘",并非神女襄王巫山云雨之情欲放纵;而二人之文字,虽绮艳风流,但不浮薄轻佻,断不能以淫词艳曲视之。上引沈序说二人"以清文为蒲苇,以微词为缯丝,赠以芳华,止乎礼义",孙永祚于此更直截了当,以"好色而不淫"之《国风》、"发乎情,止乎礼义"之"变风"来形容《东山酬和集》中钱、柳唱和之什。

沈、孙二人之说,正确与否,姑且置之不论,但二人确系钱氏"知己"。《东山酬和集》发展至今,必须有一功能性的、"政治正确的"(politically correct)框范收束集中的绮思艳想,始能让其在公众的阅读空间中流通,这正如与钱氏举行婚礼后,柳氏必须与其妓女身份、其画舫道别,始能进入以礼教与伦理为基础的家庭结构中,必其如此,秩序方能建立,始能"长治久安"。在钱、柳婚宴之后,旁观者的想象、遐思必须停止,柳如是始能称"柳夫人"。自此以往,钱氏会希望,他与柳的风流韵事成为"艺林之美谈",而《东山酬和集》则是一部见证他俩"因缘""前因"的风雅之书。至于柳氏的容

---

① 〔清〕钱谦益、柳如是等:《东山酬和集》,第122—123页。

姿、身体，那只能在闺阁内，供钱氏一人观赏，闲人请止步。

然而，当钱、柳的情事与那些饶有玉台体色彩的文本进入公共的领域后，很难保证读者就会按沈璜、孙永祚序文的导引那样阅览《东山酬和集》。诸多艳情赋，如《高唐赋》《神女赋》《登徒子好色赋》《洛神赋》等，文前不亦有序？但所谓讽谏之意，恐怕只能收讽一劝百之效而已矣。沈璜的序，写得已近四六骈文，而孙永祚那篇，本就以赋体出之。二人华美艳丽的修辞，亦类传统浓词艳赋，文中又历数古代风流甚或荒唐之情事，虽然宣称钱、柳之事之作与彼不同，但亦恐适得其反，此地无银，欲盖弥彰。

尽管书首冠以沈、孙二序文，意欲收束集中文字的绮思艳想，使其回归礼义的框范，终止别人的遐想，但《东山酬和集》终究是一部"开放的书"（an open book），古今读者仍不断凝视着钱、柳文本字里行间的春色，遐想翩翩，享受着"置换""偷窥""入迷"的乐趣。此中原委，与上述程嘉燧的两首和诗不无关系。程氏第二首和诗妥帖地咏美了钱、柳因缘，奠下集中其他和诗的基调。然而，程氏第一首和诗的意韵却与第二首迥异，诗中满载着昔日对柳的慕恋之情与回忆，缠绵悱恻，复又自哀自怜。可以说，程嘉燧代表着当时后世众多仰慕柳如是的文士，而其诗又开启了集外其他读者自我投射、认同、再书写的空间；程诗构成了对集中钱诗欲望能指的一个"反文本"（counter-text），一个"另类的声音"（an alternative voice）。

也许，钱氏已意识到程诗所构成的颠覆力量与威胁。在他的《初学集》中，《东山酬和集》所含钱、柳之作收入《东山诗集》各卷中。《庚辰仲冬，河东君至止半野堂，有长句之赠次韵奉答》一题后,附录程氏《次韵》之作,但略去一首,仅录第二首。① 再者,我读《东山酬和集》程氏和诗,每感诗题《半野堂喜值柳如是,用牧斋韵奉赠》中之"喜"字于义未安,盖诗中情韵与"喜"字不协。后检程氏《耦耕堂集》,果然,程诗题作《虞山舟次值河东君用韵辄赠》,并无"喜"之一字。②《东山酬和集》本的"喜"字,或程氏当日在半野堂因要"应景",不得不下此一语(后编定己作,剔去);甚或《东山酬和集》本之"喜"字,乃钱谦益所添,以乱人耳目;也有可能,主持刻钱书之门人,觉程氏原题不够"增庆"之意,乃为之添入,亦未可知也。

---

① 〔清〕钱谦益:《钱牧斋全集·初学集》,卷18,第616—617页。
② 〔清〕程嘉燧:《耦耕堂集》,耦耕堂诗卷下,第19a页(总第127页)。

第三章 哭泣的书[①]

——从钱谦益绛云楼到钱曾述古堂

顺治八年除夕(1652年2月8日),钱谦益(牧斋,1582—1664)兴致颇佳。他在一本珍藏秘笈上题了个跋,收笔云:"绛云余烬乱帙中得之,属遵王遣人缮写成本,更参订之。"[②]又写了封短笺,云:"乱帙中检出《道德指归》,尚人驰去。此夕抚此残书商榷,良可胡卢也。诸俟献岁面尽。"[③]遣仆将书与函送往其族曾孙钱曾(遵王,1629—1701)府上。本年,牧斋已届七十古稀之龄,遵王比他少四十七岁。在牧斋生命的最后十余年间,他俩相得甚欢,几情同父子。牧斋不仅授遵王以学问、诗法,还将珍藏的善本古籍(一六五

[①] 本章初稿,承谢正光教授、李孝悌教授、黄仕忠教授不吝赐教,使拙著更臻完善,谨致谢忱。
[②] 〔清〕钱谦益:《题道德经指归》,收入〔清〕钱谦益《钱牧斋全集·有学集》,卷46,第1521页。
[③] 〔清〕钱谦益:《钱牧斋全集·牧斋杂著·牧斋先生尺牍》,卷2,第329页。

97

〇年冬绛云楼火灾劫余之物)转让于他。

又十二年,牧翁油枯灯尽,卧床不起,遵王昼夜陪侍。弥留之际,牧翁忽"目张,老泪犹湿"。遵王知牧斋仍惦念着他的书稿,遂"抚而拭之",安慰道:"而之志有未终焉者乎?而在而手,而亡我手。我力之不足,而或有人焉,足谋之,而何恨?"牧翁闻言,瞑目,溘然长逝。①

假如没有一六六四年牧斋亡故后突如其来的另一桩死亡,明清之际钱谦益与钱曾的情谊、承流接响,从绛云楼到述古堂的递藏、传承,将是多么温暖、风雅的文化韵事?可是,柳如是(1618—1664)在牧斋身故后一月"殉家难",自缢而死。柳夫人之死,一夜之间,给遵王带来近乎没顶的灾劫。

也许,本文所述,乃遵王自我救赎(self-redemption)的心路历程吧。

一、遵王,牧斋晚年的"明眼人"

在桑榆晚景之年,牧斋亟欲得一"明眼人",为己著作"代下注脚,发皇心曲,以俟百世",②其《答山阴徐伯调书》(1662)末段,直以文集事请托,云:

---

① 此据季振宜(沧苇,1630—1701以后?)转述遵王之回忆,见〔清〕季振宜《〈钱注杜诗〉序》,收入〔唐〕杜甫著,〔清〕钱谦益笺注《钱注杜诗》(香港:中华书局,1973年),第1页。
② 〔清〕钱谦益:《复遵王书》,《钱牧斋全集·有学集》,卷39,第1360页。

> 今更重有属于足下,《初学》往刻,稼轩及诸门人,取盈卷帙,遂至百卷。敢假灵如椽之笔,重加删定,汰去其蘩芿骍驳,而订其可存者,或什而取一,或什而取五,庶斯文存者得少薙稂莠,而向所自断者,亦借手以自解于古人。则足下昌歜之嗜,庶乎不虚,而仆果可以自附于知己矣。①

他甚至开列了一个工作团队的名单,认为各人大可通力合作,为己编定、笺注作品,以期流传于后:

> 今之好古者,有叔则、愚公、确庵、孝章、玄恭诸贤,其爱我良不减于足下,刊定之役,互为订之,其信于后世必也。②

后又有《复遵王书》(1663),略云:

> 居恒妄想,愿得一明眼人,为我代下注脚,发皇心曲,以俟百世。今不意近得之于足下。然探符取代,登台观莒,人固不可与微言,则亦戛戛乎难之矣。少暇,当抵掌尽之。近来典故,尽于绛云一炬。三案之事,详看《三朝要典》。得其案则断易定,如知病便可定药也。③

---

① 〔清〕钱谦益:《钱牧斋全集·有学集》,卷39,第1349页。
② 同前注。
③ 同前注,第1360页。另《复王烟客书》亦云:"一二族子,有志勘雠,意欲请孝逸、伊人,共事油素。"见〔清〕钱谦益《钱牧斋全集·有学集》,卷39,第1366页。

顺治十七年(1660)夏月,遵王开始笺注牧斋《初学集》《有学集》诸集诗;后三年,康熙二年(1663)七月,笺注初稿成,呈正于牧斋,牧斋阅后乃有上引《复遵王书》。① 看来,牧斋是颇满意于遵王这个"明眼人"的,其《初学集》《有学集》《投笔集》诗注尽出遵王手笔;此外,牧斋殁后,遗著《钱注杜诗》亦经遵王编整后始付梓。对后之读牧斋诗者,遵王之贡献莫大焉。

牧斋说"近得",因遵王乃其族曾孙,居同里,二人朝夕往来,遵王堪称牧斋"入室"弟子。至迟从一六四八年起,遵王即问学于牧斋门下,时仅二十岁。牧斋不仅授遵王以己所提倡之"虞山之学",亦授之以诗法。前辈宗匠钱仲联先生云:"牧斋门下,能一宗其家法,门庭阶闼、矩范秩然者,惟其族曾孙遵王一人而已。……至于遵王之诗,不论古体绝律,其精到处,具体牧斋,置之《有学》诸集,如出一手。然则论虞山诗派,惟遵王于牧斋能得骨得髓,无疑也。"②今取牧斋与遵王诗合读,知钱先生所言非虚也。

牧斋还授遵王以书。牧斋乃明季清初藏书大家,不惜重金,广肆购求宋元古本,论者谓"所积充牣,几埒内府"。一六四三年冬,

---

① 遵王《判春词二十五首意之所至笔亦及之都无伦次》其十八诗后小注云:"《初学》《有学》诗集笺注始于庚子(1660)之夏,星纪一周,麓得告蒇。癸卯(1663)七夕后一日,以笺注稿本就正牧翁,报章云:'居恒妄想,愿得一明眼人,为我代下注脚,发皇心曲,以俟百世。今不意近得之于足下。'今牧翁仙去数年,而诗笺挂一漏万,殊不足副公之意,未知后人视之,虎狗鸡凤,置之于何等耳。"见〔清〕钱曾著,谢正光笺校,严志雄编订《钱遵王诗集笺校(增订版)》(台北:"中研院"中国文哲研究所,2007年),第235页。遵王述牧斋报章有"居恒妄想"云云数语,今见牧斋此《复遵王书》,故可推知牧斋此函作于康熙二年七月初。
② 钱仲联:《〈钱遵王诗集笺校〉序》,收入〔清〕钱曾《钱遵王诗集笺校(增订版)》,第3—4页。

"绛云楼落成……楼在半野堂之后,虽止五楹,而制度弘丽。……且以金石文字、宋刻书籍数万卷,充牣其中。大江以南,藏书之富,必推绛云为第一。"①不幸的是,七年后,灾难在一夜之间悄悄降临于绛云楼。"(庚寅)十月,绛云楼不戒于火,延及半野堂。凡宋、元精本,图书玩好,及所裒辑《明史稿》一百卷,论次昭代文集百余卷,悉为煨烬。"②牧斋曾悲叹道:"呜呼!甲申(1644)之乱,古今书史图籍一大劫也。庚寅(1650)之火,江左书史图籍一小劫也。今吴中一二藏书家,零星掇拾,不足当吾家一毛片羽。"③绛云楼烬余之书大部分归于遵王的述古堂("述古"一名,亦牧斋所取),自后江苏藏书之富,遂推遵王及毛晋(汲古阁主人,亦牧斋弟子)为巨擘矣。

二、钱氏家难与柳夫人之死

黄宗羲(1610—1695)《八哀诗》之五,挽悼"钱宗伯牧斋",其颈联云:"红豆俄飘迷月路,美人欲绝指筝弦。"句后自注:"皆身后事。"结句落:"能不为公一泫然。"自注"应五六句",即"红豆""美人"一联。④ 黄诗辞意凄恻,却嫌带几分凄美之感,于是乎、隔。牧斋五月二十四日死,家难陡作,祸起萧墙。至六月二十八日,灵堂

---

① 金鹤冲:《钱牧斋先生年谱》,收入钱谦益《钱牧斋全集·牧斋杂著》,附录,第938页。《钱牧斋先生年谱》下简称《金谱》。
② 同前注,第943页。
③ [清]钱谦益:《书旧藏宋雕两汉书后》,《钱牧斋全集·有学集》,卷46,第1529页。
④ [清]黄宗羲:《黄宗羲全集·南雷诗历》(杭州:浙江古籍出版社,2005年),卷2,第256页。

未撤,柳如是"披麻就缢,解经投缳"①,须臾殒命。这般决绝的死亡,其中种种难堪不堪可哀可痛之情事,诗体的再现,注定是失效的、苍白无力的。柳如是一代奇女子,诗词书画俱佳,留给人间最后的手笔,竟是一纸让女儿持去报官的遗嘱。柳字句出以白话,却字字惊心。录如后:

> 汝父死后,先是某某并无起头,竟来面前大骂。某某还道我有银,差遵王来逼迫。遵王、某某,皆是汝父极亲切之人,竟是如此诈我。钱天章犯罪,是我劝汝父一力救出,今反先串张国贤,骗去官银官契,献与某某。当时原云诸事消释,谁知又逼汝兄之田,献与某某。赖我银子,反开虚账来逼我命,无一人念及汝父者。家人尽皆捉去。汝年纪幼小,不知我之苦处。手无三两,立索三千金,逼得汝与官人进退无门,可痛可恨也。我想汝兄妹二人,必然性命不保。我来汝家二十五年,从不曾受人之气,今竟当面凌辱。我不得不死,但我死之后,汝事兄嫂,如事父母。我之冤仇,汝当同哥哥出头露面,拜求汝父相知。我诉阴司,汝父决不轻放一人。
>
> 垂绝书示小姐。
>
> *咸逼姓名,未敢原稿直书,姑阙之。*②

---

① 柳氏女儿《孝女揭》语,见题〔清〕钱孺饴辑《河东君殉家难事实》,收入范景中、周书田编纂《柳如是事辑》,第406页。

② 〔清〕柳如是:《柳夫人遗嘱》,见题〔清〕钱孺饴辑《河东君殉家难事实》,收入范景中、周书田编纂《柳如是事辑》,第410页。

第三章 哭泣的书——从钱谦益绛云楼到钱曾述古堂

钱氏家难的原委,当时已言人人殊,三百余年后的今天,更难确考。① 牧斋门人归庄(1613—1673)在《祭钱牧斋先生文》中披露:"先生素不喜道学,故居家多恣意,不满于舆论,而尤取怨于同宗。小子之初拜夫灵筵也,颇闻将废匍匐之谊,而有意于兴戎。"②今检视柳如是遗嘱,其女、婿及各相关人士的揭文,可知柳氏自杀的直接原因,乃为钱氏身故,尸骨未寒,而族中强豪者,即来勒索金银、田房、香炉古玩等物,语言难堪。柳氏无计排解,遂愤而自尽,为儿女谋一活路。③

柳氏遗嘱"垂绝书示小姐"句后有"威逼姓名,未敢原稿直书,姑阙之"一按语,文中于应书示该姓名处亦以"某某"字样替代,可知"某某"必势力显赫之人,如将其姓名即行披露,后果堪虞,故先

---

① 近人于牧斋家难之考论,迄今仍以陈寅恪《柳如是别传》最为详尽。《别传》第五章"复明运动"最后一节即"钱氏家难",全书亦以此殿后。陈氏认为,牧斋晚年经济困窘,欠下族豪钱财,以致死后尸骨未寒,柳氏即遭讨债者构衅谋害,逼得投缳自尽。复次,陈氏以钱朝鼎为此案之"幕后黑手",而钱遵王、钱谦光为其爪牙,出面迫害柳氏者也。见陈寅恪《柳如是别传》,第1197—1224页。迩者,谢正光先生对此"虞山钱氏宗族内讼与柳如是之死"一案,有进一步考证。谢氏云:"钱谦益生前与虞山族人内讼一事,牵涉颇广。与牧斋先后相争持者,语其人,则有族属至亲之堂弟钱谦贞及其子孙;有族属已疏然尝与其相交达四世之久之钱岱一系;亦有族属既疏而交情亦浅如钱朝鼎其人。语所持之事,则或与族产之继承、古籍之购藏、佛寺檀越之主持,乃至个人出处行藏之异致,皆有相关。然则柳氏之自缢,固不能与牧斋生前与同族诸人之积怨无关也。凡此种种,似尚未为治史者所垂意,未若牧斋于明末清初政治上之功过一事之为人所乐道也。"此为谢先生为台湾清华大学中国文学系明清诗文研究会主办"海外学者讲座暨'钱谦益论坛'"(2009年6月17日)作专题演讲时所论述者。
② 〔清〕归庄:《归庄集》(上海:上海古籍出版社,1984年),第471页。
③ 可参题〔清〕钱孺饴辑《河东君殉家难事实》,收入范景中、周书田编纂《柳如是事辑》,第391—416页。

隐匿其身份。(细审文意,"威逼姓名"云云一句,或系誊录者所添,亦未可知。如是,则文中"某某"字样处,应即柳所书之威逼者姓名。)然而,公布柳氏遗嘱时,钱遵王之名,却赫然在目,未加任何掩饰。于是,钱曾遵王,牧斋暮年所亟推奖、倚重的族曾孙,薄有名于时的学者诗人、藏书家,一夕沦为不齿于人、狗彘不如的"兽曾"。牧斋门人顾苓(1609—1682后)、归庄飞书笔伐,出语刻薄,略无假贷,甚至抖出遵王父的一段不伦丑闻,以羞辱遵王。① 顾苓函云:

> 苓适以吊丧至虞,及老师之门,而闻有族凶逼命之说,不胜惊骇,未知主名。既而邑中亲疏贵贱,并口一词,归狱于兄,苓甚惑之。记己卯(1639)岁,年伯以内乱之发(《柳如是事辑》编者按语云:"年伯"指遵王之乃尊嗣美也,"内乱"指美奸祖妾莲碧之事也。)被逐入郡,郡中同志复起而逐之。老师不能庇,亦从而下石焉。二十年来,年兄亦既忘之矣。苟不忘者,则当足不及老师之门,目不炙老师之面。而投间抵隙,不反兵而斗,人子之义,谁曰不然?乃年兄日夜膏唇拭舌,以媚老师。老师亦左提右挈,以为年兄立名誉。在老师废其父而进其子,谊甚正。而年兄缓其父以自成其名,气甚下。讵老师骨肉未寒,几筵甫列,而昔日之奴颜婢膝、受哺乞怜者,遂挺刃

---

① 顺治十八年(1661)冬,遵王葬母蒋氏于新阡,求墓志铭于牧斋。牧斋为作《族孙嗣美合葬墓志铭》,于文中隐约述及遵王父钱裔肃(嗣美,1589—1646)当年之丑闻,云:"万历乙卯(1615),以《春秋》举顺天。是时祖父贵盛,绰楔绮互,宗党望尘,莫敢梯接。公车屡罢,家门衰落,赋性峭独,不能骩骳随时。谣诼四起,突隥漂摇,摩肌戛骨,酸辛楛柱,十余年乃少熄,而身已不待矣。呜呼!其可伤也!"见〔清〕钱谦益《钱牧斋全集·有学集》,卷31,第1148—1149页。

第三章　哭泣的书——从钱谦益绛云楼到钱曾述古堂

而交杀其宠人于灵几之侧。即曰复仇,亦为不武。而况始则立说以自饱其私,既则为人弃疾而自受其恶?若曰讨罪,亦惟无瑕者可以戮人。年伯内乱之事,法不待教,尚未有援刀缳于莲碧之颈者;则今日之事,讨罪复仇,两无所据,而又不能束身司败,受鞭楚,以慰冤魂而报大德。窜伏林下,钱遵王犹人类哉?苓于老师分虽疏且贱,然三十年来以气骨相许。目见人之负恩杀人而不发一言,非所以事吾师。故不惜数行奉尘清览,援枹鼓而从其后矣。①

归庄书略云:

先师牧翁先生之于足下,非特骨肉之亲,所谓翼而长之者也。有事则覆庇之,平日则提挈之,不惜齿牙,假之羽毛,足下因得有微名于士林。足下亦尽态极妍,以求媚于老师。……嗟乎!人之所以异于禽兽者,以有人伦也。父则烝庶祖母,子则杀庶叔祖母,人伦异变,出于一门,足下亦何颜复偷生视息于人世!为足下计,上则从柳夫人之后,闭门咋舌,以谢死者;次则挺身伏罪公庭,使三尺得伸,九泉差慰。庶几四方之士,咸谅足下出于一时之误,而宽身后之诛。仆向者不幸与足下有交,兹故特效忠告,惟足下裁之。②

---

① 〔清〕顾苓:《致钱遵王书》,见题〔清〕钱孺饴辑《河东君殉家难事实》,收入范景中、周书田编纂《柳如是事辑》,第394—395页。
② 〔清〕归庄:《致钱遵王书》,同前揭书,第395—396页。唯此函不见于《归庄集》。

令人殊不解的是,对于众人的严词指控,遵王竟不置一词以辩白,致使我们无从知悉遵王一方的感想。是年(1664),遵王才三十六岁(他一直活到七十三岁),在往后的半辈子里,他等于是要背负起忘恩负义、逼死师母的罪名,"偷生视息于人世",情何以堪?

三、遵王诗中"自解"的端倪

《钱遵王诗集笺校》著者谢正光先生详考遵王存世诸诗集,指出遵王之《今吾集》乃诸集中唯一曾刊刻者。《今吾集》收古今体诗百余,前有遵王族叔钱陆灿序,题康熙壬子元旦,公元在一六七二年,时遵王四十四岁。谢先生云:"细审集目,所收者又以师友酬赠及纪文酒燕乐之什独多。岂牧斋身后,遵王因有逼死柳如是之嫌,至为归庄、顾苓诸人飞书诘责,遵王无以自白,悼亡惜往,遂刻此集以自解耶?"①这固然是可能的。然而,以这种方式"自解",毋宁是迂回且间接的,颇需读者对遵王的隐衷与心事有深刻体会,始能得出如此印象。据谢先生考证,集中诸作,《渡江》一题以前,皆成于牧斋亡故以前,颇有与牧斋酬赠之作,而《渡江》以下各题,则作于牧斋亡故后八九年间。今考《渡江》及后共八题,二十四首诗,内里无只字词组道及牧斋或相关旧事。

实际上,要到一六七五年前后,牧斋才再次出现在遵王笔底。这期间的诗作,收入遵王《判春集》,大多数写于一六七一至一六七八年间。② 遵王为此诗集作有《小序》,后题丁巳除夕,即公元一六

---

① 见谢笺,收入〔清〕钱曾《钱遵王诗集笺校(增订版)》,第 129 页。
② 同前注,第 203—204 页。

七八年一月二十二日,时遵王五十岁,距牧斋逝世已近十四年。序文曰:

> 予自辛亥(1671)岁暮,至丙辰(1676)长至,其间兴会所之,短咏长谣,杂然而出。尽乙卯(1675)一载,阁笔废吟。今岁戚戚鲜欢,亦复援毫乏思。忆髫年以诗文受知于牧翁,每览篇什,辄题词张之。尝采《破山寺》断句诗,录为《吾炙集》压卷。易箦前数日,手持《有学集》稿,郑重嘱付。公为半千间出,倾倒于苏若此。惭予阘茸放废,湮厄无闻,甚至为里中儿所贱简。行将槁项息影,投老菰芦,固不敢自诡为东家丘也。后山一瓣香,负公实多,不成乎其为人矣!不成乎其为人,则亦不成乎其为诗。而复余情瞥起,未能舍然。辑缀钝句,联之为一集。庶几知我者,等于月光之水观,勿窥窗而投诸瓦砾,是予之幸也夫。丁巳除夕,述古主人钱曾自题。①

此为遵王存世诗集中首见,对牧斋篇幅较长的回忆文字(下文会论述与此相关的长诗《寒食行》),前半追思牧斋对己诗文之欣赏及对己之倚重,临终甚至以《有学集》编刻事相托。序文后半,则透露出遵王此数年间的心境与意绪。其中,"惭予阘茸放废,湮厄无闻,甚至为里中儿所贱简""后山一瓣香,负公实多,不成乎其为人矣"数语最堪玩味——读前者,可知牧斋殁后十余年间,遵王仍不齿于众口,为闾里乡党所轻贱;而后者,"负公"云云,忏悔之词,读

---

① 〔清〕钱曾:《钱遵王诗集笺校(增订版)》,第203页。

者难免急着追问:尔负于公者何?此乃为牧斋家难事所言否?可惜,若合上下文读,知遵王此数语,上承牧斋对己在诗文艺事上的期许与交付文集事,不宜与钱氏之家难直接联系起来。可是,此中措语沉痛压抑,乃至连呼二声"不成乎其为人",欲说还休,背后似大有隐情。此种有口难言的苦闷,在《判春集》内一诗中亦有所流露。遵王《辛亥岁暮杂诗二十首》(1671)其六云:

> 年光身计两相违,背索初逢事已非。
> 野客定怜营马磨,山妻虚话卧牛衣。
> 窗棂暗记蒲卢长,檐隙遥看虼乙飞。
> 有口竟同河渚暗,旁人还道食言肥。①

审其文辞,遭际堪伤、自哀自怜之意寓焉,而结谓"旁人还道食言肥",启人疑窦,旁人指摘遵王食言背信者何?惜乎遵王欲言又止,无从考究。

遵王于牧斋殁后八九年间之作,今收入《今吾集》的二十四首诗中,牧斋杳无踪影可寻。至《判春》一集,遵王始再有咏及牧斋者,而牧斋之回归于遵王笔下,体现出一个初而压抑、最后舒放的过程。

牧斋在《判春集》中凡三见,先是《判春词二十五首意之所至笔亦及之都无伦次》其十八,云:

---

① 〔清〕钱曾:《钱遵王诗集笺校(增订版)》,第206页。

细书饮格注差行,千古伤心一瓣香。

检点箧中诗史在,君山老去子云亡。

《初学》《有学》诗集笺注始于庚子(1660)之夏,星纪一周,粗得告蒇,癸卯(1663)七夕后一日,以笺注稿本就正牧翁,报章云:"居恒妄想,愿得一明眼人,为我代下注脚,发皇心曲,以俟百世。今不意近得之于足下。"今牧翁仙去数年,而诗笺挂一漏万,殊不足副公之意,未知后人视之,虎狗鸡凤,置之于何等耳。①

再而在《寄怀季沧苇一百韵》(1675)中述及牧斋:

开雕东涧注,雠勘少陵笺。牧翁暮年,自称东涧老人。《杜陵笺注》实借手沧苇,以垂永久。

虚虎援毫辨,焉乌逐卷悛。

混茫天海合,炳曜日星悬。

雒诵含元气,雄吟识化权。

真堪死混沌,直是辟坤乾。

作者非聊尔,传人岂偶然。

功参千古后,志诉百灵先。②

至一六七五年写《寒食行》,牧斋的记忆,终于把遵王淹没:

寒食夜,忽梦牧翁执手諈诿,欢逾平昔。觉而作此,以写

---

① 〔清〕钱曾:《钱遵王诗集笺校(增订版)》,第235页。
② 同前注,第244页。

余怀。

凄凉情绪逢寒食,当午盲风妒晴色。
望望江南寂寞春,垂杨罩遍莺花国。
秣陵草碧路迢遥,卖酒楼前旦暮潮。
麦饭一盂无泣所,杜鹃新恨几时消。
砚北老生但痴坐,灯残自剔琉璃火。
铜辇孤衾梦未成,抱影将愁泪潸堕。
甲帐尘埋表奏年,汉宫遗事散轻烟。
抚今怀昔心悲怆,只合憷腾中酒眠。
山城漏点严更柝,谁信藏舟趋夜壑。
一缕营魂何处飞,含凄又到胎仙阁。
更端布席才函丈,絮语雄谈仍抵掌。
空留疑义落人间,独持异本归天上。梦中以诗笺疑句相询,公所引书,皆非余所知者。绛云秘籍,久为六丁下取,归之天上矣。

寂历闲房黯淡灯,前尘分别总无凭。
梦回肠断歔然哭,忽漫披衣戒夙兴。
忆昔华堂屡开宴,光风却月欢娱遍。
银筝偏殢白头翁,清醥盈觞照颜面。
歌娇舞健烂不妆,指顾檐老惜夜游。
唤客鹦哥窥烛跋,依人燕子踏帘钩。
酒阑斜点题诗笔,逸气都从指端出。
老眼惊看四世过,隙驹野马飞何疾。公赋述古堂文宴诗,弹指昔游今四世。

嗟公仙去十年余,阑茸无成转惜予。

>   海内知交半凋谢,一室徒烦事扫除。
>
>   绛云脉望收余烬,缃帙缥囊喜充牣。
>
>   尽说传书与仲宣,只记将车呼子慎。绛云一烬之后,所存书籍,大半皆赵玄度脉望馆校藏旧本,公悉举以相赠。
>
>   此日真过一百六,悲啼直欲枯湘竹。
>
>   泪点繁花杂乱飘,洒向江天红簌簌。
>
>   斜行小字丛残纸,笺注虫鱼愧诗史。
>
>   未及侯芭为起坟,不负公门庶在此。乙卯端月八日(1675年2月2日),藁葬公于山庄,故发侯芭之叹。①

《判春词》与《寄怀季沧苇》二诗对牧斋的叙述策略有二共通点:一、侧重整理牧斋遗著的寄慨;二、牧斋之名及对牧斋的追思出现在诗后小注或诗行夹注中。易言之,把回忆的内容设定在牧斋的著作及己对之付出的心血,而在书写的形式上,正面述及牧斋的文字被放置在正文以外的附加部分中。这也许意味着,在诗体的再现中,遵王对己与牧斋的关系作了一种压缩或压抑的处理,刻意避免在诗的正文中直接碰触牧斋。尽管如此,流动在字里行间的情绪底蕴仍然显得相当激荡。《判春词》云:"千古伤心一瓣香。"一唱三叹,意在言外。读诗后注文,得知牧斋与遵王相亲相惜之深且厚,一至于斯,读者难免动容。《寄怀季沧苇》是遵王向季振宜问疾的长诗。上引的一段,表彰了季氏对整理出版牧斋遗著《钱注杜诗》的莫大功劳。诗文表面上写季振宜,但读作遵王自述、书怀之

---

① 〔清〕钱曾:《钱遵王诗集笺校(增订版)》,第260—261页。

词又何尝不可？季振宜有一段相关文字，可与上引遵王诗句合观。季氏在《〈钱注杜诗〉序》中细表牧斋与遵王生前死后的情谊，略云：

> 丙午(1666)冬，予渡江访虞山剑门诸胜，得识遵王。遵王，钱牧斋先生老孙子也。……一日指杜诗数帙，泣谓予曰："此我牧翁笺注杜诗也。年四五十，即随笔记录，极年八十，书始成。得疾着床，我朝夕守之。……临属纩，目张，老泪犹湿。我抚而拭之曰：'而之志有未终焉者乎？而在而手，而亡我手。我力之不足，而或有人焉，足谋之，而何恨？'而然后瞑目受含。牧翁阅世者，于今三年。门生故旧，无有过而问其书者。"……遵王弃日留夜，必探其窟穴，擒之而出，以补笺注之所未具。装合辐辏，眉目井然。譬彼船钉秤星，移换不得，而后牧斋先生之书成，而后杜诗之精神愈出。……丁未(1667)夏，予延遵王渡江，商量雕刻。日长志苦，遵王又矻矻数月，而后托梓人以传焉。噫！斯幸矣！牧翁著述，自少到老，连屋叠床，使非遵王笃信而死守之，其漫漶不可料理。纵免绛云楼之一炬，亦将在白鸡栖床之辰也。谋于予则获，遵王真不负牧翁幽冥之中者哉。康熙六年(1667)仲夏泰兴季振宜序。①

遵王在牧斋生前死后，投注了大量心血与时间在笺注、编定牧斋著作上，这是不争的事实。一六六七年《钱注杜诗》刻行前数年间，天下痛骂"兽曾"的声浪未歇，遵王却没有停止整理牧斋文字的

---

① 〔清〕季振宜：《〈钱注杜诗〉序》，收入〔唐〕杜甫著，〔清〕钱谦益笺注《钱注杜诗》，第1—2页。

工作,这是否也是遵王"自解"的一种方式?无论如何,季振宜大书特写"遵王真不负牧翁幽冥之中者",遵王览之,一定感动不已,无限感激。

遵王在《寒食行》中对牧斋的追怀较上二诗全面得多,抒发的情感亦更为澎湃。诗后小注云:"乙卯端月八日,藁葬公于山庄,故发侯芭之叹。"知是年农历一月八日,钱氏族人藁葬牧斋于山庄。金鹤冲《钱牧斋先生年谱》一六六四年条记:"孙爱感柳夫人意,用匹礼殓之,从陈夫人、先生殡于拂水山庄丙舍之东轩。后十一年乙卯正月八日,葬先生于景行公之兆,铭志阙焉。"①所载与遵王语合。陆贻典有《乙卯人日风雪同黼季山中早行送东涧先生葬兼示遵王》一诗,云:

> 肠断梅花发故丛,空山赴哭及瞳眬。
> 百年身世悲风里,千古文章白雪中。
> 留谒不辞来孺子,起坟多愧葬扬雄。
> 何人为琢寒山石,有道碑裁第二通?②

"何人为琢寒山石,有道碑裁第二通?"牧斋归葬家坟,死后十一年,依然"铭志阙焉",身后何其萧条?牧斋明清之际国之大佬、文坛宗主,故旧门生而今安在哉?能无愧于故人乎?陆诗题中有"兼示遵王"之语,而遵王诗中亦有句曰"未及侯芭为起坟"(汉巨鹿侯芭为

---

① 金鹤冲:《金谱》,第952页。
② 见〔清〕陆贻典撰《觌庵诗钞》卷5,转引自〔清〕钱曾《钱遵王诗集笺校(增订版)》,第261页。

扬雄弟子,雄卒后为起坟,丧之三年),可知族人殓葬牧斋于家坟,遵王并未参与其事。一月八日葬牧斋,陆贻典归而示遵王以送葬之诗,到三月初寒食节夜,牧斋入梦,遵王遂有《寒食行》长篇之制。一月之葬,遵王未得参与,心情抑郁牢落,可以想见。三月寒食节,又临清明拜祭扫墓之时,牧斋此际入梦,应系牧斋之思萦绕遵王脑际两个月后的合理结果。寒食夜梦之前,遵王无诗赋咏牧斋,而终由一梦牵动,发为长篇抒怀。此一现象,体现出一个初而压抑、最后舒放的心理、精神活动过程,而《寒食行》一诗,竟内蕴着一个类似的构体。尝试论之。

《寒食行》四句一韵,全诗含三大段落:"凄凉情绪逢寒食"到"只合懵腾中酒眠"为一段;"山城漏点严更柝"到"忽漫披衣戒夙兴"为一段;"忆昔华堂屡开宴"到"不负公门庶在此"为一段。第一段,写寒食日到就寝前之物色与心情。此中意象沉郁悲怆,引物连类,莫不笼罩在郁闷阴霾中,正篇首所言"凄凉情绪"之反映,惆怅之感,难以排遣。其中"麦饭一盂无泣所,杜鹃新恨几时消"一联,上句似寄寓不得亲到坟前哭祭牧斋的隐痛,下句隐约见出家国之思(盖一六七五年前后,三藩乱事作)。曰"无泣所",又曰"几时消",愁思忧绪堵心田,无可告诉,正此一大段惆怅、无奈、抑郁之感的映照。此段最后二句,言"抚今怀昔心悲怆",又言"中酒眠",知遵王百般烦闷,纠结难解,遂借酒消愁。然酒入愁肠,种种往事旧忆袭来,心情反而更伤痛忧郁。遵王是带着这种种复杂懊恼的情绪入睡的,难怪有梦。《寒食行》第二大段写梦,留待下文再论。要之,遵王压抑的情绪与记忆终借一梦而得以舒放,寤后援笔纪所梦,遂有"忆昔"以下一大段追怀牧斋与己情谊的叙述。此段笔墨酣畅,乃遵王忆写牧斋文字中之最恣意淋漓者。此段复含三小段。第一小段追怀往昔从牧斋游,文酒之欢无算。牧斋文豪,意气飞扬,老而益甚,而对己赞赏有加。第二小段述牧斋殁后己之失意不得志,知交零落,物是人非,徒寄情于聚书藏书。最后一小段结穴于"此日"。对牧斋的恩义,遵王谓有以报答,即以"斜行小字""笺注"牧斋的遗稿。对于一月未能送牧斋葬,遵王无疑是耿耿于怀、有愧于心的,故诗临结束有"未及侯芭为起坟"之句,然此句后,即接以"不负公门庶在此"的"自解"之词以收束全诗。揆之上下文,此"此"者,即上述遵王笺注牧斋"诗史"的大量工作。

遵王《寒食行》最堪玩味的是诗中纪梦一段。牧斋魂兮归来,与遵王在梦中相会。我们记得,柳如是的绝命辞有言曰:"我诉阴司,汝父决不轻放一人。"有欠负牧斋一门者,思之必惴栗不安。现在牧斋入梦,与己"执手誰诿,欢逾平昔",这不就足以证明,遵王是无负公门的吗?这一梦,对遵王是多么的重要,胜于自辩清白!关于梦,精神分析理论有一个基本的认识,即"梦是愿望的满足"(a dream is the fulfilment of a wish)。① 弗洛伊德如此说梦:"梦作为精神活动,与其他任何精神活动同等重要;对任何梦而言,其动机力量都是一种寻求愿望的满足;梦之所以看不出是愿望以及它们的许多特征和荒谬,都是在其形成过程中所经受的精神稽查作用的影响结果……"(Dreams are psychical acts of as much significance as

---

① Sigmund Freud, "A Dream is the Fulfilment of a Wish," Chapter III of his *The Interpretation of Dreams*, trans. James Strachey (New York, NY: Avon Books, 1965), pp. 155–166;[奥地利]弗洛伊德:《释梦》,收入车文博主编《弗洛伊德文集》(长春:长春出版社,2004 年),第 93—99 页。弗洛伊德称之为"theory of wish-fulfilment"(愿望满足论)。

any others; their motive force is in every instance a wish seeking fulfilment; the fact of their not being recognizable as wishes and their many peculiarities and absurdities are due to the influence of the psychical censorship to which they have been subjected during the process of their formation ….)①

设若遵王在牧斋殁后勤劳不倦地整理牧斋的文字是源于一种"自解"(并求解于牧斋)的"愿望",那么牧斋在梦中与他"絮语雄谈",而己则"以诗笺疑句相询",二人"执手諈诿,欢逾平昔",就毋宁是遵王的愿望得到满足与实现的隐喻了。复次,诗中"空留疑义落人间,独持异本归天上"二句后有小注,曰:"梦中以诗笺疑句相询,公所引书,皆非余所知者。绛云秘笈,久为六丁下取,归之天上矣。"遵王在惋惜、己之笺注牧斋文字,尚有疑义、阙如之憾。而此数语背后的心理诉求亦当细参。牧斋所援用之书多秘籍善本,绛云一炬,焚毁几尽。绛云楼遭祝融之劫,乃天意所为,则今无书覆按,非遵王之过矣。遵王自言,不负公门,乃在牧斋身故后,为料理遗稿。今天意使之存有缺憾,其责不在遵王矣。此不亦遵王"自解"之又转深一层?②

---

① Sigmund Freud, *The Interpretation of Dreams*, trans. James Strachey (New York, NY: Avon Books, 1965) p. 571;[奥地利]弗洛伊德:《释梦》,车文博主编:《弗洛伊德文集》,第333页。
② 弗洛伊德根据"愿望满足"把梦分为两大类:有些梦直接呈现为愿望满足,有些梦看不出来是愿望满足,因已借着各种可能的手段加以"伪装"(disguised)。后一类梦存在稽查作用(dream-censorship)。见 Sigmund Freud, *The Interpretation of Dreams*, p. 589;[奥地利]弗洛伊德:《释梦》,车文博主编:《弗洛伊德文集》,第344页。牧斋与遵王在梦中相会的内容,乃至此处所谓之"又转深一层",若依弗洛伊德的学说,不妨看作愿望满足的"伪装"。

在《寒食行》一诗之后,牧斋再没有在遵王的诗作中出现。现传遵王诗止于其五十三岁以前之作,①遵王或尚有赋咏牧斋者,亦未可知,有待发现。然而,即便遵王在《寒食行》之后再有咏及牧斋之诗,其格局,也可能不会发生根本性改变。似乎,对在牧斋家难中所遭受的谴责,遵王已选择不直接辩驳,索求其"自解"之词,可能是徒然的。然而,这并不表示,遵王就没有"自解"的作为。于此,我们需对"自解"一义,作一别解。"自解"固有自辩之意,但亦有自求解脱、自我排解的意思。我们虽然不太可能找到遵王的自辩之词,但仍可以探论其自我排解、排遣、调节的作为。设若我们的兴趣在此,则需暂离遵王的诗歌,到遵王传世的另一部著作中探求。在遵王所著《读书敏求记》中,牧斋或绛云楼等之名出现逾半百次。《读书敏求记》可说是一部目录学之作,收录遵王为其述古堂书库入藏精品所作的著录、题记、考辨、读书札记等。窃以为,正是在聚书藏书,并为入藏书籍撰写记文的作为上,遵王找到了自我治疗(self-healing)的机制,梳理、组织了对牧斋的记忆,并逐渐排解了在钱氏家难中所蒙受的心理创伤。

四、从绛云楼到述古堂的记忆、纠葛

(一)绛云楼中的过眼因缘

遵王藏书聚书,一生孜孜不倦,也以此赢得身后名(后世之人

---

① 谢正光:《前言》,收入〔清〕钱曾《钱遵王诗集笺校(增订版)》,第18页。

主要是通过《读书敏求记》知悉遵王其人的)。述古堂,毋宁是遵王安身立命最后的殿堂。而对那些曾在牧斋绛云楼寓目经眼的古籍善本,遵王始终念念不忘:

> 《读书敏求记》"白氏文集"条:
> 乐天……尝录一部置庐山东林寺经藏院,北宋时镂诸板,所谓庐山本是也。绛云楼藏书中有之,惜乎不及缮写,庚寅一炬,此本种子断绝,自此无有知庐山本者矣。……戊子、己丑(1648—1649),予日从牧翁游,奇书共欣赏,骇心悦目,不数蓬山。①

> "赵汸春秋金锁匙"条:
> 是书曾于牧翁架上见之,后不知散佚何处。此则焦氏家藏旧钞本也。②

遵王追念那些绛云楼旧藏书卷时,也是在追怀曩昔从牧斋游,得睹秘笈善本时"骇心悦目"的快乐,乃至于牧斋对他的眷爱与教诲:

> "春王正月考"条:
> ……予昔侍牧翁于云上轩,晨夕伏承绪言,每叹此书绝

---

① 〔清〕钱曾著,管庭芬、章钰校证,佘彦焱标点:《读书敏求记校证》(上海:上海古籍出版社,2007年),第376—378页。下简称《读书敏求记》。
② 同前注,第25页。

佳,问津知涂,幸免冥行摘埴,皆先生之训也。抚卷流涕者久之。①

然而,就如一时称艳江左的绛云楼宝藏为六丁下取,一夕之间不复人间,往昔熙和清穆的岁月亦不可回复。绛云楼不再,牧斋不再,但述古堂的藏品却日渐丰厚起来,遵王成为江南一带著名的藏书家,述古堂远近闻名。牧斋家难中的嫌疑容或无法洗脱,但藏书的事业却可让遵王重新建立起一个相对清白的身份,争取得一个光荣的存在。(上文论述的《寒食行》诗中,只有两句稍有自宽之意:"绛云脉望收余烬,缃帙缥囊喜充牣",正是咏己之藏书事。)对于他的述古堂,遵王的确可以相当骄傲地发言:

"徐锴说文解字系传"条:
……此等书应有神物呵护。留心籍氏者勿谓述古书库中无惊人秘笈也。②

"统舆图"条:
……吾家藏《统舆图》,南北直隶及各省郡县,以至边防海道,河图运漕,外国属夷,靡不考核详载。图如蚊睫,字若蝇头,缮写三年而后成。彼柏翳所图,竖亥所步,不出户庭而列万里职方于几案间,岂非大快事欤?宝护此书,便可压倒海内

---

① 〔清〕钱曾:《读书敏求记》,第25—26页。
② 同前注,第54—55页。

藏书家,非予之謷言也。①

"重译图经"条:
……此等书人间绝少,惟吾家有之,披视之,洵足惊人。②

(二)述古堂中的牧斋遗宝

对本文来说,更重要的是,书是遵王通往牧斋的记忆甬道,也是他借以疏通、书写、转化钱氏家难给他带来的创伤记忆的场所。

述古堂中有若干牧斋旧藏,遵王奉若镇库之宝:

"春秋经传集解"条:
南宋刻本,首列《二十国年表》,音义视他本较详。《初学集》载牧翁所跋宋版《左传》,其经传十四卷至三十卷已归天上;图说二卷,经传一至十三卷,尚存人间,幸为予得之。覆视跋语所云"在在处处,应有神物护持",良不虚也。墨迹如新,古香馣蓊。……此等书不论其全不全,譬诸藏古玩家,收得柴窑残器半片,便奉为天球拱璧,而况镇库典籍乎!③

"李诚(案:当作"诫")营造法式"条:
《营造法式》三十四卷,《目录看详》二卷,牧翁得之天水长

---

① 〔清〕钱曾:《读书敏求记》,第183—184页。
② 同前注,第184—185页。
③ 同前注,第19—20页。

公。图样界画最为难事。己丑(1649)春,予以四十千从牧翁购归。牧翁又藏梁溪故家镂本。庚寅冬,不戒于火,缥囊缃帙尽为六丁取去,独此本流传人间,真希世之宝也。①

"古列女传、续列女传"条:
……盖颜氏所云,而苏子容尝见江南人家旧本,其画为古佩服,各题其颂像侧者,与此恰相符合,定为古本无疑。千载而下,睹此得存古人形容仪法,真奇书也。牧翁乱后入燕,得于南城废殿。……内府珍藏,流落人间,展转得归于予,不胜百六飙回之感。②

除了赞叹这些古籍的珍贵美好,遵王笔下还流露着一种延续与继承感。书是牧斋故物,物换星移,沧桑劫火,辗转归于遵王述古堂库藏。遵王似乎在暗示,牧斋与己,冥冥中有一种难以割断的联系,百六飙回,灵光无恙,牧斋与己的情义亦永不变质。这是一种宿命观,也不妨视作遵王对牧斋贞定的承诺与眷慕。然而,生命的遭际谁能逆料?人所最宝爱的亲情、爱情、物事,上天往往将之夺去,牧斋珍藏于绛云楼的宋元精本,不亦一夜之间几乎灰飞烟灭?金玉满堂,莫之能守。天地尚不能久,而况于人乎?一六六九年,遵王为述古堂所藏编成书目,其《述古堂藏书目自序》云:

己酉(1669)清和,诠次家藏书目告竣,放笔而叹。盖叹乎

---

① 〔清〕钱曾:《读书敏求记》,第120—121页。
② 同前注,第156—157页。

聚之艰而散之易也。……癸卯(1663)冬,予过云上轩,见架上列张以宁《春王正月考》一书,援据详洽,牧翁叹其绝佳。少间走札往借,已混乱帙中,老人懒于检觅而止,耿耿挂胸臆间者五六年。去秋初度(1668),有人插标以数册书来售,而此书俨然在焉。得之如获拱璧,因感墨汁因缘艰于荣名利禄。①

《春王正月考》一书,牧斋在世时,遵王与之失诸交臂,懊恼不已,一直耿耿于怀。五年后,却意外得之于书贾。失而复得,如获至宝,喜悦莫大焉,尤其是在牧斋身故之后。但同时,这也引发了遵王聚散无常、造化弄人的感慨:"然世界聚散何常,百六飙回,绛云一烬,图史之厄,等于秦灰。今吾家所藏,不过一毛片羽,焉知他年不为有力者捆载而去?抑或散于饼肆面坊,论秤而尽,俱未可料。总之不满达人之一哂耳。"②聚书藏书如此,生命又何尝不如此?遵王早岁即薄有名于士林,不亦一夕之间名誉扫地,为千夫所指?

遵王《读书敏求记》有一部分可系年,有若干条可考知写于遵王晚年,五六十岁以后,如下二则。其中,述及牧斋时,遵王深情依旧,而对己之际遇,则自伤自怜:

"邵子皇极经世观物篇解"条:
……忆己丑(1649)春杪,侍牧翁于燕誉堂,适见检阅此册,予从旁窃视,动心骇目,叹为奇绝。绛云一烬后,牧翁悉举所存书相赠,此本亦随之来。今岁侨居也是园,检点缥囊缃

---

① 〔清〕钱曾:《读书敏求记》,第513—514页。
② 同前注,第514页。

帙，藏弆快然堂，偶翻及此书，追理前尘，杳如宿劫，日月易迈，屈指已三十七年矣。栖迟衡泌，为草茅贱士，有负公斯文属累之意，每为凄然泣下。然京洛风尘，缁衣欲化，扰扰于肩摩毂击之中者，我劳如何？予独拥此残编蠹简，展卷自娱，借之以送余年，耗暮齿，其乐不减君山，又不可不谓斯世之幸人也。①

"严君平道德指归论"条：
……牧翁从钱功甫得其乃翁叔宝钞本，自七卷讫十三卷。……焦弱侯辑《老氏翼》，亦未见此本，真秘书也。辛丑（1662）除夕，公于乱帙中检得，题其后而归之予。来札云："此夕将此残书商榷，良可一胡卢。"嗟嗟，公之倾倒于曾至矣，惭予湮厄无闻，为里中儿所贱简，未能副公仲宣之托。抚今念昔，回首泫然。抱此残编，徒深侯芭之痛而已。壬申（1692）冬，翻阅晁氏《读书志》，有谷神子注《老子指归》十三卷。②

二记追怀承教于牧斋时的年轻岁月，感念牧斋对己的殷切期盼，神伤不已。其中"栖迟衡泌，为草茅贱士""惭予湮厄无闻，为里中儿所贱简""有负公斯文属累之意""未能副公仲宣之托""徒深侯芭之痛"云云，大类上文讨论过的《寒食行》诗（1675）与《〈判春集〉小序》（1678）的意绪。《寒食行》一诗兴发于一六七五年藁葬牧斋事，其后十余年，题记牧斋绛云楼旧藏之物，又牵动了类似的感慨。虽然如此，《读书敏求记》的记文却隐隐约约多了些许"自

---

① 〔清〕钱曾：《读书敏求记》，第217—218页；约写于1687年，时遵王五十八岁。
② 同前注，第222—223页；写于1692年或以后，1692年遵王六十三岁。

解"、自得的意韵。遵王谓己湮厄无闻,为人贱简,有负牧斋的期许,惟又云:"然京洛风尘,缁衣欲化,扰扰于肩摩毂击之中者,我劳如何? 予独拥此残编蠹简,展卷自娱,借之以送余年,耗暮齿,其乐不减君山,又不可不谓斯世之幸人也。"然则虽于仕进、学术无成,却亦因此而得免于追逐名利,劳碌终日,大可坐拥古书,展卷自娱,亦人生一幸、一乐也。埋首书帷之中,遵王得以摆脱世网之羁绁,甚至世人的指责、"里中儿"的"贱简"。固然,这份豁达潇洒之情,仍难免带有若干自我逃避的意味。

遵王聚书藏书,后又撰《读书敏求记》,为藏品孜孜矻矻撰写题记,这种种,最终能为遵王带来什么?《读书敏求记》"陆德明经典释文"一条,透露了一些消息:

> 我友叶林宗,笃好奇书古帖,搜访不遗余力。每见友朋案头一帙,必假归躬自缮写,篝灯命笔,夜分不休。吾两人购得秘册,即互相传录,虽昏夜叩门,两家童子闻声知之,好事极矣。林宗殁,予哭之恸,为文以祭之……自君亡来三十余年,遍访海内收藏家,罕有如君之真知真好者。每叹读书种子几乎灭绝乎。此书原本,从绛云楼北宋椠本影摹,逾年卒业。不惜费,不计日,毫发亲为是正,非笃信好学者,孰能之? 君殁后,予从君之介弟石君借来。……予述此书所自,而题语专属林宗,或冀后日君托此书以传,不至名氏翳如,是予之愿耳。然予言不文,何足为君重。且其传不传有数焉,聊以写予哀

而已。①

遵王于此深情地追忆故友叶林宗与己访书藏书的旧事。叶藏《经典释文》,系影钞自牧斋绛云楼珍藏的宋刻,叶氏花费极大心血与力气影摹临写而藏弄之。影摹本是原件的复制品,人或轻视,但遵王认为,叶氏之名,可赖此书流传后世,而己撰此题记,有助此之实现。此则记文虽为叶氏旧藏而发,但内里隐藏的心事,可能更深刻曲折。遵王之于牧斋,曾几何时,不亦一"影摹本"?谓叶氏乃"笃信好学者",亦无疑为己写照,而为藏书撰写题记,亦可能借之而传名后世。即便天数有定,使己终不传,撰述这些题记,也可以"写予哀",抒发种种哀婉愁苦幽怨感伤之情。由是观之,《读书敏求记》或非鸿文伟制,但对遵王而言,意义实不比寻常。

(三)"不负公门"——代下注脚,发皇心曲

在《读书敏求记》中,除了抒发对牧斋的悼念哀思,遵王还继续充当牧斋"明眼人"的角色,为牧斋"代下注脚,发皇心曲"。当然,在这方面,遵王具备充分的条件,由下例可见一斑:

"天元玉历森罗记"条:
此是牧翁早年手录,凡疑误字标题于上。暮年笔力老苍,字法俱模东坡,与此截然两手。公悉以前后诗文稿付予,故予

---

① 〔清〕钱曾:《读书敏求记》,第40—43页。

识之最真,他人则不复知谁氏所书矣。①

对于牧斋购书藏书之特色及其之异于他家藏弆,遵王曾为论定,倡绛云楼之藏为"读书者之藏书"一说:

"杨衒之洛阳伽蓝记"条:
……予尝论牧翁绛云楼,读书者之藏书也。赵清常脉望馆,藏书者之藏书也。清常殁,其书尽归牧翁。武康山中白昼鬼哭,嗜书之精爽若是。伊予腹笥单疏,囊无任敬子之异本,又何敢厕于墨庄艺圃之林。然绛云一烬之后,凡清常手校秘钞书都未为六丁取去,牧翁悉作蔡邕之赠。天殆留此以佽助予之《诗注》耶?何其幸哉!又何其幸哉!②

以下数条,侧写牧斋利用藏书从事对读校勘工作,根据珍稀版本,补订旧文阙误,的确见出牧斋聚书,非仅为藏而藏,而是以入藏书籍辅助其于学问的追求,且对古籍原貌的复原有相当贡献:

"吕和叔文集"条:
《和叔集》,绛云楼宋椠本缮写。凡载于《英华》《文粹》中,或字有异同者,俱详注于上。予所谓读书者之藏书类是也。③

---

① 〔清〕钱曾:《读书敏求记》,第272—273页。
② 同前注,第176—177页。
③ 同前注,第371—372页。

"元氏长庆集"条:

弘治元年,杨君谦钞微之集,行间多空字。盖以宋本藏久漫灭,而不敢益之也。……乱后,牧翁得此宋刻微之全集于南城废殿,向所阙误一一完好。遂校之于此本,手自补写脱简。牧翁云:"微之集残阙四百余年,一旦复为全书,宝玉大弓,其犹归鲁之征欤。"①

"文莹玉壶野史"条:

……稗官家罕见刻此书。是本行间脱误字,牧翁一一补录完。盖居荣木楼时手校本也。②

有些记文,可作牧斋轶事读。借之,可知牧斋某些著作的成书过程,如下例,对吾人了解牧斋力作《国初群雄事略》所据原始材料的特色,不无帮助:

"昭示奸党三录"条:

天启乙丑(1625),牧翁削籍南还,托锦衣胡岐山于内阁典籍钞《昭示奸党三录》。是时逆奄用命,标题有"奸党"二字,缮写者摇手咋舌,早晚出入阁门,将钞书夹置裤裆中而出。丁卯(1627)四月始卒业。钞寄之难如此。予尝见丛书堂所藏,止寥寥数叶。此则三厚本,圣祖御制序特敕刑部条列乱臣情词,

---

① 〔清〕钱曾:《读书敏求记》,第 373—376 页。
② 同前注,第 240 页。

晓示中外者,不知三百年来,何以失传?牧翁据此考定开国功臣事略。今《事略》稿本已同绛云余烬荡为劫灰矣。此独留天壤间,予奉之为拱璧,以俟秉史笔者采择焉。①

牧斋晚年,在《复李叔则书》(1662)中曾说:"竹屋纸窗,中寒强卧。翻李小有《宋遗民传》目录,得河滨序文,至'宋存而中国存,宋亡而中国亡',抚卷失席曰:此《元经》陈亡而书五国之旨也。其文回翔萌折(案:当作"析"),缠绵恻怆。"②此虽寥寥数语,但颇重要,寓有牧斋政治正统论的主张,以及对异族入主中国的态度。下引遵王一段记文,直可视为牧斋上述数语的申论;此外,又记载了与此相关的一桩牧斋拒购宋版书轶事,乃遵王为牧斋"代下注脚,发皇心曲"的充分展演:

"元经薛氏传"条:
陈亡而五国具,所以存中国也。江东,中国之旧,衣冠礼乐之所就也。其未亡,君子责其国焉,曰:"中国之礼乐安在?"其已亡,君子与其国焉,曰:"犹我中国之遗人也。"此《元经》之大旨也。《春秋》抗王而尊鲁。《元经》抗帝为尊中国。文中子之与孝文犹帝魏也,殆夫子之遗意欤。宋儒高谈性命,不达经权,数百年来抹略其书,无有扬之如司空表圣、皮袭美其人者,可不叹乎!昔有贾人持宋本萧常《续后汉书》求售,刻镂精妙,楮墨簇新,见者皆为悦目。牧翁不开卷掷还之,以其与运统背

---
① 〔清〕钱曾:《读书敏求记》,第472页。
② 〔清〕钱谦益:《钱牧斋全集·有学集》,卷39,第1343页。

驰耳。独此书于文字中往往服膺不少置。嗟乎,铜川之志,其即公之志也。夫《春秋》成而周存,存周者天也。《元经》之专断,亦禀之于天命,惜乎公所成书,一旦不戒于火,三百年来之琬琰,与冷风劫灰同澌灭于终古,天实为之,谓之何哉!①

(四)重构父亲、超越牧斋

遵王父钱裔肃,字嗣美,号澹屿,万历己未(1619)举人,以子召官赠江西南安府推官,殁于顺治三年(1646),时遵王十八岁。② 父殁后二年,遵王始从牧斋游。在遵王存世诗作中,咏及乃翁者,仅一见,即《判春集》中《莪匪楼成诗以自贺八首》之其八,作于一六七三年:

> 四十无闻有愧焉,端居流涕念吾先。
> 掉头黄叶荒三径,仰面青松受一廛。
> 儿子未精文选理,门人休废蓼莪篇。
> 遗碑陷壁时宜省,衮衮箕裘岂浪传。③

---

① 〔清〕钱曾:《读书敏求记》,第 212—214 页。
② 〔清〕钱大成:《钱遵王年谱稿》,收入〔清〕钱曾《钱遵王诗集笺校(增订版)》参考信息,第 335、338 页。《钱遵王年谱稿》下简称《钱谱》。《钱谱》记钱裔肃万历己未(1619)中举,而前揭牧斋《族孙嗣美合葬墓志铭》则谓肃万历乙卯(1615)成举人(见本书第 104 页注释①),年份参错,未知孰是,待确考。
③ 〔清〕钱曾:《钱遵王诗集笺校(增订版)》,第 226—227 页。

诗后自注,云:"壬申(1632)之冬,先君有记劖于碑石。楼成于癸丑(1673)杪秋,仍取碑陷置壁间,俾我子孙,毋忘先志焉。"① 遵王楼取名"莪匪",自是《诗经·蓼莪》不忘父母劬劳之义,而楼壁又嵌以父所为之碑记,则关于父亲的记忆,朝夕撞入心怀可以想知,惟诸集中思亲之什仅见上录一首,难免启人疑窦。反观遵王诗集中,与牧斋相关者则甚夥,且尽倾心眷慕之情,若谓牧斋与遵王情同父子,似无不可。

牧斋殁后,钱裔肃终于回归遵王笔下,在《读书敏求记》中。遵王为钱裔肃塑造了两个形象。其一:

> "董彝四书经疑问对"条:
> 元以经疑取士,此盖拟之而作者。中或有学究语,然其特见深解,绝非近儒制义所可几及。昔先君尝云:"挟制义以取功名,譬之敲门砖,应门即砖弃。"诚哉是言也。胥天下之聪明才智,合古今之学术文章,蒙锢沦丧于时艺中,滔滔不返,承先圣者能无惧乎!②

于此,钱裔肃以一留心正学的学者形象出现。更重要的是,遵王表彰了乃父在藏书读书上的热忱,俨然另一个"读书者"之藏书家:

> "西汉会要"条:

---

① 〔清〕钱曾:《钱遵王诗集笺校(增订版)》,第226—227页。
② 〔清〕钱曾:《读书敏求记》,第37—38页。

第三章 哭泣的书——从钱谦益绛云楼到钱曾述古堂

……崇祯己巳(1629)闰月二日,先君校完题于后。是年八月,揆予初度,抚今追昔,为泫然者久之。①

"庚申帝史外闻见录":
……先君广觅是书,仅见之眉公《秘笈》中,脱落舛误,十亡其五。予后得完本,缮写藏庋。惜先君之不及见。每检此书,即为泣下如雨。②

钱大成《钱遵王年谱稿》记载:"公(裔肃)好聚书,书贾多挟策至其门。天启间,(牧斋)官史局,与中州王损仲商订《宋史》。损仲言王偁《东都事略》藏李少卿家。搜箧中获之,缮写以归。人言公藏有宋刻善本,后牧斋竟从其家见之。刻书精好,阙文具在。"③可知钱裔肃亦学者,勤力聚书,而遵王写乃父于访书校书上的不遗余力,仿佛乎牧斋。《读书敏求记》中,有二则述及牧斋与钱裔肃于访书事上的交会,宜细加研味:

"王逢梧溪集"条:
先君留心国初史事,访求王逢、陈基等集,不遗余力。然惟绛云楼有之,牧翁秘不肯出,未由得睹。先君殁,予(于)剑映斋藏书,购得《梧溪集》前二卷,是洪武年间刊本,如获拱璧,恨无从补录其全。越十余年,复与梁溪顾修远借得后五卷钞

---

① 〔清〕钱曾:《读书敏求记》,第110—111页。
② 同前注,第106—107页。
③ 〔清〕钱大成:《钱谱》,第335页。

本,亟命侍史缮写成完书。阅时泣下渍纸,痛先君之未及见也。原吉志不忘元,其故国旧君之思,缠绵恻怆。《初学集》跋语极详,又不待予之赘言矣。①

"王偁东都事略"条:

《东都事略》,宋刻仅见此本,先君最所宝爱。(牧斋)荣木楼牙签万轴,独阙此书。牧翁屡求不获,心颇嗛焉。先君家道中落,要索频烦,始终不忍捐弃。吾子孙其慎守之勿失。②

《东都事略》,乃牧斋壮岁亟欲得读之书。天启年间,牧斋留心宋史,多方搜求,仍只获睹《东都事略》一钞本,宋刻未之见,嗟叹曰:"呜呼!余安得而见之哉!"③几近四十年后,牧斋始于遵王述古堂见遵王父裔肃旧藏之宋版《东都事略》。抚今追昔,感慨系之,曰:"今年(1661)初夏,见述古堂《东都事略》宋刻,即李九如家钞本之祖也。为之抚卷忾叹久之。"④其年冬,牧斋应遵王之请,作《族孙嗣美合葬墓志铭》,于文首又述及此书,并其早岁与钱裔肃于购藏古籍上之角力,略云:"余家居访求遗书,残编落简,捐衣食无所恤。从孙嗣美,闻风慕悦,亦好聚书,书贾多挟策潜往。余心喜其同癖,又颇嗛其分吾好也。天启间,官史局,与中州王损仲商订

---

① 〔清〕钱曾:《读书敏求记》,第427—428页。
② 同前注,第88—89页。
③ 〔清〕钱谦益:《钱牧斋全集·初学集》,卷85,第1784页。本文写于天启三年(1623)。
④ 〔清〕钱谦益:《钱牧斋全集·有学集》,卷46,第1514—1515页。本文写于顺治十八年(1661)。

《宋史》,损仲言王偁《东都事略》藏李少卿家,搜箧中获之,缮写以归。人言嗣美家有宋刻善本,而未信也。辛丑(1661)春,从其子曾见之,刻画精好,阙文具在,则其捐馆舍已十有六年矣。嗟乎!以余之于斯文,穷年尽气,搜讨不可谓不力,而宋代遗文颉颃《长编》者,近在家门而不克知,余之阙漏谀闻,良可以自愧。"①

在上引遵王"王逢梧溪集""王偁东都事略"二记的描绘中,牧斋与遵王父在藏书上的成就可谓各有千秋,互不相让,甚至各自抵御。就某一意义而言,在遵王笔下,其父作为一学者、史家、藏书家,堪与牧斋比肩(钱裔肃与牧斋一样,留心国初史事,访求元季明初文集不遗余力)——牧斋不再是遵王心目中唯一的巨人了。我们记得,钱氏家难事发之后,顾苓与归庄飞书诘责,二人不约而同(?)以遵王家"内乱"之事羞辱遵王。"内乱"者,指钱裔肃"奸祖妾莲碧"事。归庄书甚至云:"父则烝庶祖母(莲碧),子则杀庶叔祖母(柳如是),人伦异变,出于一门,足下亦何颜复偷生视息于人世!"遵王于《读书敏求记》中述乃父行事为人,又写其与牧斋的交集互动,是否意图改变世人因顾、归之言而联想到的其父的不堪形象?果如是,则《读书敏求记》的某些记文,又为遵王"自解"的另一种动作与策略了。

随着年岁增长,遵王于藏书的成就、特色,有一部分已超越牧斋。拥有某些书,遵王甚至有了置疑牧斋的余地,例如:

"臞仙史略"条:

---

① 〔清〕钱谦益:《钱牧斋全集·有学集》,卷31,第1148页。本文写于顺治十八年(1661)十一月。

……元顺帝为合尊之子,牧翁取余应诗与权衡《大事记》疏通证明之,作《瀛国公事实》。……牧翁《列朝诗集》小序中详载臞仙著述,而独遗《史略》,且书瀛国公事,又不援引其言以实之,岂当时未获见此本欤?①

　　牧斋曾于《述古堂宋刻书跋》中说:"辛丑(1661)暮春,过遵王述古堂观所藏宋刻书,缥青介朱,装潢精致,殆可当我绛云楼之什三。纵目浏览,如见故物。任意渔猎,不烦借书一瓻,良可喜也。"②遵王《读书敏求记》"李逸民棋谱"条于牧翁此访有所忆述:

　　辛丑暮春,牧翁过述古堂,浏览宋刻书,谓"可当绛云之什三。予生平侈言藏弆,搜访殆遍,独未见宋椠《棋谱》"。丁卯(1687)秋,至秦淮,偶从书肆检得《玄玄集》,前有虞道园序文,已诧为世鲜有蓄之者。今年薄游武林,舣系湖上,有人持宋刻《棋谱》示予,题为"前御书院棋待诏赐绯李逸民重编"。得之意蕊舒放,欣喜竟日。……予不解弈,而性好观棋。日长剥啄,展阅此谱,诵老杜"清簟疏帘"句,颇笑羊玄保赌胜宣城太守仍居第三品也。庚午(1690)上巳书于西湖之逆旅小楼。③

此则记文饶有趣味,补充了当日牧斋在遵王述古堂中谈话的内容,

---

① 〔清〕钱曾:《读书敏求记》,第94—95页。牧斋《书瀛国公事实》,见氏著《钱牧斋全集·初学集》,卷25,第794—796页。
② 〔清〕钱谦益:《钱牧斋全集·有学集》,卷46,第1512页。
③ 〔清〕钱曾:《读书敏求记》,第341—343页。

让我们知道牧斋以平生未能访得宋本《棋谱》为憾。若干年后,遵王有缘收得此书,得意之情,溢于言表。购得宋版好书,任谁都会雀跃不已,此不待言,但能把玩连牧斋也未曾求得之书,似乎也是此喜悦的一部分。至少,这次遵王没有"抚卷流涕者久之"了。

上文已述及,牧斋平生花费极大心力、极重视的一部著作是《钱注杜诗》。牧斋所据杜诗底本,乃吴若本。偶然的机缘,遵王竟收得吴若本的祖本:

"杜工部集"条:
……牧翁笺注杜集,一以吴若本为归。此又若本之祖也。予生何幸,于墨汁因缘有少分如此。斯文未坠,珠囊重理,知吾者不知何人,蓬蓬然有感于中,为之放笔三叹。①

这一回,遵王甚至发出"斯文未坠,珠囊重理",自命可做大学问的感慨,复又嗟叹"知吾者不知何人",遵王是在渴望一个为己"代下注脚,发皇心曲"的"明眼人"的出现了。

另一种牧斋未曾访得而遵王有幸获睹并过录的书是危素的《说学斋集》:

"危素说学斋集"条:
《太仆集》失传于世,牧翁搜访明初文献,以未见公集为憾。此稿为叶文庄公箓竹堂藏书。震川先生尝从公之乃孙求

---

① 〔清〕钱曾:《读书敏求记》,第 366—367 页。

> 观而不可得。予与九来借钞,慨然不以一鸥见拒。古人云:"文章自有真。"公之集如浑金璞玉,予何幸获睹全稿。……今九来已作古人,其所著《金石录补》,学识远在明诚上。曾留稿本于予处,将为整齐其书,垂之久远,不使人琴俱亡,亦可借此以报我良友耳。①

牧斋以未见危素文集为憾,牧斋极为仰慕的前辈学者归有光(震川,1507—1571)求藏家借读此书亦不果。(钱氏家难中笔伐遵王极严苛的归庄正是归有光的曾孙。)遵王与其友叶九来却借抄得此书,何其幸也。叶九来著有《金石录补》,遵王认为,为"整齐其书",可以"垂之久远,不使人琴俱亡"。有可能,遵王《读书敏求记》之作,也是寄望"垂之久远"的一种作为吧?

后 记

遵王之诗,闻见所及,向无系统的研究,拙文初刊时,算是比较长篇的论述。此外,尚有三篇论文,对研究遵王其人其诗大有参考价值,应补述于此,是为:罗时进《情到狂时烧破眼——解读清初虞山派诗人钱曾》,《浙江社会科学》2002 年第 4 期,第 155—158 页;张旭东《钱曾与严熊——〈柳如是别传〉钱氏家难章补论》,《中国文化》2016 年第 1 期(总第 43 期),第 218—234 页;李欣锡《春光中遭动的"秋兴"——论钱遵王〈判春集〉及对钱牧斋"诗史"观之实

---

① 〔清〕钱曾:《读书敏求记》,第 395—396 页。

践》,收入李贞慧主编《中国叙事学:历史叙事诗文》(新竹:台湾清华大学出版社,2016年),第263—325页。

拙文原刊于二〇一一年,写作时失检,不知罗时进先生已发表上述论文,真是惭愧。罗文探论了遵王寓有故明之思的若干作品,也讨论了遵王以西昆体为范式的爱情诗,进而论定遵王于"虞山诗派"中的地位,谓"其艺术成就当在颇具声名的冯舒、陆敕先等人之上,已可与冯班比肩俪坐"。张旭东、李欣锡二文乃新近发表的重要论文。张文论遵王的部分以较丰富的文献、较多元的角度论析牧斋与遵王的关系,复有一小节论"'遵王自赎'事",与本文关注的课题有若干交集之处。李文则以"诗史"一观念切入,探讨遵王《今吾集》《判春集》中诗作如何呈现出遵王继承及发展了牧斋之文学志业及诗歌中"复明心志""诗史技艺"的深衷与特色,以及二人于明清之际各别的隐微心曲。李文为迄今所见研究遵王诗最详尽的论文,不宜错过。因本章基本上保持了原刊时的格局与观点,且与上述三文的论述侧重也有所不同,故今未扩写、纳入三位学者的论点,但三文对进一步开展遵王其人其诗之研究,大有研读价值,特附记于此,以供读者参考。

第四章 清初钱谦益、王士禛"代兴"说再议

钱谦益(牧斋,1582—1664)与王士禛(渔洋,1634—1711)相继主明末清初(约十七世纪)文坛数十年,乃文学史上重要人物。学者向有所谓钱王"代兴"一说,钱、王故事,已成文坛佳话。于此,论者已多,考辨颇详,本无置喙之地,特年来读牧斋书章,于此事亦尝反复思考,偶存一二札记。今谨将钩稽所得,勒成本文,固未敢自信,以就教于海内外学者云尔。

"代兴"之说,其来有自,始作俑者,其实就是渔洋本人。渔洋晚年,曾于多处追忆其早岁与牧斋交往之旧事,谓牧斋序己诗集,有"与君代兴"之语,奖掖提携有加,实乃"平生第一知己"云云。后之学者,遂以八十翁牧斋先生慧眼识英雄,读渔洋集,大为赞赏,即许其时尚未及而立之年之渔洋继己主盟诗坛,而后渔洋果成清诗

第四章 清初钱谦益、王士禛"代兴"说再议

"一代正宗"。这个看法,今已几成定论,学者津津乐道。①

本章拟对钱王"代兴"之相关文献,作一脉络化(contextualization)与问题化(problematization)的处理,通过考察、比较若干类似牧斋与渔洋交往的个案,厘清所谓钱王"代兴"的实质义涵。笔者认为,牧斋欣赏渔洋是事实,但从无"与君代兴"之语,其但云:"值贻上代兴之日。"而牧斋"代兴"云云,亦须于"世代交替"的脉络、寓意中理解,方得其实。

一、钱王"代兴"说之核心文献

牧斋与渔洋有通家之谊。牧斋与渔洋叔祖王象春(季木,1578—1632)同登万历三十八年(1610)榜进士,为挚友。②

顺治十七年(1660)春,渔洋到扬州推官任。次年(1661)五月,值牧斋甥归吴,渔洋遂托其呈书及诗集,又请牧斋及柳夫人如是和己之成名作《秋柳诗四首》。③ 牧斋报书,今传,云:

> 余生暮年,销声息影。风浪謷起,突如焚如。介恃天慈,得免腰领。噩梦已阑,惊魂未愁。远承慰问,深荷记存。惟有

---

① 可参裴世俊《钱谦益诗歌研究》(银川:宁夏人民出版社,1991年),第292—302页;孙之梅《钱谦益与明末清初文学》,第385—397页;蒋寅《王渔洋与康熙诗坛》(南京:凤凰出版社,2013年),第1—22页。
② 本节所述渔洋事迹,多据蒋寅《王渔洋事迹征略》(北京:人民文学出版社,2001年),第68—69、74—76页;又参氏著《王渔洋与康熙诗坛》,第1—8页。
③ 关于渔洋的《秋柳诗四首》及其时的唱和活动,可参拙著《秋柳的世界:王士禛与清初诗坛侧议》(香港:香港大学出版社,2013年)。

向长明灯下,炷香遥祝而已。伏读佳集,泱泱大风。青丘、东海,吞吐于尺幅之间,良非笔舌所能赞叹。词坛有人,余子皆可以敛手矣。老耄丛残,仰承推许,三复德音,惭惧交并。轻材朴学,本不敢建立门户,侧足艺林。幸奉先生长者之训,稍知拨弃俗学,别裁伪体。采诗余论,聊尔发挥。遂使谣诼纷如,弹射横集。俗习沉痼,末学晦蒙。醯鸡井猿,良可悯叹。日星在天,江河万古。欧阳公有言,岂为小子辈哉?八十老叟,余年几何?既已束身空门,归心胜谛,义天法海,日夕研求。刳心刻肾,如恐不及。何暇复沉湎笔墨,与文人才子争目睫之短长哉?非旁行之书不观,非对法之论不作。世间文字,一一皆回向般若。呗赞之余,游戏讽咏。禅则寒山、梵志,儒则《击壤》《江门》,可以助发道情,消除荫界。假年送老,如是而已。《秋柳》新篇,为传诵者攫去。枚生已老,岂能分兔园一席,分韵忘忧;白家老媪,刺促爨下,吟红咏絮,邈若隔生。无以仰副高情,思之殊惘惘也。不尽之私,尚容续布。临楮依依,不胜驰企之至。①

牧斋未和《秋柳》诗,渔洋失望,可想而知,乃再修函牧斋,并呈己诗集,求序。逮九月梢牧斋八十大寿,老友丁继之买舟金陵,远赴虞山祝贺,诗酒宴乐之际,为道渔洋企慕之情。牧斋为之感动,乃制一序,意犹未尽,又作长诗一首,以赠渔洋,并有附书。爰具录如次。

---

① 〔清〕钱谦益:《与王贻上四首》其三,收入〔清〕钱谦益《钱牧斋全集·牧斋杂著·钱牧斋先生尺牍》,卷1,第225—226页。

牧斋《王贻上诗序》云：

　　神庙庚戌之岁，偕余举南宫者，关西文太清、新城王季木、竟陵钟伯敬，皆雄骏君子，掉鞅词坛。太清博而奥，季木赡而肆，踔厉风发，大放厥词。太清赠季木曰："元美吾兼爱，空同尔独师。"盖其宗法如此。而伯敬以幽闲隐秀之致，标指《诗归》，窜易时人之耳目。迄于今，轻材讽说，簸弄研削，莫不援引钟、谭，与王、李、徐、袁分茅设蕝。而关西、新城之集，孤行秦、齐间，江表之士，莫有过而问者。三子之才力，伯仲之间耳，而身后之名，飞沉迥绝，殆亦有幸有不幸焉。千秋万岁，古人所以深叹于寂寞也。

　　季木殁三十余年，从孙贻上，复以诗名鹊起。闽人林古度铨次其集，推季木为先河，谓家学门风，渊源有自。新城之坛坫，大振于声销灰烬之余，而竟陵之光焰熸矣。余盖为之抚卷太息，知文苑之乘除，有劫运参错其间，抑亦可以观天咫也。

　　嗟夫！诗道沦胥，浮伪并作，其大端有二。学古而赝者，影掠沧溟、弇山之剩语，尺寸比拟，此屈步之虫，寻条失枝者也。师心而妄者，惩创《品汇》《诗归》之流弊，眩运掉举，此牛羊之眼，但见方隅者也。之二人者，其持论区以别矣。不知古学之由来，而勇于自是，轻于侮昔，则亦同归于狂易而已。贻上之诗，文繁理富，衔华佩实。感时之作，恻怆于杜陵；缘情之什，缠绵于义山。其谈艺四言，曰典，曰远，曰谐，曰则。沿波讨源，平原之遗则也；截断众流，杼山之微言也；别裁伪体，转益多师，草堂之金丹大药也。平心易气，耽思旁讯，深知古学

141

之由来，而于前二人者之为，皆能淘汰其症结，祓除其嘈囋。思深哉！《小雅》之复作也，微斯人，其谁与归？

贻上以余为孤竹之老马，过而问道于余，余遂趣举其质言以为叙。往余尝与太清、季木论文东阙下，劝其追溯古学，毋沿洄于今学而不知返。太清喟然谓季木曰："虞山之言是也，顾我老不能用耳。"今二子墓木已拱，声尘蔑如。余八十昏忘，值贻上代兴之日，向之镞砺知己，用古学劝勉者，今得于身亲见之，岂不有厚幸哉！书之以庆余之遭也。①

《古诗赠新城王贻上》云：

> 风轮持大地，击扬为风谣。
> 吹万肇邃古，赓歌畅唐姚。
> 朱弦泛汉魏，丽藻沿六朝。
> 有唐盛词赋，贞符汇元包。
> 百灵听驱使，万象穷镂雕。
> 千灯咸一光，异曲皆同调。
> 彼哉诐谀者，寄穴纷科条。
> 初唐别中晚，画地成狴牢。
> 妙悟掠影响，指注窥厘毫。
> 瓮天醯鸡覆，井穴痴猿号。
> 化为劣诗魔，飞精入府焦。

---

① 〔清〕钱谦益：《钱牧斋全集·有学集》，卷17，第765—766页。

穷老蔽蔀屋,不得瞻沇寥。
正始日以远,词苑杂莠苗。
献吉才雄骛,学杜铺醨糟。
仲默俊逸人,放言訾谢陶。
考辞竞嘈囋,怀响归浮漂。
江河久壅决,屡潏亦腾嚣。
幺弦取偏张,苦调搜啁噍。
鸟空而鼠即,厥咎为诗妖。
丧乱亦云膴,诗病不可瘳(叶)。
譬彼膏肓疾,传染非一朝。
呜呼杜与韩,万古垂斗杓。
北征南山诗,泰华争岧峣。
流传到于今,不得免憿嘲。
况乃唐后人,嗤点谁能跳?
穷子抵尺璧,冻人裂复陶。
熠耀点须弥,可为渠略标。
昌黎笑群儿,少陵诃汝曹。
嗟我老无力,掩耳任叫呶。
王君起东海,七叶光汉貂。
骐骥奋蹴踏,万马喑不骄。
识字函雅故,审乐辨箫韶。
落纸为歌诗,绛云卷青霄。
自顾骨骼马,刨残卧东郊。
敢云老识路,昏忘惭招邀。

> 河源出星海,东流日滔滔。
> 谁跖巨灵掌?一手堙崩涛。
> 古学丧根干,流俗沸螗蜩。
> 伪体不别裁,何以亲风骚?
> 珠林既深深,玉河复迢迢。
> 方当剪榛楛,未可荣兰苕。
> 瓦釜正雷鸣,君其信所操。
> 勿以独角麟,媲彼万牛毛。
> 伊余久归佛,翻经守僧寮。
> 怅触为此诗,狂言放调刁。
> 无乃禅病发,放笔自抑搔。
> 起挑常明灯,忏除坐寒宵。①

致渔洋书云:

> 仆于君家文水,为同年同志之友,而司马中丞暨令祖,皆以年家稚弟,爱我勖我。草木臭味,不但孔、李通家也。丧乱以来,故旧寥落。东望鹊山秋色,未常不低徊延伫。顷闻门下鹊起东海,整翮云霄。一时才华之士,莫不手捧盘匜,奉齐盟于下风。私心鼓舞,窃喜我文水之家风,大振于劫灰之后也。舍甥北归,奉大集见示。如游珠林,如泛玉海。耳目眩运,且惊且喜。舍甥邮传嘉命,鹄索糠秕之导。屏营傍偟,未敢拜

---

① 〔清〕钱谦益:《钱牧斋全集·有学集》,卷11,第543—544页。

命。丁继之自金陵来,道门下驻节水亭,灯炧酒阑,未尝不顾念耄老,思以文事相商榷。以此知东郊老马,犹以识道动伯主之物色。又重以累世气谊,何敢以衰废自外于门墙? 遂力疾草序文一通,托丁老附呈侍史。仆老悖朴学,不善为谀词。翻阅佳什,包孕古今,证响风雅。窃欲以狂澜既倒,望砥柱于高贤。虽言之不文,其意有独至者。序有未尽,又别见于扇头一章。老人多忘,信心信笔,惟吾丈心鉴之而已。贫病索居,关河多阻。未能春粮买舟,奉扣铃阁,班荆剪韭,以倾吐结轖。裁书草草,未尽驰企。①

渔洋得牧斋之序、诗及书,大喜过望,即回信答谢。牧斋于昆山道中接获,报书云:

玉峰邮中,忽奉长笺。温文丽藻,晔如春花。东风入律,青云干吕。奉读数过,笑继以抃。自分以木桃之投,而致琼瑶之报。私心怦营,愧无以仰副德音也。衰迟潦倒,卖身空门,旧学无几,遗忘殆尽。惟有日翻贝叶,消闲送老。世间文字茫然,如前尘积劫。门下散花落彩,如卿云在天,有目共睹。老人未免怅触童心,鼓动习气,欲从蒲团上扬去,以此自笑耳。近日诗家,如稻麻苇粟,狂易瞽眩。今得法眼刊定,又有伯玑、玄觉,共为鉴裁,广陵当又筑文选台矣。西樵诗渴欲请教,邮中都未见寄,恝如调饥,我劳如何? 邗沟一水,不能办十日春

---

① 〔清〕钱谦益:《与王贻上四首》其二,《钱牧斋全集·牧斋杂著·钱牧斋先生尺牍》,卷1,第224—225页。

粮,趋侍铃阁。京江间阻,便如明河天堑,可一叹也。乱后撰述,不复编次,缘手散去,存者什一。荆妇近作当家老姥,米盐琐细,枕籍烟熏,掌簿十指如锥,不复料理研削矣。却拜尊命,惭惶无地。杜诗非易注之书,注杜非小可之事,生平雅不敢以注杜自任。今人知注杜之难亦鲜矣,可叹也!西江王于一,苦心学四大家文字,其佳者可谓合作。溘逝之后,遗文散佚。倘得属伯玑搜辑,序而传之,俾此子不为草亡木卒,诚艺林所仰望也。贵门人便邮,草率奉复。积怀缕缕,都无伦次,惟高明谅之。①

此后,牧斋尚有致渔洋一函,大约亦为是年秋冬间所寄,云:

衰暮之年,荒村息影。笔墨两字,了不挂心。恭承嘉命,惟有永叹而已。嘉贶侑缄,具悉盛雅。粗布暖身,瓦盆盛酒。币爵之赐,殊非所宜。谨拜嘉什袭,传示子孙而已。令兄年翁大集,邮中未曾颁赐,恐有浮沉,敬胥后命。伯玑想尚在舍,幸道相念。寒窗裁谢,临风怅然。不一。②

渔洋顺治十八年致牧斋诸函,今概不传,惜哉。渔洋集中有《蓉江寄牧翁先生》一首,则其得牧斋赐序及诗后所奉答者。诗云:

---

① 〔清〕钱谦益:《与王贻上四首》其一,《钱牧斋全集·牧斋杂著·钱牧斋先生尺牍》,卷1,第223—224页。
② 〔清〕钱谦益:《与王贻上四首》其四,同前注,第226—227页。

> 芙蓉江上雨廉纤,东望心知拂水岩。
> 共识文章千古事,直教仙佛一身兼。
> 夜闻寒雪推篷笠,春惜浪花侧帽檐。①
> 两到江南不相见,少微空向老人占。

其时渔洋才二十八岁,甫入仕,而得一代龙门高度赞扬,心中感激,可想而知;若说渔洋毕生感念牧斋,亦不为过。渔洋晚年,有多处文字忆及此事,屡述牧斋"代兴"之语,又谓牧斋为"平生第一知己"。如《渔洋诗话》云:

> 虞山钱宗伯赠余古诗云:"骐骥奋蹴踏,万马喑不骄。勿以独角麟,俪彼万牛毛。"又为作集序,有"与君代兴"之语。时余年甫逾弱冠耳,为其所赏异如此。余后有绝句云:"少年薄技悔雕虫,拂拭当年荷巨公。红豆庄前人去久,花开花落几春风!"②

必须注意,渔洋于此谓牧斋序中"有'与君代兴'之语",实袭用《左传》语为言,牧斋序但云:"值贻上代兴之日。"《居易录》云:

> 牧翁于予有知己之感。顺治辛丑,序予《渔洋诗集》,有"代兴"之语。寄予五言古诗云:"勿以独角麟,俪彼万牛毛。"

---

① 〔清〕王士禛著,袁世硕主编:《王士禛全集·渔洋诗集》(济南:齐鲁书社,2007年),第362页。
② 〔清〕王士禛:《王士禛全集·渔洋诗话》,卷上,第4757页。

今三十余年,先生墓木拱矣。①

又如《古夫于亭杂录》云:

> 予初以诗贽于虞山钱先生,时年二十有八,其诗皆丙申后少作也。先生一见,欣然为序之,又赠长句,有"骐骥奋蹴踏,万马喑不骄。勿以独角麟,俪彼万牛毛"之句,盖用宋文宪公赠方正学语也。又采其诗入所撰《吾炙集》,方禽山自海虞归,为余言之,所以题拂而扬诩之者,无所不至。予常有诗云:"不薄今人爱古人,龙门登处最嶙峋。山中柯烂蓬莱浅,又见先生制作新。""白首文章老巨公,未遗许友八闽风。如何百代论骚雅,也许怜才到阿蒙。"今将五十年,回思往事,真平生第一知己也。②

渔洋如此细细追忆,固不难理解,乃其对牧斋恩惠心存感激的表示。再则,此亦往自己脸上贴金之事,何乐而不为?

二、"声气无如文字亲"——"代兴"之寓意

(一)"代兴"之为义

"代兴"者,更迭兴起也,或指政权之迭代,或指天时更迭变化,

---

① 〔清〕王士禛:《王士禛全集·居易录》,卷10,第3872页。
② 〔清〕王士禛:《王士禛全集·古夫于亭杂录》,卷3,第4880。

或指文章体制之变易,或指文人相继兴起,广泛而言,则用于描述各种现象之代雄。

上古文献中,"代兴"一语多喻政权之迭代,如《左传·昭公十二年》:"齐侯举矢曰:有酒如渑,有肉如陵。寡人中此,与君代兴。"注曰:"代,更也。"①《国语·郑语》:"及平王末而秦、晋、齐、楚代兴。"②《战国策·燕一》:"且夫三王代兴,五霸迭盛,皆不自覆也。"③《大戴礼记·少闲》:"舜崩,有禹代兴。"④

代兴,初亦指天时更迭、变化。《荀子·不苟篇》:"变化代兴谓之天德。"⑤《吕氏春秋·仲夏纪·大乐》:"四时代兴,或暑或寒。"⑥

文体变革,亦有以代兴言之者,如《文心雕龙·铭箴》:"战代以来,弃德务功,铭辞代兴,箴文委绝。"⑦《物色》篇:"及离骚代兴,触类而长,物貌难尽,故重沓舒状。"⑧

文人代兴一义,最早的用例似在唐代。唐张说(667—730)为北朝诗人卢思道(535—586)撰《齐黄门侍郎卢思道碑》,铭诗有句

---

① 〔周〕左丘明撰:《春秋左传注疏·昭公十二年》,卷45,第40a页。
② 〔吴〕韦昭注:《国语·郑语》(文渊阁《四库全书》,第406册),卷16,第10b。
③ 〔汉〕高诱注,〔宋〕姚宏续注:《战国策·燕一》(文渊阁《四库全书》,第406册),卷29,第5a页。
④ 〔汉〕戴德撰,〔北周〕卢辩注:《大戴礼记》(文渊阁《四库全书》,第128册),卷11,第16b页。
⑤ 〔周〕荀况撰,〔唐〕杨倞注:《荀子》(文渊阁《四库全书》,第695册),卷2,第5b页。
⑥ 〔秦〕吕不韦撰,〔汉〕高诱注:《吕氏春秋》(文渊阁《四库全书》,第848册),卷5,第4a页。
⑦ 〔南朝梁〕刘勰:《文心雕龙》(文渊阁《四库全书》,第1478册),卷3,第2b页。
⑧ 同前注,卷10,第1a—1b页。

曰:"理以神合,声以妙征。高视睢涣,与君代兴。"①所代兴者,北朝至唐历代之"文伯"也。

(二)牧斋著作中"代兴"一语之用例

检牧斋著作,"代兴"一语,凡九见:《初学集》二例,《有学集》三例,《列朝诗集小传》中四例。牧斋用"代兴"一语,指王位之更迭,一例;指佛门之传承,二例;而言文事者最多,共六例。以下稍加说明。

1.指王位之更迭。《初学集》卷七十二《顾仲恭传》云:

> 《孟子》曰:天下之生久矣,一治一乱,五百年必有王者兴。《左传》曰:九州岛之险,是不一姓。此乾坤消长剥复自然之理也。少昊氏之衰也,九黎乱德,颛顼乃命重黎绝地天通。颛顼氏之衰也,共工氏霸而不王,帝喾伐之,而序正星辰。皆其子孙失德衰败,而异姓代兴。②

文中指上古少昊、颛顼、共工、帝喾诸帝代兴。

2.指佛门之传承,用例二见。

《初学集》卷八十一《径山募造大悲阁疏》云:

---

① 〔唐〕张说:《齐黄门侍郎卢思道碑》,《张燕公集》(文渊阁《四库全书》,第1065册),卷21,第3a—3b页。
② 〔清〕钱谦益:《钱牧斋全集·初学集》,卷72,第1613页。

> 双径山中,有一比丘,名曰大舟,发大愿心,愿于此山起大楼阁,作大悲菩萨像,建大悲忏坛,誓愿利益有情,绍隆三宝。俾此山中,祖师代兴,重规叠矩,炽然建立,如唐、宋时。①

此处称径山"祖师代兴",并不专指何人。

《有学集》卷四十五《书华山募田供僧册子》云:

> 雪浪大和尚,贤首之法匠也。其徒曰巢、雨、苍、汰,分路扬镳,各振法席。今独苍老岿然如鲁灵光,而华山含光渠公,则与苍老代兴者也。②

此处称含光照渠继苍雪读彻后,光大贤首宗之法门。

3.言文事。

牧斋"代兴"一语之用例,以此最夥。《列朝诗集小传》中四见,其中《李少师东阳》《李副使梦阳》两则,指明代复古派李、何、王、李宗祧之传承;另一则见于王世贞(1526—1590)赠魏允中(1544—1585)诗句:"还将代兴意,对酒颂如渑。"此非牧斋自己的文字,但可见晚明诗文使用"代兴"之情况,故下并录之。

《列朝诗集小传》丙集卷一《李少师东阳》:

---

① 〔清〕钱谦益:《钱牧斋全集·初学集》,卷87,第1723页。
② 〔清〕钱谦益:《钱牧斋全集·有学集》,卷45,第1504页。

北地李梦阳,一旦崛起,侈谈复古,攻窜窃剽贼之学,诋諆先正,以劫持一世;关陇之士,坎壈失职者,群起附和,以击排长沙为能事。王、李代兴,桃少陵而祢北地,目论耳食,靡然从风。(《小传》,丙集卷1,第245—246页)

《列朝诗集小传》丙集卷十一《李副使梦阳》:

献吉生休明之代,负雄鸷之才,閒然谓汉后无文,唐后无诗,以复古为已任。信阳何仲默起而应之。自时厥后,齐吴代兴,江楚特起,北地之坛坫不改,近世耳食者至谓唐有李、杜,明有李、何,自大历以迄成化,上下千载,无余子焉。(《小传》,丙集卷11,第311页)

《列朝诗集小传》丁集卷六《魏考功允中》:

允中,字懋权,南乐人。万历庚辰进士,除太常博士,迁吏部稽勋主事,寻移考功,病卒,年四十二。懋权为诸生,王元美以兵使行部,赠之诗曰:"还将代兴意,对酒颂如渑。"(《小传》,丁集卷6,第444页)

《列朝诗集小传》闰集卷四《沈氏宛君》小传中,叙沈家诸姑伯姊雅擅篇章,并评之曰:"松陵之上,汾湖之滨,闺房之秀代兴,彤管之诒交作矣。"(《小传》,闰集卷4,第753页)此处写女性文学之事,"代兴"谓才人辈出,并非上例中"兴替"之意。

牧斋文字中,以"代兴"许当代后起之秀者,见于二序文:《王贻上诗集序》《李叔则雾堂集序》。二序之结构、用语、寄意有相似处,下文将详论之。

牧斋《王贻上诗集序》有"余八十昏忘,值贻上代兴之日"之语:

> 贻上以余为孤竹之老马,过而问道于余,余遂趣举其质言以为叙。往余尝与太清、季木论文东阙下,劝其追溯古学,毋沿洄于今学而不知返。太清喟然谓季木曰:"虞山之言是也,顾我老不能用耳。"今二子墓木已拱,声尘蔑如。余八十昏忘,值贻上代兴之日,向之镞砺知己,用古学劝勉者,今得于身亲见之,岂不有厚幸哉!书之以庆余之道也。

《李叔则雾堂集序》中谓李叔则代文翔凤(字天瑞,号太清,1577—1642,与牧斋同为万历三十八年[1610]进士)而兴:

> 河滨李子叔则,不远数千里,邮寄所著《雾堂集》,以唐刻石经为贽,而请序于余。叔则手书累幅,执礼恭甚。以余老于文学,略知其利病,谓可以一言定其文。余读之敉然,感而卒业,歊歔叹息焉。
> 昔者炎正之季,欃枪刺天,谷、雒交斗,文章崩裂,金铁飞流,恻古振奇之士,与运气俱作。西极文太清,实为嚆矢。其

后二十余年,而叔则代兴,人咸谓太微之冢嫡也。①

(三)渔洋著作中之用例

渔洋著作中,"代兴"一语四见。其中二例,泛用而已;另外二例,则与牧斋"代兴"云云直接相关。渔洋《五言诗凡例》言古代才人之代兴:"十九首之妙,如无缝天衣,后之作者顾求之针缕襞积之间,非愚则妄。此后作者代兴,钟记室之评騭矣。"②

渔洋为时人傅宸(1604—1674)撰墓志铭,铭诗中有"代兴"之语。傅氏以"纯孝"享盛名于当世,渔洋《敕授文林郎掌山西道事山西道监察御史彤臣傅公墓志铭》故云:"岳岳傅公,名世代兴。"③

下二用例,则与本文之论关系密切,乃渔洋述牧斋"许我代兴"者。

《居易录》卷十云:

---

① 〔清〕钱谦益:《钱牧斋全集·有学集》,卷20,第832页。"炎正",本指汉,此处借指明。《后汉书·光武帝纪》赞:"炎正中微,大盗移国。"李贤注:"汉以火德王,故曰炎正。大盗谓王莽篡位也。"见〔南朝宋〕范晔撰《后汉书·光武帝纪》,卷1,第87页。明朝亦以火德王,牧斋以汉喻明,不知有无季世"大盗移国"之感慨?
② 〔清〕王士禛:《王士禛全集·渔洋文集》,卷14,第1757—1758页。
③ 同前注,卷8,第1639页。此外,渔洋《感旧集》所收师友诗章中,"代兴"一语亦二见。叶方蔼(1629—1682)《自题独赏集》其二云:"娄水虞山相代兴,长篇学士更夸能。连昌长恨犹难匹,近代何人敢作朋?"见〔清〕王士禛辑,〔清〕卢见曾等补传《感旧集》(北京:北京出版社,2000年《四库禁毁书丛刊》,第74册据清华大学图书馆藏清乾隆十七年[1752]刻本影印),卷11,第5b页。周茂源(生卒年不详,顺治六年[1649]进士)《与叟山夫重晤青浦兼讯吴江顾茂伦》云:"与君违一载,大半客松陵。复到由拳邑,言寻白足僧。酒怀原洒落,诗格最崚嶒。寄语今元叹,投壶已代兴。"同前揭书,卷14,第11a页。

牧翁于予有知己之感。顺治辛丑，序予《渔洋诗集》，有"代兴"之语。寄予五言古诗云："勿以独角麟，俪彼万牛毛。"今三十余年，先生墓木拱矣。

《渔洋诗话》云：

虞山钱宗伯赠余古诗云："骐骥奋蹴踏，万马喑不骄。勿以独角麟，俪彼万牛毛。"又为作集序，有"与君代兴"之语。时余年甫逾弱冠耳，为其所赏异如此。余后有绝句云："少年薄技悔雕虫，拂拭当年荷巨公。红豆庄前人去久，花开花落几春风！"

通过以上罗列的例子可知，在牧斋笔下，"代兴"一语，或指某人代某人而兴，或指某人继前代而兴，而且，不论前者或是后者，都有世代转移（a generational succession）的深意在其中。观渔洋用"代兴"之例，亦含此二意义向度。

（四）渔洋以外，与牧斋"代兴"之数例

牧斋与渔洋交往的情况，学者考述已多，于此不赘。下文欲另辟蹊径，将考察的范围稍加扩大，借着述论若干类似牧斋与渔洋之交往的案例，一方面厘清所谓钱王"代兴"的实质义涵，一方面进一步观察牧斋下世前数年间，对文坛下一代的期许，以及与彼等交往

的方式与意义。

如上文所述,钱、王的交集与互动,主要发生在顺治十八年,下文考述的个案亦出现于本年前后,时间上接近,此为相互比较的合理性基础之一。再则,下述数人,里籍、年齿不一,率为牧斋晚辈,在清初文坛上已有一定名声,且为牧斋所欣赏者。复次,牧斋与此数人,此时仅有"文字之交",素未谋面。总而言之,牧斋与此数人交往的方式、互动的内容,因之而产生的诗文,在性质上与其和渔洋之交相似,遂有比较、细论的意义。

1.从牧斋《病榻消寒杂咏四十六首》其十谈起。

《病榻消寒杂咏四十六首》乃牧斋逝世前半年断续写成的生平最后一组重要的诗作。《病榻消寒杂咏》组诗辍简到牧斋撒手西归,相隔仅四月余而已,《病榻消寒杂咏》几乎是牧斋诗艺的最后展演,《有学集》所收牧斋诗亦止于本题。①

《病榻消寒杂咏四十六首》其十云:

> 声气无如文字亲,乱余斑白尚沉沦。
>
> 春浮精舍营堂斧,春浮,萧伯玉家园,今为葬地。东壁高楼束楚薪。东壁楼,在德州城南,卢尔德水为余假馆。
>
> 《越绝》新书征宛委,指山阴徐伯调。秦碑古字访河滨。指朝邑李叔则。
>
> 嗜痂辛苦王烟客,摘椠怀铅十指皴。②

---

① 可参拙著《钱谦益〈病榻消寒杂咏〉论释》。
② 〔清〕钱谦益:《钱牧斋全集·有学集》,卷13,第644页。

"声气无如文字亲"一句,或脱自《左传·襄公三十一年》:"故君子在位可畏,施舍可爱,进退可度,周旋可则,容止可观,作事可法,德行可象,声气可乐,动作有文,言语有章,以临其下,谓之有威仪也。"①此《左传》言君子之气象也。牧斋句似偏取"声气可乐,动作有文,言语有章"数义。"乱余斑白尚沉沦",其"尚沉沦"者,正上句之"文字"也。《后汉书·崔骃传》云:"崔氏世有美才,兼以沉沦典籍,遂为儒家文林。"②合二句读之,知牧斋所亲近者,"沉沦典籍"之"儒家文林"也。"乱余斑白"云云,出语沉痛。"乱余",明清易鼎,天崩地坼劫余之时;"斑白",言其老也。此辈文士沧桑历劫,犹沉沦典籍,孜孜矻矻,至老不倦,牧斋引为同道知己。"声气""乱余"一联,领起下六句。

诗之第三联曰:"《越绝》新书征宛委,秦碑古字访河滨。"本联上下句,分咏徐缄(伯调,?—1670)、李楷(叔则,1603—1670),用典甚妙。上句"《越绝》"云云,指《越绝书》,书载春秋吴、越二国史事,上起大禹治水,下迄两汉,旁及其他诸侯国,文章以博奥伟丽称。"宛委",宛委山,传说禹登宛委山得金简玉字之书。③后因以喻书文之珍贵难得。牧斋于本句后置小注云:"指山阴徐伯调。"以知句中《越绝》"宛委"云云,借其事以况伯调者也。《越绝》而言

---

① 〔周〕左丘明撰:《春秋左传注疏·襄公三十一年》,卷40,第34a页。
② 〔南朝宋〕范晔撰:《后汉书·崔骃传》,卷52,第1732页。
③ 《吴越春秋·越王无余外传》云:"(玄夷苍水使者)东顾谓禹曰:'欲得我山神书者,斋于黄帝岩岳之下三月,庚子登山发石,金简之书存矣。'禹退又斋三月,庚子登宛委山,发金简之书。案金简玉字,得通水之理。"见〔汉〕赵晔撰《吴越春秋·越王无余外传》(文渊阁《四库全书》,第463册),卷4,第3a—3b页。

"新书",喻伯调能著文章博奥伟丽如《越绝》之书文也。"征宛委","征"于伯调也。《吴越春秋·越王无余外传》云:"在于九山东南天柱,号曰宛委。"旧注云:"在会稽县东南十五里。"①伯调,山阴人。明清时期山阴、会稽两县一体(山阴即会稽,邑在山阴,故名),而宛委在会稽,牧斋乃以"宛委"借指山阴徐伯调。

牧斋下句后置小注云:"指朝邑李叔则。""秦碑""河滨"云云,出典为"蔡中郎石经"。宋姚宽《西溪丛语》云:"汉灵帝熹平四年,(蔡)邕以古文、篆、隶三体书《五经》,刻石于太学。至魏正始中,又为一字石经,相承谓之七经正字。……北齐迁邕石经于邺都,至河滨,岸崩,石没于水者几半。"②此古代珍稀文物之传奇经历也。李楷,字叔则,晚号岸翁,学者称河滨先生,陕西朝邑人。陕西,古秦地,"秦碑古字访河滨"者,喻秦人李叔则满腹经籍,学者景仰。

牧斋《病榻消寒杂咏》,诗凡四十六,以本首所咏人物最夥。诗中所咏五人,萧伯玉(1585—1651)少牧斋三岁,卢德水(1588—1653)少牧斋六岁,王烟客(1592—1680)少牧斋十岁,牧斋与此三人可谓同辈。徐伯调生年不详,后死于牧斋六年,李叔则少牧斋二十一岁,揆诸相关文献,知伯调与叔则于牧斋为后辈也。各人均身阅鼎革,明清改朝换代之际,出处行藏各有不同,而无减对牧斋敬慕爱戴之情。牧斋与各人之友谊基础,正在于以文字通声气,同声相应,同气相求,乱余斑白,尚沉沦典籍,惺惺相惜,相互爱重。

徐伯调、李河滨,似非牧斋所素识者,而于牧斋逝世前数年,相继贻书致敬,论学论文,求赐序,情意殷切。书文往返,牧斋乃引二

---

① 〔汉〕赵晔撰:《吴越春秋·越王无余外传》,卷4,第2b—3a页。
② 〔宋〕姚宽:《西溪丛语》(文渊阁《四库全书》,第850册),卷上,第14b页。

人为知己同道,且有厚望焉。《初学集》删定之役,嘱于伯调;为"好古学者"张军,遏止复古派复兴于关中,托于河滨。牧斋为此二"笔友"所写书函、序文,述及一生学术、文学思想数番转变之因缘,并其最终之坚持与主张,乃探究牧斋学术之重要文献,可作牧斋"学思自传"观。牧斋与伯调、河滨之交,乃文坛前后辈文字之交,观其始末,可知牧斋桑榆时对己文学"遗产"之安排、对后辈之期盼、对文坛之愿望,亦可窥见牧斋于时人心目中之地位。

2. 徐缄——"仆果可以自附于知己"①。

徐伯调,明清之际特立独行之士也,殁于康熙九年(1670),生年无考。伯调与毛奇龄(1623—1716)、施闰章(1619—1683)友好,其诗见赏于宋琬(1614—1674),年齿或亦与三人为近。

伯调事迹,毛奇龄《二友铭》述之甚详,略云:伯调家山阴之木汀,又家梅市。初擅举子文,为"云门五子"之一。既以诗、古文争长海内,人皆知其名。方是时,山阴诗文自靖、庆后沿趋不振,而伯调力反之,一归于正。伯调出游,所至饰厨馔,争相为欢。四方请教,日益幅辏,而伯调以蹇傲,未能委曲随世低仰,且韦布轩冕,相形转骄,每见之诗文,以写伉伉,以故人多媢之,间有困者。宣城施闰章独重伯调,所至必迎之。伯调好炼冲举,餐气啜液,尝自厌毛发不洁,作《游仙诗》以自喻。后竟以炼功不得法毙死。伯调初为祁彪佳(1602—1645)所爱重,使二子从学,故邀伯调家梅市。至是

---

① 此下论徐伯调及李叔则二小节,在拙著《钱谦益〈病榻消寒杂咏〉论释》中有更完整的呈现,可参拙著第185—198页。徐、李在《钱谦益〈病榻消寒杂咏〉论释》中,是在牧斋"乱余斑白尚沉沦之人／文世界"的脉络中探论的,与本文的论旨、侧重不同。

祁已殉国，其兄弟犹在也，与永诀曰："读书种子绝矣。"伯调尝著《读书说》，计应读经共二千八百四十七叶，史共一万七千七百九十八叶，以一岁之日力计之，除吉凶、庆吊、祭祀、伏腊外，可得三百日。每日以半治经，限三叶，以半治史，限二十叶，阅三年讫功，其勤如此。尤富闻见，虽口吃不善辩，而旁通曲引，历历穿贯，叩之无不鸣。与人语，纤屑不略，语过辄记忆，每见之行文，以资辩论。伯调诗十卷、文六卷，已刻名《岁星堂集》。①

《岁星堂集》，民国初孙殿起《贩书偶记》尝著录，其时或仍可见其书，今已不见于中外图书馆藏，不知尚存天壤间否？伯调诗，零星见于清代诗选、诗话载录等。今上海图书馆庋藏伯调《雪屋未刻集》稿本一种，尽七言古，约合百题，此或伯调存世诗之最大宗矣。②

康熙元年（1662），牧斋有《答山阴徐伯调书》一通，篇幅颇长。③ 书末有"长夏端居"之语，则本函应写于是年夏日。文首云："往年获示大集，茹吐包孕，鲸铿春丽。"又云："手教累纸，称叹仆文章媲美古人，致不容口。"知伯调曾寄牧斋己著《岁星堂集》并长函，内多颂美之辞。牧斋谓"敢援古人信于知己之义，略陈其生平所得"，以告伯调。后即缕述己少时至老"七十年来"文学、学术思想之发展，李流芳（长蘅）、程嘉燧、汤显祖（若士）等对己之教益，并自

---

① 〔清〕毛奇龄：《二友铭》，《西河合集》（"中研院"傅斯年图书馆藏清康熙间李塨等刊萧山陆凝瑞堂藏板本），卷10，第2b—8b页。后王晫《今世说》《皇明遗民传》等徐缄小传均袭自毛氏本文。
② 二〇〇九年冬，余访书沪上，得借读上海图书馆藏本，似为海内外孤本。此本上图制有图像文件，唯摄制质量不佳，原钞字体在行楷间，图像文件中笔画每有难于辨识者，宜重加摄制，以造福读者。
③ 〔清〕钱谦益：《钱牧斋全集·有学集》，卷39，第1346—1349页。

判文章"不如古人者"四大端。此段文字(约莫千言),为了解牧斋文学渊源、转变、坚持、体会之重要材料,然与本文考述之重心关系不大,于此不赘。牧斋书结尾如此:

> ……以足下爱我之深,誉我之过,仆不能奉承德音,郑重策进,而厚自贬抑,如前所云云者,亦恃足下知我,以斯言为质,而深求文章学问之利病,庶可以自附师资相长之谊云耳。
>
> 今更重有属于足下,《初学》往刻,稼轩及诸门人,取盈卷帙,遂至百卷。敢假灵如椽之笔,重加删定,汰去其蘩芿骍驳,而诃其可存者,或什而取一,或什而取五,庶斯文存者得少薙稂莠,而向所自断者,亦借手以自解于古人。则足下昌歜之嗜,庶乎不虚,而仆果可以自附于知己矣。今之好古学者,有叔则、愚公、确庵、孝章、玄恭诸贤,其爱我良不减于足下,刊定之役,互为订之,其信于后世必也。长夏端居,幸为点笔,以代拭汗。新秋得辍简见示,幸甚。①

此牧斋"八十余老人"安排书稿编订事之重要文献。伯调,学者、诗人,有名于时,对牧斋著述有"昌歜之嗜",牧斋引为"爱我""誉我""知我"之"知己",郑重请托《初学集》重加删定之役。牧斋点名"爱我"之"编辑委员","今之好古学者",尚有李楷(叔则)、施闰章(愚山)、陈瑚(确庵)、金俊明(孝章)、归庄(玄恭)。借此名单,颇可知牧斋下世前数年所亲近信赖之小社群(community)。

---

① 〔清〕钱谦益:《钱牧斋全集·有学集》,卷39,第1349页。

3. 叔则"代兴"。

李楷,字叔则,号雾堂,晚号岸翁,学者称河滨先生,陕西朝邑(今大荔县)人。少聪敏,好古文学,读书朝莱山,殊自刻苦。弱冠举天启甲子(1624)乡试,后屡上春官不第。筑通帝楼,高十丈许,命书贾日送图籍,手自评骘。已而避寇白门,与马元御、韩圣秋等称"关中四子"。抗疏论秦事,不果行。入清朝,知宝应县。暇则行游名胜,题咏遍邑中,求诗若字者,皆厌其意。然竟以傲睨中谗。谢去,流寓广陵,几二十载,构堂名雾,与李大虚著《二李玨书》,文名用倾海内,舆金币以乞者日踵于门。久之归里。每有一作,当事争付梓。其制义、古文、诗歌,当代名宿交口引重,书法称一代神手,画事云间萧尺木自让不及。亦旁及二氏之学,故自号枣栢居士,又曰西岳褐道人。所著文集若干种,合为《河滨全书》,一百卷。① 渔洋《居易录》载:"(李)平生作诗文,每广坐酒酣,令两人张绢素定纸,悬腕直书,略不加点,如疾雷破山,怒潮穿胁,移晷而罢。掷笔引满,旁若无人,举座为之夺气,名噪一时。亦以此坎壈失职,傲然不屑也。书学东坡,尤善飞白。"②

牧斋康熙元年所作文中,有一序、一书、一跋,皆与叔则有关。先是本年仲冬,牧斋"中寒强卧",翻阅李长科(小有)《宋遗民传》目录,得叔则序文。叔则有言"宋存而中国存,宋亡而中国亡"者,

---

① 此据〔清〕王兆鳌纂修《朝邑县后志》(台北:成文出版社有限公司,1969年《中国方志丛书》,华北地方陕西省,第241号据清嘉庆间重刊康熙五十一年[1712]刻本影印),卷6,第14a—14b页。
② 〔清〕王士禛:《王士禛全集·居易录》,卷11,第3886页。

牧斋谓读之而"抚卷失席",曰:"此《元经》陈亡而书五国之旨也。"复沉思:"其文回翔萌折(案:当作"析"),缠绵恻怆。"①浃两月,"风林雪被"之际,牧斋族孙携叔则函及《雾堂全集》至,乃叔则请序于牧斋也。牧斋云:"扶病开卷,感慨则涕泣横流,赏心则欢抃俱会。幽忧之疾,霍然有喜。既而翻覆芳讯,寻味话言。缅怀豫州知我之言,深惟敬礼后世之托,不辞固陋,作序一篇。"②此序即《有学集》卷二十所载《李叔则雾堂集序》是也。序文起首云:"河滨李子叔则,不远数千里,邮寄所著《雾堂集》,以唐刻石经为贽,而请序于余。叔则手书累幅,执礼恭甚。以余老于文学,略知其利病,谓可以一言定其文。余读之赧然,感而卒业,歔欷叹息焉。"③

牧斋序置叔则文于"秦学"传承之中而丈量之,谓朝邑二韩氏(苑雒、五泉)之文"透迤乐易,流而近今,而其基址则古学也,是谓今而古",西极文太清则"诘盘冥兀,峻而逼古,而其梯航则今学也,是谓古而今"。牧斋谓文太清之后二十余年,"叔则代兴",其"含茹陶铸,旁摭曲绍,其在二韩、太清季孟之间"。④

意者于"秦学"谱系中,叔则之奇辞奥旨似文太清,此牧斋之所以言"其后二十余年,而叔则代兴,人咸谓《太微》之冢嫡也"。⑤ 而牧斋又许叔则有近于韩邦奇(汝节,1479—1556)、韩邦靖(汝庆,1488—1523)兄弟者。牧斋论二韩氏之文曰:"苑雒之文奥而雄,五

---

① 〔清〕钱谦益:《复李叔则书》,《钱牧斋全集·有学集》,卷39,第1343页。
② 同前注。
③ 〔清〕钱谦益:《李叔则雾堂集序》,《钱牧斋全集·有学集》,卷20,第832页。
④ 同前注。相关文中,"太清""太淸"有异写的情况,今依原文,不改字。
⑤ 同前注。

泉之文丽而放，皆自立阡陌，不倚傍时世者也。"①除文章辞丰意雄、沉博绝丽以外，牧斋所强调者，或更在"自立阡陌，不倚傍时世"之"独立"精神。牧斋以二韩氏之"基址"在"古学"，故能"今而古"，太清之"梯航"自"今学"，实乃"古而今"，于二者有所轩轾，固不在话下。复次，二韩与"前七子"之空同子李梦阳为同时人，牧斋之推重二韩氏，又或在二韩能于当时复古派坛坫以外独树一帜也。太清"从空同、元美发脉"，(《小传》，丁集卷16，"王考功象春"中语，第654页)牧斋为之扼腕者再。循此而思，则牧斋之奖勉叔则，端在其才力可比美太清，而其为学，可以踵武二韩氏，"今而古"，不落复古派之窠臼也。

牧斋尤赏叔则文之不自意而"精魂离合，意匠互诡"者，曰："吾读叔则文，至《詹言》、论辨诸篇，穿穴天悶，笼挫万物，罕譬曲喻，支出横贯，眩掉颠踣，若瘝若厌，久之如出梦中。此则文心恍忽，作者有不自喻，宜其借目于我也。"又曰："举世叹誉叔则，徒骇其高骋复厉，疾怒急击，驱涛涌云，凌纸怪发，岂知其杼轴余怀，有若是与？"则叔则作文，又有合于牧斋所提倡之"灵心"说矣。牧斋复谓"叔则才力雄健，既已绝流文海，以余老为没人也，就而问涉焉"，②则叔则固心折于牧斋之议论者也。

牧斋此序，有隐约其词莫名所指者，在末段。其言曰："若夫危苦激切，悲忧酸伤，樊南之三叹于次山者，周览叔则之文，历历然捣心动魄，而论次则姑舍是。《诗》不云乎：'我闻有命，不敢以告人。'

---

① 〔清〕钱谦益：《李叔则雾堂集序》，《钱牧斋全集·有学集》，卷20，第832页。
② 同前注，第833页。

叔则闻余言也,欷歔叹息,殆有甚于余也哉!"①叔则之"危苦激切,悲忧酸伤"者,关乎明清交替国变沧桑之事乎?牧斋"舍是","不敢以告人",以其触犯时讳乎?诚如是,则牧斋与叔则之同情共鸣,又有在文章以外者矣。

牧斋序《雾堂集》竟,意犹未尽,复修长札投叔则,谓"生平迂愚,耻以文字媚人,况敢膏唇歧舌,以诳知己?私心结轖,偶多粻觸。序有未尽,辄复略陈"。② 此后一大段文字,攸关其时关中文风动向及牧斋之关怀抱负。牧斋曰:"仆年四十,始稍知讲求古昔,拨弃俗学。门弟子过听,诵说流传,遂有虞山之学。溲闻空质,重自惭悔。老归空门,都不省记。侧闻中原士大夫,扬何、李之后尘,集矢加遗,虽圣秋亦背而咻我。"③牧斋往昔建立通经汲古之"虞山之学",排击复古派,廓清文苑,而近者秦中文士复扬何、李之后尘,牧斋焉能不多"粻觸"?接言:"而足下以不朽大业,郑重质问,沧桑竹素,取决于老耄之一言,此其识见,固已超轶时俗,而追配古人矣。"

叔则问道于己,牧斋引以为同志同调,而于叔则之秦地时人,牧斋则讥诮有加,曰:"天地之大也,古今之远也,文心如此其深,文海如此其广也,窃窃然戴一二人为巨子,仰而曰李、何,俯而曰钟、谭,乘车而入鼠穴,不亦愚而可笑乎!"④论者谓牧斋晚年好骂,信焉。上犹仅诟叱李、何,此则殃及池鱼,竟陵钟、谭,一齐挨骂。牧斋又言:

---

① 〔清〕钱谦益:《李叔则雾堂集序》,《钱牧斋全集·有学集》,卷20,第833页。
② 〔清〕钱谦益:《复李叔则书》,《钱牧斋全集·有学集》,卷39,第1343页。
③ 同前注。
④ 同前注,第1344页。

> 仆既已畏影逃虚,舍然于前尘影事,而犹觏缕相告者,良愍举世之人,乘舟不知东西,望吾叔则,勿与陇人同游,而晓示之以斗极也。来教谆复以昌黎、李翱为况,闻命震掉,若坠渊井。循览大集,大率虚怀乐善,贬损过当,则又伏而深思,以足下学殖富、才力强,冥搜博采,出神入天,有能尺尺寸寸,从事商讨,策骐骥于九阪之途,而闲之以秋驾,至则文苑之邮良矣。

又:

> 《易》曰:"或之者,疑之也。"岂叔则于此,犹有或而疑与?抑亦巽以自下,未敢质言与?帝车冥冥,蛙紫错互,叔则不以此时断金觿决,示斗极于中流,而又奚待与?伏胜笃老,师丹多忘,斯文未坠,所跂望于达人良厚。唇燥笔干,意重词满,扶病点笔,略约累纸。要以下上今古,申导志意。非布席函丈,明灯永夕,固未能倾倒百一也。①

牧斋离合其文,控引其辞,怂恿秦人内讼,真文章圣手也。其意在激励叔则奋起于关中,别裁伪体,匡时救弊,遏止复古派之复萌。再者,"晓示之以斗极""示斗极于中流"云云,固指牧斋所谓古学之所从来与为文之阡陌次第,惟细味文意,亦不无喻己虞山之学

---

① 〔清〕钱谦益:《复李叔则书》,《钱牧斋全集·有学集》,卷39,第1344—1346页。

之意也。牧斋此一号召,叔则如何反应,有无报书,今无从考论矣。①

约略与《复李叔则书》同时,牧斋作《书广宋遗民录后》一文,②亦及叔则。文谓牧斋时人李长科(小有)以"陆沉之祸,自以先世相韩,辑《广遗民录》以见志"。牧斋嘉其志,而惜其"所采于逸民史,其间录者,殊多谬误",至有"令人掩口失笑"者。序李长科书者,叔则也,牧斋嘉叹不置,曰:"撰序者李叔则氏,谓宋之存亡,为中国之存亡,深得文中子《元经》陈亡具五国之义。余为之泣下沾襟。其文感慨曲折,则立夫《桑海录序》及黄晋卿《陆君实传后序》,可以方驾千古,非时人所能办也。小有,字长科,故相国李文定公之孙。叔则,名楷,秦之朝邑人。逝者如斯,长夜未旦。尚论遗民者,殆又将以二君为眉目。"③叔则书宋亡而中国亡,牧斋读而泣下沾襟,何其感慨如斯之深? 其视宋若明,以元为清,伤心外族之入主中国欤? 若然,则"逝者如斯,长夜未旦"云云,寄慨遥深矣。牧斋本年数文之推奖叔则,或与叔则能发此政治正统论(theory of political legitimacy)不无关系。

---

① 《河滨文选》卷七收河滨书信十五通,无与牧斋者。见〔清〕李楷《河滨文选》(上海:上海古籍出版社,2010年《清代诗文集汇编》,第34册据清嘉庆谢兰佩谢泽刻本影印)。
② 文后署"玄黓摄提格之涂月",即壬寅(1662)十二月,见〔清〕钱谦益《钱牧斋全集·有学集》,卷49,第1607—1608页。
③ 同前注。

三、牧斋"代兴"一语考实

牧斋垂暮之龄,王渔洋、徐伯调、李叔则相继贻书致敬,并呈己作求正,书信往返,情意殷切。渔洋于三子中年最少,而伯调、叔则,固后生于牧斋,此际亦老成人矣。伯调、叔则由明入清,阅历兴亡,均以学问文章著名于时,特立独行,不随世俯仰。

渔洋与牧斋终生未谋一面,而牧斋与伯调、叔则二人前此曾晤面否,有交情否,不可考。书文往返,牧斋乃引伯调、叔则为知己同道,且有厚望焉。《初学集》删定之役,嘱伯调;为"好古学者"张军,遏止复古派复兴,托于叔则。二人对牧斋之付托,反应曰何,亦不可考。惟牧斋垂老,犹对文事文苑念兹在兹,则明甚。编定诗文集,以垂永久,为身后计;攘斥复古后劲,关乎当时后世文统之承绪。牧斋固"爱官人",热衷于政治者,然至老未能置身台阶斗柄之地,而其于文坛,则始终勇猛自信,矻立不摇,无怪乎"四海宗盟五十年"(黄宗羲挽诗中语)。①

牧斋《答山阴徐伯调书》作于康熙元年夏,内有"往年获示大集""手教累纸""八十余老人,偷生视息,何以当于高贤,而重烦奖拂"云云,可推知徐伯调寄书及信,应在康熙元年前不久,或即在顺治十八年(牧斋无信件积压逾年不复之理,况且有以己文事相托之意)。若然,则伯调寄信及书,约在牧斋为渔洋集撰序及赠诗同时。

---

① 黄宗羲《八哀诗》之五《钱宗伯牧斋》:"四海宗盟五十年,心期末后与谁传?凭裀引烛烧残话,嘱笔完文抵债钱。红豆俄飘迷月路,美人欲绝指筝弦。平生知己谁人是,能不为公一泫然。"见〔清〕黄宗羲《黄宗羲全集·南雷诗历》,卷2,第256页。

而康熙元年年底,牧斋为李叔则《雾堂集》撰序,并有致叔则函。

要之,渔洋、伯调、叔则与牧斋书文往返,缔结文字因缘,约在同一两年间,时牧斋已八十八十一高龄,距离世仅数载而已。

揆之于牧斋致赠三人的文字,牧斋对三人都极为欣赏,引为同道知己。牧斋为渔洋及叔则集写的序篇幅相若(渔洋序约八百字,叔则序约九百字),但牧斋写给伯调及叔则的书信比写给渔洋的长很多,也完整、重要得多。

牧斋对于三人的期望有所不同。对于通家子渔洋,牧斋以其天资既佳,诗名鹊起,寄望他成为一立足于古学,迥出时流,不染复古派恶习的诗人,所谓"翻阅佳什,包孕古今,证响风雅。窃欲以狂澜既倒,望砥柱于高贤"是也。而于伯调,牧斋引为"爱我""誉我""知我"之"知己",且有重加删定其《初学集》之请,牧斋对伯调的欣赏与重视不言而喻。在《答山阴徐伯调书》中,牧斋以伯调为"爱我""今之好古学者"之佼佼者,同时提到的还有李叔则、施闰章、陈瑚、金俊明、归庄,很明显,此乃牧斋下世前数年间所亲近信赖之小社群——渔洋则始终无缘置身此中。

至于叔则,牧斋对他的赞誉极高,对他的期盼亦甚大,而通过牧斋有关叔则的文字,我们可以更精准地把握牧斋"代兴"一语的实际意义。尝试论之如次。

牧斋《王贻上诗集序》有如下数段:

> 神庙庚戌之岁,偕余举南宫者,关西文太清、新城王季木、竟陵钟伯敬,皆雄骏君子,掉鞅词坛。太清博而奥,季木赡而肆,踔厉风发,大放厥词。太清赠季木曰:"元美吾兼爱,空同

尔独师。"盖其宗法如此。而伯敬以幽闲隐秀之致，标指《诗归》，窜易时人之耳目。迄于今，铨材讽说，簸弄研削，莫不援引钟、谭，与王、李、徐、袁分茅设蕝。而关西、新城之集，孤行秦、齐间，江表之士，莫有过而问者。三子之才力，伯仲之间耳，而身后之名，飞沉迥绝，殆亦有幸有不幸焉。千秋万岁，古人所以深叹于寂寞也。

季木殁三十余年，从孙贻上，复以诗名鹊起。闽人林古度铨次其集，推季木为先河，谓家学门风，渊源有自。新城之坛坫，大振于声销灰烬之余，而竟陵之光焰熠矣。余盖为之抚卷太息，知文苑之乘除，有劫运参错其间，抑亦可以观天尼也。

……

贻上以余为孤竹之老马，过而问道于余，余遂趣举其质言以为叙。往余尝与太清、季木论文东阙下，劝其追溯古学，毋沿洄于今学而不知返。太清喟然谓季木曰："虞山之言是也，顾我老不能用耳。"今二子墓木已拱，声尘蔑如。余八十昏忘，值贻上代兴之日，向之镞砺知己，用古学劝勉者，今得于身亲见之，岂不有厚幸哉！书之以庆余之遭也。

牧斋《李叔则雾堂集序》有如下数段：

河滨李子叔则，不远数千里，邮寄所著《雾堂集》，以唐刻石经为贽，而请序于余。叔则手书累幅，执礼恭甚。以余老于文学，略知其利病，谓可以一言定其文。余读之赧然，感而卒业，欷歔叹息焉。

> 昔者炎正之季,欃枪刺天,谷、雒交斗,文章崩裂,金铁飞流,侧古振奇之士,与运气俱作。西极文太清,实为嚆矢。其后二十余年,而叔则代兴,人咸谓太微之冢嫡也。余尚论秦学,于朝邑得二韩氏。苑雒之文奥而雄,五泉之文丽而放,皆自立阡陌,不倚傍时世者也。以古今之学准之,二韩逶迤乐易,流而近今,而其基址则古学也,是谓今而古。太清诘盘禀兀,峻而逼古,而其梯航则今学也,是谓古而今。叔则含茹陶铸,旁搜曲绍,其在二韩、太清季孟之间乎?①

于此二处,牧斋以前一世代(generation)的遗老、幸存者(survivor)及"智慧老人"(wise old man)的形象出现、发声。时间可以追溯到"神庙庚戌之岁",即万历三十八年(1610),或所谓"炎正之季",明之季世。那是属于虞山钱牧斋、关西文太清、新城王季木、竟陵钟伯敬等的世代,此等雄骏君子,掉鞅艺苑词坛,凡数十年。牧斋于今,已成老耄之人,而其余诸子,则更墓木已拱,数风流人物,俱往矣。

于二文中,王贻上及李叔则的身份(identity),是上述世代的后人、"继承者"(successors)。牧斋云:"季木殁三十余年,从孙贻上,复以诗名鹊起",又云:"西极文太清,实为嚆矢。其后二十余年,而叔则代兴。"贻上是王季木之从孙,而叔则乃"太微之冢嫡",于感情上,此二子既是友侪之"后裔",于今崛起文坛,牧斋自然高兴,而其意义,又有大于此者。牧斋云:"迄于今,轻材讽说,簸弄研削,莫不

---

① 〔清〕钱谦益:《钱牧斋全集·有学集》,卷20,第832页。

援引钟、谭,与王、李、徐、袁分茅设蕝。而关西、新城之集,孤行秦、齐间,江表之士,莫有过而问者。三子之才力,伯仲之间耳,而身后之名,飞沉迥绝,殆亦有幸有不幸焉。"牧斋嗟叹,上述晚明文坛诸子乃一时瑜亮,各胜擅场,但其人殁后,"关西、新城之集,孤行秦、齐间",只以"地方记忆与知识"(local memory and knowledge)残存,"江表之士,莫有过而问者",未能成为更广大的文化圈的"共同记忆"(shared memory)。贻上、叔则崛起,牧斋看到了二人继承并发扬前代文脉的希望,故而二人于文中是被置放在"新城"与"关西"的谱系(genealogy)中颂美的。(牧斋云:"新城之坛坫,大振于声销灰烬之余,而竟陵之光焰熸矣。")要言之,对于牧斋而言,贻上与叔则的"代兴",首先代表着一种世代传承、交替(generation shift)的可能与意义。

牧斋虽然深情地追忆王季木与文太清,但对此二同年故友,牧斋仍不无遗憾。牧斋于《王贻上诗集序》文首就表过:"太清博而奥,季木赡而肆,踔厉风发,大放厥词。太清赠季木曰:'元美吾兼爱,空同尔独师。'盖其宗法如此。"太清与季木于其时宗尚复古派巨子王世贞、李梦阳等,"两人学问皆以近代为宗",此为牧斋所深恶者。牧斋曾于《列朝诗集小传·王考功象春》中追忆与王、文阙下论文,极力规劝二人舍弃"俗学",不宜"但从空同、元美发脉"之事。牧斋云:"季木抃然不应。天瑞曰:'善哉斯言,姑舍是,吾不能遽脱屣以从也。'厥后论赋,颇辨驳元美訾謷子云之语,盖亦自余发之。季木退而深惟,未尝不是吾言也。"(《小传》,丁集卷16,第653—654页)可见牧斋以拨乱反正之事未竟其功为憾。有了这层认识,再看牧斋于《王贻上诗集序》文末所发之言,就豁然开朗了。

牧斋云："往余尝与太清、季木论文东阙下,劝其追溯古学,毋沿洄于今学而不知返。太清喟然谓季木曰：'虞山之言是也,顾我老不能用耳。'今二子墓木已拱,声尘蔑如。余八十昏忘,值贻上代兴之日,向之镞砺知己,用古学劝勉者,今得于身亲见之,岂不有厚幸哉！书之以庆余之遭也。"很明显,"余八十昏忘,值贻上代兴之日"云云,在这个语境中所强调的是时间轴上世代、新人与旧人的"代兴",更具体的,是代王季木、文太清一辈而兴。此一世,固然包括牧斋,但绝不专指牧斋一人。而于贻上"代兴"之日,牧斋对贻上最赞赏之处,是其诗不属"学古而赝者"的复古一路,或"师心而妄者"的竟陵一路,其能"别裁伪体,转益多师,草堂之金丹大药也。平心易气,耽思旁讯,深知古学之由来,而于前二人者之为,皆能淘汰其症结,祓除其嘈囋"。换言之,在牧斋看来,贻上已克服了王季木、文太清一辈的弊病与积习,可额手称庆矣。

至于牧斋"向之镞砺知己,用古学劝勉者,今得于身亲见之,岂不有厚幸哉！书之以庆余之遭也"云云,是赞美之词,抑系虚美之词、规勉之词,其实也难究其实。其同时赠贻上之诗《古诗赠新城王贻上》即如此收束："河源出星海,东流日滔滔。谁跖巨灵掌？一手堙崩涛。古学丧根干,流俗沸蟪蛄。伪体不别裁,何以亲风骚？珠林既深深,玉河复迢迢。方当剪榛楛,未可荣兰苕。瓦釜正雷鸣,君其信所操。勿以独角麟,媲彼万牛毛。"此则为训诲、规劝之言无疑。牧斋固知《王贻上诗集序》将刻入贻上集中,流通于世,进入"公共空间"(public sphere),故辞令不能不得体、审慎,且序跋一类文章,体制有成规(convention),难免虚美、溢美之词。至若投赠之诗,性质上则比较私隐(private),或更便于倾诉衷肠。牧斋于同时致贻上函中即有语云:"仆老悖朴学,不善为谀词。翻阅佳什,包孕古今,证响风雅。窃欲以狂澜既倒,望砥柱于高贤。虽言之不文,其意有独至者。序有未尽,又别见于扇头一章。"其意或即在提醒贻上,序与诗宜两相参研,深惟其意。

或云牧斋致贻上札中,对贻上之诗,津津称许不置,至云"伏读佳集,泱泱大风。青丘、东海,吞吐于尺幅之间,良非笔舌所能赞叹。词坛有人,余子皆可以敛手矣",此不正牧斋许贻上继主文坛之明证乎? 唯唯,否否。尝试论之。

牧斋赐贻上之序及诗,乃托其老友丁继之携返南京交贻上者(上文已述,本年季秋,丁老来自白下,贺牧翁八十大寿)。及其归,丁老囊中尚另有一诗,乃牧斋写赠方文(尔止,1612—1669)者(如赠贻上之诗,亦五古)。① 牧斋《读方尔止嵞山诗稿却寄二十韵》云:

> 桐城方尔止,能诗称国手。
> 贻我嵞山诗,声价重琼玖。
> 束笋多卷帙,插置架上久。
> 寒宵偶摊书,光怪惊户牖。

---

① 牧斋《有学集》卷十一中,《古诗赠新城王贻上》前二题诗为《丁老行送丁继之还金陵兼简林古度》,末云:"乳山道士八十二,头童眼眵学力强。桐城方生年五十,诗兼数子格老苍。二公过从约已宿,间阻正苦无舟航。归携此诗共抵掌,相顾便欲凌莽苍。君如再鼓京江柁,方舟定载林与方。"见〔清〕钱谦益《钱牧斋全集·有学集》,卷11,第540—541页。《丁老行》一题后即次《读方尔止嵞山诗稿却寄二十韵》一首。此三诗自是牧斋同时之作,而赠王、方二诗,乃托丁老携归金陵面付二人者。

> 波澜独老成,健笔自抖擞。
> 我欲起逐之,行间字飞走。
> 良恐病掉眩,定睛更扶首。
> 未知诗人中,复有此人不?
> 来书许过我,风雅细分剖。
> 子已办春粮,我亦戒剪韭。
> 老人苦昏耄,旧学忘谁某。
> 恐如赵李徒,别字剔吾丑。_{尔止《鲁游》诗弹赵子昂、李于鳞二公皆不识华不注不字,故云。}
> 此罪亦易科,罚墨水一斗。
> 举世扇俗学,足迹竞蹯风。
> 吾衰苦无徒,单子犯蝇丑。
> 誓将埽坛墠,属子执尊卣。
> 恐以我累子,欢呶起群嗾。
> 此诗亦戏耳,用意或不苟。
> 未得会子面,请先指其口。
> 相见勿论文,但饮杯中酒。①

此时,尔止尚未面谒牧斋,亦如渔洋等后生,先修书问候、讨教,并呈诗集,求斧正焉。此后不久,尔止趋拜(渔洋在江南五载,从未往谒),遂为牧斋下世前之亲近弟子。牧斋诗中,称尔止"能诗称国手",又云:"誓将埽坛墠,属子执尊卣",言下之意,我为子张

---

① 〔清〕钱谦益:《钱牧斋全集·有学集》,卷11,第542页。

军,教天下诗人,俯首帖耳,奉汝为祭酒。牧斋此一举措甚妙,亦其"代兴"之一例欤?俗云"一山不能藏二虎",而丁老之归,却腰缠二巨龙,皆牧翁捉而放入其囊中者。此公真好事之徒。丁老一路归金陵,山乡水乡,亦见奚囊中龙泉太阿上彻于斗牛之间否?

最后,说到底,牧斋有无请人代己而兴之事?曰:或有之。则所托者谁氏?曰:非王渔洋,乃李叔则。上文已述及,牧斋为叔则《雾堂集》撰序毕,另附寄叔则一函,内云:"生平迂愚,耻以文字媚人,况敢膏唇歧舌,以诳知己?私心结轖,偶多粮觕。序有未尽,辄复略陈。"(此数句,亦大类上引牧斋致贻上信中语。)接陈己与弟子形成"虞山之学",其要在"讲求古昔,拨弃俗学",言下之意,即虞山之学不无成效、影响。但牧斋在老耄之际,却"侧闻中原士大夫,扬何、李之后尘,集矢加遗,虽圣秋亦背而咻我",能不既恼且怒?后即陈"望吾叔则"之事。牧斋云:"仆既已畏影逃虚,舍然于前尘影事,而犹觑缕相告者,良愍举世之人,乘舟不知东西,望吾叔则,勿与陇人同游,而晓示之以斗极也。来教谆复以昌黎、李翱为况,闻命震掉,若坠渊井。循览大集,大率虚怀乐善,贬损过当,则又伏而深思,以足下学殖富、才力强,冥搜博采,出神入天,有能尺尺寸寸,从事商讨,策骐骥于九阪之途,而闲之以秋驾,至则文苑之邮良矣。"又云:"帝车冥冥,蛙紫错互,叔则不以此时断金觿决,示斗极于中流,而又奚待与?伏胜笃老,师丹多忘,斯文未坠,所跂望于达人良厚。"上文已论及,牧斋修书致意,在激励叔则,代己兴起于关中,别裁伪体,匡时救弊,遏止复古派复萌,"晓示之以斗极""示斗极于中流",发扬己之虞山之学。牧斋《李叔则雾堂集序》及《复李叔则书》合观,"叔则代兴"云云,遂有二层意义:一者谓叔则代秦学中二韩氏及文太清一代而兴;一者寄望叔则代己兴起于关中,传虞山之学。

后　记

都知道渔洋早岁仰慕牧斋,诗文凡及牧斋者,语都谦逊,几全为感念、颂扬文字,偶有不同意于牧斋者,仍说得比较委婉。至渔洋成大名后,他就不那么客气了,于其所撰各种笔记、诗话、杂录中,牧斋屡屡现身,也每每成为批评对象。渔洋"欲为先生之诤臣"(渔洋语,见其论牧斋《列朝诗集》不公允处),且匡正纠谬之余,不忘奚落挖苦一番。如渔洋《居易录》(成书于康熙四十年[1701])卷三十二论明徐祯卿服膺李梦阳,以及牧斋《列朝诗集》所收徐诗非其佳作,云:"徐昌国《谈艺录》云:未睹《钧天》之美,则《北里》为工;不咏《关雎》之乱,则《桑中》为隽。当是既见空同之后,深悔其吴歈耳。而牧翁顾力扬其少作,正弇州所云:舞阳、绛灌既贵后,称其屠狗、吹箫以为佳事,宁不泚颡者也。"

近读一文(徐丹丹:《王士禛评选徐祯卿诗考论》,《文学遗产》2015年第4期,第146—156页),长了见识,借知渔洋早年,其实也不无致讥于牧斋者。徐文所论,乃现藏上海图书馆之渔洋手批徐祯卿《徐昌谷全集》所透露的渔洋评选徐诗始末,此集内有渔洋顺治十八年(1661)朱笔批语。先是牧斋于其《列朝诗集小传》中曾评徐祯卿《文章烟月》诗云:"论者以'文章江左家家玉,烟月扬州树树花'为集中警句,虽沈、宋无以加。"渔洋不以为然,于徐此诗评云:"牧斋却赏昌国此等,谬甚可叹。"又于他处批道:"此卷多昌谷未遇空同时作,无一可取。牧斋顾取之,岂眯目人道白黑耶?"("眯目",杂物入眼,有所遮蔽之谓。)据徐文举列的材料可知,渔洋此等批语,应成于顺治十八年闰七月前后。有趣的是,拙文已指出,本年五至九月间,渔洋数度修函牧斋,求和己作《秋柳诗》,求为己诗集作序,不一而足。牧斋为作序、赠诗后,渔洋有谢函,牧斋复信有云:"玉峰邮中,忽奉长笺。温文丽藻,晔如春花。东风入律,青云干吕。奉读数过,笑继以抃。"逗得老人如此开心,不难想象,渔洋尽是颂美之辞。不意约莫同时,渔洋评点徐祯卿诗集,竟斥牧斋"谬甚可叹",又讥其为"眯目人道白黑",何其前倨后恭,又抑又扬!信乎往昔文人多才,具备多副笔墨,人话鬼话,见机行事,左右逢源。此事思之令人发笑。

第五章　春秋有变例，定哀多微辞[①]
——试论钱谦益之论次丽末东国史及诗

近者遵长者嘱，读朝鲜文士汉文著述，趣味盎然。而以素常习读钱谦益（牧斋，1582—1664）诗文，于东国文士论及钱氏之处，尤开眼目，增明不少。复受之启发，重读牧斋之论丽末数朝史及诗，得一二见解，未知妥否，不揣谫陋，爰成斯篇，愿求政于大雅先达云尔。

本章先考察朝鲜汉文相关文献，厘清在王氏高丽朝日渐式微之时，名臣李穑（牧隐，1328—1396）主张"立前王之子"之来龙去脉，从而窥探此一事件何以成为后世史家、文士不断谈论的话题。

[①] 本章初稿发表于"第一届韩国文集与汉学研究台韩双边学术研讨会"（2013年9月13—14日于高丽大学校举行），会上承金龙泰教授、朴京男教授、朴现圭教授、杨沉锡教授或惠赐宝贵意见，或惠示相关研究材料，对论文之改订大有助益，谨致谢忱。此外，会议期间得到高丽大学博士生梁恩鲜、陈亦伶君韩语辅助；论文修改期间又承"中研院"中国文哲研究所林月惠教授赐教、博士后研究学者姜智恩博士协助解读韩文文献，于此一并致谢。

复次，结合朝鲜文士对钱谦益之评论，进而探论钱氏《列朝诗集》（刊于顺治九年[1652]）闰集"外国"诗中"朝鲜"部分之诗人小传及诗，指出此朝鲜诗之编纂，实钱氏"选政"中一项相当特别的作业，充分体现出其"以诗存人""以人存史"的"诗史"精神。钱氏于此，寄寓扬善贬恶之旨，笔削予夺，深刻异常，值得深探细究。①

一、"史家秉笔公何在"——李穑与高丽末四王的历史记忆与争论

高丽太祖以后梁末帝贞明四年（918）即位，至恭让王四年（明洪武二十五年，1392）亡国，共传三十二王，享祚四百七十五年。至其季世，正值中国元末明初。一三八八年，高丽禑王命李成桂（朝鲜太祖，1392—1398 在位）进攻辽东，抗明于辽东铁岭设卫。成桂出丽地，进退艰难，遂发动兵变，回军还渡鸭绿江，废禑王，立其子昌，自此权倾朝野，后数年，取高丽而代之，建立朝鲜朝，至中国清末，其国始为日本所吞并。

一三九二年，李成桂子芳远（朝鲜太宗，1400—1418 在位）与大臣协谋废黜高丽末代王瑶，拥立成桂。事成，成桂成王，是为朝鲜之肇造。后二年，恭让王被弑，乃有所谓丽末四王皆被弑而亡之说。李成桂，丽季军国大臣，取高丽王氏之国而代之，其立国之合法性、正统性（legitimacy）不无问题。明太祖朱元璋（1368—1398 在位）即评说：

---

① 关于"诗史"，可参拙著 *The Poet-historian Qian Qianyi*（London and New York: Routledge, 2009), pp. 51-54。

第五章 春秋有变例,定哀多微辞——试论钱谦益之论次丽末东国史及诗

> 朝鲜国,即高丽,其李仁任及子李成桂,今名旦者,自洪武六年至二十八年,首尾凡弑王氏四王,姑待之。①

明太祖此语,载入《皇明祖训》,子孙谓"一字不可改易"(后《大明会典》亦恭录太祖此语)。而终朝鲜王朝之世,基本上以"事大"、亲明为国策,其背负此"弑四王"之"原罪",情何以堪?何可言"礼义之邦"?故自明初至万历年间,朝鲜向明屡上奏疏,有所谓"宗系之辨",即李成桂非李仁任子,以及李氏无"弑四王"之事,恳请"天朝"去此恶名。②

高丽朝末四王依次为恭愍王颛、禑王、昌王、恭让王瑶。在渐次形成的李氏政权正统论(discourse on legitimacy)中,关涉四王之事如此形构:恭愍王被弑与李成桂无关;禑王荒淫无道,攻辽犯明,自取灭亡,成桂"回军",乃正义之举,废禑亦在所难免;立禑子昌为王,出于众议;恭让王瑶不义无道,国人愤怨,咸思叛离;废瑶后,择于宗室,无堪付托者,国无主矣;李成桂贤能,臣民咸愿推戴,成桂坚让不获,权知国事,非欲篡位。一言以蔽之,朝鲜李氏天与人归,替代王氏高丽,其正统、正当性充足完备。③

究其实,丽末四王是否无道,自取灭亡,可先置之不论,而其均被国人刺杀而死,系不争的事实。颛王二十三年(1374),"宦者崔

---

① 〔明〕太祖朱元璋:《皇明祖训》(台南:庄严文化事业有限公司,1996年《四库全书存目丛书》史部,第264册据北京图书馆藏明洪武礼部刻本影印),第6a页。
② 可参高艳林《朝鲜王朝对明朝的"宗系之辨"及政治意义》,《求是学刊》第38卷第4期(2011年7月),第141—147页。
③ 同前注,第144—145页。

万生、幸臣洪伦等弑王"。① 李成桂立王氏后裔王瑶为王,禑、昌同时被弑。《东国史略》云:"诛辛禑、辛昌。台谏交章,司宰辅令尹会宗亦上疏请罪故也。"②一三九二年,李成桂子芳远与大臣合谋废瑶,拥戴成桂为王。后二年,李成桂弑瑶。或云:"后三年甲戌,(瑶)薨于三陟府,追封恭让王,高丽亡,历数归于真主(李成桂)。"③

上引诸语,来自《东国史略》。观此中"弑""诛""薨"数字之运用,《史略》作者可谓深识《春秋》之"书法"者。如此行文叙事,丽末数王之被弑,就俨然与李氏无涉,成桂无窃国篡位的嫌疑。其实,古今中外改朝换代"革命"之际的史事最难知悉真相。史家若活于新朝,或仕于新朝,或受命于新朝撰修胜国史,于笔削之间,褒贬予夺之际,新朝的意识形态(ideology)与威权不能不在虑中,难免带有若干"妥协""让步"(compromising)的考量与顾忌;又或其人本就完全认同新朝,为"圣朝"之子民,则其命笔之际,就更难持平公允,不徇私,不偏颇。秉公无私,信实求是,戛戛乎难矣,古今中外,能大书特书"赵盾弑其君"之董狐有几人?《史略》作者于书

---

① 〔明〕不著撰人:《朝鲜史略》(文渊阁《四库全书》,第 466 册),卷 11,第 31b 页。《朝鲜史略》又名《东国史略》,本章所引文献中多称《东国史略》,故本章亦统一称之作《东国史略》(或简称《史略》)。另视乎需要,亦斟酌使用此书之现代整理本,即[朝]柳希龄编注《校勘标题音注东国史略》(京畿道城南:韩国精神文化研究院,1985 年《古典资料丛书》,第 85—2 册)。《东国史略》版本及作者问题相当复杂,可参[韩]郑求福《解题》,见[朝]柳希龄编注《校勘标题音注东国史略》,第 3—35 页。另可参樱沢亜伊《'东国史略'の诸本について》,《资料学研究》第 3 期(2006 年 3 月),第 28—49 页。
② 《史略》,卷 12,第 2b 页。
③ 同前注,第 16a 页。

第五章　春秋有变例,定哀多微辞——试论钱谦益之论次丽末东国史及诗

末有"史臣赞曰"一段,云:

> 当祸盗据王位,是时已无王氏矣,历十有六年之久。祸淫酗肆虐,昌又昏弱,天不使狂狡之童,奸秽名器,待有德而畀之,其意昭然。忠臣义士,必欲求王氏之后而立之,于是恭让王不离轩席之上,起而登宝位。王氏之祀,既绝而复续。王氏之国,既亡而复兴。是宜推诚勋贤,纳忠容谏,相与共图惟新之治也。奈何惟姻娅挟憾之诉,妇寺徇私之请,是听是信,疏忌元勋,陷害忠良,政事悖乱,人心自离,天命自去,使王氏五百年之宗社,不祀忽诸。悲夫![1]

其为史笔之公,纲常名教之言,抑系李氏朝鲜王朝正统论代言之喉舌(mouthpiece),难究其实矣。

今传《四库全书》本《朝鲜史略》不著撰人,其书原系浙江鲍士恭家所藏。《四库提要》云:

> ……一名《东国史略》,不著撰人名氏,乃明时朝鲜人所纪其国治乱兴废之事。始于檀君,终于高丽恭让王王瑶。自新罗朴氏以前稍略,而高丽王建以后则皆编年纪载,事迹颇具。其称李成桂、李芳远为太祖、太宗,乃其臣子之词。又间附史臣论断及《历年图》等书,盖郑麟趾《高丽史》仿纪传之体,而此则仿编年之体者,故其国中两行之。钱曾《读书敏求记》以其

---

[1] [朝]柳希龄注:《校勘标题音注东国史略》,卷12,第257—258页。此段四库本《史略》无。

于王氏遗臣郑梦周等欲害李成桂事,不没其实,称为良史。今观其序事,详略虽不能尽合体要,而衷辑遗闻,颇为赅具。读列史外国传者,亦可以资参考焉。①

朝鲜文士,多以《东国史略》为朴祥(讷斋,1474—1530)所编修者。朴祥,字昌世,号讷斋,忠州人,成化甲午生。燕山二年丙辰进士,辛酉登第,赐假湖堂。历司书、校理、应教。中宗二十一年丙戌,魁重试,升堂上,拜罗州牧使。庚寅卒,年五十七。②

或谓讷斋修撰《史略》前不久,丽末数朝元老牧隐入梦与谈,并赠以诗。讷斋因有《梦牧隐李先生(稿)》之作,此诗现见于其《讷斋集》之"别集"卷一中,似为后之编者辑佚所得,其事及诗记载如下:

> 吴澐(1540—1617)所撰《东史纂要》曰:"《讷斋集》中:'甲戌(1514)九月二十八日,在秋城衙斋,牧隐先生见梦中,授诗一篇,吞其半。前数日,与元冲论此老心事,得其实。诗曰云云。'所谓'史家秉笔公何在'者,盖指'当立前王子'之事也。及公修《东国史略》,则引牧老尝语人曰:'昔晋元帝入继大统,胡致堂论曰"元帝姓牛,而续晋宗,群臣何以安之?胡羯交侵,江左微弱,若不凭依旧业,安能系属人心?乘势就事,不

---

① 见《史略》书首,第1a—1b。四库馆臣所述钱曾语,实系钱曾袭自其师钱谦益者(见下文)。
② 参宋征殷著《国朝名臣言行录》前集,卷10。

第五章 春秋有变例,定哀多微辞——试论钱谦益之论次丽末东国史及诗

得已为者"云云',①而断之曰:'今稽于辛氏,不敢有异论者,亦此意也。'"

或云六峰(案:朴祥弟朴祐)所编《讷斋集》中无此一篇。其时荐遭士祸,有怵祸之戒,而不录也。

先正韩山世已辽,人间不朽挺峣峣。
史家秉笔公何在,昭代凌烟影独遥。
孤竹蕨薇轻圣武,江都冠盖尽神尧。
秋宵邂逅惊残梦,晤语锵然听舜韶。②

讷斋之梦及诗,朝鲜文士颇有述论,如任辅臣(?—1558)《丙辰丁巳录》云:

---

① [宋]胡寅(致堂,1098—1156)论"琅邪王睿即晋王位"云:"魏明帝青龙三年,张掖柳谷口水涌宝石,负图有石马七及牺牛之象。谨按:自司马懿启封于晋,传至愍帝,适及七代,此石马之数也。晋时又有'牛系马后'之谣。考之前史载,元帝之父为小吏,牛其姓,与夏侯妃通而生元帝,不可诬也。然则元帝世系殆类曹操,皆迷其本姓,姑以所承为正耳。然曹操崛起,既不自知,则同父姓曹可也。元帝姓牛而冒续晋宗,虽曰帝胄可荣,而伪姓之辱亦大矣。然则东晋君臣,何以安之而不革也?必以胡羯交侵,江左微弱,若不凭依旧业,安能系属人心?舍而创初,难易绝矣,此亦乘势就事,不得已而为之者也。然人之所以为人者,有族类而已。族类一紊,则理义之源已失,他尚奚论哉。瞽、鲧无状,舜、禹安得而耻之?元帝中兴晋室,垂祚百年,谈者美之,然冒姓司马,不若徐知诰归姓李氏之为实也。或曰'五马渡江,一马化龙',史何为记此?曰:此固冒姓之谶也。"[宋]胡寅:《致堂读史管见》(上海:上海古籍出版社,1995年《续修四库全书》史部,第448—449册据宛委别藏宋宝佑二年[1254]宛陵郡斋刻本影印),卷7,第22a—22b页。
② [朝]朴祥:《讷斋集·讷斋先生别集》(1843年刊本)(首尔:民族文化推进会,1988年《韩国文集丛刊》,第18—19册),卷1,第26b—27a页。

《讷斋集》中:"甲戌九月二十八日夜,在秋城衙斋。牧隐先生见梦,投诗一篇,吞其半。前数日与亢(案:当作"元")冲论此老心事,得其实云。诗云:'先生(案:当作"正")韩山世已辽,人间不朽挺峣峣。史家秉笔公何在,昭代凌烟影独遥。孤竹蕨薇轻圣武,江都冠盖尽神尧。秋宵邂逅警(案:当作"惊")残梦,晤语锵然听舜韶。'"所谓"史家公何在"者,盖指易立前王之子事也。及公撰《东国史略》,则引牧老尝语人曰:"昔晋元帝入继大统,致堂胡氏论曰"云云,而断之曰:"今稽于辛氏,不敢有异论者,亦此意也。"以今观之,此笔亦岂牧老心事者,盖难言也。予尝闻郑仁吉曰:"原州有元氏,藏其先祖元天锡遗稿者。天锡者,乃恭愍时人,不家食。其人虽不显,与牧老诸公相往来,详言当时事,后世所未能知者,至以辛耦(案:当作"禑")为真恭愍子也。"南士华(衮,1471—1527)亦曰:"革命时史笔固不可尽信。"①

下引二则材料,则因述李穑、讷斋事,牵连而及牧斋者。南克宽(1689—1714)《梦呓集》云:

牧斋晚年,明统犹寄南徼,故《有学集》诗文,多隐寓蕲祝之意,《列朝诗集·序》《杜弢武寿序》,其一端也。

讷斋曰:"甲戌九月,在秋城衙斋,梦牧隐先生。前数日,与元冲论此老心事,得其实云。诗曰:'先正韩山世已辽,人间

---

① [朝]任辅臣:《丙辰丁巳录》(1556年刊本),见"韩国古典综合DB","国学原典"。

第五章　春秋有变例,定哀多微辞——试论钱谦益之论次丽末东国史及诗

不朽挺峣峣。史家秉笔公何在,昭代凌烟影独遥。'"任辅臣《丙辰丁巳录》曰:"'史家',指'当立前王子'事也。及讷斋撰《东国史略》,则引牧老尝语人曰:'致堂胡氏论晋元帝姓牛,东晋群臣,何以不革也?胡羯交侵,江左微弱,若不凭依旧业,安能系属人心?舍而创初,难易绝矣。此亦乘势就事,不得已而为之者也。'而断之曰:'今稿于立辛之际,不敢有异议者,亦此意也。'以今观之,此笔亦岂尽牧老心事者,盖难言也。"钱牧斋《列朝诗集》引《史略》所论而曰:"定哀多微词,《东史》有焉。学在四夷,讵不然乎?"今按任氏之论,婉而深,钱称讷斋,虽与任异,其于此事,可谓不谋而同。第未知讷斋之指果如何,恨不获预闻所谓"得其实"者也。

更详讷斋,盖谓牧老当艰难之会,所忧在我朝,姑立前王之子,以系人心,为迁续之图,其他未暇计也。此解亦得七分,只于牛马之议,犹有一膜耳。牧斋之称之也,虽善,恐讷斋自是意尽语内,非微词也。

后因读史,尝反复深思,知其不然。玄陵之弑、般若之投,首尾相衔,事端旁午,非一人一事迁就其辞之比。圣朝之兴,亦非专借此事。以秋江(南孝温,1454—1492)之刚正好议论,非知而不敢言者。时代不远,及见前辈,知之必详。其诗乃有二姓王之语,与讷斋、冲庵之意同。纵谓"史不可尽信",三君子之言,顾不足为定论乎?任氏以后,始多为异说者,皆臆逆之疑辞,绝无左验。至若辛禑龙鳞,野人鄙诞之语,尤不足深辨。使牧斋在东国,博综终始,必有进乎是者矣。并存前说,

187

俾后人有考焉。①

成海应(1760—1839)《研经斋全集》云:

> (芝湖李选[1632—1692])又曰:"牧老没后,皇朝陈学士琏(1370—1454)撰其墓志,而所书多有不可书者。然陈琏之文,不过据吉昌(权近,1352—1409)之状,②有'当时用事者忌公不附己'等语,故其时台谏宰枢及诸功臣论李种善(1368—1438)之妄通中国人,求父墓铭,请罪之。河仑(1347—1416)亦以不改其语而撰其碑,③又被论矣。夫'用事者忌公'一语,何至为大段罪恶?而时议之非斥尚如此。陈琏之文,若有过此者,则种善等其何以得保首领乎?"
>
> 按中朝之知牧老,深于本朝诸人,观于钱牧斋《列朝诗集》牧老小传可知。传引《东史》,称其与圃隐(郑梦周)同心,终始不变臣节,此尽之矣。陈学士至以为"所书多有不可书"者,安知只案吉昌之状而不见他状德之文耶?虽以吉昌状言之,"当时用事者忌公不附己"等语,必以大胆书之,而其言外之旨,自可得见。则芝湖之以此语谓不至"大段罪恶"者,未解何谓。

---

① [朝]南克宽:《梦呓集》(1723年刊本)(首尔:民族文化推进会,1998年《韩国文集丛刊》,第209册),坤,第7b—8b页。
② 权近所撰《朝鲜牧隐先生李文靖公行状》收入[高丽]李穑《牧隐稿》(1626年刊本)(1988年《韩国文集丛刊》,第3—5册),第1a—9b页。
③ 河仑所撰《有明朝鲜国元宣授朝列大夫征东行中书省左右司郎中本国特进辅国崇禄大夫韩山伯谥文靖公李公神道碑(并序)》,见[高丽]李穑《牧隐稿》,第1a—7a页。

第五章 春秋有变例,定哀多微辞——试论钱谦益之论次丽末东国史及诗

"用事者",即郑道传辈。而道传辈即何人也?"忌其不附",则牧老之心事,尤可明白。吉昌既在本朝,更以何等加于此者书之耶? 如是泛然勾语,则何至有"台谏宰枢、诸功臣之论劾"耶?①

讷斋虽生牧隐几近百载以后,然对应当如何书写高丽、朝鲜易代之际时事,似颇费踌躇,曾与友人反复揣摩牧隐其时"心事"。夜梦牧隐,乃某种焦虑(anxiety)在作祟,此亦不难想象。合诸记中所述事及讷斋诗的内容来看,讷斋似乎在处理丽末祸王、昌王正统性的问题上难以落笔,许是在史家"秉笔公何在"的良知与国朝的意识形态及指导思想之间,存在着某种紧张性(tension)。

问题的根源关乎高丽季世王室血统(the royal blood)的一桩悬案。传说恭愍王颛无子,久之,恐无继统承绪者,乃取佞臣辛旽(或谓原一"妖僧")②与其婢私生子牟尼奴于后宫,冒为己子,改名辛祸。恭愍王被弑,辛祸被立为王。及后辛祸被废,乃出现应立辛祸子昌抑或宗亲(王氏后裔,但非颛之直系)的争议。牧隐为当时名儒,被顾问,对曰:"当立前王之子。"辛昌遂被扶立为王。③

设若辛祸冒续王统系事实,其为高丽王(及后其子昌继位为王)的正统性自然大成问题。很明显,这个"冒续"的版本对以后朝鲜李氏取高丽王氏而代之相当有利。然而,丽末耆老大臣不无主

---

① [朝]成海应:《研经斋全集》(出版年不详)(首尔:民族文化推进会,2001年《韩国文集丛刊》,第273—279册),卷58,第207a—b页。
② 辛旽,于不同文献中或作"辛盹"。
③ 事详《史略》,卷11,第52b—53a页。

189

张辛禑确系"龙种"者,后世亦有史家认为,冒续之说为朝鲜对辛禑的污蔑而已。此一宫廷秘辛的真相,事远时遥,文献纷杂,恐怕难以断定。

无论如何,在处理禑、昌正统性的问题上,讷斋《东国史略》的立场与叙述策略倒是明确且坚定的,其主二王为伪,稍观下列几条材料即可知晓:

> (恭愍王颛十四年)以妖僧遍照为师傅,赐号清闲居士,咨访国政,封真平侯。
> 照,灵山县玉川寺奴也。为僧,目不知书。王梦人拔剑刺己,有僧救之得免。会金元命以照见,其貌惟肖,王大异之。与语,聪慧辩给。王素信佛,又惑梦,屡密召入内,与之谈空。①

> (同上)王复以遍照为领都佥议使司事,封鹫城君,始称姓辛,改名旽。王请屈行以救世,旽阳不应,以坚王意,曰:"恐王信谗。"王乃手书盟辞以誓之,旽于是与议国政。用事三旬,罢逐亲勋名望,冢宰台谏皆出其口。②

> (恭愍王颛二十三年)改牟尼奴名曰禑,封江宁府院大君,追封故宫人韩氏祖考,以禑冒称韩氏出也。③

---

① 《史略》,卷11,第18a—18b 页。
② 同前注,第19b 页。
③ 同前注,第31b 页。

第五章　春秋有变例,定哀多微辞——试论钱谦益之论次丽末东国史及诗

(辛禑元年)辛禑。①

小字牟尼奴,辛旽娶私婢般若生禑,恭愍称为己子。

(辛禑二年)辛旽妾般若,夜潜入太后宫,呼曰:"我实生主上,何母韩氏耶?"仁任下般若狱,两府台谏及耆老会兴国寺,议辨般若事,竟投般若于临津。②

(辛禑十四年)放禑于江华。百官奉传国宝献于定妃(恭愍王妃)。立禑子昌。

年九岁。我太祖欲立王氏。曹敏修念仁任荐拔之恩,谋立李谨妃子昌,恐诸将违己,以李穑为时名儒,欲借其言。密问于穑,穑曰:"当立前王之子。"遂以定妃教立昌。③

相对而言,在书写牧隐于禑、昌废续过程中担当的角色、言行上,讷斋确乎比较委婉、细腻,多了体谅。《史略》的修辞策略、叙事结构如此:

(恭让王二年)台谏上疏请治李穑、曹敏修议立辛昌,又欲迎还辛禑之罪。王遣人鞫穑于长湍。穑曰:"回军议立之际,敏修问宗亲与子昌孰当。时敏修以主将领兵,且与昌之外祖李琳联族同心,穑不敢违,以'禑立已久,当立子昌'为对,无首

---

① 《史略》,卷11,第33a页。
② 同前注,第36b—37a页。
③ 同前注,第52b—53a页。

劝擅立之语。去年朝京师,礼部尚书李原明曰:'汝家逐父立子,天下安有是理？王与崔莹皆被拘囚,是何义耶？'予曰:'崔莹教王谋犯辽阳,将军曹敏修与李(太祖旧讳)以为不可,到义州,不敢发,莹数促之,不获已,回兵,系莹于狱。于是王怒,欲害诸将,故太后废王,置于江华……'……固无迎立之议。"

穑尝与人曰:"晋元帝入继大统,致堂胡氏论曰:'元帝姓牛,而冒续晋宗,东晋君臣何以安之而不革也？必以胡羯交侵,江左微弱,若不凭依旧业,安能系属人心？舍而创初,难易绝矣。此亦乘势就事,不得已而为之者也。'今穑于立辛氏,不敢有异议者,亦此意也。"①

总而言之,牧隐称理学名儒,乃国之老成,可以倚信者,若知禑、昌非王种,乃"妖僧"辛旽之子、孙,仍主立昌以嗣高丽王统,何得以言诚、正,岂非盗名欺世之徒？或谓"圣之时者",因时因地制宜,审时度势,随机而行,牧隐不得不如此。此犹不足以平众口,死有轻于鸿毛,有重于泰山,牧隐何可诡辞而出,不以实告人？于此,讷斋让牧隐借胡致堂之语以道出其隐衷:"胡羯交侵,江左微弱,若不凭依旧业,安能系属人心？"牧隐的政治选择背后,尚有社稷、民、仁的考虑,有更高的义理在。循此以思,则牧隐之言,实出于悯世之苦心矣,宜体谅之,给予"同情的理解"(sympathetic understanding)。

要之,讷斋于牧隐,没有用类似"史臣曰"的权威方式为他说话或加以评论,而是给予了足够的篇幅(正文加上附述),让牧隐借口

---

① 《史略》,卷12,第4b—5b页。

于胡致堂以自解自辩(self-defense)。讷斋此举,既能守住二王为伪的官方立场,又有效、微妙地保护了牧隐的名节。①

反观《梦牧隐李先生(穑)》一诗,却是讷斋很深刻的自我反省与剖白(introspection, self examination)。讷斋谓牧隐入梦,赠诗一篇,醒而忘其半。可惜讷斋没有录下此一断章,也没有传述此诗之内容。无论如何,读讷斋《梦牧隐》诗,可知此梦引发了讷斋对该如何给予易代之际历史人物公允评价的深思,以及对忠于前朝的"遗民"及出仕新朝者的不同命运的感慨。牧隐与讷斋梦中晤谈的内容,或于此二端有所反映,亦不无可能。

讷斋诗首联云:"先正韩山世已辽,人间不朽挺峣峣。"②尾联云:"秋宵邂逅惊残梦,晤语锵然听舜韶。"首尾呼应,乃颂美、景仰牧隐之言,意谓先贤李穑先生虽已离世久远,但其不朽之德业仍为后人传颂不绝,此秋夕有幸于梦中谒见先生,得聆玉音,如闻古朴奥雅之韶乐,发人深省。

颔联云:"史家秉笔公何在,昭代凌烟影独遥。"此联嗟叹,发潜德之幽光,述先贤之遗事,本乃史家职志所在,应秉公无私,知无不言,言无不尽,奈何以今视之,应受歌颂表彰之人物尚有缺遗,此乃史家未能秉公书写所致欤?

---

① 诚然,牧隐此段自白之辞,亦见于郑麟趾(1396—1478)所修之《高丽史》(刊于1451年,早于讷斋之《东国史略》),如此布置史文,或非讷斋首创。但私意以为,即便相关文字已见于前史或《东国史略》之前身(讷斋所本者,不一定是《高丽史》),但对于讷斋修纂《东国史略》时仍予以采入或保存,并为设计其于《东国史略》中出现的具体形式、位置、详略,仍应以一个刻意的"赋义"或"形塑"行为视之。
② 牧隐于丽末被封为韩山府院君。郑梦周被杀后,牧隐被流放韩州,《史略》云:"今韩山,穑贯乡也。"见《史略》,卷12,第13b页。郑氏事,详下文。

颈联云："孤竹蕨薇轻圣武，江都冠盖尽神尧。"上下句对比，一美一刺。前朝遗民忠臣，如古之伯夷、叔齐，隐于首阳，义不食周粟，不俯首低眉于兴王，采薇而食，其志高尚，其处境艰困亦可以想见。下句"神尧"一语甚妙。"神尧"，本唐代对唐高祖李渊之尊称，讷斋借之暗喻朝鲜之"李"。李成桂、李芳远父子建立朝鲜，如今冠盖如云，七相五公，尽皆李氏子弟矣，感慨系之。

全诗自以第二、三联最为深刻，对王、李易代之际志士遗民抒表仰慕之情，又借之以反省史家之职志与使命，且不无批判（乃至自我批判）之意味。

上引任辅臣、南克宽、吴澐诸氏以"史家秉笔公何在"一句专指辛禑、辛昌二王之废立事，此固不无可能，但揆诸全诗，或以之指易代之际因事关敏感而被掩盖（censored）的历史真相也可，似不必过于坐实。

史之与诗，于体式、情韵、宗旨、功能、读者，各有侧重。以故，同一作者，基于爱憎以及身份，即便书写同一人物或事件，于史于诗中之面目、语辞、感情每每有所不同，此关乎公与私领域（public and private spheres）之成规（conventions）与诉求（appeals），以及对当前时与势之考虑。讷斋于《东国史略》及《梦牧隐》诗中所呈现之不同立场、面目、情韵，亦以此故也。

下文将指出，牧斋论及《东国史略》，主要见于其《列朝诗集》闰集"朝鲜"诗选中郑梦周（1337—1392）及李穑二传文。牧斋于李穑传末云：

> 高丽自玄陵不君，政归李氏，穑与梦周立昌拥禑，思夺社

第五章 春秋有变例,定哀多微辞——试论钱谦益之论次丽末东国史及诗

稷于成桂之手,而延王氏一线之绪。《东史》称其与梦周同心,终始不变臣节,可不谓忠乎? 成桂之放弑,以辛氏为口实,而《东史》亦曰:"宋儒谓元帝本非马宗,东晋大臣以国势有归,不得已而安之。稽于立辛,不敢异议,亦此故也。"李氏专政有年,国论在手,窃国二百余年,皆其臣子。悠悠千古,谁与辩牛马之是非乎! 定、哀多微词,《东史》有焉。学在四夷,讵不然乎?①

牧斋之称赞《史略》,有二重点。一者,以《史略》能表彰梦周与牧隐为同志、忠臣,勠力扶持日益式微之王氏高丽朝,始终不变臣节。再者,《史略》作者能以隐微的笔法、叙事策略将牧隐于禑王、昌王废续过程中扮演的角色以及所发的言论呈现于书中,俾读者可以体会牧隐于彼时之隐衷。

朝鲜文士论及讷斋与牧斋,主要关乎牧隐之事迹。牧斋所措意者,在讷斋既身为李氏朝鲜朝食禄之臣,难免受制于官方史观,但能运用高明的叙事笔法,再现改朝换代中之敏感人物及史事,使读者能知其端倪。成海应云:"按中朝之知牧老,深于本朝诸人,观于钱牧斋《列朝诗集》牧老小传可知。传引《东史》,称其与圃隐同心,终始不变臣节,此尽之矣。"此乃同意于牧斋之说也。

南克宽之论,则对牧斋之说不无保留。南氏指出,任辅臣与牧斋不约而同,均注意到讷斋之述牧隐遗事,有难为之处,寓有隐微

---

① 〔清〕钱谦益撰集,许逸民、林淑敏点校:《列朝诗集》(北京:中华书局,2007年),闰集第6,第6815—6816页。此书断句、标点、字词多有讹误之处,读者慎之。本文引用此书,每有订正,不另说明。

心事,此二家高明之处。然而,南氏认为,任氏之论"婉而深",但其隐微幽深之处,却非牧斋之所称道讷斋者,任氏论中"以今观之,此笔亦岂牧老心事,盖难言也"云云,才最要紧。然则南氏暗示,讷斋下笔为难,除了有官方史观、意识形态的顾忌,尚有讷斋本人身世遭际的关系在。南氏之说若然,则吾人读讷斋书,当又有一番不同体会。然而,南氏于讷斋"难言"之处,却又语焉不详,不揭明其意旨,实不无遗憾。今检任氏《丙辰丁巳录》,又有语云:

> 朴讷斋祥性简伉,少许可,疾恶之心出于天性,以此不容于朝,虽至屡黜,终不改也。沈相贞于阳川构逍遥堂,遍求一时作者,以题录板。公诗有"半山排案俎,秋壑辟尊盉"之句,沈相知其讥己,遂拔去。①

也许,讷斋是由于屡陷政治党争漩涡中(所谓"士祸"),命笔述史之际,有自己身世、心事之投射,复有所掣肘、忌讳? 尹衢为其所撰之行状云:

> 乙亥春,章敬王后上宾后,中壶无主。时灾异叠臻,求闻直言。先生(讷斋)乃与淳昌郡守金净上封事,请复废妃慎氏正中位,且论三元勋谋为自全,建废国母之失。于是台谏交章请罪,天怒震动,命系诏狱以鞫之。群下汹汹,莫不为先生危之。赖大臣救理,上亦恕其狂直,只令除名配隶于南平之乌林

---

① [朝]任辅臣:《丙辰丁巳录》。

第五章 春秋有变例,定哀多微辞——试论钱谦益之论次丽末东国史及诗

驿。丙子夏,大旱赤地,宰相言之于上,乃命放归。……己卯冬,服除,拜仪宾府经历。未几,升授缮工监正。是时,士林祸起,同时侪流,奔窜贬黜无余。先生以久侍经幄,受国恩厚,义不可以含默无言,乃具疏若干言,将一陈于上,虽更得罪黜,不恨。子弟亲戚咸谏止之曰:"疏虽上,于事无益,只重其祸。"先生喟然仰天叹曰:"一至于此乎!"遂焚之。①

上引讷斋《梦牧隐》诗前亦有编者按语云:"或云六峰所编《讷斋集》中无此一篇。其时荐遭士祸,有怵祸之戒,而不录也。"可见讷斋生前死后,屡惹文字是非,其于修撰《东国史略》时,对敏感人物、事件的述论,发言不能不慎,自亦不难想象。

至于南氏谓讷斋述牧隐于"立前王之子""牛马之议"之心事,尚有隔膜未善之处,而"牧斋之称之也虽善,恐讷斋自是意尽语内,非微词也";又云:"使牧斋在东国,博综终始,必有进乎是者矣。"此则见仁见智,"理"之所在,各是其所是,各非其所非,存一说无妨。愚意以为,讷斋之"微词",非尽在文辞所传达之字面意义(literal meaning),亦关乎讷斋所设计之叙事策略(narrative strategy),而于后者,牧斋之见,似不无道理。于此一端,请参详笔者上论,再加玩索揣摩。

二、钱谦益论次"朝鲜"诗之"史意"

牧斋之《初学集》《有学集》中,涉及高丽(或朝鲜)之诗文不

---

① [朝]朴祥:《讷斋集》,附录,卷1,第2b—3b页。

多，而牧斋编纂《列朝诗集》，于"闰集"中辟"外国"部分，选录朝鲜、日本、交趾、占城等国诗，其中以朝鲜诗最夥，入选作者四十余，诗共一百六十余首。牧斋著作之关涉朝鲜者，以此为最大宗。

《列朝诗集》所载之朝鲜诗，多选录自万历间人吴明济编集之《朝鲜诗选》（万历二十八年［1600］刻行于朝鲜）。而《朝鲜诗选》久佚，吾人无法得悉吴选之本来面貌，以及吴选与钱选之间的具体关系。可幸十余年前，于北京图书馆善本室发现《朝鲜诗选》原刻本，学者就之整理出版《朝鲜诗选校注》。① 今吴、钱二选两相勘比，知牧斋之朝鲜诗与《朝鲜诗选》之一大不同之处在于：《朝鲜诗选》无诗人小传，牧斋《列朝诗集》有之，乃牧斋特为增补者。此外，据知吴选为钱选朝鲜诗之主要来源，但亦有辑录自他处者。② 再则，比较二选相同诗人之诗作，知钱选于选择、去取上有一定宗旨及倾向。上述三端，为下文探论之重心。

牧斋《列朝诗集》"朝鲜"诗以王氏高丽朝末、李氏朝鲜朝初之诗人为首。高丽朝鲜易代之际，正值中国元末明初，此一历史时段入选之诗人依次为郑梦周（附见南衮［1471—1527］）、李穑、李崇仁（1349—1392）、郑枢（？—1382）、金九容（1338—1384）、李詹（1345—1405）、李芳远、郑道传（1337—1398），其中除李詹外，各人均附有小传，而又以郑梦周与李穑传最为详尽。复次，细核牧斋所为传文，知其原始材料，绝大部分取自讷斋之《东国史略》。于传文结尾，牧斋则每每发为议论，对丽季史事及人物加以评论。

以下，爰就《列朝诗集》"朝鲜"部分之传及诗，试论牧斋论丽末

---

① ［明］吴明济编，祁庆富校注：《朝鲜诗选校注》（沈阳：辽宁民族出版社，1999年）。
② 参祁庆富《朝鲜诗选解题》，见［明］吴明济编《朝鲜诗选校注》，第34—35页。

第五章 春秋有变例,定哀多微辞——试论钱谦益之论次丽末东国史及诗

历史及人物之侧重,及其于此中所传达之"史意"。

牧斋《守门下侍中郑梦周》云:

> 梦周,高丽迎日县人。为人豪迈绝伦,负忠孝大节。诗文奔放峻洁,精研性理之学。李穑为大司成,选为学官,经书至东方只朱子《集注》,梦周讲论,辨难纵横,引据往往超出其表。穑叹服曰:"此东方理学之祖也。"亲丧,庐墓三年,东国之俗为之一变。洪武七年,恭愍王颛被弑,立辛禑,宰相李仁任杀我使人蔡斌,议降北元。梦周为大司成,上书力言其非,被放,复遣使日本,逾年乃还。禑九年,为政堂文学。鲜人得罪天朝,惧讨,议遣使贺圣节,请谥承袭,大臣皆相顾规避。禑召谕欲遣梦周,梦周慨然即日启行,兼程而至。我太祖皇帝嘉叹,优礼遣还。未几,复如京师,请蠲减岁贡,奏对详明,太祖优诏许之,鲜人赖焉。禑发兵犯辽东,李成桂还兵逐禑,放之,立其子昌。逾年,又放昌,立恭让王瑶,梦周守门下侍郎为相。时国家多故,处大事决大疑,不动声色,张设咸当,时称王佐之才。当是时,成桂倡牛金之议以废禑,并欲杀昌,威权日盛,群小趋附,以立昌还禑为名,欲尽杀宰相李穑等。瑶孤立无倚,乃与梦周谋成桂。洪武壬申三月,成桂畋于海州,坠马佯疾笃,梦周大喜,以为成桂可图也,立召还李穑,使台谏劾流郑道传等,将杀之以及成桂。成桂与其子芳远及李济等谋杀梦周,梦周知之,诣成桂邸观变。及还,芳远遣赵英珪要于路击杀之,籍其家。成桂子芳远嗣位,以梦周专心所事,不贰其操,赠谥文忠。《洪武实录》载朝鲜事云:"成桂既立,其国都评议司奏言:

199

祸犯辽阳,成桂力阻之,郑梦周实主其议,以故深怨成桂。瑶立,从臾瑶杀成桂及郑道传等。国人奉安妃命,放瑶而立成桂。"此成桂来告之辞,史官按而书之者也。以东国史参考之,王颛既弑,梦周以谏阻北使被放,再朝京师,深荷优遇,宁有主谋犯辽之事?攻辽之役,成桂实在行,于梦周何与?梦周之欲杀成桂,为其谋篡也,非为其阻攻辽也。梦周不死,成桂篡必不成。既杀梦周以窃国,又借口攻辽,委罪梦周,以自解免,史官信其欺谩,按而书之,不亦冤乎?先是高丽陪臣李彝等,奔告天朝,诉成桂篡立状曰:"在贬宰相遣我来告天子,请出师致讨。"太祖流彝等于溧水,令礼部出其所记李穑等姓名,示使臣赵胖等。成桂遂起大狱,穷治穑等,于是王氏之旧臣斩艾殆尽,而成桂之大事定矣。太祖以高丽僻处东夷,非中国所治,听其自理。成桂因是以杀梦周,放李穑,徼福假灵于天朝,用以胁服东人,潜移社稷。祖训固曰"自洪武六年至二十八年,李旦首尾凡弑王氏四王,姑待之",然则成桂之弑,梦周之冤,圣祖盖已灼见本末。史官拘牵简牍,漫不举正,亦岂圣祖之本意乎?东国之史,出朝鲜臣子之手,尊成桂父子曰太祖、太宗,曲为隐讳,而梦周不附成桂之事,谨而书之,不没其实。正德中,丽人修《三纲行实》,忠臣以梦周为首,国有人焉,岂非箕子之遗教与!余故表而出之,无使天朝信史,传弑逆之谩辞,以贻讥外藩,且使忠义之陪臣负痛于九京也。①

---

① 〔清〕钱谦益撰集:《列朝诗集》,闰集第6,第6809—6810页。

第五章 春秋有变例,定哀多微辞——试论钱谦益之论次丽末东国史及诗

牧斋《郑梦周传》含两大段,自"梦周,高丽迎日县人"至"不贰其操,赠谥文忠"为第一段;自"《洪武实录》载朝鲜事云"至文末"且使忠义之陪臣负痛于九京也"为第二段。第一段述,第二段论,篇幅相若。第一段述梦周学术及其于高丽季世数朝之仕历与行谊,乃表其为高丽王氏忠臣乃至于为国捐躯者也。细观传文,知牧斋所本,几全为《史略》各卷所记载者,牧斋撮录排纂以成文,剪裁合度,句劲文洁,尤见传神写照之妙。

论史之一大段,可谓议论纵横,大开大阖,雄奇肆恣。此段,旨在为梦周辩诬,并论中国、朝鲜史家记载相关史事之得失,颇有超然于两国官方立场、意识形态之外而仗义执言,以求传信于后世之态势在。

开首引《洪武实录》所载朝鲜事,指出其中祸攻辽阳"郑梦周实主其议"之说失实,乃"成桂来告之辞",中国史官不究其实,"按而书之者也"。牧斋谓参详"东国史"(应即讷斋《东国史略》),知梦周向为"亲明派"(丽末,国中有亲元、亲明二股势力较劲),曾因"谏阻北使"(元使)而被流放,且曾代表高丽出使中国,明太祖优遇之,断无主谋攻辽之理。再则谓高丽攻辽之役,"成桂实在行",梦周未与其事。

今检《东国史略》,知梦周确属其时亲明派,并无主张攻辽之事。牧斋所论,言之有据。然而,牧斋强调攻辽时"成桂实在行",却不公道,盖其时成桂亦属亲明一派,及知祸欲攻辽,即条陈"四不可",首条即为"以小逆大,一不可"。祸坚决出兵,命成桂为右军都统领。出丽地后,都统使等再请班师,祸不听,成桂乃发动兵变,回

201

军,废禑立昌。① 牧斋谓《洪武实录》所载梦周因成桂阻禑攻辽而深怨成桂,后乃怂恿恭让王杀成桂一事,实乃被朝鲜来告之辞误导而致记载失实者,此则大致可信。此后,牧斋即大书特书梦周之欲杀成桂、成桂亦必置梦周于死地之原因及其意义:"梦周之欲杀成桂,为其谋篡也,非为其阻攻辽也。梦周不死,成桂篡必不成。"牧斋此论,前半得其实。《东国史略》载:

> 郑梦周忌我太祖威德日盛,中外归心,知道传、浚、闾等有推戴之心,欲乘(太祖)坠马病笃图之,令台谏劾道传、浚、闾,及素所归心者五六人,将杀之以及太祖。太宗与李济等议于麾下士,乃谋去梦周。卞仲良太祖兄元桂壻也泄谋于梦周,梦周诣太祖邸,欲观变。及还,太宗遣英珪等要于路击杀之,籍其家。②

读之,知其时两雄并峙,有各不相下之势,必有一死之局已成。牧斋谓梦周因成桂"谋篡"而欲杀之,说可从,然谓"梦周不死,成桂篡必不成",则不知何据,臆测之辞耳。要之,牧斋笔下,梦周成桂,一忠一奸,一正一邪,此其谋篇之主脑,字句、细节皆受命于斯,卫道者言,不无夸张,读者慎之。

传文此后更奇,议及明太祖。先是恭让王二年(洪武二十三年,1390),台谏上疏,请治李穑等议立辛昌又欲迎还辛禑之罪。恭让王遣人鞫穑。此后不久,高丽中郎将李初潜入中国,诉于明太

---

① 详《史略》,卷11,第51a—52b页。
② 同前注,卷12,第12b—13a页。

第五章 春秋有变例,定哀多微辞——试论钱谦益之论次丽末东国史及诗

祖,云:"高丽李侍中(成桂)立其姻亲瑶为王,谋动兵马,将犯上国。宰相李穑等以为不可,即将李穑等十人杀害……其在贬宰相潜遣我来告天子,仍请亲王动兵来讨。"①情势危急,牧隐遣人潜入中国请救兵于明朝。

明太祖不但没有出兵救穑——大概出于高丽只是附国,何必兴师动众,劳民伤财,且鞭长莫及,未必稳操胜券之考虑——反而将穑等姓名告于丽朝使臣。成桂执此,遂兴大狱,穷究穑等之罪,后果相当严重。此事,牧斋文中着重言之,并感叹曰:"于是王氏之旧臣斩艾殆尽,而成桂之大事定矣。……成桂因是以杀梦周,放李穑,徼福假灵于天朝,用以胁服东人,潜移社稷。"由是观之,牧斋之意,不啻谓明太祖出卖李穑等王氏旧臣,助长李成桂羽翼,造成丽朝大乱,一发不可收,间接导致王氏亡国。愚意明太祖简直不仁不义不智不信。不意牧斋竟为明太祖辩解,云:"太祖以高丽僻处东夷,非中国所治,听其自理。"牧斋明臣,为尊者讳耳,其情或可谅,但此中黑白是非颠倒,断不能服后之中韩读者。要言之,明太祖果若对丽朝采取不干预政策,听其自理,又何以示高丽使臣以欲谋成桂之名单?于此一端,牧斋避重就轻,反而怪罪起中国史臣来,谓"《祖训》固曰'自洪武六年至二十八年,李旦首尾凡弑王氏四王,姑待之',然则成桂之弑,梦周之冤,圣祖盖已灼见本末。史官拘牵简牍,漫不举正,亦岂圣祖之本意乎?"中朝史官亦可谓冤矣。大明皇帝既举棋不定,反复难测,臣下即便知本末是非,又何可以直犯上,岂敢议"圣主"之非而代其立言?牧斋欲加之罪,何患无辞哉!

---

① 《史略》,卷11,第4b—6b页。

传文结尾,又翻出一层新意。对中朝史官揶揄调侃一番后,牧斋笔锋一转,评论起"东国之史"(主要是《东国史略》)来。牧斋先指出《史略》作者以"朝鲜臣子"为本位,以故"尊成桂父子曰太祖、太宗,曲为隐辟",而述易代之事,月旦人物,曲笔为之,言多隐讳。虽然,牧斋仍称赞《史略》能对"梦周不附成桂之事,谨而书之,不没其实",体谅讷斋或未能据事直书,表彰忠良,但仍谨而志之,阳施阴设,俾是非曲直自见于读者。牧斋复举朝鲜史家所修《三纲行实》一书(《三纲行实图》)为例,称该书"忠臣以梦周为首,国有人焉,岂非箕子之遗教与",直以三韩不愧礼义之邦,"东方君子国",以其国有识大体知大义者许之。传末云:"余故表而出之,无使天朝信史,传弑逆之谩辞,以贻讥外藩,且使忠义之陪臣负痛于九京也。"说得痛快淋漓,虽难免"天朝中心主义"(sinocentrism)之见,且大言不逊,但能痛砭中国自家旧史之弊,传统士人中,曾发如此言论者,不多概见。①

牧斋之《侍中李穑》云:

> 穑,天资明敏,博通群籍。为诗文,操纸立就。平生无疾言遽色。不治生产,虽至屡空,泊如也。恭愍王二年,擢元朝制科第二甲第二名,授应奉翰林文字承仕郎同知制诰,兼国史编修官。六年,为谏官。十六年,判开成(案:当作"城")府事,

---

① 固然,诚如本章初稿评论人金龙泰教授于会上指出的,牧斋担心朝鲜史官会对牧隐、梦周等作出不实、不公平的叙述及评价,实乃杞人忧天;究其实,朝鲜建国伊始,即推崇牧隐与梦周不置,以之为忠义、忠臣模楷。的确,牧斋虽称博学,但对外国历史、政治之实际发展情况,实无从充分把握,也说不上有多深入的研究,其论述失实乃至夸张,不难了解,至于谅之与否,在读者自择耳。

第五章 春秋有变例,定哀多微辞——试论钱谦益之论次丽末东国史及诗

兼大司成。以兴起斯文为己任,增置生徒,选经术之士郑梦周、李崇仁等为学官,更定学式,日坐明伦堂分业执经,论难不倦,于是学者坌集。十七年,都签议侍中柳濯等极谏影殿之役,下巡军狱,将杀之,命穑制教谕众。穑请罪名而不奉教,颛大怒,并下狱,穑抗对不屈,颛感悟,命释濯等。二十年,为政堂文学,掌词翰数十年,屡见称于中国。辛禑十三年,以韩山府院君掌贡举,用旧例,享禑于花园。禑以师傅敬穑,亲执手入,命对榻坐。穑固辞,禑亲牵厩鞍马赐之。十四年,判三司事。李成桂废禑立昌,穑为门下侍中,成桂守侍中。当遣使入贺正,且请王官监国,大臣皆畏惧,穑为相,自请行。成桂威权日盛,恐行后且有内变,请以其子为从行,成桂益忌之。成桂放昌立瑶,将图篡立,谏官希旨劾李崇仁、权近等,流之,穑乃乞解职归长湍。台谏复上疏请治穑等议立辛昌,又欲迎还辛禑之罪。即讯长湍,穑占对不少屈。使臣赵胖等还自京师,出礼部所示陪臣李彝等籍记穑等姓名,逮穑系清川狱。方鞠问时,雷雨忽大作,暴涨冲南北城,漂没官署,狱官苍黄攀树木以免。用郑梦周言宥穑等,任便居住。郑道传拥戴李氏,上书都堂,请诛穑,台谏交章助之,乃流穑于咸昌。省宪刑曹论列未已,梦周欲倚穑以谋成桂,言于瑶,着令曰:"复有论劾者,以诬告论。"未几,召还穑及李崇仁。成桂杀梦周,再放穑于韩州。瑶遣使谓曰:"两州之外,惟卿所适。"穑怃然曰:"臣顾无田宅,果安归乎?"遂贬衿州,寻徙骊典。高丽自玄陵不君,政归李氏,穑与梦周立昌拥禑,思夺社稷于成桂之手,而延王氏一线之绪。《东史》称其与梦周同心,终始不变臣节,可不谓忠乎?

成桂之放弑,以辛氏为口实,而《东史》亦曰:"宋儒谓元帝本非马宗,东晋大臣以国势有归,不得已而安之。穑于立辛,不敢异议,亦此故也。"李氏专政有年,国论在手,窃国二百余年,皆其臣子,悠悠千古,谁与辩牛马之是非乎!定、哀多微词,《东史》有焉。学在四夷,讵不然乎?①

牧斋之《李穑》传,主要亦自《东国史略》披拣撮录而成。牧斋写国之老成、名臣奇士,最称拿手。此篇叙事,整齐合度,辞气雅健,而李穑国老、忠贞贤良之形象,跃然纸上。传末发为议论,彰表牧隐于李成桂如日中天、威势日隆之时,仍竭力尽心,思扶大厦之将倾,挽狂澜于既倒,洵王氏不贰之臣。

如上所论,牧隐于禑、昌废立之际,曾扮演重要角色,其主扶立身份可疑之"前王之子"辛昌,而非王氏"宗亲",用心之所在,后人多有探论。上文已论及,在《东国史略》的文辞脉络中,似乎暗示,牧隐已知禑、昌非王氏真子孙,而其犹主立昌以继王氏宗社,一则逼于形势(其时,将军曹敏修倾向于立昌),一则为社稷安危、维系人心计。牧斋于郑梦周传文,曾引明太祖数落李成桂"首尾凡弑王氏四王"之语,言下之意,固同意于此四王为王氏之宗室者也。然今详味牧斋牧隐传文,其于禑、昌是否真"龙种",却似无定见,行文颇有"或之"之意。牧斋云:"高丽自玄陵不君,政归李氏,穑与梦周立昌拥禑,思夺社稷于成桂之手,而延王氏一线之绪。《东史》称其与梦周同心,终始不变臣节,可不谓忠乎?""立昌拥禑""延王氏一

---

① 〔清〕钱谦益撰集:《列朝诗集》,闰集第6,第6814—6816页。

线之绪"云云,固以禑、昌为王氏之绪也。然而,牧斋接言:"成桂之放弑,以辛氏为口实,而《东史》亦曰:'宋儒谓元帝本非马宗,东晋大臣以国势有归,不得已而安之。稽于立辛,不敢异议,亦此故也。'"则又似认为,牧隐同意立辛昌,是以"国势有归,不得已而安之"之故,而非以昌为恭愍王颛之真孙子而拥立之。

此外,若论牧隐心事,牧斋或有未尽周详之处。上引《东国史略》载牧隐语中,有数言不宜忽略,即其借口于胡致堂云:"……必以胡羯交侵,江左微弱,若不凭依旧业,安能系属人心?舍而创初,难易绝矣。此亦乘势就事,不得已而为之者也。"观此,可知牧隐其时之心灵挣扎,或非只在立昌之势已成,只好从众,或昌将为真王伪王,而犹有社稷苍生之安危福祉在其思虑中,此牧隐儒者之仁,应表而出之,以见其德行。

牧斋于传末云:"李氏专政有年,国论在手,窃国二百余年,皆其臣子,悠悠千古,谁与辩牛马之是非乎!定、哀多微词,《东史》有焉。学在四夷,讵不然乎?"此牧斋借题发挥以贬李氏朝鲜之言,至少有三层意思可以循此阐究。首先,"牛马"之辨,本为禑、昌本不姓王(非王种)之喻,质而言之,系王氏家事、丽朝事,而牧斋于此"牛马",又推进一步,以之喻李氏盗王氏之国,今亦须辨"王李"之正伪与是非;但李氏"窃国二百余年",立国已久,根基稳固,其臣民焉敢非议之?于此,其义由宗室悖乱而至于权臣篡夺,罪加一等于李氏矣。复次,牧斋似谓讷斋《史略》有辨此"牛马"始末之意,但其身为李氏臣,不能直言不讳,遂援"春秋有变例,定哀多微词"之教,隐约其词而阴为之。此牧斋同情、赞赏讷斋之处。又次,牧斋之为此传,似谓既然东国史臣不能邕言此中大是大非,我中朝"旧史官"

钱谦益代办之可也。

牧斋之《签书李崇仁》云：

> 崇仁天资英锐,文词典雅。李穑称之曰:"山子文章,求之中国,不多得也。"李仁任议迎元使,崇仁上书都堂,曰:"若迎北使,举国之人皆蒙乱贼之罪。"仁任不受其书,与郑梦周等并流。已而复用为签书密直司事。洪武二十一年,副侍中李穑如京师贺正,且请王官监国。次年,流京山府。三年,召还。成桂篡立,贬李穑于骊典,废崇仁为庶人。成桂篡国之日,东国之臣子不忍背王而事李者,穑、梦周之外,崇仁其矫矫者也。梦周谋李之日,崇仁与穑偕召;成桂篡立之后,崇仁又与穑偕贬。则崇仁为王氏之忠臣,居可知矣。①

《左司议郑枢》云：

> 恭愍王十四年,枢为左司议,与正言李存吾极论辛旽之奸。旽怒,召枢等面责。旽与旽并据胡床,存吾目旽叱之,旽不觉下床。旽愈怒,下巡军狱,曰:"畏存吾怒目也。"命李穑鞫之,问枢等:"谁诱尔上疏?"枢曰:"见上委政非人,将危社稷,不得默默,岂待人诱?"穑曰:"不可以令公故,开杀谏官之例。"免死,贬东莱县令。②

---

① 〔清〕钱谦益撰集:《列朝诗集》,闰集第6,第6816—6817页。
② 同前注,第6818页。

第五章　春秋有变例，定哀多微辞——试论钱谦益之论次丽末东国史及诗

《金九容》云：

> 九容初与李崇仁等上书都堂，阻迎北元使，被流。李詹时为谏议，上疏请诛李仁任、池渊，下狱栲讯，并杖流之。①

牧斋之撰郑梦周、李穑、李崇仁、郑枢、金九容诸传，受限于原始材料《东国史略》之所载，详略不一。诸传实宜合观并参，盖诸传之出现次序、内容重心似寓有深意，牧斋于后《郑道传》传中即云："丽臣自李詹以上，皆王氏旧臣也，翼戴篡弑，为李氏开国之臣者，断自道传始。"（详下）此数传合读并观，知牧斋之所欲传述、形构者，实乃丽末数朝王氏忠臣之忠义事迹，此中关乎丽末数朝君主之嬗易，亲明派与亲元派之斗争，与辛旽、李成桂等权臣对抗之军国大事、成败得失。此数人之所以互见于各传文中，因彼等实为同党同志，互相倚傍，声气相求，而行事、出处进退，又每每相互牵连故也。牧斋于诸传所欲强调、形塑者，实为诸人之声华行实及相关政治事件之意义，而各人诗文之成就、特色，相对而言，为余事矣，故几无着墨。②

牧斋笔下，上述诸传之传主为丽末数朝之正人、忠臣，效忠诚于王氏者。紧接诸传之后，有《郑道传》一传，云：

---

① 〔清〕钱谦益撰集：《列朝诗集》，闰集第6，第6819页。
② 实则此数人可资讨论之处尚多。除为当时名臣、政治人物外，彼等亦为学者文士，于东国文教学术之发展有一定贡献，如《史略》载："（恭愍王十六年）以判开城府事李穑兼大司成，增置生员，又选经术之士金九容、郑梦周、朴尚里、朴宜中、李崇仁等皆兼学官。"又载："初馆生不过数十，穑更定学式，每日坐明伦堂，分经授业，讲毕论难忘倦。于是学者坌集，程朱性理之学始兴。"见《史略》，卷11，第23a页。

道传初与李崇仁上书都堂,阻迎北元使,复自请执政曰:"我当斩使首而来,不尔则缚送于明。"为李仁任所恶,流于会津。李成桂专国,道传倾身附之。金星贯月,瑶问道传何灾,道传曰:"咎在上国,不关我朝。"为成桂讳也。成桂为都总制,使道传为右军总制使,上书都堂,请诛李穑、禹玄宝,为成桂除异己者。郑梦周亦使省宪刑曹论道传奸恶,放归其乡奉化县,而召还穑与李崇仁。成桂坠马疾笃,谏官乘间极论道传宜于贬所置典刑。瑶召梦周,议使人执道传于奉化,囚浦州。成桂杀梦周,将禅位,立召道传还,为奉化郡忠义君。洪武三十年,上览朝鲜表辞侮慢,使者言:"郑道传所撰。"上遣索道传,王旦惧,送郑总等三人至,言道传病不能行,表实总等所撰。上留三人不遣,仍谕旦:"开国承家,小人勿用。如郑道传,乃小人之尤者,在王左右,岂能助其为善?此非三韩之福也。"丽臣自李詹以上,皆王氏旧臣也,翼戴篡弑,为李氏开国之臣者,断自道传始。我太祖以表词不逊,索道传于彼中,虽明知其不我予,其所以寒乱臣贼子之心者至矣。①

于牧斋笔下,郑道传乃一奸恶小人。其实,道传亦丽末著名儒臣,且曾与郑梦周共事,奉使明朝。道传后与梦周理念不合,改附李成桂,为其羽翼,牧斋所谓"倾身附之","为李氏开国之臣"者是也。道传后因所撰致明朝国书"辞侮慢",惹怒明太祖,明太祖命索

---

① 〔清〕钱谦益撰集:《列朝诗集》,闰集第6,第6821页。

第五章　春秋有变例,定哀多微辞——试论钱谦益之论次丽末东国史及诗

道传来中国治罪,并借此机会,训斥朝鲜太祖一番,云:"开国承家,小人勿用。如郑道传,乃小人之尤者,在王左右,岂能助其为善?此非三韩之福也。"道传这次闯的祸不可谓小,而朝鲜太祖为之庇护,只给中朝送过来几头代罪羔羊,明太祖亦无可奈何,其事不了了之。牧斋于传末云:"我太祖以表词不逊,索道传于彼中,虽明知其不我予,其所以寒乱臣贼子之心者至矣。"明太祖的心思是否如此,可置勿论,而此中有一语,大可视为牧斋撰此道传传之宗旨,即"所以寒乱臣贼子之心"。牧斋写郑道传传,以其贰心贰节对比、彰显上述郑梦周等之贞忠耳。

牧斋《列朝诗集》中元末明初丽朝诗所涉及之人与诗止于郑道传。此后,牧斋为东国诗人撰传,亦无有如上述之倾力而为者。

显而易见,牧斋此等传文之修撰,是一个强烈的"赋义"过程(a process of signification),寓褒贬,别善恶,秉笔直书,不愧史家本色。这种"史意""史法"不仅见诸上述传文,也体现于牧斋对《列朝诗集》中朝鲜诗文本呈现的形塑(textual configuration)。特别值得注意的是,整体而言,《列朝诗集》所刊诗无圈点,也不附诗评,但在所选刊高丽末朝鲜初此一历史时段之诗中,却出现了若干诗评,这现象不寻常,乃"变例",需要细细研味。以下尝试论之。

在郑梦周诗选中,有《感遇》四首。牧斋所选朝鲜诗,大部分取材自吴明济所编《朝鲜诗选》,但此四诗不见是集,乃牧斋特意从他处辑录而来者。梦周诗云:

北风何惨裂,吹折松与柏。
溟海亦震荡,鱼龙失其宅。

211

天地将穷闭,圣贤徒叹息。
黄虞邈难逮,行矣西山客。(其一)

西山何所有,深谷多芳薇。
采采者谁子,叔齐与伯夷。
食粟良可耻,采薇非为饥。
姬氏除暴乱,八百会不期。
天下皆称圣,斯人独是非。
高节凛千祀,纲常以扶持。(其二)

淳风去已远,世道日幽昧。
征伐降殷周,祥麟竟遇害。
凤凰化鸡鹜,兰蕙为萧艾。
嗟哉孔与孟,天意屡颠沛。
时运既如此,生民复何赖。(其三)

人心如云雨,翻覆忽须臾。
素丝变其色,安能复其初。
哑哑群飞鸟,集我田中庐。
雌雄竟莫辨,泣涕空欷歔。(其四)①

诗后附评语云：

———————————————

① 〔清〕钱谦益撰集：《列朝诗集》,闰集第6,第6811页。

第五章　春秋有变例,定哀多微辞——试论钱谦益之论次丽末东国史及诗

高丽辛禑王淫而不德,侍中李成桂有异志,梦周一国之重臣,忧权之下移,悲而歌之,其志远矣。①

诗中人忧思深远,怛惕不安,情见乎辞,确如牧斋所言。其咏伯夷、叔齐隐于西山,义不食周粟,采薇而食,"高节凛千祀,纲常以扶持",以自坚志节也。

牧斋于所录诗后,又附南衮②《郑梦周死节诗》二首。《朝鲜诗选》无此,亦系牧斋从他处辑录而来者。诗云:

丽季衰微泰运升,群贤攀附总飞腾。
从容就死乌川子,启我朝鲜节义兴。(其一)

忠义由来不可埋,平时砥砺且无人。
疾风劲草尤难见,须识高丽一个臣。(其二)③

此所附二诗,犹评、论,甚或赞,出自朝鲜文士手笔,牧斋布置于此,以见东国之后人亦极景仰"从容就死"之梦周,引以为"节义""忠义"模楷。牧斋对郑梦周形象之建构(constitution),由传而诗,而评,而附颂诗,结构俨如一微型"史传",其考虑、设计、布置甚富

---

① 〔清〕钱谦益撰集:《列朝诗集》,闰集第6,第6811页。
② 小传云:"吏曹参判兼同知书筵事五卫都总管。正德九年,重辑《三纲行实》。壬午年,以议政府左议政为读卷官。"同前注,第6814页。
③ 同前注。

心思。

牧斋所录李崇仁诗中,有《古意》一首,云:

> 山翁得乳虎,养之置中园。
> 驯优日已长,狎近如家豚。
> 妇言虎性恶,翁怒爱愈敦。
> 毕竟噬翁死,宁复顾前恩。
> 人皆笑翁痴,我独为翁冤。
> 莫涉银汉水,莫登青云途。
> 无波能覆舟,平地亦摧车。
> 曾参终杀人,薏苡为明珠。
> 但识谗者巧,孰云听者愚。
> 浮生似幻化,是非两空无。
> 何如东门侯,种瓜手自锄。①

后附评云:

> 崔莹相辛禑王,引李成桂为大将军。后成桂竟放辛禑而杀崔莹,更立恭让王瑶,成桂、沈德符相之。德符忤成桂,流之远岛,以郑梦周代之。崇仁,梦周弟子也,深忧而作此诗。②

若循牧斋此解而申论之,则诗中以噬山翁之虎喻权臣奸相也;诗后

---

① 〔清〕钱谦益撰集:《列朝诗集》,闰集第6,第6817页。
② 同前注。

第五章 春秋有变例,定哀多微辞——试论钱谦益之论次丽末东国史及诗

半,表时危世乱,贤者宜远害而隐藏。

很明显,牧斋评《感遇》与《古意》二题诗,同以比兴说诗之诠释策略为之,其指归,除郑、李之行谊外,则丽朝季世权臣乱国、祸国、窃国之事。牧斋之诗人小传、诗选、诗评合而观之,构成一"诠释循环"(hermeneutic circle),可以见出牧斋"以诗系人,以人系传"之"诗史"意图,乃其"以诗存史"作业之一种举措。

比兴说诗,乃中国诠释学(hermeneutics)极有特色之一环,若然处理得当,得其体要,使内外贯通,意义循环往返,文辞、义理、生命、历史相互开显,所得固多,此不待言也。惜乎以今日历史后见之明(historical hindsight)以及可拥有之文献资源视之,牧斋上述有关梦周、崇仁数诗之诠解,终究失之于凿,乃至于汗漫无稽,问题严重。今细辨之,牧斋所称梦周《感遇》诗,实非梦周之作,乃崔庆昌(1539—1583)之诗,见其《孤竹遗稿》,题《感遇十首寄郑季涵》。牧斋所录之四首,实为崔诗其二至其五。① 崔庆昌生郑梦周二百余载以后,自然与丽末李初之史事无任何瓜葛(至其所咏者,详味其辞,亦非其时之史事或人物)。以此,牧斋说诗窒碍难通之处,言之不实,不辩而自明矣。

至于牧斋所称崇仁《古意》诗,乃是错简的结果。牧斋所录一首,实为二首不同之诗,自"山翁得乳虎"至"我独为翁冤"为一首,而"莫涉银汉水"至"种瓜手自锄",是另一首。前者题《养虎词》,后者乃《感遇十首寄郑季涵》诗其十,均非崇仁作品,亦崔庆昌《孤

---

① 见[朝]崔庆昌《孤竹遗稿》(1683年刊本)(首尔:民族文化推进会,1990年《韩国文集丛刊》,第50册),第45b—46b页。

竹遗稿》中诗。① 牧斋所录之诗,文辞既错乱,复误系作者、年代,错得离谱,其诠释之词泥名失实,盖亦可以想见矣。用心良苦、逻辑自洽、说理圆融是一事,但能否事理无碍、探骊得珠却是另一回事,牧斋博学无涯,英雄失足,可为发一浩叹。②

《列朝诗集》亦刊"朝鲜国王李芳远"诗一首。此诗亦非录自《朝鲜诗选》,乃特意辑自他处而刊入者。牧斋李氏小传云:"芳远,成桂之子也。成桂篡立,芳远使赵英珪击杀郑梦周,以兵入宫门,逼恭让王瑶出于原州。永乐元年袭位,十七年告老,子裪嗣。卒谥恭定。"③所载之诗为《献大明永乐皇帝》,云:

> 紫凤衔书下九霄,邅陬喜气动民谣。
> 久潜龙虎声相应,未戮鲸鲵气尚骄。指建文君
> 万里江山归正统,百年人物见清朝。
> 天教老眼观新化,白发那堪不肯饶。④

后附评云:

---

① 见[朝]崔庆昌《孤竹遗稿》,第47b—48a 页。
② 此数诗错系作者,承金龙泰教授于会上赐告。笔者因复核相关原始文献,得以理清其中错乱具体情况并修订文中不足之处,特此鸣谢。其实,韩国学者对东国诗作之流传于中土,以及其中的错系作者、年代问题已悉心考订辨正。可参[韩]李钟默《17—18세기中國에전해진朝鮮의漢詩》,《韓國文化》第45集(2009年3月),第15—49页。此文信息,亦承金教授惠示,再谢。
③〔清〕钱谦益撰集:《列朝诗集》,闰集第6,第6820页。
④ 同前注。诗夹注中"建文君",此本误作"建文若",今正之。

第五章 春秋有变例,定哀多微辞——试论钱谦益之论次丽末东国史及诗

吴人慎懋赏曰:"朝鲜乃箕子之国,然世远教衰,三仁之风泯矣,悲夫!"慎生评芳远此诗,以其有"未戮鲸鲵"之句而深非之也。芳远父子弑王氏四君,杀忠臣而窃其国,其为此也,吾无议焉尔。杀父而瞽其袗(案:当作"紾")他人之兄,①不已迂乎!②

---

① "紾他人之兄"云云,语本《孟子·告子下》:"紾兄之臂而夺之食。"见〔汉〕赵岐注,〔宋〕孙奭音义并疏《孟子注疏》(文渊阁《四库全书》,第 195 册),卷 12 上,第 2b。"紾兄之臂而夺之食",就是"扭住哥哥的胳膊夺去他的食物"的意思,于《告子下》的语境中,是作为"无礼"的例子出现的。牧斋似借此以喻燕王(后明成祖)为明太祖第四子,而起兵伐其兄子建文帝,并取而代之为帝。

② 〔清〕钱谦益撰集:《列朝诗集》,闰集第 6,第 6820—6821 页。慎懋赏,慎蒙(1510—1581)子,明嘉靖、万历年间浙江吴兴人,号台卿,生卒年不详,著有《四夷广记》《素书》《慎子疏证》等。慎蒙曾著《名山诸胜一览记》十四卷,附《朝鲜国山川》一卷,懋赏兄懋官也辑有《华夷花木鸟兽珍玩考》,因知慎氏父子留心外国、朝鲜史地,乃其家学。遗憾的是,笔者遍检慎懋赏《四夷广记》等书,却未见牧斋所引材料,尚待进一步考索。今按牧斋所述慎懋赏数语实尚有疑。研读所及,见明弘治间人戴冠(字章甫,号濯缨,1442—1512)所撰《濯缨亭笔记》有语云:"太宗初承大统,诏谕海外诸国。朝鲜王芳远作诗以献,曰:'紫凤衔书下九霄,遐陬喜气动民谣。久潜龙虎声相应,未戮鲸鲵气尚骄。万里江山归正统,百年人物见清朝。天教老眼观新化,白发那堪不肯饶。'夫占城以岛夷知重节义如此(笔者案:书中前此一则记宋末沈敬之逃占城乞兵图兴复宋室事),朝鲜乃箕子之国,然世远教衰,三仁之风泯矣,悲夫!"此中所载,末数语与牧斋所引慎懋赏语全同。戴冠之生活年代早于慎懋赏,且《濯缨亭笔记》叙事首尾完整,颇疑"朝鲜乃箕子之国"云云数语先见于戴书。《濯缨亭笔记》刊行于嘉靖二十六年(1547)前后,或慎懋赏读后采上述一段入己作,而未明言出处,牧斋失察,乃以之为慎氏所发之慨叹。见〔明〕戴冠撰《濯缨亭笔记》(台南:庄严文化事业有限公司,1995年《四库全书存目丛书》子部,第 103 册影印中国科学院图书馆藏明嘉靖二十六年[1547]华察刻本),卷 1,第 5b—6a 页。又及,此诗是否真为李芳远之作,尚待确考,盖近人陈衍(1856—1937)辑《元诗纪事》卷三十"金遗老"诗有李俊民《赠张仲一》一首,其文词与牧斋所录李芳远诗全同。

217

明成祖朱棣（永乐皇帝，1402—1424在位）与朝鲜太宗李芳远约于同时即位。一三九九年，朱棣起兵，号称"清君侧"，叛其侄惠帝（建文帝），史称"靖难之役"。明朝内战三年，死伤惨重，最后叔胜侄。乱后建文帝不知所终，生死、下落不明。一三九八年，在朝鲜有所谓"戊寅靖社"事件，李成桂退位，次子芳果即位。后二年，又发生"庚辰靖社"，芳果退位，五子芳远即位。芳远之位，系受其兄长"禅让"而来者。李成桂逊位后移居咸兴，一四〇二年，被芳远挟持回京，幽居于昌德宫。后六年，成桂薨。成祖为燕王时，曾与芳远晤于北京，意气相投。

《献大明永乐皇帝》，朝鲜太宗对明成祖歌功颂德之诗也，乃谀辞，但可谓有人有我，其"万里江山归正统"云云，可说成祖，可说自己。牧斋谓慎懋赏以芳远诗有"未戮鲸鲵气尚骄（指建文君）"之句而"深非之"，但观牧斋所引慎氏语并无专论此句者，或引未完，待考。牧斋之录芳远诗及慎氏语，很可能只为方便自己对李氏父子加以讥评而已。"芳远父子弑王氏四君，杀忠臣而窃其国"，此事概略，上文已述及，不赘。"杀父而訾其袗（案：当作"畛"）他人之兄"，斥讽芳远之言。"杀父"，应指芳远篡兄之位而幽禁其父李成桂之事。"他人之兄"云云，或指永乐、建文龙虎斗之事。牧斋乃谓芳远乃奸臣孽子，慎氏之评应大书特书其不忠不孝之事，不必着眼于其议论中国内战事，如此方为正论。

无论如何，牧斋此评虽寥寥数语，却大动肝火，数落李氏父子，斥之为乱臣贼子，大有鼓吹读者"鸣鼓而攻之"之意。

以下，试比较吴明济《朝鲜诗选》与牧斋《列朝诗集》所收上述诗人之具体作品，窥探牧斋于论次高丽末朝鲜初之史及诗时，于作

第五章 春秋有变例,定哀多微辞——试论钱谦益之论次丽末东国史及诗

品去取之间所体现之"史意"。固然,牧斋编辑朝鲜诗,未曾明言其体例及选录标准,故以下所论者,难免"凿空而谈",纯属个人揣测之言,不敢自信,未妥之处,尚祈读者不吝指正。

牧斋《列朝诗集》所收郑梦周诗如下:①

皇州
凤阁祥光动晓螭,汉庭歌彻大风诗。
山河带砺徐丞相,天地经纶李太师。
驸马林池春烂熳,国公台榭月参差。
始知圣泽深无限,共享升平万世期。

感遇(四首)
北风何惨裂,吹折松与柏。
溟海亦震荡,鱼龙失其宅。
天地将穷闭,圣贤徒叹息。
黄虞邈难逮,行矣西山客。(其一)

西山何所有,深谷多芳薇。
采采者谁子,叔齐与伯夷。
食粟良可耻,采薇非为饥。
姬氏除暴乱,八百会不期。
天下皆称圣,斯人独是非。

---

① 见〔清〕钱谦益撰集《列朝诗集》,闰集第6,第6810—6814页。

高节凛千祀,纲常以扶持。(其二)

淳风去已远,世道日幽昧。
征伐降殷周,祥麟竟遇害。
凤凰化鸡鹜,兰蕙为萧艾。
嗟哉孔与孟,天意屡颠沛。
时运既如此,生民复何赖。(其三)

人心如云雨,翻覆忽须臾。
素丝变其色,安能复其初。
哑哑群飞鸟,集我田中庐。
雌雄竟莫辨,泣涕空欷歔。(其四)

　　高丽辛禑王淫而不德,侍中李成桂有异志,梦周一国之重臣,忧权之下移,悲而歌之,其志远矣。

江南柳

江南柳,江南柳,春风袅袅黄金丝。
江南柳,年年好,江南行客归何时。
苍海茫茫波万丈,乡关远在天之涯。
天涯之人日夜望归舟,坐对落花空长叹。
但识相思苦,那识行人行路难。
人生莫作远游客,少年两鬓如霜白。

第五章 春秋有变例,定哀多微辞——试论钱谦益之论次丽末东国史及诗

闻雁

行旅忽闻雁,仰看天宇清。
数声和月落,一点入云横。
锦字回燕塞,新愁满洛城。
疏灯孤馆夜,何限故园情。

旅怀(二首)时使日本

生平南与北,心事转蹉跎。
故国海西岸,孤舟天一涯。
梅窗春色早,板屋雨声多。
独坐消长日,那堪苦忆家。(其一)

水国春光动,天涯客未行。
草连千里绿,月共故乡明。
游说黄金尽,思归白发生。
男儿四方志,不独为功名。(其二)

使日本

使节偏惊物候新,异乡踪迹任浮沉。
张骞槎上天连海,徐福祠前草自春。
眼为感时垂泪易,身缘许国远游频。
故园几树垂杨柳,应向东风待主人。

望景
百尺楼高石径横,秋光一望不胜情。
青山隐约扶余国,黄叶纷纭百济城。
九月西风寒客袂,百年侠骨误书生。
天涯日没浮云合,回首依依望玉京。

偶题
赤叶明村径,清泉漱竹根。
地偏车马少,山气自黄昏。

舟中
湖水澄澄一镜明,舟中宿客不胜情。
悄然夜半微风起,十里菰蒲作雨声。

赠日本僧永茂
故园东望隔沧波,春尽高斋自结跏。
日午南风自开户,飞来花片点袈裟。

征妇吟
织罢回文锦字新,题封寄远恨无因。
相逢空有辽阳客,每向津头问路人。

客中行
潮落潮生渐远行,不堪回首望松京。

第五章 春秋有变例,定哀多微辞——试论钱谦益之论次丽末东国史及诗

海门千里来相送,只有青山最有情。

附见南衮诗如后:

郑梦周死节诗(二首)

丽季衰微泰运升,群贤攀附总飞腾。
从容就死乌川子,启我朝鲜节义兴。(其一)

忠义由来不可堙,平时砥砺且无人。
疾风劲草尤难见,须识高丽一个臣。(其二)

《朝鲜诗选》郑梦周诗尚有:①

太仓赠工部主事胡琏

骏马翩翩事远游,异乡万里叹淹留。
无人为下陈蕃榻,有客独登王粲楼。
万户砧声明月应,一江帆影白蘋秋。
时来饮酒城东市,豪气犹能塞九州。

定州九日

定州重九登高处,依旧黄花照眼明。
江浦南连宣德镇,山峰北倚女真城。

---

① 见〔明〕吴明济编《朝鲜诗选校注》,第326、350、367页。

百年战国兴亡事,万里征夫慷慨情。
酒罢元戎扶上马,浅波斜日照飞旌。

九日明远楼
青溪石壁抱周回,更起新楼胜自开。
南亩黄云知岁熟,西山爽气觉朝来。
风流太守二千石,邂逅故人三百杯。
直欲夜深吹玉笛,高攀明月共徘徊。

蓬莱驿示韩书状
昨日张帆涉海波,乡山回首郁嵯峨。
地经辽海军容壮,跻入登莱景胜多。
客子未归逢燕子,杏花才落又桃花。
同行幸有韩生在,每作新诗和我歌。

赠永州故人
凉露垂秋夕,飞云恋故丘。
鱼肥香稻熟,鸟宿翠林稠。

高邮湖
南归日日是遨游,湖上清风一叶舟。
两岸菰蒲行不尽,又随明月宿芳洲。

牧斋所选之郑梦周诗,侧重反映梦周忠义之情思,以及其为王

第五章 春秋有变例，定哀多微辞——试论钱谦益之论次丽末东国史及诗

事奔走，备尝行旅之苦辛。首选《皇州》，此梦周出使中国、歌颂"圣朝"盛且美之作。"皇州"，帝都也。稍观诗中语词："祥光""汉庭""山河""天地""台榭""圣泽""升平万世"等，即可知梦周诗之指归。牧斋如此布置，其"大中华"意识展览无遗。接以《感遇（四首）》，诗后附评云："高丽辛禑王淫而不德，侍中李成桂有异志，梦周一国之重臣，忧权之下移，悲而歌之，其志远矣。"牧斋选此四诗之用意昭然若揭。之后《江南柳》《闻雁》《旅怀（二首，时使日本）》《使日本》四题诗中有句云："但识相思苦，那识行人行路难""疏灯孤馆夜，何限故园情""生平南与北，心事转蹉跎""男儿四方志，不独为功名""眼为感时垂泪易，身缘许国远游频"等等。牧斋选此等诗，意在彰显梦周为王事操劳奔波之艰辛。此后《望景楼》《舟中》《征妇吟》《客中行》各诗，都可见出此"行旅"之愁苦。牧斋所选梦周诗，唯《偶题》《赠日本僧永茂》二题不属上述诗旨，稍见闲适之意，此二题诗入选，聊备一格耳（《朝鲜诗选》中，《偶题》置李崇仁名下，非梦周诗，许是牧斋老眼昏花看错了）。

《列朝诗集》与《朝鲜诗选》两相比勘，可见《朝鲜诗选》所载梦周诗有一种是牧斋几乎完全不取者，即梦周豪迈之作。上列牧斋未选之诗中，有如此诗句："时来饮酒城东市，豪气犹能塞九州""百年战国兴亡事，万里征夫慷慨情""风流太守二千石，邂逅故人三百杯""地经辽海军容壮，跻入登莱景胜多""南归日日是遨游，湖上清风一叶舟"，均可见梦周之英气豪情，与其将军身份相称合。梦周此类俊朗豪迈之作尽为牧斋所摈弃，颇可佐证笔者上论牧斋之诗人小传及所选诗作有其"史意"之举措在。于郑梦周，牧斋所着重突出者，为其忠义形象及其为王事所付出的辛劳——牧斋是要把

梦周刻画成一个"悲剧英雄"(a tragic hero)。

《列朝诗集》李穑诗如下:①

早行

凌晨问前路,晓色未全分。
带月马头梦,隔林人语闻。
树平连野雾,风细绕溪云。
异国堪愁绝,南天无雁群。

瀼浦弄月

日落沙犹白,云移水更清。
高人弄明月,只欠紫鸾笙。

《朝鲜诗选》李穑诗尚有:②

夜吟

行年已知命,身世转悠哉。
细雨灯前塔,名山碗上来。

　　牧斋所选牧隐二诗,意境幽远高卓,却不能反映牧斋于牧隐传中所刻画之国老、重臣形象,此或因受限于原始材料《朝鲜诗选》所致,盖《朝鲜诗选》收牧隐诗仅三首,牧斋已选入二首,上引未入选

---

① 见〔清〕钱谦益撰集《列朝诗集》,闰集第6,第6816页。
② 见〔明〕吴明济编《朝鲜诗选校注》,第350页。

第五章 春秋有变例,定哀多微辞——试论钱谦益之论次丽末东国史及诗

之《夜吟》,亦幽雅之作。牧斋"巧妇难为无米炊"也。

《列朝诗集》李崇仁诗如下:①

古意

　　山翁得乳虎,养之置中园。
　　驯优日已长,狎近如家豚。
　　妇言虎性恶,翁怒爱愈敦。
　　毕竟噬翁死,宁复顾前恩。
　　人皆笑翁痴,我独为翁冤。
　　莫涉银汉水,莫登青云途。
　　无波能覆舟,平地亦摧车。
　　曾参终杀人,薏苡为明珠。
　　但识谗者巧,孰云听者愚。
　　浮生似幻化,是非两空无。
　　何如东门侯,种瓜手自锄。

　　崔莹相辛禑王,引李成桂为大将军。后成桂竟放辛禑而杀崔莹,更立恭让王瑶,成桂、沈德符相之。德符忤成桂,流之远岛,以郑梦周代之。崇仁,梦周弟子也,深忧而作此诗。

咏史

　　王风日以降,瞻乌于谁屋。

---

① 见[清]钱谦益撰集《列朝诗集》,闰集第6,第6817—6818页。

秦售十二城,赵夸如此璧。
宿昔相如子,风云气绝伦。
忽承赵王命,携璧西入秦。
强秦尚诈术,弄璧城不入。
公子怒见欺,裂眦睨柱立。
全璧归赵廷,位列廉颇左。
计谋日云拙,几作渑池虏。
壮士岂若此,公子非真勇。
暴虎复凭河,事有轻且重。
两国急啮噬,璧乃秦兵饵。
天地相颠倒,血成沧海水。
强弱自有分,竟入秦王府。
邯郸白骨寒,鬼哭千万古。

挽金太常

礼仪今太叔,史学昔公羊。
四十人间世,千秋地下郎。
空庭余败草,老树耿斜阳。
俯仰成陈迹,经过只自伤。

僧舍

山北山南细路分,松花含雨落纷纷。
道人汲井归茅舍,一带青烟染白云。

《朝鲜诗选》李崇仁诗尚有:①

咏史

重关凌晨开,石路高萦回。

紫气凌光景,缥渺东南来。

翩翩彼何客,行行骑青牛。

轻烟覆其上,翠雾承其裘。

惝恍欤明晦,窅眇闻笙竽。

生年不只几,颜色正敷腴。

绀童结皓齿,骨如松鹤臞。

关尹识真人,出拜为踟蹰。

昔为柱下隐,今向寥天游。

人命如蜉蝣,一往不可留。

二气化自然,而我操其躯。

众妙发玄牝,万物毋虚无。

为尹寓微言,至道岂多书。

逝将返希夷,永超尘世区。

昆仑渺何许,欲往不可从。

千秋去廖廓,白云无遗踪。

呜呼岛即田横岛

呜呼岛在东溟中,苍波渺然一点碧。

---

① 见〔明〕吴明济编《朝鲜诗选校注》,第 246、263、286、350—351、367 页。

夫何使我双泪零,只为哀此田横客。
田横气概横素秋,义士归心实五百。
咸阳龙准起真人,手注天潢洗秦虐。
横何为哉不归来,怨血自污莲花锷。
义士闻之争奈何,飞鸟依依无处息。
宁从地下共追随,躯命如丝安足惜。
呜呼千载与万古,此心菀结谁能识。
山哀浦思潮怒轰,长虹耿耿凌霄碧。
君不见古今多少轻薄儿,朝为同胞暮仇敌。

送权使君之忠州 州北有寺,为崇仁旧游
犹忆天开开天寺,青山带小亭。
到门无俗客,面壁有高僧。
百尺台临水,千年木绕藤。
政清多暇日,时复访禅榻。

送兴教僧统还山
闭门谢客久,临水送将归。
晓月袈裟冷,秋风锡杖飞。
路回千嶂合,亭小五松围。
去去真佳胜,风尘足骇机。

倚杖
倚杖柴门外,悠然白昼长。

第五章　春秋有变例,定哀多微辞——试论钱谦益之论次丽末东国史及诗

四山疑列戟,一水听鸣珰。
鹤立松巅暝,云生石宝凉。
遥怜十载梦,端此卜行藏。

偶题
赤叶明村径,清泉漱竹根。
地偏车马少,山气自黄昏。

杂题
天净云高秋气新,倦游无处不伤神。
经过万里仍为客,惟有南山不负人。

牧斋选李崇仁诗,首置《古意》一首,诗后附评云:"崔莹相辛禑王,引李成桂为大将军。后成桂竟放辛禑而杀崔莹,更立恭让王瑶,成桂、沈德符相之。德符忤成桂,流之远岛,以郑梦周代之。崇仁,梦周弟子也,深忧而作此诗。"观之,知牧斋录此诗,为表崇仁忧于国事以及为仁人君子也。后录《咏史》一首。检《朝鲜诗选》,崇仁《咏史》一题实含诗二首,牧斋选"王风日以降,瞻乌于谁屋"一首,此崇仁咏古蔺相如奉使秦国而终完璧归赵之诗,以颂美蔺相如之忠贞智勇者。崇仁《咏史》之另一首,咏老子骑牛出函谷关之旧事,"昔为柱下隐,今向寥天游""逝将返希夷,永超尘世区"云云,遗世远引之辞。牧斋以其"无关宏旨"而不录,亦意料中事也。后为《挽金太常》,崇仁所以悼念儒者金太常之诗。后《僧舍》一首,清静自得之作。

231

《列朝诗集》与《朝鲜诗选》相比较,知牧斋之所不取于《朝鲜诗选》者,有《送权使君之忠州》《送兴教僧统还山》《倚杖》《偶题》《杂题》诸首,尽皆闲适自在之什。牧斋选崇仁诗,取舍之倾向,大类上述关于郑梦周诗者。然而,崇仁《呜呼岛》一首牧斋不选,是其失察矣,盖此首歌咏田横五百士之忠义,结云"君不见古今多少轻薄儿,朝为同胞暮仇敌",大有借古讽今之意,可见崇仁之思想与性情。未知牧斋以为然否?

《列朝诗集》郑枢诗如下:①

污吏

城头乌乱啼,城下污吏集。
府牒昨夜下,岂辞行露湿。
穷民相聚哭,子夜诛求急。
旧时千丁县,今朝十室邑。
君门虎豹守,此言何自入。
白驹在空谷,何以得维絷。

《朝鲜诗选》郑枢诗尚有:②

宿清心楼

夜入黄骊县,舟入欲卧时。
渚行风作暴,楼宿月如期。

---

① 见〔清〕钱谦益撰集《列朝诗集》,闰集第6,第6819页。
② 见〔明〕吴明济编《朝鲜诗选校注》,第285页。

第五章　春秋有变例,定哀多微辞——试论钱谦益之论次丽末东国史及诗

天远长江阔,沙明杂树奇。
三更发清啸,更觉舞冯夷。

《朝鲜诗选》收郑枢诗二首,牧斋选《污吏》一首,乃讽刺时弊之作。牧斋未选者为《宿清心楼》,意境清远之作,衡之于上述牧斋选诗之侧重,此首落选,亦意料中事也。

《列朝诗集》金九容诗与《朝鲜诗选》同,仅一首:①

江水
江水东流不复回,云帆万里向西开。
菰蒲两岸微风起,杨柳长堤细雨来。
惊梦远迷箕子国,旅愁独上楚王台。
行行见说巫山近,一听猿声转觉哀。

《列朝诗集》李詹诗如下:②

杂咏
舍后桑枝嫩,畦西蓶叶稠。
陂塘春水满,稚子解撑舟。

---

① 见〔清〕钱谦益撰集《列朝诗集》,闰集第6,第6819页;〔明〕吴明济编《朝鲜诗选校注》,第325页。
② 见〔清〕钱谦益撰集《列朝诗集》,闰集第6,第6820页。

《朝鲜诗选》李詹诗尚有:①

潼阳驿
一粟沧波上,飘飘任此身。
楚山遥送客,淮月近随人。
衰鬓浑成雪,征衣易染尘。
那堪行役久,汀草暗生春。

偶成
行旅知多少,闲人似我稀。
爱山随处住,得句独吟归。
僧院秋方至,官途露未晞。
会当容此膝,江上有鱼矶。

《朝鲜诗选》载李詹诗三首,牧斋选《杂咏》一首,乃田园诗之属,实则不如选《潼阳驿》,盖可见李氏行役之苦,较合牧斋选朝鲜诗之宗旨也。

《列朝诗集》郑道传诗如下:②

重九
故园归路渺无穷,水绕山围第几重。

---

① 见〔明〕吴明济编《朝鲜诗选校注》,第290页。
② 见〔清〕钱谦益撰集《列朝诗集》,闰集第6,第6822页。

望欲远时愁更远,登高莫上最高峰。

《朝鲜诗选》郑道传诗尚有:①

> 山中
>
> 毙业三峰下,归来松桂秋。
> 家贫妨养疾,心静足忘忧。
> 护竹开斜径,怜山筑小楼。
> 邻僧来问字,尽日为淹留。

《朝鲜诗选》载郑道传诗仅二首,《重九》乃登高望远、思家之作,而《山中》一首,咏里居之乐。牧斋选《重九》一首,聊胜于无。

三、结语

牧斋平生,以治史为职志,著述不辍,于帝王递嬗、改朝易代、中国与外国、易代之际人物等等史事、是非,尤所究心,有专门著述,如《开国群雄事略》《建文年谱序》《启祯野乘序》等。

一六四四年,满洲入主中原,建立大清王朝。明臣遗老,仓皇聚首南京,议立新君以续明统。牧斋身预策立福王抑或潞王之谋。(此不亦类似丽朝"立前王之子"之事乎?)南都陷,牧斋降清仕清,可谓身阅兴亡矣。

---

① 见〔明〕吴明济编《朝鲜诗选校注》,第287页。

明社既屋,牧斋以修撰明史为己任(至一六五〇年,已成书百卷,惜毁于火)。及牧斋编纂《列朝诗集》,至闰集外国诗,为撰丽末诗人小传而读《东国史略》及相关文献,不难想象,东国丽末数王之真伪及宗统问题(南明弘光朝亦有所谓"伪太子案")、李成桂父子篡位窃国、高丽朝鲜改朝换代等史事,引发了牧斋考辨的兴趣,也触动了牧斋亡国、仕清之隐痛。

　　牧斋论次《列朝诗集》,本就寓有"以诗存史"的"诗史"(甚或政治)企图,①而朝鲜诗此一部分,正可让牧斋发挥其史家本领、精神,寄寓扬善贬恶之旨,行其笔削予夺之权。(如若进一步揣测,或者牧斋因明朝为清人所灭,在情感转移作用下,遂对朝鲜李氏篡夺王氏高丽朝之事特别痛恨,口诛笔伐不已,此亦不无可能。)明乎此,对于牧斋之制上述诸人小传,特别用力,又有明显的感情投入,也就不难了解了。至于牧斋所选丽末鲜初诸人诗,如果上论不误,也应在其褒贬月旦的用心、视阈中理解。

---

① 关于这现象,论者已多,或可参拙著 *The Poet-historian Qian Qianyi*, pp. 51–54。

第六章　典午阳秋、休听暇豫①
——朝鲜文士南九万所述钱谦益诗考论

一、前言

清康熙二十三年甲子(1684),朝鲜使臣南九万(남구만,1629—1711)奉命出使中国。南氏后撰《甲子燕行杂录》,内云:

> 馆中愁寂,取见册铺所卖小说,则借陈亡后衣冠子孙不仕于隋室者为之说,而作诗曰:"民间定有刘文叔,世外那无张子房。"又见一画厨,画天子与宫人、宦官随四时淫乐之状,而其冠服皆清制,末题曰:"成化二十二年(1486)太平游乐之图。"乃是假托成化,实讥当朝者也。人心所在,抑可知矣。又见钱

---

① 本章初稿宣读于2015年5月30—31日由日本东京大学东洋文化研究所及台湾"中研院"中国文哲研究所合办之"世界の中の中国明末清初"国际学术研讨会。会上承师友不弃,给予笔者诸多修改建议,谨此致谢。

> 牧斋谦益与人诗云:"请看典午阳秋例,载记分明琬琰垂。"又云:"知君耻读王衰传,但使生徒废蓼莪。"如此等作,镂板流布,不以为罪,岂北人无文,见之而不觉耶?①

南氏所述钱谦益(牧斋,1582—1664)诗句,见其《和徐祯起》《简侯研德并示记原》二诗,乃《冬夜假我堂文宴诗(有序)》十一首诗中之二首(顺治十一年[1654]之作;二诗于组诗中前后相接)。②

南氏何以认为上述诗句有犯清讳之嫌?"北人"(清人)若看懂,当以为罪?本文顺南氏之话头,展开对牧斋此二诗之探论,发现牧斋此二诗之寓意的确深邃:《和徐祯起》一首,嘱祯起(生卒年不详)述明清之际史事,须严守《春秋》夷夏之辨,尊明攘清;《简侯研德并示记原》一首,耳提面命,勉励研德(1620—1664)应有所作为,莫忘其伯侯峒曾(1591—1645)、其父侯岐曾(1595?—1647)曾相继抗清死节。

二、清顺治十一年冬,苏州假我堂文宴事

顺治十一年(1654)甲午,牧斋七十三岁。十月,牧斋观诗于苏州假我堂,一时兴起,召诸子宴会,信宿斯堂且三日,洵一时盛事

---

① [朝]南九万:《甲子燕行杂录》,收入氏著《药泉集》(1723年刊本)(首尔:民族文化推进会,1994年《韩国文集丛刊》,第131—132册),卷29,第32b页(总第493页)。
② [清]钱谦益:《钱牧斋全集·有学集》,卷5,第219—221页。

第六章 典午阳秋、休听暇豫——朝鲜文士南九万所述钱谦益诗考论

也。假我堂,苏州张世伟(异度,1568—1641)之故居渌水园。①牧斋《冬夜假我堂文宴诗》序云:

> 嗟夫!地老天荒,吾其衰矣。山崩钟应,国有人焉。于是绿水名园,明灯宵集。金闺诸彦,秉烛夜谭。相与恻怆穷尘,留连永夕。珠囊金镜,揽衰谢于斯文。红药朱樱,感升平之故事。杜陵笺注,刊削豕鱼。晋室阳秋,镌除岛索。三爵既醉,四座勿喧。良夜渐阑,佳咏继作。悲凉甲帐,似拜通天。沾洒铜盘,如临渭水。言之不足,慨当以慷。夜乌咽而不啼,荒鸡喔其相舞。美哉吴咏,诸君既斐然成章。和以楚声,贱子亦慨然而赋。无以老耄而舍我,他人有心,悉索敝赋以致师,则吾岂敢?客为吴江朱鹤龄长孺、昆山归庄玄恭、嘉定侯汸(案:当作"泓")研德、长洲金俊明孝章、叶襄圣野、徐晟祯起、陈(三)岛鹤客。堂之主人,张奕绥子。拈韵征诗者,袁骏重其。余则虞山钱谦益也。甲午阳月二十八日。②

此假我堂之会,堂之主人为张奕(绥子,生卒年不详),牧斋倡议宴集,袁骏(重其,1612—1684?)代为召客。赴会者有七,吴江朱鹤龄(长孺,1606—1683)、昆山归庄(玄恭,1613—1673)、嘉定侯泓(研德)、长洲金俊明(孝章,1602—1675)、叶襄(圣野,?—1655)、徐晟(祯起)、陈三岛(鹤客,生卒年不详)是也,皆一时名士,文坛之雄骏

---

① 张世伟,明处士,"吴门五君子"之一。牧斋有《张异度墓志铭》,见〔清〕钱谦益《钱牧斋全集·初学集》,卷54,第1361—1363页。
② 〔清〕钱谦益:《钱牧斋全集·有学集》,卷5,第213页。

君子。

后十余载,朱长孺写《假我堂文宴记》追忆斯会,览之,颇有助于吾人还原、想象当时情境,如其云:

> 张氏假我堂,待诏异度公之故居也。地逼胥关,园多胜赏。丁酉(案:朱氏记误,应作"甲午")冬日,牧斋先生侨寓其中,山阴朱朗诣选二十子诗,以张吴越,先生见而叹焉。维时孤馆风凄,严城柝静,怅云峦之非故,悲草木之变衰。乃命袁重其招邀同好,会宴斯堂。步趾而来者,金子孝章、叶子圣野、归子玄恭、侯子砚德、徐子祯起、陈子鹤客,并余为七人。①

又云:

> (牧斋)先生久断饮,是夕欢甚,举爵无算。顾余而言曰:"昔吴中彦会,莫盛于祝希哲、文征仲、唐子畏、王履吉诸公,风流文采,照耀一时。今诸君子,其庶几乎?可无赋诗,以纪厥盛?"饮罢,重其拈韵,先生首唱,云:"岁晚颠毛共惜余,明镫促席坐前除。风烟极目无金虎,霜露关心有玉鱼。草杀绿芜悲故国,花残红烛感灵胥。文章忝窃诚何补,②惭愧荒郊老荷

---

① 〔清〕朱鹤龄:《愚庵小集》(上海:上海古籍出版社,1979 年《清人别集丛刊》据上海复旦大学图书馆藏清康熙间刻本影印),卷 9,第 12a—13b 页(总第 437—440 页)。
② 《有学集》通行本《冬夜假我堂文宴诗·分得鱼字二首》诗其二本句作"退耕自昔能求士"。见〔清〕钱谦益《钱牧斋全集·有学集》,卷 5,第 215 页。钱仲联先生无校记,则此句各本同,独长孺记载此异文,弥足珍贵。循字词之异同,颇可思考牧斋初稿与定稿间所透露之心思与艺事。

锄。"翼日,予七人各次和一首,先生再叠前韵一首。翼日,予七人又各次和一首,先生又每人赠诗一首。翼日,予七人又各次和一首。诗多不录。先生之诗,如幽燕老将,介马冲坚。吾辈乃以嬴师诱战,有不辙乱旗靡者哉？先生顾不厌以隋珠博燕石,每奏一章,辄色喜,复制序弁其端,都人诧为美谈,好事传之剞劂。迄今未及一纪,而朗诣、圣野、鹤客、砚德,皆赴召修文,先生亦上乘箕尾矣。南皮才彦,半化烟云。临顿唱酬,空存竹树。后之君子,登斯堂者,当必喟然有感于嘉会之难再也。悲夫。①

三、请看典午阳秋例,载记分明琬琰垂

牧斋《和徐祯起(用来韵)》云：

老学依然炳烛时,杜诗韩笔古人师。
昆冈玉石吾何有？东海沧桑某在斯。
草野不忘油素约,蕉园终见汗青期。
请看典午阳秋例,载记分明琬琰垂。
时诸君共商史事,故及之。②

关于徐晟祯起,徐鼒(1810—1862)《小腆纪传》载：

---

① 〔清〕朱鹤龄：《愚庵小集》,卷9,第12b—13b页(总第438—440页)。
② 〔清〕钱谦益：《钱牧斋全集·有学集》,卷5,第219页。

> 徐晟,字祯起,一字损之,长洲诸生。以陶潜自比,题其诗为《陶庵诗删》。魏禧尝称为吴门隐君子,谓其诗顿挫沉郁,即辞有未工,必不稍有矫饰,以自害其性情。①

《皇明遗民传》载:

> (徐树丕)子晟,字祯记(案:当作"起"),一字损之,亦长洲学生。悃愊无华,有《陶庵诗删》。尝与钱谦益议著野史,谦益诗有曰"请看典午阳秋例,载记分明琬琰垂"者是也。魏禧叔子序晟稿曰:"祯纪(案:当作"起")吴门隐君子,执节守道三十年。日困于饥寒,不变其守。与人忠信笃厚,而别识甚精。其诗顿挫沉郁,几与古人方驾。"
> 读此可得其人。②

《苏州府志》载:

> 徐树丕,字武子,长洲人。少补诸生,姚希孟器重之,妻以女。屡试不利,益博览群籍。善楷书,兼工八分。国变后隐居不出,卒年八十八。所著有《中兴纲目》《识小录》《杜诗注》。子晟,字祯起,博学工文。鼎革时,年甫壮,即弃诸生,从父隐居。家贫,授徒养亲垂四十年。康熙癸亥(1683),树丕殁,晟

---

① 〔清〕徐鼒撰:《小腆纪传》(北京:中华书局,1958年),卷58,第644页。
② 转引自谢正光、范金民编《明遗民录汇辑》(南京:南京大学出版社,1995年),第543页。

第六章 典午阳秋、休听暇豫——朝鲜文士南九万所述钱谦益诗考论

亦六十六矣。哀毁得疾,营葬甫毕而卒。所著有《陶园诗集》十二卷、《文集》十卷、《姑苏续名贤小纪》二卷、《词》一卷、《家乘识小录》四卷(杨无咎[1636—1724]传)。①

杨钟羲(1865—1940)《雪桥诗话》有"常熟罟里瞿氏四世遗像"条,录题词者颇众,"皆遗民也,词翰均美"云云,内收祯起诗四首,其中一首云:

> 遗诗留浩气,有道是江陵。
> 歌哭还天地,江山仗友朋。
> 波涛无日静,丧乱久相仍。
> 回首长安上,苍梧隔万层。②

诗乃歌颂瞿式耜(稼轩,1590—1651)以忠义死事者,遗民声口如见。

牧斋《有学集》中有《答徐祯起书》,开首云:

> 读所示古文,不数篇,辄抚掌太息。文皆奇丽,志节盘郁,方寸五岳,隐然不平。而辨博之学、雄骏之气,又足以发之。眼中之人无此久矣!足下通怀抱损,谆复下问。老学昏耄,未

---

① 〔清〕宋如林等修,〔清〕石韫玉纂:《苏州府志》(清道光四年[1824]刻本),卷100,第3b页。
② 〔清〕杨钟羲撰集,刘承干参校:《雪桥诗话余集》(北京:北京古籍出版社,1992年),卷1,第11—12页。

243

有以相长也。①

假我堂文宴后,牧斋礼聘祯起教授于芙蓉庄家塾,②足见其对祯起之敬重。祯起撰有《存友札小引》,乃为所藏友人笔札系以小传,或志其因缘者,分"志友""尚友""文节""忆心"四篇。其"尚友"篇中,有"钱宗伯牧斋(谦益)"条,忆及假我堂文宴事,云:"(牧斋)于书无所不窥。曾招予饮渌水园,谭本朝典故,娓娓中名实。于众人中以目视予,后称于人云:'某也才。'招致芙蓉庄,命子婿执北而礼。"③

牧斋《和徐祯起》诗后自注云:"时诸君共商史事,故及之。"此"史事"云何,文献不足,难以确考,而《皇明遗民传·徐晟传》中云:"尝与钱谦益议著野史,谦益诗有曰'请看典午阳秋例,载记分明琬琰垂'者是也。"以此"史事"指"野史",揆诸牧斋诗意,不无可能,若此果为私家野史之撰作,则其内容应为明清易代之际史事。尝试论之如下。

诗首联云:"老学依然炳烛时,杜诗韩笔古人师。"牧斋自言老而好学,且师法古诗文正宗,步武前修,非世俗之所服。颔联云:"昆冈玉石吾何有?东海沧桑某在斯。"可以想象,假我堂文宴诸子,推牧斋为渠帅,而牧斋自谦,己虽年长而无美材。"东海沧桑"云云,则谓己为一"历史见证者"(a historical witness)。晋葛洪《神

---

① 〔清〕钱谦益:《钱牧斋全集·有学集》,卷39,第1354页。
② 参方良《钱谦益年谱》(北京:中国书籍出版社,2013年),第270页。
③ 〔清〕徐晟撰:《存友札小引》(上海:上海书店出版社,1994年《丛书集成续编》集部,第155册),第6a页(总第331页)。

仙传·王远》载:"麻姑自说云:'接侍以来,已见东海三为桑田,向到蓬莱,又水浅于往者会时略半耳,岂将复为陵陆乎!'叹曰:'圣人皆言,海中行复扬尘也。'"①牧斋用此典,除寓桑田沧海之感喟外,更喻世变国亡之大动荡。

颈联云:"草野不忘油素约,蕉园终见汗青期。""油素约",或诸子与牧斋之约,或诸子间之约,无论如何,同心同志拳拳之意溢于言表。"油素",白绢,汉扬雄《答刘歆书》云:"故天下上计孝廉及内郡卫卒会者,雄常把三寸弱翰,赍油素四尺,以问其异语,归即以铅摘次之于椠,二十七岁于今矣。"②牧斋用此典以喻彼等虽在"草野",非以职守之故,犹汲汲致力于著述也。"蕉园",即芭蕉园,在燕京太液池东,明朝修《太祖实录》成,草稿焚烧于此。③ 观此,则诸子油素之约,有关明代史乘可知。"终见汗青期"云云,典出唐刘知几《史通·忤时》而反用其意。知几云:"每欲记一事载一言,皆阁笔相视,含毫不断。故首白可期,而汗青无日。"④知几此言,实为史馆修撰官而发,讥讽彼等谨小慎微,著述无主,互相推诿,故而头已白而史成无期。牧斋用此典,含意深刻:一则勉励诸子,同心同德,成果必可期;一则透露,际此"东海沧桑"之世,王官失守,"官史"(official history)不可指望,草野之士所撰"野史""私史"(private history),弥足珍贵;再则牧斋对知几所鼓吹"一家独断"之

---

① 〔宋〕李昉等撰:《太平广记》,卷7,第5b—6a页。
② 〔汉〕扬雄撰,〔晋〕郭璞注:《方言》(文渊阁《四库全书》,第221册),卷13,第30b页。
③ 参〔明〕沈德符著,黎欣点校《万历野获编》(北京:文化艺术出版社,1998年),补遗卷1,第859页,"今上史学"条。
④ 〔唐〕刘知几撰:《史通》(文渊阁《四库全书》,第685册),卷20,第13a页。

学,亦素所认同。

诗之末联云:"请看典午阳秋例,载记分明琬琰垂。"此即上述南九万文所引牧斋诗联。本联含意,分外深刻复杂。

"典午",钱曾(遵王,1629—1701)注引《三国志·蜀志(案:当作"书")·谯周传》:"咸熙二年夏,巴郡文立从洛阳还蜀,过见周。周语次,因书板示立曰:'典午忽兮,月酉没兮。'典午者,谓司马也。月酉者,谓八月也。至八月而文王果崩。"①"阳秋",遵王引《晋书·孙盛传》载:"盛笃学不倦,自少至老,手不释卷。著《魏氏春秋》《晋阳秋》,并造诗赋论难复数十篇。《晋阳秋》词直而理正,咸称良史焉。既而桓温见之,怒谓盛子曰:'枋头诚为失利,何至乃如尊君所说!若此史遂行,自是关君门户事。'其子遽拜谢,谓请删改之。时盛年老还家,性方严有轨宪,虽子孙班白,而庭训愈峻。至此,诸子乃共号泣稽颡,请为百口切计。盛大怒。诸子遂尔改之。盛写两定本,寄于慕容俊。太元中,孝武帝博求异闻,始于辽东得之,以相考校,多有不同,书遂两存。""琬琰",遵王注引《后汉书·窦融传》:"(窦宪传论)东方朔称'用之则为虎,不用则为鼠',信矣。以此言之,士有怀琬琰以就煨尘者,亦何可支哉!"

遵王此联之注,骤观之,似无不妥,牧斋本诗既因"时诸君共商史事"而发,而孙盛著《晋阳秋》,书名含"典午阳秋"之义,其书又以"词直而理正,咸称良史"见称,与牧斋本诗旨意相符,或牧斋拈此与诸子共勉也。然即其诗而深惟之,乃觉遵王之解,隔靴搔痒耳。究其实,"典午阳秋",非谓《晋阳秋》,乃指《晋书》,其有《载

---

① 遵王本诗之注,俱见〔清〕钱谦益《钱牧斋全集·有学集》,卷5,第219页。遵王征引脱略之处,视乎需要,或为补足之,不另说明,下文同。

第六章　典午阳秋、休听暇豫——朝鲜文士南九万所述钱谦益诗考论

记》三十卷。如此理解,则联中"典午""阳秋""载记"等字样均有着落,意思方显。请细论之。

"典午","司马"之谶语,晋帝姓司马氏,后因以"典午"指晋朝,除上引《三国志·蜀书·谯周传》外,《晋书》论安帝、恭帝云:"是以宋高非典午之臣,孙恩岂金行之寇"①,亦其用例。明胡应麟(1551—1602)《少室山房笔丛·史书占毕四》云:"当涂为魏,典午为晋,世率知之,而意义出处,或未明了。按……典,司也;午,马也。"②

"阳秋",孔子所著《春秋》,晋时因避晋简文帝母郑后阿春讳,改"春"为"阳"。《晋书·褚裒传》云:"谯国桓彝见而目之曰:'季野有皮里阳秋。'言其外无臧否,而内有所褒贬也。"③牧斋《与吉水李文孙书》亦云:"循览行状,文直事核,大阐定、哀之微词,一洗阳秋之曲笔,幸哉!"④牧斋时人孙枝蔚(1620—1687)《广化寺谒忠烈祠步吴梅村韵(丙申)》有句云:"何人直笔擅《阳秋》,可惜清流葬浊流。"⑤凡此,皆其用例。

"载记",联中关键之语,遵王失注。旧史为曾立名号而非正统者所作之传记,称"载记",以别于本纪及列传,如《后汉书·班固传上》云:"固又撰功臣、平林、新市、公孙述事,作列传、载记二十八

---

① 〔唐〕房玄龄等撰:《晋书·恭帝纪》,卷10,第270页。
② 〔明〕胡应麟:《少室山房笔丛》(文渊阁《四库全书》,第886册),正集,卷8,第6a—6b页。
③ 〔唐〕房玄龄等撰:《晋书·褚裒传》,卷93,第2415页。
④ 〔清〕钱谦益:《钱牧斋全集·有学集》,卷38,第1330页。
⑤ 〔清〕孙枝蔚:《溉堂前集》(上海:上海古籍出版社,2010年《清代诗文集汇编》,第71册据清康熙六十年[1721]增刻本影印),卷7,第10b页(总第404页)。

篇,奏之。"①《晋书》之情况,于牧斋本联之诠解最为重要。《晋书》有《载记》三十卷,以五胡属之,史臣曰:"北狄窃号中壤,备于《载记》……"②清赵翼(1727—1814)《廿二史札记》云:"《晋书》于僭诸国数代相传者,不曰世家,而曰载记。"③以此观之,牧斋诗句中"载记"一语,并非泛用,乃专就《晋书》之书法、体例、作史之深意而言者。

总而言之,此联为牧斋叮咛诸子之语,嘱咐彼等纂述明清之际史事,务须严守《春秋》夷夏之辨,尊明攘清,绍继《晋书》处理"北狄"之书法与义例,褒贬寓于其中。此正亦牧斋于诗序中言及"晋室阳秋,镌除岛索"之深意。复次,遵王以"士有怀琬琰以就煨尘者"云云注"琬琰",亦浮泛失味。"琬琰",琬圭、琰圭,亦借为碑石之美称,如唐玄宗《孝经序》云:"写之琬琰,庶有补于将来。"④合上所论,牧斋本联下句乃谓《晋书》"载记"之范例,义正理直,如古碑之坚质浩气,可垂之永久,可资模楷,诸子宜效法之。

四、知君耻读王裒传,但使生徒废蓼莪

牧斋《简侯研德并示记原(用歌字韵)》云:

---

① 〔南朝宋〕范晔撰:《后汉书·班固传上》,卷40上,第1334页。
② 〔唐〕房玄龄等撰:《晋书·四夷》,卷97,第2532页。
③ 〔清〕赵翼撰:《廿二史札记》(北京:中华书局,1985年),卷1,第4页。
④ 〔唐〕玄宗:《孝经序》,见〔唐〕玄宗御注,〔唐〕陆德明音义,〔宋〕邢昺疏《孝经注疏》(文渊阁《四库全书》,第182册),第13b页。

第六章 典午阳秋、休听暇豫——朝鲜文士南九万所述钱谦益诗考论

> 当飨休听暇豫歌，破巢完卵为铜驼。
> 国殇何意存三户？家祭无忘告两河。
> 击筑泪从天北至，吹箫声向日南多。
> 知君耻读王衰传，但使生徒废蓼莪。

笺曰：嘉定侯公峒曾，字曰广成，以提学分守家居。弘光时，召为左通政，不赴。乙酉五月，南都失守。六月，李成栋掠地吴下。公与同邑进士黄淳耀蕴生聚兵坚守，邀成栋而击之，一败之于罗店，再败之于仓桥。成栋恚甚，益修攻具。围急，城中矢尽。七月三日，大雨，城崩一角。四日，雨益澍，城遂陷，公从容赴池水死。黄公与弟渊耀相对同缢于僧舍。[①]

乙酉（1645）夏，明清最后攻防战展开，清人挥兵南下，渡长江，南京弘光朝瞬间分崩离析。牧斋友侯峒曾与黄淳耀（1605—1645）等奋起守嘉定，城陷自尽。

侯峒曾，号广成，字豫瞻。明赠太常少卿侯震旸长子，天启五年（1625）进士。雅好诗文，能书。曾任浙江参政。嘉定奋起御清，峒曾与黄淳耀为之首领，闰六月十七日起兵守城，至七月四日城破，坚守十余日。城陷之际，峒曾与二子投水殉国。[②] 峒曾弟岐曾，字雍瞻，国子生，文行与峒曾齐名，后以留宿起兵抗清之陈子龙被捕，不屈死。

据黄宗羲（1610—1695）《弘光实录钞》所载，嘉定城陷之际，士卒皆曰："吾曹受公厚恩，尚可卫公出走。"峒曾曰："与城存亡，义

---

① 〔清〕钱谦益：《钱牧斋全集·有学集》，卷5，第220页。
② 嘉定守城事，详峒曾弟岐曾日记，见〔清〕侯岐曾著，王贻梁、曹大民校点《侯岐曾日记（丙戌丁亥）》，收入刘永翔等整理《明清上海稀见文献五种》（北京：人民文学出版社，2006年），第477—642页。

也。"已而赴水死。子玄演、玄洁从死。又,城破之际,黄淳耀、渊耀兄弟避匿西方庵。淳耀问其从者曰:"侯公何若?"曰:"死矣!"曰:"吾与侯公同事,义不独生。"乃书于壁云:"读书寡益,学道无成,进不得宣力王朝,退不能洁身远引,耿耿不没,此心而已。大明遗臣黄淳耀自裁城西僧舍。"渊耀曰:"兄为王臣宜死,然弟亦不愿为□□(北虏)之民也。"于是淳耀缢于东,渊耀缢于西,同殉节义。① "嘉定三屠",鬼门开,生灵涂炭,其事酷烈,至今传闻。

牧斋赠诗之侯研德,即峒曾弟岐曾子,初名玄泓,又名玄涵,号掌亭。诸生、门人私谥贞宪先生,有《掌亭集》。诗题又及之记原,乃侯玄汸字,号甲寅再来人、月蝉、潜确、秬园,亦岐曾子,记原为长兄,研德居幼。

黄容《明遗民录》卷八《侯泓》云:

> 侯泓,字研德,更名涵,自号掌亭,嘉定人。父岐曾,负盛名,四方贤公卿讫诸名士造门登堂者,弥日夜不绝,一见辄呼为小友。后以伯通政峒曾暨太常后先殉国,家难叠至,又遭兄子之殇,哀过时呕血而没,年四十五。②

《皇明遗民传》卷四《侯泓》有云:

---

① 〔清〕黄宗羲撰:《弘光实录钞》(上海:上海古籍出版社,1995年《续修四库全书》史部,第367册据浙江图书馆藏清光绪三年[1877]傅氏长恩阁抄本影印),卷4,第19a—19b页(总第414页)。
② 转引自谢正光、范金民编《明遗民录汇辑》,第437页。

第六章 典午阳秋、休听暇豫——朝鲜文士南九万所述钱谦益诗考论

其(侯汸)弟泓,字研德,后更其字曰中德。早婴患难,流离无恒居。久而后返嘉定村,讨论经史以终,年四十。……钱谦益尝赠泓诗曰:"知君耻读王裒传,但使生徒废蓼莪。"读此可知泓也。①

牧斋与侯氏一门,两代通好,于研德谊在师友之间(详下所引归庄文)。清初古文大家汪琬(1624—1691)述侯家事堪称健笔,撰有《侯峒曾传》《侯岐曾传》《侯记原墓志铭》等,其《侯记原墓志铭》之铭诗曰:

> 侯之门兮忠且义,保孤难兮杀身易。
> 君九死兮心弥慰,极飘泊兮天之涯。
> 茹荼蘖兮甘如饴,幸生全兮返故栖。
> 君之两父兮翔正气,薄云与日兮摩天际。
> 今往从之兮,其可以无愧。②

此中涉及侯氏两家幸存子弟许多故事,曲折离奇,他日有缘,当再叙之。而以此铭诗与牧斋诗合观,侯家之忠义与夫侯氏遗孤之苦辛,亦可见一斑矣。

诗笺所及之黄淳耀,亦牧斋故人。牧斋《有学集》有《黄陶庵先生全集序》,内云:

---

① 谢正光、范金民编:《明遗民录汇辑》,第438页。
② 〔清〕汪琬著,李圣华笺校:《汪琬全集笺校》(北京:人民文学出版社,2010年),第1609页。

> 嘉定黄陶庵先生,讳淳耀,字蕴生,举崇祯癸未进士,卓然为命世真儒。抗节致命乙酉之难,闻者皆敛色正容,以为今之颜清臣、文履善。殁后十余年,而其徒侯子玄泓作为行状,文直事核,无愧良史。①

淳耀曾馆于牧斋家,二人相知相敬重。

康熙七年(1668),归庄(玄恭,1613—1673)为研德作《侯研德文集序》,其时研德已殁四年,内云:

> 研德少时,才情绮丽,锦心绣肠。然嘉定之文派,故宗太仆(归有光),而虞山钱宗伯则太仆之功臣也。研德渐摩乡里先哲之训,又奉虞山之教,遂不难敛春华为秋实,变永嘉为正始。……其诗自少至长,亦不一格,每变益工。……国家丧乱之际,俯仰伤怀,读者既叹其辞之工,而又悲其志。②

又云:

> 研德中年学道,诸事洒脱,而自叙其诗文,详述始末异同之故,犹不能忘后世之名。③

---

① 〔清〕钱谦益:《钱牧斋全集·有学集》,卷16,第740页。
② 〔清〕归庄:《归庄集》,卷3,第215页。
③ 同前注。

第六章　典午阳秋、休听暇豫——朝鲜文士南九万所述钱谦益诗考论

下请论牧斋《简侯研德并示记原》诗。

诗首联云："当飨休听暇豫歌,破巢完卵为铜驼。""当飨",盛宴待客。遵王注引《国语·晋语二》："优施饮里克酒,中饮,优施起舞,谓里克妻曰:'主孟啖我,我教子暇豫事君。'乃歌曰:'暇豫之吾吾,不如鸟乌。皆集于苑,己独集于枯。'"韦昭注："暇,闲也;豫,乐也。"①《暇豫歌》者,即优施所歌"暇豫之吾吾"数语。遵王此注,解其字面义而已,有更须细究者。实则优施歌"暇豫"事,在《国语·晋语二》所载"骊姬谮杀太子申生"之语境中,其较重要之前后文录如下：

> 反自稷桑,处五年,骊姬谓公曰："吾闻申生之谋愈深。日,吾固告君曰得众,众弗利,焉能胜翟？今矜翟之善,其志益广。狐突不顺,故不出。吾闻之,申生甚好信而强,又失言于众矣,虽欲有退,众将责焉。言不可食,众不可弭,是以深谋。君若不图,难将至矣！"公曰："吾不忘也,抑未有以致罪焉。"
>
> 骊姬告优施曰："君既许我杀太子而立奚齐矣,吾难里克,奈何？"优施曰："吾来里克,一日而已。子为我具特羊之飨,吾以从之饮酒。我优也,言无邮。"骊姬许诺,乃具,使优施饮里克酒。中饮,优施起舞,谓里克妻曰："主孟啖我,我教兹暇豫事君。"乃歌曰："暇豫之吾吾,不如鸟乌。人皆集于苑,己独集于枯。"里克笑曰："何谓苑？何谓枯？"优施曰："其母为夫人,其子为君,可不谓苑乎？其母既死,其子又有谤,可不谓枯乎？

---

① 遵王本诗之注,俱见〔清〕钱谦益《钱牧斋全集·有学集》,卷5,第220—221页。

枯且有伤。"

优施出,里克辟奠,不飨而寝。夜半,召优施,曰:"曩而言戏乎?抑有所闻之乎?"曰:"然。君既许骊姬杀大子而立奚齐,谋既成矣。"里克曰:"吾秉君以杀大子,吾不忍。通复故交,吾不敢。中立其免乎?"优施曰:"免。"①

长话短说,骊姬欲杀太子申生,恐里克沮之,乃谋之于优施。优施宴中告里克如何"暇豫事君",以歌出之,谚语也;同时透露,国中将有废立太子之变乱,试探其反应。宴后,里克不能寐,急召优施,告之,欲己顺君意杀太子,于心不忍,装作不知其事,与太子交往如旧,亦不敢,当以"中立"策略面对此事。韦昭注:"中立,不阿君,亦不助大子。"②上文之"暇豫",当与此"中立"之义对照并读,方能见出其时里克所处之困难形势。

本联下句曰"破巢完卵为铜驼"。"破巢完卵",反用"覆巢之下无完卵"意。《世说新语·言语》载:"孔融被收,……谓使者曰:'冀罪止于身,二儿可得全不?'儿徐进曰:'大人,岂见覆巢之下复有完卵乎?'寻亦收至。"③"铜驼",借喻京城、宫廷,《晋书·索靖传》载:"靖有先识远量,知天下将乱,指洛阳宫门铜驼,叹曰:'会见汝在荆棘中耳!'"④

承上而论,牧斋此诗,乃示研德、记原兄弟者,本句意若明白揭

---

① 〔吴〕韦昭注:《国语·晋语二》,卷8,第1a—2b页。
② 同前注,第2b页。
③ 〔南朝宋〕刘义庆撰:《世说新语》,卷上之上,第21b页。
④ 〔唐〕房玄龄等撰:《晋书·索靖传》,卷60,第1648页。

第六章　典午阳秋、休听暇豫——朝鲜文士南九万所述钱谦益诗考论

出,乃谓"嘉定三屠"及后抗清事中,侯家死事惨烈,而研德、记原幸存,乃上天眷顾,为留国家有用之人。以此反观上句,则乃牧斋告语研德,际此世乱危局,勿存"暇豫"之心,莫作"中立"之想。

上联与颔联合观,更可佐证上论。颔联曰:"国殇何意存三户?家祭无忘告两河。""国殇",《九歌·国殇》王逸注曰:"谓死于国事者。"①此"国殇"之义,于句中复与"三户"一典融合。《史记·项羽本纪》载:"……故楚南公曰:'楚虽三户,亡秦必楚。'"《集解》引瓒曰:"楚人怨秦,虽三户犹足以亡秦也。"②侯峒曾三子:玄演、玄洁、玄瀞。嘉定屠城,玄演、玄洁死,玄瀞得脱。侯岐曾三子:玄汸(记原)、玄洵、玄泓(研德),记原、研德幸存。天崩地坼之后,侯氏恰存"三户"。牧斋之文字,真老辣可畏。(劫后三年,瀞死,无子,记原以长子嗣之。)而"国殇何意存三户"?意者牧斋乃谓亡"秦/清"必"侯"欤?此意与本联下句合观,更见显豁。"家祭无忘告两河",固脱自南宋陆游名诗《示儿》:"死去元知万事空,但悲不见九州同。王师北定中原日,家祭无忘告乃翁。"③遵王注本句,又拈出《宋史·宗泽传》所载:"泽忧愤,疽发于背,无一语及家事,但呼过河者三,卒。"遵王此注高明。南宋名将宗泽,重用岳飞北伐,并多次吁请高宗迁都回开封,后以未能击败金军,忧愤而死。牧斋句,易陆游原句"乃翁"为"两河"。宋世称河北、河东地区为两河,而陆游《感愤》诗云"四海一家天历数,两河百郡宋山川"④,则以"两河"指

---

① 〔宋〕洪兴祖:《楚辞补注》(文渊阁《四库全书》,第1062册),卷2,第31a页。
② 〔汉〕司马迁著,〔宋〕裴骃集解,〔唐〕司马贞索隐,〔唐〕张守节正义:《史记·项羽本纪》(北京:中华书局,1959年),卷7,第300—301页。
③ 〔宋〕陆游:《剑南诗稿》(文渊阁《四库全书》,第1162—1163册),卷85,第12a页。
④ 〔宋〕陆游:《剑南诗稿》,卷16,第4b页。

大宋江山矣。意者牧斋句"告两河"云云,乃期研德家祭时,能告乃翁以王师已光复中原,"九州同",明室复兴。① 牧斋此二联,真可谓触目惊心。

诗颈联云:"击筑泪从天北至,吹箫声向日南多。"牧斋此诗,无一松懈处,此联承上而转,推远,仍紧接上四。"击筑",筑,乐器,击之和歌,此用荆轲刺秦王之典。《战国策·燕》载太子丹遣荆轲入刺秦王,送至易水上,"高渐离击筑,荆轲和而歌,为变徵之声,士皆垂泪涕泣"。② 牧斋此联,亦变徵之声,句构上三下四,非如近体律诗习用之二二三,而"从""向"二字婉转,后接之数字,却激越高昂。本联犹如击筑,和歌。"吹箫",用春秋时伍子胥为复仇,乞食吹箫于吴市故事。《史记·范睢蔡泽列传》载:"伍子胥橐载而出昭关,夜行昼伏,至于陵水,无以糊其口,鄢行蒲伏,稽首肉袒,鼓腹吹篪,乞食于吴市……"③ "吴市吹箫",英雄穷途末路,感慨系之矣。牧斋上下句以"天北""日南"相对,旧诗中有用例。《别诗·有鸟西南飞》相传为苏武、李陵相赠答之诗,有句云:"有鸟西南飞,熠熠似苍鹰。朝发天北隅,暮闻日南陵。"④ 此中"日南"对"天北",言彼鸟飞行之远与速。牧斋联中之"天北""日南",则似用以言地之广,由北至南,尽是歌变徵之声之死士、吹箫乞食之落难英雄。"日南"虽

---

① 孙之梅说:"'国殇'句:说侯氏一门为国死难,存者仍将义不帝秦。"语焉不详。见孙之梅选注《钱谦益诗选》(北京:人民文学出版社,2009年),第249页。
② 〔宋〕鲍彪原注,〔元〕吴师道补正:《战国策校注》(文渊阁《四库全书》,第407册),卷9,第57b页。
③ 〔汉〕司马迁:《史记·范睢蔡泽列传》,卷79,第2407页。
④ 〔明〕冯惟讷撰:《古诗纪》(文渊阁《四库全书》,第1379—1380册),卷20,第8a页。

第六章 典午阳秋、休听暇豫——朝鲜文士南九万所述钱谦益诗考论

是地名(指今越南之地),①但观《别诗·有鸟西南飞》及牧斋诗本联句构,似不必坐实,以之泛指极南之地即可,更不必如论者所云:"(本句)说侯氏心向南明永历。"②

牧斋诗末联云:"知君耻读王裒传,但使生徒废蓼莪。"本联同样意味深长。王裒,字伟元,西晋人,博学多能,痛父仪为司马昭所杀,誓不仕晋。《晋书·王裒传》载:裒隐居教授,庐于墓侧。"及读《诗》至'哀哀父母,生我劬劳',未尝不三复流涕。门人受业者并废《蓼莪》之篇。"③"知君耻读王裒传"云云,则牧斋谓研德不以王裒为训。王裒读《蓼莪》至"哀哀父母,生我劬劳"句,流涕,门人怜之,避此不习读。论者谓"读此可知泓也",④或谓"以侯涵兄弟和西晋王裒作类比",⑤或谓"这两句赞扬侯研德等不学王裒念恋父墓,离不开家乡,而是投身抗清活动,只是不读也不让学生去读《诗·小雅·蓼莪》篇就行了"。⑥ 此类解说,无非循诗句之字面义加以想象、发挥而来者,想当然耳,似未得其实。

昔者假我堂文宴之会,陪客之一朱长孺后撰《假我堂文宴记》,追述诸人于席间之言说,有云:

孝章谈冶城布衣顾子与治,祯起述渭阳旧事姚子文初,玄恭

---

① 日南,其地在今越南,秦称象郡,汉更名,以其地在日之南故也。
② 孙之梅选注:《钱谦益诗选》,第250页。
③ 〔唐〕房玄龄等撰:《晋书·王裒传》,卷88,第2278页。
④ 《皇明遗民传》中语,见谢正光、范金民编《明遗民录汇辑》,第438页。
⑤ 孙之梅选注:《钱谦益诗选》,第250页。
⑥ 裴世俊选注:《钱谦益诗选》(北京:中华书局,2005年),第175页。

257

征东林本末,余叩古文源流,圣野约种橘包山,砚德期垂纶练水。①(着重号为笔者所加)

此段文字,对了解牧斋诗之寄意及"本事"大有帮助,而"砚德期垂纶练水"云云,读之,始知牧斋赠研德之诗,为何辞气严重如斯。"垂纶",传说姜太公未仕时隐居渭滨垂钓,后以"垂纶"指隐居或退隐。"练水",嘉定别称。据此颇可想象,当日假我堂上,研德曾言及归隐乡里之愿望。牧斋闻言,大不以为然,乃发为此诗,大书特书侯氏一门之忠烈事迹,以警惕告语研德,应以复明为念,报君父之仇,断不宜效西晋王裒隐居,消极避世。笔者此解,与论者所谓"这两句赞扬侯研德等不学王裒念恋父墓,离不开家乡,而是投身抗清活动"云云,恰恰相反,可从与否,固在读者自择之也。

牧斋此诗,寓意深刻,笔力劲健,洵其传世诗之佳构也。

复次,朱长孺有《投赠钱宗伯牧斋先生二十五韵》长诗,似为假我堂文宴后一年(顺治十二年乙未,1655),应牧斋之聘任教于其家时作,②内有句云:

世变分泾渭,人伦异菀枯。
衡门安故柳,野服感新蒲。
旧史存周柱,遗书抱鲁儒。
神伤燕市筑,望断日南珠。

---

① 〔清〕朱鹤龄:《愚庵小集》,卷9,第12a—12b页(总437—438页)。
② 参方良《钱谦益年谱》,第184—185页。

第六章　典午阳秋、休听暇豫——朝鲜文士南九万所述钱谦益诗考论

渐与樵渔狎,惟将竹素俱。①

此数句,赋咏牧斋于"世变"后之出处与怀抱,固须得体妥帖。长孺诗"人伦异菀枯"一句,同用牧斋上述诗中所援用《国语》载《暇豫歌》一典,而"神伤燕市筑,望断日南珠"二句,更明显脱胎自牧斋诗"击筑泪从天北至,吹箫声向日南多"一联,可见长孺眼明心慧,亦颇可见牧斋此诗,于时人心目中有特殊分量也。

后有善读牧斋诗者,乾隆朝诗老沈德潜(归愚,1673—1769)是也。归愚于其编选《国朝诗别裁集》中,收入牧斋《简侯研德并示记原》一诗,且评之曰:"王裒,无不许其忠孝者,此又翻进一层,倍觉新警。"②归愚于此,并未明白揭出牧斋诗末联用"王裒"典如何在"忠孝"之习见义外"又翻进一层",但其意会到,牧斋诗联于字面义外,尚有更深刻之寄意,则明甚。归愚此虽寥寥数语,却颇可佐证笔者对牧斋本诗之诠解,非河汉之言也。

最后,与上论相关,牧斋此一文本,有一问题尚待解决。本诗正文后,附"笺曰"一段文字,述侯峒曾、黄淳耀守城殉节事,锤文炼句,详略得宜,颇似史家之笔。此段文字,究竟是谁家笔墨?牧斋诗,遵王为之注释,就体例而言,此笺当亦属遵王。然而,细味此段笺文,又极似出自牧斋本人手笔,且牧斋与侯、黄二公,情谊深厚,诗后附笔,表彰故人,谁曰不宜?此其一疑也。复次,检牧斋《初学》《有学》二集,诗文后附"笺曰"文字,仅此一例,异乎寻常,本诗

---

① 〔清〕朱鹤龄:《愚庵小集》,卷4,第1a—1b页(总第169—170页)。
② 〔清〕沈德潜选编,李克和等校点:《清诗别裁集》(长沙:岳麓书社,1998年据中华书局影印清乾隆二十五年[1760]教忠堂重订本校点),卷1,第6页。

为何作如此之安排？此其二疑也。此中疑点，耐人寻味，笔者一时未能发覆，请俟他日。

五、结语

牧斋诗素称难懂。上文所论牧斋二诗出以廋辞谲语，索解匪易，今之学者释《简侯研德并示记原》一首，犹不尽不实，而朝鲜文士南九万于十七世纪见此二律，即能拈出诗中最关键之二联，识见不凡矣。以此亦可见，中土东国，"同文梦"久，文化传统，相互渊源深远，可资比较研究之课题亦多。

复次，"击筑"之音，实乃牧斋诗文之高妙处，赏音人多矣，如朝鲜另一文士李天辅(이천보, 1698—1761)《送金诚之(致一)燕行，乞购钱牧斋集》诗所云：

> 人归易水几秋风，寂寞燕南侠窟空。
> 钱氏文章如击筑，愿闻余响百年中。①

大抵在清乾隆皇帝于十八世纪对牧斋展开严厉批判以前，朝鲜文士不无对牧斋其人其书多所企慕者，如中土文士然。

---

① ［朝］李天辅：《晋庵集》(1762年刊本)(首尔：民族文化推进会，1998年《韩国文集丛刊》，第218册)，卷1，第33a页(总第137页)。

第七章　钱谦益遗著于清代的出版及"典律化"历程①

一、前言

康熙六年(1667),夏,季振宜(沧苇,1630—1674)序刻钱谦益(牧斋,1582—1664)《钱注杜诗》,云:

---

① 本章初稿,分二次写成。2014年5月,笔者出席香港中文大学举办之"今古齐观:中国文学的古典与现代国际学术研讨会",提交大会的论文,约为本章上半。同年八月,承南京大学邀请,参加"越界与融合:清代文学国际学术研讨会",遂勉力写出本章下半。二次研讨会中,蒙师友不弃,给予笔者诸多修改建议,感甚,感甚。《中国文哲研究集刊》所聘三位匿名审查人,对文章提出了中肯的评价及修改意见,在此亦一并致谢。本章原缺"结语",而其中一位审查人的审查报告对文章的旨趣、材料之使用、整体结构有极精到之点评,笔者托《集刊》编辑征得审查人同意,将审查意见书改写成本章结语,特此致谢。同道切磋、论学之乐,斯之谓也。又,《集刊》编辑王福祯先生、门人陈建铭君协助整稿,付出良多,附此致谢。

> 丙午(1666)冬,予渡江访虞山剑门诸胜,得识遵王。遵王,钱牧斋先生老孙子也。入其门庭,见几阁壁架间,缥缃粲然,茶碗酒盏,无非墨香,知其为人,读书而外,顾无足好者。一日指杜诗数帙,泣谓予曰:"此我牧翁笺注杜诗也,年四五十即随笔记录,极年八十书始成。……牧翁阅世者,于今三年,门生故旧,无有过而问其书者。"①

又云:

> 牧翁著述,自少至老,连屋叠床,使非遵王笃信而死守之,其漫漶不可料理,纵免绛云楼之一炬,亦将在白鸡栖床之辰也。②

季序写于牧斋死后三年。

牧斋《钱注杜诗》及其他遗稿是否都由钱曾(遵王,1629—1701)保管并为整理,文献不足,不可具考。又,若果如振宜所言,"门生故旧,无有过而问其书者",其故安在?邹式金《牧斋有学集序》曾提到"(牧斋)易箦时,乃以手订《有学集》授遵王。余子漪为及门,故得见而知之"③,则《钱注杜诗》及后刊为《有学集》之书稿其时应在遵王手中。如此,则牧斋门生故旧不愿过问牧斋遗稿,不欲与遵王共其事,是可以想象的。

---

① 见〔唐〕杜甫著,〔清〕钱谦益笺注《钱注杜诗》,第1页。
② 同前注,第2页。
③ 〔清〕钱谦益:《钱牧斋全集·牧斋杂著》,附录,第953页。

事缘当初牧斋新死,遵王即被卷入所谓"牧斋家难"的漩涡中,有逼死柳夫人如是的嫌疑;遵王沦为不齿于人、狗彘不如的"兽曾"。牧斋门人如归庄、顾苓等飞书笔伐,略无假贷。此后数年间,天下痛骂"兽曾"的声浪不歇。① 明乎此,牧斋门生故旧不愿与遵王过从、共事,也就不难理解了。

除了上述情况,其时牧斋之门生故旧不欲插手处理牧斋遗稿,笔者认为,也许还有一个更值得探讨的原因。牧斋未死,毁誉荣辱,一身当之,如何处理其著作,也是他个人的事。牧斋既死,其文稿固应由子孙接管料理,然牧斋子孙爱孱弱,不足以当此任。保存、刊行这位"四海宗盟五十年"(黄宗羲语)②、一代文豪的文学遗产,门生故旧现在的确责无旁贷了。为牧斋整理遗稿出版,兹事体大,不难想象,该如何妥善处理牧斋遗文,成为牧斋门生故旧的一种焦虑(anxiety)。

牧斋乃明清之际文坛宗主,人无异词,但牧斋以南明弘光朝礼部尚书之身降清仕清,沦为"贰臣",当时不耻其为人者不少,此亦情理中事。所谓"大节有亏,其余皆不足观",牧斋殁后,欲为其谋一身后名,或欲保存、流通、刊刻其"文学遗产"于世,主其事者,必须要向读者解释,既然其人大节有损,为何还有必要阅读其作品,以及提点读者,该如何比较正确地理解牧斋。

复次,牧斋入清以后作品犯清讳之处甚多,更不好处理。此中是非曲直,千头万绪,又事涉当时名公大僚,以及明清改朝换代之事,该如何评说?该由谁来发言?难言之矣,实乃难为之事。

---

① 可参本书"哭泣的书——从钱谦益绛云楼到钱曾述古堂"一章。
② 〔清〕黄宗羲:《黄宗羲全集·南雷诗历》,卷2,第256页。

事实上，牧斋病革之际，曾以"殁后文字"（应就是其传状或墓志铭）请托于其极欣赏之人。那是黄宗羲（梨洲，1610—1695）。梨洲晚年撰《思旧录》，于"钱谦益"文末追忆道：

> 甲辰（康熙三年，1664），余至，值公病革，一见即云以丧葬事相托，余未之答。公言："顾盐台求文三篇，润笔千金，亦尝使人代草，不合我意，固知非兄不可。"余欲稍迟，公不可，即导余入书室，反锁于外。……余急欲出外，二鼓而毕。公使人将余草誊作大字，枕上视之，叩首而谢。余将行，公特招余枕边云："唯兄知吾意，殁后文字，不托他人。"寻呼其子孙贻，与闻斯言。其后孙贻别求于龚孝升，使余得免于是非，幸也。①

从此看来，即便梨洲其时没有当面打退堂鼓，拒绝牧斋之托，其心中意愿不会太高，也可以想见。

呜呼！牧斋生前，为人撰墓志铭、传状无算，称一代作手，②而于其殁后，却无人（至今）为作墓志铭。梨洲先生难辞其咎，而常熟，上下五百余年，亦无人乎！

固然，牧斋大部分遗稿最终得以出版，流传于世。而审视相关文献，不难发现，主其事者，一直要面对、处理上述关于如何诠解牧斋的"焦虑"，即对当时后世的读者解释，为何还有必要阅读牧斋的作品，以及提点读者，该如何比较正确地理解牧斋。

在牧斋殁后出现的悼文以及历次刊行牧斋遗作的序跋文字

---

① 〔清〕黄宗羲：《黄宗羲全集·思旧录》，第375页。
② 参裴世俊《钱谦益古文首探》（济南：齐鲁书社，1996年），第86—98页。

中，渐次形成一条钱氏通往"典律化"的路径，而此一焦虑一直未曾释放，倒似成为此等文献的精神内核、驱动力量。本文拟对牧斋此一"典律化"历程（canonization processes）作一整体、系统性的考述，以观察、理解牧斋由明末清初走向后世的曲折的"典律化"历程，以及牧斋的"接受史"（history of reception）。①

---

① 钱仲联在《钱牧斋全集》书前的《出版说明》中，对收入《全集》的牧斋诗文集的各种版本有扼要说明，《全集》书后附录了若干旧刊本的序跋、校印缘起、校印例言等，本文之述论，或有所参考，或有所取材。迄今，对牧斋诗文集所作最详尽之考述者，仍为周法高刊于1974年之长文《钱牧斋诗文集考》。周文以传统版本、目录、校勘学的治学方式，对牧斋传世的诗文集作了精辟的述论，至今仍具不可或缺的价值。见周法高《钱牧斋诗文集考》，《中国文化研究所学报》第7卷第1期（1974年12月）；后收入氏著《钱牧斋吴梅村研究论文集》（台北：编译馆，1995年），第1—97页。此外，蔡营源所著《钱谦益之生平与著述》第三章为"著述考"，对牧斋著作有颇全面的述介。见氏著《钱谦益之生平与著述》（苗栗：作者自印，1977年），第211—254页。又，柳作梅对牧斋数种重要著作，亦有专文论述。诸位前辈学者学力深湛，运用材料赡富，考论严谨详明，其著述至今仍具重要参考价值，我辈研究牧斋者，不宜错过。时贤著作，则可参陆林《钱谦益诗文集版本知见录》《钱谦益诗文集版本知见录续补》，《知非集：元明清文学与文献论稿》（合肥：黄山书社，2006年），第387—404页；邓小军《周法高编〈足本钱曾牧斋诗注〉书后》，《古诗考释》（北京：商务印书馆，2013年），第115—131页；王红蕾《钱谦益藏书研究》（天津：南开大学出版社，2013年）。诸文对了解牧斋诗文集现存版本的特色及庋藏情况有相当的帮助。

  本章所用"典律化"（canonization）这一概念，或译"经典化"，海峡两岸翻译，有所不同，各有侧重。"文学典律化"（literary canonization）的理论及实践背后，存在着权力、国族集体记忆、教育、意识形态、种族、身份、性别、经济利益等诸多问题，影响重大且深远，有不容不措意者矣，故西方学界在二十世纪八九十年代曾有过激烈的辩论，众声喧哗，著述纷纭，实乃一时盛事，随后汉语学界的相关研究成果亦颇丰富多彩。（其实，日本教科书对于日本于二次世界大战期间的作为的叙述、当前台湾关于历史课纲"微调"以及国文教科书文言与白话选文比重所引起的争论，亦可置之于典律化研究的视野下考虑。）至今，学者普遍认为，典律建构（canon formation）乃一复杂、流动的过程，与时俱进，本无所谓金科玉律。论者或侧重探论文学作品内蕴的美学及思想价值，即所谓"典律性"（canonicity），此中以

二、"上下千载,惟昌黎与庐陵,抑震川而潜溪"——故友龚鼎孳的悼念与"盖棺定论"

龚鼎孳(芝麓,1615—1673)《祭虞山先生牧斋钱学士文》开

(续)

哈罗德·布鲁姆(Harold Bloom)所著 *The Western Canon: The Books and School of the Ages* (New York: Harcourt Brace & Company, 1994)最具代表性;亦有论者强调,典律建构实与一时一地一代的"社会能量"(政权、意识形态、文教举措、经济结构、市场传销、民众品味与消费倾向等等)及"文学制度化"(the literary institution)息息相关,互为表里,约翰·杰洛瑞(John Guillory)所著 *Cultural Capital: The Problem of Literary Canon Formation* (Chicago: The University of Chicago Press, 1993)一书即深入分析了"文化资本"(cultural capital)的分配与典律建构的微妙相互作用。关于正典(canon)的扼要述介,可参"Canon of literature," in M. H. Abrams & Geoffrey Galt Harpham, eds., *A Glossary of Literary Terms* (Eleventh Edition) (Stamford, CT: Cengage Learning, 2015), pp. 43-46。童庆炳所著《文学经典建构诸因素及其关系》(《北京大学学报[哲学社会科学版]》第 42 卷第 5 期[2005 年 9 月],第 71—78 页)一文,在汉语学界曾被广泛引用。童文指出,"文学经典建构"起码有六个要素:文学作品的艺术价值、文学作品的可阐释的空间、意识形态和文化权力变动、文学理论和批评的价值取向、特定时期读者的期待视野、"发现人"(又可称为"赞助人")。童氏提出的框架颇具纲挈领之效,照顾到中国文学典律化建构过程中的内外部因素:前二项属于文学作品内部,童氏称之为"自律"问题;中间二项属影响文学作品的外部因素,为"他律"问题。童氏强调,最后两项(读者、发现人),处于"自律"和"他律"之间,乃内部与外部的连接者,任何文学经典的建构如缺此二项则不能发生。本文论述牧斋遗著在清代的典律化过程,若依童氏之见,重点即在其所谓"读者"与"发现人"所发挥的功能及具体言说,但更精确而言,本文视野中的"读者",并非一般读者,而为已扮演着"发现人"或"赞助人"角色的"行动者"(agent)。复次,本文所论,就其大者而言,或可置之于牧斋著作的"接受史"中理解,但如此一来,千头万绪,且难免弱化了文学典律建构理论可能给予的论述力度及解释力度,故而本文的整体论说,主要仍循文学典律化的思维向度展开,幸读者鉴之。关于牧斋于清代及近现代的接受史,业师孙康宜教授曾有精到论述,见 Kang-i Sun Chang, "Qian Qianyi and His Place in History," in Wilt L. Idema, Wai-yee Li, and Ellen Widmer, eds., *Trauma and Transcendence in Early Qing Literature* (Cambridge, MA and London: Harvard University Asia Center, 2006), pp. 199-218,可参考。

第七章 钱谦益遗著于清代的出版及"典律化"历程

首云:

> 维康熙三年(1664),岁在甲辰,五月二十四日,皇清嘉议大夫礼部右侍郎管内翰林秘书院学士事虞山牧斋钱先生,以疾终于里第。其遗孤遣使告哀,通家后学都察院左都御史龚鼎孳发函卒读,则先生五月十一日手书,俨然在焉。郑重诿托,叮咛身后之事甚具。①

龚氏少牧斋三十余岁,年辈悬殊,但钱、龚二人情谊甚洽,为挚友。(文学史上,有所谓明末清初"江左三大家"者,即钱谦益、吴伟业、龚鼎孳。)龚文透露,牧斋殁前十三日,曾修书致龚,"郑重诿托,叮咛身后之事甚具",是牧斋临终,欲托龚料理身后事矣。(钱函未及付邮而钱死,最后是与钱氏的讣闻一起交到龚氏手中的。)二人情谊之深厚、真挚,于此一事,即可充分反映。

这篇祭文,芝麓写来,想必费煞思量。除了致哀悼之思,芝麓也许意识到,他可能是对牧斋作出"盖棺定论"的第一人,要为牧斋此一备受争议的人物找到留存在人们(及后世)记忆中的理由与价值。

芝麓首先彰显了"文学"的永恒价值及不朽性(the immortality of literature):

> 盖尝旷观天壤,贤愚同尽,鹏鷃一揆。厥有文章,独弗

---

① 〔清〕钱谦益:《钱牧斋全集·牧斋杂著》,附录,第963页。

蚀,振古如兹。①

在追忆了牧斋与己的情谊后,芝麓掉笔写牧斋的文学成就,认为以其著述,牧斋亦足以不朽。芝麓云:

> 维三吴之间气,孕千仞之凤晖。先生为文,海涵岳负,靡不苞围。或如龙挐,或如电掣,马颊争奇。忽焉排戛,忽焉渟寂,弗可端倪。而其镕经铸史,严洁精微,又若法吏断狱,国门购赏,匪一字之可移。方其覃心于考证,幽遐必阐,刍荛必咨。苟传闻之龃龉,虽捐千金而不吝,访四方而弗疲。至夫恪守指归,则上下千载,惟昌黎与庐陵,抑震川而潜溪。②

芝麓对牧斋的著作给予极高的评价,充分显扬了牧斋的"文学不朽性"(literary immortality)。芝麓将牧斋置放在"上下千载"的"文统"中考虑,认为他上可接唐宋大家韩愈(昌黎,768—824)、欧阳修(庐陵,1007—1072)之统绪,近可与明代宗匠宋濂(潜溪,1310—1381)、归有光(震川,1507—1571)相比肩。

芝麓继而咏赞牧斋任事之"才"与"志":

> 乃若立交戟、领清流也,竟以为三君八俊,何异乎鸑鷟麒麟?希风望尘之士,咸若神仙而举为羽仪。有震天下之大节,

---

① 〔清〕钱谦益:《钱牧斋全集·牧斋杂著》,附录,第963页。
② 同前注,第964页。

济天下之大志,而兼有收拾天下人才,挽回世道之大力与深思。其忠信笃厚,内用之于姻党,而外用之于师友,盖实欲以任名教之总持。是先生以其一身,系天下之轻重,尝四十余年于斯。奈何始厄于奄嗘,再厄于阁讼,三厄于刊章幽狴,牢脱虎吻,掷一官而敝屣之是为。嗟乎!以斯人而不得宰相,终老列卿,诚为数奇。已同展禽之三黜而欲去,纵有元崇之十事其焉施。①

芝麓于此处虽不明白道破,但牧斋东林党魁、"清流"领袖、"名教之总持"之身影与态势呼之欲出。而牧斋曾自道:"我本爱官人。"②牧斋为官的遭遇却相当可悲,仕途蹭蹬,屡次掉官,其进退出处,大抵与东林党人在朝中势力之盛衰相为因果。③"以斯人而不得宰相,终老列卿,诚为数奇",芝麓盖怜牧斋未能跻身台辅、决策中枢也。

崇祯改元,牧斋官至礼部侍郎,却因争入阁为大学士而遭崇祯斥逐;明社既屋,仕清,清人只以其崇祯时原官起用。"已同展禽之三黜而欲去,纵有元崇之十事其焉施"云云,是芝麓感慨于牧斋怀才而莫展也。展禽,春秋时柳下惠,孟子称之为"圣之和者",但任鲁大夫时,曾三次被黜免。④ 元崇,唐代姚元崇,敢言,有"救时宰

---

① 〔清〕钱谦益:《钱牧斋全集·牧斋杂著》,附录,第964页。
② 〔清〕钱谦益:《饮酒七首》其五,《钱牧斋全集·初学集》,卷7,第207页。
③ 牧斋生平事迹,详见方良《钱谦益年谱》。下文同。
④ 〔汉〕赵岐注,〔宋〕孙奭疏,廖名春、刘佑平整理,钱逊审定:《孟子注疏·万章句下》(北京:北京大学出版社,2000年),卷10上,第315—316页。

相"之誉;"元崇十事",陈古今治乱之由。①

牧斋于明清易鼎之际之言行最具争议,芝麓于此,也最语焉不详:

> 稽厥平生,回翔清要之地者,曾不满三载与两期。洎坤轴拂翻,晚年一出,盖欲化异同而归大冶,曷尝以党魁自居。而景阳钟歇,结绮冰澌。既矢志其弗遂,爰与时而委蛇。遘兴朝之景运,登耆旧于禁闱。若李邕之衣冠,望之有异,抑任昉之门庭,坐客恒依。未几何而善病,同疏傅之拂衣。拜赐金与拥传,羡勇退而知几。②

甲申(1644)夏,南明弘光朝立于南京,以续明统,牧斋官拜礼部尚书,任内无多建树(亦诸多掣肘所以然),又与权臣马士英(1591?—1646)、阮大铖(1587—1646)等相周旋,论者谓失其节操。翌年,清兵大举下江南,破扬州,兵临金陵城下,牧斋以南明礼部尚书降清、仕清,沦为"贰臣"(十八世纪清乾隆帝所创名目),论者斥其有负于朱明,乃不忠之臣。此牧斋一生行事之最为人诟病者,所谓"大节有亏"是也。

芝麓于牧斋出处进退之间,隐约其事,且多恕辞、美辞,多体谅之心,固为亲者讳,为长者讳也。祭文之作,彰善隐恶,亦理之所宜。而芝麓于明清易代之际,行为亦有类似于牧斋,甚或更不堪

---

① 〔宋〕欧阳修、宋祁撰:《新唐书·姚崇传》(北京:中华书局,1975年),卷124,第4383页。
② 〔清〕钱谦益:《钱牧斋全集·牧斋杂著》,附录,第964页。

者。先是李自成陷北京,芝麓尝降大顺,接受"伪署",及清人入京,芝麓又出而迎降,授给事中。则芝麓非唯"贰臣",乃"叁臣",三朝易帜,两度投降。如此观之,芝麓于牧斋的出处进退闪烁其词,无多议评,也就不难理解了。

上段引文之后,芝麓接而论牧斋晚年之勇于著述,云:

> 乃顾以后死之身,任三百年之是非。搜衷庋阁,排攒见闻,蔡邕差慰,荀悦并追。史乘毕而《列朝》就,此岂后学之所管窥。故知者以为欲用其未足,而不知者且滋议夫凤德之衰。诅期苍旻丛妒,牙签道尽,绛云一炬,灰劫烟飞。先生于焉冥志艺林,研精《佛首》,标新注释,演彻宗资。然时而酒酣耳热,发作高吟,往往在乎苍梧之侧,若水之湄。湘骚石阙,使听之者犹足慷慨而歔欷。①

"后死之身",幸存之人(survivor)也;"任三百年之是非",其人以论次有明三百年之史为己任。(芝麓此牧斋以"后死之身"治明史之说,实后牧斋不殉明乃为治明史说之滥觞。)或谓顺治七年(1650)冬绛云楼火焚以前,牧斋已独力撰成《明史》百卷,而所编纂之《列朝诗集》已付梓人,幸免于火。芝麓"史乘毕而《列朝》就"云云,指此。绛云一炬,万卷成灰,江南藏书一大浩劫。佛弟子牧斋痛定思痛,发愿于有生余年,"将世间文字因缘,回向波若"②,生前遂陆续

---

① 〔清〕钱谦益:《钱牧斋全集·牧斋杂著》,附录,第964—965页。
② 〔清〕钱谦益:《大佛顶首楞严经疏解蒙钞缘起论》,《钱牧斋全集·牧斋杂著·牧斋有学集文钞补遗》,第473页。

完成多部佛经笺疏，其中尤以《大佛顶首楞严经疏解蒙钞》卷帙最浩繁、最耗心力，宜乎芝麓特别表出。

牧斋于史学、佛学方面的著述成绩斐然，此不在话下，而其于文学，其实未如芝麓所说"冥志艺林"，入清以后，犹作有大量诗文。此芝麓固知之。芝麓云："然时而酒酣耳热，发作高吟，往往在乎苍梧之侧，若水之湄。湘骚石阙，使听之者犹足慷慨而歔欷。"此数语对了解牧斋的心事相当重要。

《山海经·海内经》云："南方苍梧之丘，苍梧之渊，其中有九嶷山，舜之所葬，在长沙零陵界中。"郭璞注："其山九溪皆相似，故云'九疑'。"①《史记·五帝本纪》："（舜）葬于江南九疑，是为零陵。"②李白《远别离》云："或云尧幽囚，舜野死。九疑联绵皆相似，重瞳孤坟竟何是？帝子泣兮绿云间，随风波兮去无还。恸哭兮远望，见苍梧之深山。苍梧山崩湘水绝，竹上之泪乃可灭。"③"苍梧之侧"，舜帝葬身之处。芝麓谓牧斋发为歌诗，"往往在乎苍梧之侧"，毋乃谓牧斋故国旧君之思未曾去怀。"若水之湄"云云，亦有典故。《吕氏春秋·适音》云："帝颛顼生自若水，实处空桑，乃登为帝。"④南朝陈徐陵《陈文帝哀策文》："若水传帝，熏风御民。重光所集，世载于陈。赫矣高祖，悠哉上旻。蝉联宝胄，晖焕郊禋。"⑤意

---

① 〔晋〕郭璞注，〔清〕毕沅校：《山海经·海内南经》（上海：上海古籍出版社，1989年），卷10，第90页。
② 〔汉〕司马迁：《史记·五帝本纪》，卷1，第44页。
③ 〔唐〕李白著，〔清〕王琦注：《李太白全集》（北京：中华书局，1999年），卷3，第157—158页。
④ 许维遹撰：《吕氏春秋集释》（北京：中华书局，2009年），卷5，第123页。
⑤ 〔南朝陈〕徐陵著，许逸民校笺：《徐陵集校笺》（北京：中华书局，2008年），卷11，第1430—1431页。

者芝麓乃谓牧斋犹寄望有新王应运而生以恢复明室欤？芝麓此数语之典故一经阐明，触目惊心，寄意可谓遥深。

芝麓于文末云：

> 于戏！先生之生也，名高望大，岂天之丰此而啬彼，难免乎仕路之迍邅，与夫众口之訾謷。先生之死也，谤焉诽焉者，固当息喙于盖棺，而尤不能掩抑，谓其非文苑之宗师。所可深痛者，斥产萧然，幅巾待尽，顾以弱嗣屏息，不远燕、吴，而见托于眇知。①

芝麓伤心以外，忧心忡忡。一则或已闻牧斋"家难"将临。② 一则以牧斋死后尸骨未寒，而谣诼蜂起，"谓其非文苑之宗师"。

芝麓于文首以"皇清嘉议大夫礼部右侍郎管内翰林秘书院学士事虞山牧斋钱先生"称牧斋，而以"通家后学都察院左都御史"自称，可谓隆而重之矣。又云："于是为位而哭，悲不自胜，且遍告同朝之与先生游者。"③或有意借助于皇权（imperial authority）——尽管现在已是大清的皇权了——与牧斋在朝门生故旧之势力以控制、化解此一危机？若然，芝麓亦可谓无愧于故人矣。

---

① 〔清〕钱谦益：《钱牧斋全集·牧斋杂著》，附录，第965页。
② 可参本书"哭泣的书——从钱谦益绛云楼到钱曾述古堂"，第96—136页。
③ 〔清〕钱谦益：《钱牧斋全集·牧斋杂著》，附录，第963页。

三、"哀文章之沦丧,孰能继其高踪"——门人归庄的悼念与评价

牧斋殁后,曾撰祭文以致悼念之思者唯二人,故旧中乃龚鼎孳,门人中则归庄(玄恭,1613—1673)。

牧斋与归氏一家因缘匪浅。玄恭乃归有光(1507—1571)曾孙。明清之际,牧斋推扬归有光不遗余力,归之学术文章始灿然于世。至玄恭谋刻归有光全集,乃以体例、编次之役请于牧斋。牧斋与玄恭父归昌世(文休,1574—1645)为挚友,感情笃厚。玄恭于明亡前拜在牧斋门下,其身影屡见于牧斋晚年诗文,乃牧斋暮年一亲近弟子。逮牧斋"家难"起,柳夫人自缢身亡,玄恭撩衣奋臂,声讨凶手。凡此种种,均可见玄恭对牧斋情义之深长。①

玄恭《祭钱牧斋先生文》重点有二:一述牧斋的文学成就,一论牧斋"未竟之志"。玄恭云:

> 呜呼!古之所谓不朽:立德、立言与立功。故有宋一代之士,欧苏之文章,遂与程朱之理学,韩范之勋猷,并美而比隆。百余年来,文章之道,径路歧而芜秽丛。自先生起而顿辟康庄,一扫蒙茸。知与不知,皆曰先生今日之欧苏两文忠。先生之文,光华如日月,汗浩如江海,巍峨如华嵩。至其称物而施,各副其意,变化出没,不可端倪,又如生物之化工。残膏剩馥,

---

① 参拙著《钱谦益〈病榻消寒杂咏〉论释》,第67—96、395—398页。

沾溉后学,使空空者果腹,伥伥者发蒙。文章之有先生,信八音之琴瑟笙镛,而五采之山龙华虫。先生于一代首推先太仆公,太仆之文,初为同时盛名者所压而不大显,先生极力表章,忽然云雾廓清,白日当空。小子某,始也昧昧,及门之后,熏炙陶镕。始知家学之当守,而痛惩夫妄庸。①

春秋之世,鲁大夫叔孙豹云:"'大上有立德,其次有立功,其次有立言。'虽久不废,此之谓不朽。"②当玄恭说"古之所谓不朽:立德、立言与立功。故有宋一代之士,欧苏之文章,遂与程朱之理学,韩范之勋猷,并美而比隆",他已作了一次"概念偷换"(disguised displacement)。"言",在原文的语境中指真知灼见之言论,所谓"嘉言",与"立德""立功"在道德、事功上的侧重相近。在玄恭的强调中,"言"与"文学"(literature,belles lettres)之"文章"等同起来,其意实近曹丕《典论·论文》所云:"盖文章,经国之大业,不朽之盛事。年寿有时而尽,荣乐止乎其身,二者必至之常期,未若文章之无穷。"③宋代最重"文",且不杀文臣——于"古"之后,玄恭略过汉、唐,直接从"有宋一代之士"叙起,可谓聪明。于其脉络,"立言"("欧苏之文章")与"立德"("程朱之理学")、"立功"("韩范之勋猷")鼎足而立,不分伯仲,"并美而比隆"。宋朝以后,玄恭的视野跳接到近世(晚明以降),云"百余年来,文章之道,径路歧而芜秽

---

① 〔清〕归庄:《归庄集》,第 470—471 页。
② 〔周〕左丘明传,〔晋〕杜预注,〔唐〕孔颖达正义:《春秋左传正义·襄公二十四年》(北京:北京大学出版社,1999 年),卷 35,第 1152—1153 页。
③ 〔南朝梁〕萧统编,〔唐〕李善注:《文选》(北京:中华书局,1977 年),卷 52,第 720 页。

丛",陷入混乱与危机。在玄恭看来,牧斋乃有明一代"文章之道"拨乱反正的大功臣:"自先生起而顿辟康庄,一扫蒙茸。知与不知,皆曰先生今日之欧苏两文忠。"于此之后,玄恭遂大肆称颂牧斋文事上之卓越成就,无忝"不朽之盛事"。与芝麓一样,玄恭是在"文道""文统"的谱系与发展中,找到牧斋不能磨灭的价值与成就的——芝麓将牧斋与韩愈、欧阳修相提并论,而玄恭称美牧斋为今日之欧阳修、苏轼,为唐宋八大后之一大家、"典范性宗师"(a canonical master)。

与芝麓一样,玄恭接而论牧斋之"才""志""遇",其言云:

> 先生通籍五十余年,而立朝无几时,信蛾眉之见嫉,亦时会之不逢。抱济世之略,而纤毫不得展;怀无涯之志,而不能一日快其心胸。①

又云:

> 窥先生之意,亦悔中道之委蛇,思欲以晚盖,何天之待先生之酷,竟使之赍志以终。人谁不死? 先生既享耄耋矣,呜呼! 我独悲其遇之穷。②

此中,固以"窥先生之意,亦悔中道之委蛇,思欲以晚盖"数语最引人注目。牧斋"中道之委蛇",所指者何,玄恭并未明白揭出,但大

---

① 〔清〕归庄:《归庄集》,第471页。
② 同前注。

概也不外乎南明弘光朝之与弄臣周旋,以及后以礼部尚书之身降清仕清之事。而牧斋"思欲以晚盖",当指牧斋晚年"自我救赎"(self-redemption)的种种举措,欲以之改变其不忠于明室的形象以及身后史家对己之评议("身后名")。("晚盖",谓以后善掩前恶也,《国语·晋语一》:"彼将恶始而美终,以晚盖者也。")①读者急欲知道的是,牧斋是通过"言"(诗文的渲染力量)还是"行"(实际的政治行动)来施展其"晚盖"的作业的?于此一端,关乎吾人如何了解牧斋晚年诗文的本质以及牧斋之人格操守,其重要性不言而喻。惜乎玄恭于此却三缄其口,比芝麓更语焉不详。固然,此中种种情实,我们不能深责玄恭,要他和盘托出。首先,此为祭文,故人新丧,并非议论亡者道德操守之时之地。况且,读玄恭文至末段,知其时牧斋"家难"已作——内云:"小子之初拜夫灵筵也,颇闻将废匍匐之谊,而有意于兴戎。"——保住牧斋此际的声名以期化解钱家此番劫难才是要紧事。② 明乎此,则"哀文章之沦丧,孰能继其高踪"③乃玄恭此文倾力之所在也就不难了解了。都说"顾怪归奇"(说的是昆山顾炎武和归玄恭),耿介绝俗,玄恭实乃识大体知分寸,眷念"通家"、师生情分者,牧斋九泉之下可以告慰。

---

① 徐元诰撰,王树民、沈长云点校:《国语集解·晋语一第七》(北京:中华书局,2002年),第265页。
② 可参本书"哭泣的书——从钱谦益绛云楼到钱曾述古堂",第96—136页。
③ 〔清〕归庄:《归庄集》,第471页。

四、牧斋入清以后诗文首度结集出版及邹式金之牧斋《有学集》序

牧斋《初学集》一百一十卷,门人瞿式耜于明崇祯十六年癸未(1643)刻行;牧斋《有学集》,收其入清以后所作诗文,凡五十卷,牧斋生前未及刊布。① 一九二〇年代,商务印书馆《四部丛刊》曾影印出版邹镃序刻本,此为传世《有学集》早期版本之一种(此本应非邹本之初刻本,乃论者所谓"后来改本")。② 邹镃序后署"康熙甲辰阳月",而究其实,"邹镃"其人及所署年月不无可疑之处,钱仲联编纂《钱牧斋全集》,于此即有所考辨,云:"商务印书馆《四部丛刊》影印的本子,前有邹镃序文,该序用的是邹式金文,而删改了若干字句,甲寅改为甲辰(康熙三年),署阳月(十月),离钱谦益逝世才五个月,序称钱谦益易箦时以手订《有学集》授钱曾,旧时版刻极费时日,岂有仅短短五个月内即刻成此巨帙之理?式金改称为镃,梁溪改称范阳,书中很多剜改缺漏之处。这一版本,是极坏之本……"③钱说入情入理,似可从。今以《有学集》初刻于康熙十三年甲寅(1674),为牧斋逝世后十年。

邹式金《牧斋有学集序》云:

---

① 牧斋为所谓明清"两截人",其《初学》《有学》二书亦平分秋色,真妙。
② 说见钱仲联《牧斋有学集序》校记,见〔清〕钱谦益《钱牧斋全集·牧斋杂著》,附录,第953页。
③ 说见钱仲联《出版说明》,见〔清〕钱谦益《钱牧斋全集》,第5页。

第七章　钱谦益遗著于清代的出版及"典律化"历程

《传》称三不朽,太上立德,其次立功,其次立言。古之人三合为一,今仁义道丧,事勋希微,独有立言耳。而言亦难矣。剽窃之儒,绳规而矩步,得其象貌,失其精神。跅弛之士,恃聪而骋明,始乎离奇,终乎浅陋。两者交讧,递相胜负,而莫知所主。神而明之,存乎其人。牧斋先生产于明末,乃集大成。其为诗也,撷江左之秀而不袭其言,并草堂之雄而不师其貌,间出入于中、晚、宋、元之间,而浑融流丽,别具炉锤,北地为之降心,湘江为之失色矣。其为文也,仰观云霞之变,俯察山川之奇,中究人物品类之盛,本之六经以立其识,参之三史以练其才,游之八大家以通其气,极之诸子百氏、稗官小说以穷其用。文不一篇,篇不一局,如化工之肖物,纵横变化而不出乎宗,又如景星卿云,光怪陆离,世所希见,而不自知其所至。信艺苑之宗工、词林之绝品也。

近世论文者,率云宁为真布帛,勿为伪绮罗。然才短则气局不雄,境僻则章施不烂,若富有日新,从心不逾矩,不得不以此事相推矣!先生目下十行,老而好学。每手一编,终日不倦。尤留心于明史,博询旁稽,纂成一百卷,惜毁于绛云一炬,岂天丧斯文耶?或所论之人,为造物忌而靳之耶?抑如龙门是非有谬于圣而不欲传之耶?

幸《初学集》已经付梓,得留人间。晚年名益高,望益重,颓然应酬,亦自病其滥觞。易箦时,乃以手订《有学集》授遵王。余子漪为及门,故得见而知之。合之,而先生之文尽,千古之文亦尽于此。

或有以字句过求先生者,世祖尝曰:明臣而不思明者,即

279

非忠臣。大哉王言,圣朝不以文字锢人久矣。学者览先生之文,即当谅先生之志。纵或訾先生之人,不能不服先生之文。吾所谓不朽者,立言耳,他何知焉。康熙甲寅(1674)阳月梁溪后学邹式金序。①

此为牧斋殁后,其遗作首次得以刊行流通,兹事体大。②

式金序最特别之处,在于亟写牧斋之"文学不朽性",几乎全不叙写其道德品行及政治行为。式金文始终就"立言"亦可以"不朽"一义做文章,其篇首布局类于龚鼎孳、归庄祭文,但特别强调,去古已遥,于今之世,求集"立德""立功""立言"于一身者不可得,退而求其次,苟其人能以"立言"成就其"不朽",已属难能可贵,并言"而言亦难矣",不可小觑,有其高度的要求与准绳。此一论述策略,虽非为"立言"争取独立于道德、事功以外的、理想化的自足主体性(subjectivity),但无疑大大提高了"文学"于明清易代之世的重要性与地位,彰显了它的时代意义。较诸龚、归,式金论牧斋于"立言"之特征与成就更为具体,指出牧斋"产于明末,乃集大成",此于牧斋作品赡博之面貌可谓得之;接而就"其为诗也"与"其为文也"二端鬯论牧斋诗文独到之处——无愧古人,胜于今人,自成一大家,"信艺苑之宗工、词林之绝品也"。

此外,式金可能意识到,他还必须回答一个重要的问题,始能让牧斋成于清初的作品流通于世。要之,牧斋《有学集》诗文的一

---

① 〔清〕钱谦益:《钱牧斋全集·牧斋杂著》,附录,第952—953页。
② 固然,此前牧斋之《钱注杜诗》于康熙六年已先问世,但《钱注杜诗》系牧斋笺注杜诗之学术著作,《有学集》为牧斋个人诗文,二者性质不同。

大特色与感染力量,正在于其强烈的故明之思与"仇满"色彩,此与笔者于他处论述过的"明遗民诗学"(poetics of Ming loyalism)或"遗民体诗"之语言及思想、情绪有所交集。① 此等故国旧君之思、悖逆兴朝之词,何可再容其传播于今大清圣朝之世?况且,式金序中透露,曾的确"或有以字句过求先生者"。于此,式金相当高明,他选择不作任何辩解(这会越描越黑),而是直接祭出"皇权",说:"世祖(顺治帝)尝曰:'明臣而不思明者,即非忠臣。'"式金接而忙不迭地歌功颂德,说:"大哉王言,圣朝不以文字锢人久矣。"于此一叙事策略(narrative strategy)中,与其说式金是在赞美清主圣明,不如说他是在"挪用"(appropriate)顺治皇帝的话语,以期堵绝"文字狱"兴起的可能。(式金说"圣朝不以文字锢人久矣",是睁着眼睛说瞎话,此前不久,即有所谓"明史案",顺治十八年[1661]案发,康熙二年[1663]秋定谳,惨酷异常,手起刀落间,七十余人头滚地。)②于此之后,式金接言:"学者览先生之文,即当谅先生之志。纵或訾先生之人,不能不服先生之文。吾所谓不朽,立言耳,他何知焉。"如此这般,给予读者一个印象,即即便是大清顺治皇帝,亦能体谅"先生之志",吾等蚁民,自然亦当如是。究其实,这是一个诚恳的请求——读者诸君,请勿"因人废言",牧斋之行事固可訾,但其"文学",的确为"盛事",可以"不朽"。窃以为,当时读者,以感动于后者为多。

---

① 可参拙著 Lawrence C. H. Yim, *The Poet-historian Qian Qianyi*, pp. 1–55。
② 关于此案,可参[英]白亚仁(Allan Barr)《清人笔下的庄氏史案》,《清史论丛》2010年号,第49—85页;《江南一劫:清人笔下的庄氏史案》(杭州:浙江古籍出版社,2016年)。

又十年余,时至康熙二十四年乙丑(1685),无锡金匮山房刊刻"订定"本《有学集》,计五十一卷。此本保留原来邹序本之编排次序,而于各卷中分别补入原刻所未收之佚文逸诗,又因题跋、杂文增补不少,故另编一卷,附原本后。此本有《金匮山房订定牧斋先生有学集偶述十则》,点评牧斋文事,不及其余,其述论之大端如:"先生留心史事,其诗文皆史也""先生覃精经学,如序刻《十七史》,而曰先经后史""集中文多微辞,诗尤有隐语""先生论明文,前祖宋文宪,后宗归太仆""逃禅是先生末路,作宗门文字,几当是集之什三""先生兼通二教,博极群书,故用字多奇僻,后生浅学,有未详者""诸题跋文,峥嵘萧瑟,言短味长"等等。①

总之,自一六七四年邹序本《有学集》初刻,至一六八五年前后金匮山房"订定"翻刻,牧斋所遗诗文没有引起文字风波或遭朝廷查禁。而从邹序至此《偶述》,主事者可谓成功地将对牧斋的评论控制在"文苑""文事"之内——将"政治"尽量摒诸门外——彰显了牧斋的"文学不朽性",同时实现了其诗文从手抄本(manuscripts)到刊本的转变,使其从私人领域(private sphere)进入公共领域(public sphere),以雕版印刷的形式流通于世。牧斋之书于是传焉,诸子亦可谓用心良苦矣。

五、言与行纠葛的重现——凌凤翔所作钱遵王牧斋诗注二序文

在十八世纪乾隆帝于乾隆三十四年(1769)对牧斋著作展开禁

---

① 〔清〕钱谦益:《钱牧斋全集·牧斋杂著》,附录,第967—969页。

毁、堵绝之前，还有两种重要的牧斋诗版本得以问世，是为钱遵王之《牧斋初学集诗注》《牧斋有学集诗注》。遵王牧斋诗注初稿成于顺治十七年（1660）至康熙二年（1663）间，牧斋于康熙三年逝世前得见。此二种诗注，牧斋殁后数十年间，遵王仍不断增益补订，约于康熙三十一年（1692）、三十二年（1693）间定稿。遵王殁于康熙四十年（1701），在其有生之年，诗注并未刊行于世。逮康熙四十四年（1705）前后，有朱素培者携遵王诗注入粤，邂逅苕南凌凤翔（生卒年不详），凤翔读之，心折其奥博，遂为之校订刻行。① 遵王为牧斋诗之功臣，而凤翔为遵王牧斋诗注之功臣，吾人当心存感激。

凤翔为遵王牧斋诗注先后撰有二序，其《牧斋初学集诗注序》从一个崭新的角度论述牧斋对文坛的贡献与意义：

> 窃惟宗伯诗适当诗派中衰之际，实开熙朝风气之先。余盖尝综唐以后自五代历宋、元、明诗派而论之，五代承唐末温、李余习，至宋初晏殊、钱惟演、杨亿号西昆体。仁宗时，欧、梅诸公力起而振之，多学杜、韩，苏子美、王介甫亦学之，渐返之雅健。神宗时，苏、黄、晁、张诸公，别开江西诗派，是为江西初祖。南渡后，陆游学杜、苏，号为大宗，又继之以范成大、尤袤、陈与义、刘克庄诸人，大概杜、苏之支分派别也。其后有江湖、四灵，专攻晚唐五言，益卑不足道。金初以蔡（松）年、吴激为首，世称蔡吴体。后则赵秉文、党怀英为巨擘，元好问集其成。

---

① 参卿朝晖《钱曾〈牧斋初学集诗注〉再论》，《中国典籍与文化》2013年第1期（总第84期），第98页；又氏著《前言》，见〔清〕钱谦益著，〔清〕钱曾笺注，卿朝晖辑校《牧斋初学集诗注汇校》（上海：上海古籍出版社，2012年），第1—3页。

其后诸家，俱学大苏。元初以好问为大宗，其后则称虞（集）、杨（载）、范（梈）、揭（傒斯）。元末杨维桢、李孝光、吴莱为之冠。前如赵孟頫、郝经，后如萨都剌、倪瓒，皆有可观。明初四杰，以高启为之冠。成、弘间，李东阳雄张坛坫。迨李梦阳出而诗学大振，何景明和之，边贡、徐祯卿羽翼之，亦称四杰，与王廷相、康海、王九思称七子。正、嘉间，又有高叔嗣、薛蕙、皇甫氏兄弟稍变其体。嘉、隆间，李攀龙出，王世贞和之，吴国伦、徐中行、宗臣、谢榛、梁有誉羽翼之，称后七子。此后诗派总杂，一变于袁宏道、钟惺、谭元春，再变于陈子龙，号云间体，盖诗派至此衰微矣。牧斋宗伯起而振之，而诗家翕然宗之，天下靡然从风，一归于正。①

凤翔于此，可谓做了一种"文学史脉络化"（contextualization of literary history）的工作，将牧斋放置于唐代至清代"诗派"（groups and schools of poetry）的发展史中考虑，以彰显其特殊的意义与贡献。于此脉络中，凤翔一方面将牧斋视为一位具有普遍价值（universal value）的文学领袖，一方面又显露出其于明末清初诗学嬗递中之特殊、相对的意义（particular and relative value）。可以说，这是首见对牧斋所作的相当彻底的"去政治化"（depoliticize）的处理，在一定程度上为其在中国文学史上谋得一应有席位。凤翔对此中文学史现象的构筑与评议是否正确、其说可从与否，自然有讨论的空间，但无论如何，凤翔的论述方式于清代牧斋评论中是比较罕见

---

① 〔清〕钱谦益：《牧斋初学集诗注汇校》，附录，第1219页。

的,且就某一意义而言,已展现出一种具有某种现代意义的学术的思辨进路与处理方式,确乎难能可贵。

至于牧斋之足以称"典范性诗人",凤翔亦有此一说:

> 其学之淹博,气之雄厚,诚足以囊括诸家,包罗万有。其诗清而绮,和而壮,感叹而不促狭,论事广肆而不诽排,洵大雅元音,诗人之冠冕也。①

窃以为,凤翔对牧斋诗特色的描画(除了"大雅元音"云云)无疑是相当精到的。

再者,凤翔认为牧斋对清代诗歌的繁盛有重要的贡献:

> 夫天下之宝,当与天下共之,予何敢私之箧衍,爰付之梓,以公同好,庶与昔人所称三奇注并垂天壤间,且使今之作者,咸知自宋至今,诗派相传,至昭代而极盛者,由牧斋宗伯实开风气之先而集其成也。此亦予表扬诗学正宗之本怀云尔。②

"实开熙朝风气之先"云云,文中二见,可见凤翔对此说之重视。"熙朝",于此语境,自是指皇清。牧斋为明清"两截人",其属明属清、如何给予适当评价,因为事涉明清二朝的"政治正统性"(political legitimacy)问题,清初以降,一直是件棘手的事。若然能将牧斋"收编"于皇清之统,对清之学者而言,发言、议论就方便多

---

① 〔清〕钱谦益:《牧斋初学集诗注汇校》,附录,第 1219—1220 页。
② 同前注,第 1220 页。

了(牧斋乐意与否,是另一回事)。此凤翔亟亟称牧斋为清诗"开风气之先者""诗学正宗"之深意欤?若然,亦可谓苦心孤诣矣。

不过,话说回来,凤翔校订遵王牧斋诗注时,也做了些令人发指的事:

> 宗伯诗博大精深,固足开风气之先,而非斯注,亦谁与发明之哉?余年来篝灯校雠,厘正鱼豕,间有伤时者,轶其三四首,至《秋兴》十三和诗,直可追踪少陵,而伤时滋甚,亦并轶之,盖其慎也。①

就原始文献遭受破坏一事言,我们固然痛心疾首,但平情而论,凤翔此举亦无可厚非,其删诗的目的,是将清廷查禁或文字狱案发生的风险降低,使遵王之牧斋诗注"适于付版"(fit to print)。凤翔删去之诗(及遵王注),乃牧斋"伤时"之作,也就是带有政治色彩,犯"圣讳"、清讳之作。读过牧斋《投笔集》《后秋兴》组诗的读者都知道,牧斋此百余诗充满排满、仇满、寄望反清复明的情绪与思想,一字一惊心,宜乎凤翔当时"慎之",不敢刊行;事实上,《投笔集》一直要到清亡前数年(光绪、宣统年间)方有刊本。② 由此观

---

① 〔清〕钱谦益:《牧斋初学集诗注汇校》,附录,第1220页。
② 可参拙著 The Poet-historian Qian Qianyi, pp. 77-146。本章原稿审查人认为,凌氏于序中所强调者,乃牧斋于明末崛起而取代明前后七子之"典范性"地位,而凌氏删诗之举,乃因若干牧斋作品,违背了"其诗清而绮,和而壮,感叹而不促狭,论事广肆而不诽排,洵大雅元音,诗人之冠冕也"的体式情韵。若从诗学内部审视之,此说固不无道理。然而,详味凌氏"间有伤时者,轶其三四首,至《秋兴》十三和诗,直可追踪少陵,而伤时滋甚,亦并轶之"云云,似乎凌氏所考虑者,及此"伤时"之为义,还在于牧斋诗中的政治敏感内容,多于其诗之雅正与否。

之,上述凤翔之论牧斋,全就其于文学史上之价值与意义着眼,不涉牧斋于明清易鼎之际之行事、操守,也许不无避开政治敏感性话题及危险的考虑在。

凤翔此序,叙论、思虑可谓已相当周详。不意凤翔竟有遵王牧斋诗注第二序,是为《牧斋有学集诗注序》,其言曰:

> 钱遵王注其牧斋宗伯《初学集》诗二十卷,予为序而版行之。既复卒业其《有学集诗注》而再序之如左。
>
> 余惟宗伯先生以文章通显,历神、熹、思三朝,名重天下。会熹庙时巨珰窃柄,摧陷正人,先生削籍归里。及思皇登极,召起田间,未及柄用,旋复放归。已而权奸下石,身幽囹圄,以垂白之老,苟延残喘,甘受桎梏之辱而不辞者,以曾在史局,撰《神宗实录》,身任一代文献之重,未藏名山而传诸其人,如司马子长所云,则一死所系,岂等鸿毛哉!
>
> 翔生后时,不获见其所著史,今即就其诗而论。自天启甲子后迄于本朝初年,有诗如干篇,时贤共称其昌大宏肆,奇怪险绝,变幻不可测者,洵煌煌乎一代大著作手。《采苓》怀美人,《风雨》思君子,其悯时忧世,三致意焉,宜其可传也夫!
>
> 当冀北龙去苍梧之日,以及江东骏游黄竹之年,石马晨嘶,金凫夜出,一二遗老,类皆沉沦窜伏,耄逊于荒。其他凋谢磨灭,墓木已拱,而文采弗彰,可胜道哉!可胜惜哉!
>
> 先生独伤心扪泪,奋其笔舌,含垢忍耻,辄复苟活。既师契而匠心,不代斫以伤手。俾后之览者,如登台以望云物,上巢车而抚战尘,莫不耳目张皇,心胸开拓。顾其时际沧桑,有

难察察言者,非好学深思,心知其意,为之诠解而阐幽发潜,亦孰知宗伯之诗,可以备汉三史,作唐一经,其关系重大有若此也哉!河东子有言:每思报国,惟以文章。此宗伯先生志也。故并序而梓之,以公同好云。茗南后学凌凤翔谨序。①

凤翔此序与前序迥异。前序专就牧斋之文事立论,不涉其他,此序则于明清之际的历史脉络中亟论牧斋之志节。凤翔悯其人、哀其遇、矜其心,此略同于上述龚鼎孳、归庄之祭牧斋文;但凤翔此序还有一个"论旨"(argument),即牧斋多次应死、可死而不死,乃为留其有用之身,思以文章报国——依其所见,牧斋于明季数朝屡遭屈辱,其所以不死,乃因"曾在史局","身任一代文献之重",故而忍辱负重,苟延残喘;逮明社既屋,天崩地坼,天子下席,牧斋不以身殉明,乃因其时其他文章作手墓木已拱,或沉沦窜伏,牧斋遂"独伤心扪泪,奋其笔舌,含垢忍耻,辄复苟活"。凤翔复循此指出,是以牧斋诗"悯时忧世""可以备汉三史,作唐一经",乃有"重大关系"者。

凤翔略迹原心,其意固善,惜其所论甚陋。牧斋于晚明、明清之际经历复杂曲折,而牧斋性格本多矛盾,决非"圣人""完人",其于生死进退之抉择,为己为他,原委难测,迄今无定论。凤翔此"牧斋不死乃因身系一代文献之重"之论,过度简约(oversimplified)、武断,有欠周详。

尤有进者,凤翔真不识大体者。此其卖弄文笔之地乎?此序

---

① 〔清〕钱谦益:《钱牧斋全集·牧斋杂著》,附录,第953—954页。

刊于遵王注牧斋《有学集》诗书首,其说出,众目昭彰,集矢之的,在凤翔?在牧斋?在遵王?凤翔此序,真可谓把禁锢的魔鬼都释放出来了(set the devils free)。

六、沈德潜置牧斋于"国朝"诗人之首,引发轩然大波

沈德潜(归愚,1673—1769)《国朝诗别裁集》(又有《钦定国朝诗别裁集》之目,今称《清诗别裁集》),始选于乾隆十九年(1754),二十四年(1759)初刻,二十五年(1760)重订,二十六年(1761)增订本刻成,同年十二月乾隆帝命南书房删改重镌,将钱谦益、吴伟业、龚鼎孳等人之诗删去。

归愚此选,收入清初以迄乾隆间诗人近千,诗作几达四千首,亦鸿篇巨制矣,而归愚以"国朝诗"名其集,固欲使之成为清朝之"正典"(canon)。

归愚原书领衔者,即牧斋,其牧斋小传云:

> 钱谦益,字受之,江南常熟人。万历庚戌,赐进士第三人。国朝官至礼部尚书。著《初学》《有学》二集。
>
> 尚书天资过人,学殖鸿博。论诗称扬乐天、东坡、放翁诸公。而明代如李、何、王、李,概挥斥之;余如二袁、钟、谭,在不足比数之列。一时帖耳推服,百年以后,流风余韵,犹足耸人也。生平著述,大约轻经籍而重内典,弃正史而取稗官,金银铜铁,不妨合为一炉。至六十以后,颓然自放矣。向尊之者,几谓上掩古人;而近日薄之者,又谓澌灭唐风,贬之太甚,均非

> 公论。兹录其推激气节,感慨兴亡,多有关风教者,余靡曼噍
> 杀之音略焉。见《初学》《有学》二集中,有焯然可传者也。至
> 前为党魁,后逃禅悦,读其诗者应共悲之。
>
> 牧斋诗,如"吾道非欤何至此,臣今老矣不如人""屋如韩
> 愈诗中句,身似王维画里人",工致有余,易开浅薄,非正声也。
> 五言平直少蕴,故不录。①

对牧斋之才、学及其于明清诗坛的贡献,归愚顶礼有加,云:"一时帖耳推服,百年以后,流风余韵,犹足耆人也。"又云:"向尊之者,几谓上掩古人;而近日薄之者,又谓澌灭唐风,贬之太甚,均非公论。"可谓持平之见。至归愚谓牧斋"前为党魁,后逃禅悦,读其诗者应共悲之"云云,亦平恕之言。而归愚以牧斋诗有"靡曼噍杀之音",或若干诗句"工致有余,易开浅薄,非正声",又或"五言平直少蕴"等等,大有参考价值,可存一说。归愚于所选牧斋诗后,间附己评,亦可作牧斋诗的"实际批评"(practical criticism)看。

乾隆二十六年(1761)三月,增订本《国朝诗别裁集》刻成。同年十月,归愚赴京为太后祝寿,将《国朝诗别裁集》呈献于乾隆帝,求御览,乞序。乾隆阅后,不满于归愚选入钱谦益、钱名世(1660—1730)诗,又以其称慎郡王(胤禧,1711—1758)之名等大不妥,下令

---

① 〔清〕沈德潜选编,李克和等校点:《清诗别裁集》,卷1,第1页。

第七章 钱谦益遗著于清代的出版及"典律化"历程

内廷翰林删改,重付镌刻。①

南书房改订本即《钦定国朝诗别裁集》,前附乾隆《沈德潜国朝诗别裁集序》,云:

> 沈德潜选国朝人诗,而求序以光其集。德潜老矣,且以诗文受特达之知,所请宜无不允。因进其书而粗观之,列前茅者,则钱谦益诸人也。不求朕序,朕可以不问,既求朕序,则千秋之公论系焉,是不可以不辨。夫居本朝而妄思前明者,乱民也,有国法存。至身为明朝达官,而甘心复事本朝者,虽一时权宜,草昧缔构所不废,要知其人则非人类也。其诗自在,听之可也,选以冠本朝诸人则不可,在德潜则尤不可。且诗者何?忠孝而已耳。离忠孝而言诗,吾不知其为诗也。谦益诸人为忠乎?为孝乎?德潜宜深知此义。今之所选,非其宿昔言诗之道也。岂其老而耄荒,子又不克家,门下士依草附木者流,无达大义具巨眼人捉刀所为,德潜不及细检乎?此书出,

---

① 〔清〕沈德潜:《沈归愚自订年谱》(北京:北京图书馆出版社,1998年《北京图书馆藏珍本年谱丛刊》,第91册据清乾隆二十九年[1764]刻本影印),第61a—63a页,"乾隆二十六年辛巳"条。本章原稿审查人指出,沈德潜置牧斋于"国朝"诗人之首而引发轩然大波,应该更在其选钱氏"推激气节,感慨兴亡"之作,令清高宗也无法坐视不理。此诚卓识。无论如何,乾隆于乾隆二十六年(1761)一谕中曾言:"沈德潜来京,进所选《国朝诗别裁集》求为题辞,披阅卷首,即冠以钱谦益。伊在前明,曾任大僚,复仕国朝,人品尚何足论?即以诗言,任其还之明末可耳,何得引为开代诗人之首!"见〔清〕庆桂等奉敕修《清实录·高宗纯皇帝实录》(北京:中华书局,1986年),卷648"乾隆二十六年十一月上",第251a—252a页。由此看来,设若沈德潜《明诗别裁集》书末录牧斋诗,乾隆即便见之,也可能不予计较,不会兴如《清诗别裁集》之大案。

则德潜一生读书之名坏,朕方为德潜惜之,何能阿所好而为之序!又钱名世者,皇考所谓名教罪人,是更不宜入选,而慎郡王则朕之叔父也,虽诸王自奏及朝廷章疏署名,此乃国家典制,然平时朕尚不忍名之,德潜本朝臣子,岂宜直书其名?至于世次前后倒置者,益不可枚举。因命内廷翰林为之精校去留,俾重锓板以行于世,所以栽培成就德潜也,所以终从德潜之请而为之序也。①

沈归愚,"江南老名士""尚书房行走",致仕前官拜内阁学士兼礼部侍郎,为乾隆亲近之臣,乾隆曾赐诗,有句曰:"我爱德潜德,淳风挹古初。从来称晚达,差未负耽书。"②沈老进献《国朝诗别裁集》,求御序,本为成就圣朝及己一桩风雅之事,没想到,此举竟为自己及牧斋带来灭顶之灾。姑勿论归愚所选之牧斋诗及其评论是否妥当,若然此番"国朝诗"之事成,又获仁圣天子赐序,其书流布天下,则牧斋之"身后名"在某一意义上就得以"平反",牧斋之书料亦可以继续流通于世,进入清朝"文统""文苑",成为"典范性"诗人。不意此事竟引出乾隆帝对牧斋(及归愚)之"斧钺之诛",而牧斋"典律化"之作业,亦功亏一篑。历史的偶然性真出人意表,莫测其首尾之所在。

---

① 〔清〕高宗御制,〔清〕于敏中等奉敕编:《御制文集》(文渊阁《四库全书》,第1301册),初集,卷12,第9b—11a页。
② 〔清〕高宗御制,〔清〕蒋溥等奉敕编:《御制诗集》(文渊阁《四库全书》,第1302—1311册),初集,卷34,第23b页。

七、十八世纪清高宗乾隆帝对钱谦益的"斧钺之诛"

细检《清实录·高宗纯皇帝实录》,自乾隆二十六年(1761)至五十四年(1789),二十九年间,共有十九件文献(或乾隆下谕,或批奏)直接与乾隆帝批斥牧斋其人或查毁牧斋著作有关,论者较常援引的是转述于《贰臣传·钱谦益传》的一道谕令。① 该谕实乃乾隆评议牧斋的第一道专谕,时为乾隆三十四年(1769)六月六日,而乾隆嗣后批评牧斋的基本理据、思辨模式、修辞特色于此谕已告奠定。兹录其最关键一段文字如下:

> ……谕曰:"钱谦益本一有才无行之人,在前明时,身跻膴仕,及本朝定鼎之初,率先投顺,洊陟列卿,大节有亏,实不足齿于人类。朕从前序沈德潜所选《国朝诗别裁集》,曾明斥钱谦益等之非,黜其诗不录,实为千古纲常名教之大关。彼时未经见其全集,尚以为其诗自在,听之可也。今阅其所著《初学集》《有学集》,荒诞悖谬,其中诋谤本朝之处,不一而足。夫钱谦益果终为明朝守死不变,即以笔墨腾谤,尚在情理之中;而伊既为本朝臣仆,岂得复以从前狂吠之语,列入集中?其意不过欲借此以掩其失节之羞,尤为可鄙可耻!……"②

---

① 可参张小李《乾隆帝批判钱谦益的过程、动因及影响》,《故宫学刊》(北京:故宫出版社)2013年第1期,第150—163页。
② 王钟翰点校:《清史列传·贰臣传乙·钱谦益传》,卷79,第6577—6578页;〔清〕庆桂等奉敕修:《清实录·高宗纯皇帝实录》,卷836"乾隆三十四年六月上",第155b—155c页。

要之,在乾隆眼中,牧斋乃一"有才无行之人",原因是:前明时牧斋位列高官,却于明清易帜之际率先投降,不旋踵复仕清,于大节有亏,仁人君子所不齿者也。尤有进者,牧斋既仕清,为食禄之臣,犹于其著作中"笔墨腾谤",诋毁我朝,其所图者无他,"不过欲借此以掩其失节之羞"。总之,牧斋此人卑鄙无耻,其言虚伪,伤道害德,其著作必须销毁,勿令流传。①

笔者在他处已比较详细地讨论过,除上述的道德批判(moral judgment)及禁毁诽谤清朝、犯清讳的书籍(或曰"文字狱")的情况外,在乾隆持续批判牧斋的近三十年中,牧斋的厄运还须与其时乾隆施行的种种政教举措一并考虑,此中包括:给予明季殉节诸臣谥典,汇辑《四库全书》,编纂明季《贰臣传》,编制国初以来满汉大臣表传,建构"满洲"身份及主体性等等,不一而足;此外,乾隆自命天下圣王及历史、文化"大判官"的心态,其欲缔构一种忠贞不贰的臣节观,其暗中与牧斋较劲争高下等心理因素,亦不容忽视。② 读者如有兴趣,不妨参看拙著,兹不赘。下文则欲梳理乾隆批斥牧斋的数段文字,用以窥探乾隆查禁牧斋的举措,如何反而彰显了牧斋身后的"不朽",以及透露了牧斋书籍于十八世纪的实际流通情况。

乾隆三十四年六月六日谕有云:

> 钱谦益业已身死骨朽,姑免追究,但此等书籍,悖理犯义,岂可听其流传,必当早为销毁。着各该督抚等,将《初学》《有

---

① 更详尽的讨论,可参本书"权力意志:清高宗乾隆帝讥斥钱谦益诗文再议"一章。
② Lawrence C. H. Yim, *The Poet-historian Qian Qianyi*, pp. 59–76.

学》二集,于所属书肆及藏书之家,谕令缴出,汇齐送京。至于村塾乡愚、僻处山陬荒谷者,并着广为出示,明切晓谕,定限二年之内,俾令尽行缴出,毋使稍有存留。钱谦益籍隶江南,其书板必当尚存,且别省或有翻刻印售者。俱着该督抚等,即将全板尽数查出,一并送京,勿令留遗片简。朕此旨,实为世道人心起见,止欲斥弃其书,并非欲查究其事。所有各书坊,及藏书之家,原无干碍。各督抚务须详悉谕知,并严饬属员,安静妥办,毋任胥役人等,借端滋扰。若士民等因此查办,反以其书为宝,不行举出,百计收藏者,则其人自取罪戾,该督抚亦不可姑息,若将来犯出,惟该督抚是问。①

同月二十五日谕有云:

此等诗集(案:指钱氏《初学》《有学》二集)流传,于世道人心,大有关系,因降旨宣谕中外,令该督抚等,将书板及刻本,悉力查缴,送京销毁。今偶阅其面页,所刻《初学集》,则有"本府藏板"字样,《有学集》,则有"金匮山房订正",及"金阊书林敬白"字样。是《初学集》书板,原系伊家所藏,纵其后裔凋零,而其书现在印行,其板自无残缺,转售收存,谅不出江苏地面,无难踪迹跟寻。至《有学集》,则锓自苏州书肆,自更易于物色。但恐因有查禁之旨,书贾等转视为奇货,乘间私行刷印密藏,希图射利,尤不可不早杜其源。高晋此时现驻苏城,

---

① 〔清〕庆桂等奉敕修:《清实录·高宗纯皇帝实录》,卷836"乾隆三十四年六月上",第155c—156a页。

着传谕令其将二书原板,即速查出,检点封固,委员迅行解京。若所属或有翻刻之板,亦令一并查缴,毋任片简遗留。至前谕查销刻本,予限二年,原因边远省分,及穷乡僻壤,一时或难周徧,是以宽定其期,俾不致失于疏漏。若江南地居近省,且系钱谦益原籍所在,尤应首先查缴。倘时日过于稽延,恐无知之辈,罔识利害,竟将应毁之书,得以从容潜匿,则因循之贻误不浅。虽此等藐法之人,犯出原可重治其罪,然与其严惩于事后,何如妥办于此时?高晋奉到此旨,务即实力查办,不得仅以委之属员塞责。若不留心身亲其事,以致有名无实,日后一有发觉,惟该督是问。①

阅二月,逮八月二十九日,乾隆又谕军机大臣等曰:

据永德奏称,准江省起获王宬尊书铺玉诏堂《初学》《有学集》板片,系嘉兴诸在林书铺卖给,其板系劳姓自广东带来。随传讯诸在林。供称:此板系伊伙石门县人劳武曾往粤卖书,因广东刻匠价贱,将带去《初学》《有学集》各一部,在广照依原本翻刻带回,转卖与王宬尊。劳武曾已于三十二年(1767)八月在广病故等语。钱谦益《初学》《有学》二集,前经降旨通谕各督抚,查办追缴。今据永德查奏,诸在林、劳武曾将原本在广东照依翻刻,虽其板已带回转卖,但广东既有翻刻之事,安知此外更无另刻板片,刷印流传?着传谕李侍尧、钟音于该省

---

① 〔清〕庆桂等奉敕修:《清实录·高宗纯皇帝实录》,卷837"乾隆三十四年六月下",第179b—180a 页。

书坊,明白晓谕,切实详查。如有翻刻板片,及印就书本,即速追出,解京销毁,仍照江省之例,量加赏给,无使书贾等虑及耗捐赀本,转致隐匿存留。该督等务饬属员实力妥办,仍行据实奏闻。①

乾隆皇帝日理万机,仍对查禁牧斋诗文集一事"咬定青山不放松",屡发谕旨,委任办案人员,制定步骤、细节、时间表,自本年六月至年底,一共颁下六道谕令(四下专谕,二次批奏),像得了"强迫症"一样,可见其"钱谦益情结(complex)"之深且重。观其六月二十五日谕,知其时乾隆看到的是崇祯末初刻本《初学集》及康熙二十四年(1685)无锡金匮山房"订定"本《有学集》,是所谓无注本。此搜查谕令颁下不久,就有重要收获。乾隆于八月二十九日之谕中透露,浙江巡抚觉罗永德(?—1772;乾隆三十三至三十四年任浙江巡抚)②于苏州起获王宸尊书铺所藏《初学集》《有学集》书板。此事之来龙去脉甚有趣,且对于牧斋诗文集于乾隆帝下令禁毁前夕的实际流通情况,此谕也无意中提供了若干讯息。

此中所谓"玉诏堂板"实际上是一"盗版"(a pirated edition)。"玉诏堂板"牧斋集,本为钱曾笺注之《牧斋初学集诗注》及《牧斋有学集诗注》(与上述的"无注本"系统不同,只收牧斋之诗及钱曾诗注),约于康熙四十四年(1705)前后问世(详上文)。王氏遭查

---

① 〔清〕庆桂等奉敕修:《清实录·高宗纯皇帝实录》,卷841"乾隆三十四年八月下",第239a—239b页。
② 见钱实甫《清代职官年表·巡抚年表·乾隆》(北京:中华书局,1980年),第1619—1620页。

获之书板乃系购自浙江嘉兴诸在林书铺者。苏州离嘉兴不算远，江浙二地商贾交易买卖，本亦寻常。最妙的是，诸氏之书板乃远在广东时据原书"影刻"而来。先是诸氏与劳武曾自嘉兴赴广东卖书，携去者包括玉诏堂板《初学》《有学》诗注各一部。诸、劳二人入粤后，以广东"刻匠价贱"，遂照原书雕板一副带回嘉兴，其后倒卖给苏州王辰尊。

综上所述，可知牧斋诗文集有读者基础。江南书贾远赴岭南卖书，会带去牧斋集，固然有把握得售，不然江南岭南，山长水远，谁会干这傻事？再者，诸、劳二人愿意在广东斥资"翻板"，并将众多书板长途跋涉携归江南，牧斋书物在江南更畅销，思过半矣。而诸氏最后又将书板倒卖予王氏，可见在江南地区中，江苏地区读者之好牧斋书又超过浙江嘉兴者。

下令禁毁牧斋书籍之后四年，乾隆接获一份汇报，借之，我们可得知牧斋之书约有多少已"落网"。乾隆三十八年（1773）十二月十七日军机处上谕档中有"大学士舒赫德等奏将各省解到《初学集》等书及板片销毁折"，云：

大学士臣舒赫德等谨奏：

　　查从前奉旨，谕令各省将钱谦益《初学集》《有学集》等书，解京销毁。前经臣等将解到各书，奏交内务府烧毁。续据各省解到《初学集》等书，共二万三十一本，又未钉者四十部。理合奏明，仍交内务府销毁。再，查有解到《初学集》等书板片，共二千九十八块，应交武英殿收查。其中或有尚可铲用者，作为刊刻别项书籍之用，其残损浇薄者，即行烧毁。谨奏。

第七章 钱谦益遗著于清代的出版及"典律化"历程

> 乾隆三十八年十二月十七日奉旨:知道了。钦此。①

综上所述,牧斋殁后十年,其遗著《有学集》得以板行于世,又五十年,钱曾之牧斋诗注二集亦告梓行。牧斋殁后九十余年,一代诗老沈德潜编纂《国朝诗别裁集》,以牧斋之传及诗冠书首。至乾隆帝于一七六九年下诏禁毁牧斋时,距牧斋之逝,已百又五年,其时牧斋之书仍活跃流通于国中,读者好之。至一七七三年年底,已有两万余本牧斋之书遭查获并销毁,在劫难逃者,尚有近三千块书板,数量相当可观。凡此种种,足可证明,牧斋的著作经得起时间的考验,可传,且脍炙人口,堪称"经典"而无愧。而在乾隆朝禁毁牧斋书籍以后,作为"典范性诗人"的牧斋又多了一新属性——牧斋是一位"被查禁的作家"(a censored writer),在其"典律化"的过程中,曾遭受皇权与"国家机器"无情的钳制与摧残,这反而微妙地坐实、成就了他的"不朽性"。乾隆帝不厌其烦的销毁谕令及其无所不用其极的查禁手段(以及其满汉大臣积极的回应)对牧斋的书籍来说,固然是一场灾难,但也在无意中用最确实的方式向世人(以及后世)宣告:牧斋是一位有着独特魅力与持久影响力的作家,不然,大清乾隆皇帝怎会在牧斋殁后一世纪余读其诗文犹大动肝火,必鞭其尸烧其书而后始快于心?不难想见,牧斋的著作对了解明清之际历史、政治、士人之遭际与心态等方面具有特殊的价值。复次,经清廷如此一禁,牧斋之书物对读者而言,又别有一番风味

---

① 中国第一历史档案馆编:《纂修四库全书档案》(上海:上海古籍出版社,1997年),第192页。另可参沈津《钱谦益的〈初学集〉〈有学集〉》,《书丛老蠹鱼》(北京:中华书局,2011年),第125—133页。

了,所谓"雪夜闭门读禁书"是也。这对探究牧斋于后世的"接受史"而言,又增加了一个必须考虑的面向。

八、清末章炳麟"攘斥满洲"思想脉络中之钱谦益论

章炳麟(太炎,1868—1936),浙江余姚人,清末重要思想家、革命家、学者。《訄书》为章氏首部自选文集,初刊于一九〇〇年。一九〇四年《訄书》重订本出版,其时距清朝之覆亡,六七载而已。章炳麟论牧斋之文字,学者于相关研究多有引用,以之为牧斋在十八世纪遭清乾隆皇帝禁毁后最重要的"平反"言论,有重要意义。章氏之论牧斋,见其《别录甲·杨颜钱》一文,《訄书》初刊本无之,见于一九〇四年《訄书》重订本,故其成于一九〇〇至一九〇四年之间亦可知。学者已指出,《訄书》初刊本所引起的反响并不大,而数年之后的《訄书》重订本在思想及组织上有重大变化,出版后即"轰动海内",其书反映出章氏已从"改良主义"(reformism)转向拥抱"革命激进主义"(radicalism of the Chinese revolution);章氏割发易服,矢志革命,反清。(在《訄书》二篇《别录》后,章氏即以《解辫发》一文收束全书。)①

必须指出,我读章氏文,发现章氏其实并不那么欣赏牧斋,但认为牧斋在其种族革命、夷夏之辨、排满复汉的思想及话语(dis-

---

① 参朱维铮《导言》《本册说明》,见章炳麟著,朱维铮编校《訄书(初刻本)(重订本)》(北京:生活·读书·新知三联书店,1998年),第1—41页。章炳麟文词古奥,艰涩难懂,故本节所论,参考了章炳麟著,徐复注《訄书详注》(上海:上海古籍出版社,2000年)。为免文繁,不一一出注。

course)中有可用之处,故论及之耳。

章氏《别录甲·杨颜钱》一文只有两千字左右,却是大文章,论的主要是扬雄(公元前53—公元18)、颜之推(531—591)、钱谦益,古今之事二姓而于史有名者(用乾隆创造的语词来说,即"贰臣")。文首云:

> 章炳麟曰:逃空虚者,闻足音而悲。故箕子过殷虚,则流雅声;魏武帝睹关东荒梗,而赋"千里无鸡鸣"。易代小变,犹憯凄不忍视,况挈坏甸而傅之异族者乎!荐绅在朝,无权藉,或有著位,遭易姓则逐流而徙,其间虽俯仰异趣,然眷怀故国,情不自挫,悲愤发于文辞者,故所在而有。至如重器授受,适在同胤,无益损于中夏豪发,然卒不能持其怨慕,此亦情之至也。①

此章氏全文论旨之大较:易代变革,即便是"易姓"而"中夏"无恙,士大夫眷怀故国,也多有情不自禁,"悲愤发于文辞者";设若"挈坏甸而傅之异族",亡国于异族,其凄凉感慨之意,溢于言表,更不难了解,"情动于中而形于言"也。

章氏论扬雄、颜之推、钱谦益,整体而言,展现出一种"同情的理解"(sympathetic understanding),略其迹而原其心,认为此三氏虽均有事新主之举,但其种族、故国之念实未曾去怀,人格、精神有可取之处。章氏于本文的立场与论旨,实与其排满、排清的思想息息

---

① 章炳麟:《訄书(初刻本)(重订本)》,第339页。

相关。尝试论之。

西汉成帝时,扬雄任给事黄门郎。王莽篡汉,国号新,扬雄为大夫,尝作《剧秦美新》以献,后人多诟病之。章氏则认为,扬雄献《剧秦美新》,以"外示符命"为幌子,"内实以亡秦相风切",①有深意在焉。要之,扬雄"究观莽变法反古,当世百姓不堪命,然卒为光武、明、章导师,所以荡亡秦之毒螫者,至后汉始效",②以此,扬雄溢美之言实为一"讽刺"(mockery)。复次,章氏以为,扬雄乃身在魏阙而心存汉室者,故其有"汉兴二百一十载而中天"③之语。在章氏看来,扬雄以此"明其命胙(案:指汉祚)方半,将中兴,复旧物"。④"愀夫!其辞之志微憔悴也"⑤,章氏同情扬雄,提醒读者,其辞隐微,其心忧戚,要须深惟之。

颜之推原籍琅琊临沂(在山东),世居建康(今南京),早岁得梁湘东王赏识,年未及冠,被任为国左常侍。及周师破江陵,颜氏"志不欲事仇国",投奔北齐,历廿载,官至黄门侍郎。公元五七七年,齐为周所灭,颜被征为御史上士。公元五八一年,隋代北周,颜又于隋文帝开皇年间被召为学士,故颜尝叹曰:"予一生而三化,备荼苦而蓼辛"⑥"三为亡国之人"。⑦

---

① 章炳麟:《訄书(初刻本)(重订本)》,第 340 页。
② 同前注。
③ 〔汉〕扬雄:《孝至》,见汪荣宝撰,陈仲夫点校《法言义疏》(北京:中华书局,1987年),卷 20,第 562 页。
④ 章炳麟:《訄书(初刻本)(重订本)》,第 340 页。
⑤ 同前注。
⑥ 语出颜之推《观我生赋》,见〔唐〕李百药撰《北齐书·文苑传·颜之推》(北京:中华书局,1972 年),卷 45,第 625 页。
⑦ 颜之推《观我生赋》自注,见〔唐〕李百药撰《北齐书·文苑传·颜之推》,第 625 页。

章氏论颜,特表出其在齐时一事,以见其心迹于一斑,云:

之推在齐,有二子,命长曰思鲁,次曰敏楚,示不忘本。其《家训》有言:"齐朝一士夫,尝谓吾曰:'我有一儿,年已十七,颇晓书疏,教其鲜卑语及弹琵琶,稍欲通解,以此伏事公卿,无不宠爱。'吾时俯而不答。异哉!此人之教子也。若由此业,自致卿相,亦不愿女曹为之。"顾炎武闻之曰:"嗟乎!之推不得已而仕于乱世,犹为此言,尚有《小宛》诗人之意。彼奄然媚于世者,能无愧哉!"①

后周师侵齐,陷晋阳,章氏复推测颜氏于去就之际的考虑,云:

之推以陈氏因国于梁,神州旧族,与故主无以异。自元帝殒命,江左益衰,今因势便,得北齐为附庸,外有淮、岱、梁、宋之蔽,庶几得自存立。乃因宦者邓长颙进奔陈策,仍劝募吴士千余人以为左右,道青、徐赴陈。②

颜氏先后事梁、齐、周、隋数朝,而章氏引顾炎武(1613—1682)"之推不得已而仕于乱世"之语论之,体谅之言也。章氏述颜氏于去就之际,有"神州旧族,与故主无以异"的深思,一方面表彰颜氏不忘故主,另一方面又表出颜氏的思想中,有一种超然于对一姓一朝忠贞,但内里又相对统一的准则与规范在,我们也许可以称之为

---

① 章炳麟:《訄书(初刻本)(重订本)》,第341页。
② 同前注。

以"江左""神州""旧族"等元素为构体的"文化中心主义"(ethnocentrism)。章氏述颜氏在齐,"命长曰思鲁,次曰敏楚,示不忘本",亦近此意,盖"思鲁"者,寄怀旧乡琅琊也,而"敏楚","敏"通"憋""憨",伤梁国之亡也。章氏又述颜氏训子一事。有人谓应教子鲜卑语及弹琵琶,以此可讨好、服事公卿。颜氏大不以为然,勉其子曰:"若由此业,自致卿相,亦不愿女曹为之。"此中除了对士人风骨的强调,尚有与上述"文化中心主义"相关的"华夷之辨"在起着作用。

章氏接而论钱牧斋,云:

> 钱谦益,字受之,常熟人也。仕明,及清,再至尚书。
>
> 初,明中世,自李梦阳、王世贞,务为诘诎瑰异之辞以相高,其失模效秦、汉而无情实。谦益与艾南英,讼言排拒,学者风靡,然其体最揶艦。
>
> 谦益为人,徇名而死权利。江南故党人所萃,己以贵官,擅文学,为其渠率,自憙也。
>
> 郑成功尝从受学,既而举舟师入南京,皖南诸府皆反正。谦益则和杜甫《秋兴》诗为凯歌,且言新天子中兴,已当席稿待罪。当是时,谓留都光复在俾倪间,方偃卧待归命,而成功败。
>
> 后二年,吴三桂弑末帝于云南,谦益复和《秋兴》诗以告哀。凡前后所和,几百章,编次为《投笔集》。其悲中夏之沉沦,与犬羊之傲扰,未尝不有余哀也。康熙三年卒。
>
> 初,明之亡,有合肥龚鼎孳、吴吴伟业,皆以降臣,善歌诗,时见愤激,而伟业辞特深隐,其言近诚。世多谓谦益所赋,特

第七章 钱谦益遗著于清代的出版及"典律化"历程

以文墨自刻饰,非其本怀。以人情恩宗国言,降臣陈名夏至大学士,犹扺顶言不当去发。以此知谦益不尽诡伪矣!①

细味其文,章氏对牧斋的人格操守并不恭维,指牧斋为一"徇名而死权利"之人,持论相当狠辣。至如论者多以牧斋倾力排斥明代复古派,有廓清摧陷之功,章氏虽不否定牧斋的贡献,但对牧斋本人的文字,却不甚欣赏,谓"其体最撧嬨"。"撧嬨",犹言疏阔、窳滥,贬词。在章氏笔下,牧斋可足称道者,唯有其晚年所作《投笔集》之《后秋兴》百余诗,因其中充满"悲中夏之沉沦,与犬羊之俶扰"之情思,乃牧斋寄望明室中兴(及后失望)之什,亦其"亡羊而补牢,未为迟也"的忏悔(confession)及自我救赎。② 究其实,章氏之称道牧斋,乃其"排满主义"的投射,内里且有一种"种族主义"(racism)的底色。

上文已述及,牧斋因有如章氏所谓"悲中夏之沉沦,与犬羊之俶扰"的文字而遭乾隆皇帝痛斥与查禁,谓其"不过欲借此以掩其失节之羞",实则"食尽其言,伪不实"。章氏则认为牧斋之语言文字不尽"诡伪"——"以人情恩宗国言,降臣陈名夏至大学士,犹扺顶言不当去发。以此知谦益不尽诡伪矣"。章氏于此虽仅寥寥数语,但对牧斋于清末民初的"接受史"影响甚大,盖章氏之论有助于

---

① 章炳麟:《訄书(初刻本)(重订本)》,第341—342页。
② 本章原稿审查人指出,历代读者对牧斋之评价,不必然尽对同样之作品、作品集而发,而章氏此处之意见,乃针对牧斋之《投笔集》而言者。然而,愚见以为,章氏《訄书》对牧斋的整体评议,实远超于《投笔集》的范围,而涉及牧斋于明清之际之政治行为、人格操守,对清朝政权的反复态度。明乎此,则吾人尤须于章氏"攘斥满洲"之思想脉络中理解其对牧斋之评价,唯其如此,方得其实。

重建牧斋文字之"诚"(sincerity),并称许其"仇满""晚悔"的作为,遂开重新评价牧斋之进路(inroad)(相对于乾隆对牧斋之"定论"而言),道德批判的天平于焉倾侧。

于论牧斋一段后,章氏再举清初毛奇龄(1623—1716)为例,以之对比牧斋事迹。毛奇龄,明末诸生,早岁参与抗清军事,流亡多年始出。康熙时荐举博学鸿词科,授检讨,充明史馆纂修官。章氏论之曰:"君子惜其少壮苦节,有古烈士风,而晚节不终,媚于旗裘。"①在章氏眼中,牧斋虽仕清为"贰臣",但思以"晚盖",良心未泯,而毛奇龄则晚节不保,令人扼腕慨叹。章氏接而述清初至乾隆中叶士大夫之驯化、奴化于清主,云:

> 自是以后,士大夫争以献谀为能事,神圣之号溢于私家记录。然犹有戴名世、吕葆中、查嗣庭、汪景祺、胡中藻等,虽仕满洲为侍从,笔语及诗,时时有所弹射。名世推明末帝为共主,意至狠款。其他或为失职怨望而作,然观其所诋娸,犹明于种类之大齐者。自乾隆中年以后,士益婥婉,变风绝矣。②

观章氏"自乾隆中年以后,士益婥婉,变风绝矣"云云,知本文之论扬、颜、钱,以及清初至清中叶之士节,大有借古喻今之意。此后,章氏即大书特书士节、易代、亡国之大义,以期唤醒世人:

> 章炳麟曰:杨雄宁靖怀旧。谦益虽荏染,其迷犹复。之推

---

① 章炳麟:《訄书(初刻本)(重订本)》,第342页。
② 同前注。

仇周而亲陈,知中国昵于梁室。江左士人之知类,尚矣哉!

墨子曰:"买鬻,易也;霄即消尽,荡也。"(《经说上》)同族叠主谓之"易",异族入主谓之"荡"。荡与易,孰悲?宜户知之!①

于扬、钱、颜三氏中,章氏对扬雄的评价最高,称许其清静,不慕荣利,心怀故汉。章氏始终对牧斋软弱的性格("茌染")颇有微词,但牧斋虽迷途,最后犹觉今是而昨非,还是得到章氏的赞许。在章氏笔下,颜之推处境艰难,但不忘故国故主,且能以"中国"为其选择去就的准则,实在难能可贵。总之,牧斋、颜之推都是"知类"(种族、民族)的"江左士人",于此一端,章氏赞赏不置。

在章氏看来,朝代更替,有两种情况,而士人之事二主,其悲哀亦有程度之别。"同族叠主谓之'易'",而"异族入主谓之'荡'"。章氏为邹容《革命军》撰序亦云:"……同族相代,谓之革命;异族攘窃,谓之灭亡。"②章氏之说,固同意于顾炎武《日知录》《正始》所谓"亡国亡天下"之辨。顾氏云:"有亡国有亡天下。亡国与亡天下奚辨?曰,易姓改号,谓之亡国。仁义充塞,而至于率兽食人,人将相食,谓之亡天下。"③又云:"是故知保天下然后知保其国。保国者,其君其臣,肉食者谋之。保天下者,匹夫之贱与有责焉耳矣。"④章氏于上引末云"荡与易,孰悲?宜户知之",也就是天下兴亡,匹夫

---

① 章炳麟:《訄书(初刻本)(重订本)》,第343页。
② 转引自章炳麟《訄书详注》,第907页,注1。
③ 〔明〕顾炎武:《原抄本顾亭林日知录》(台北:文史哲出版社,1979年),卷17,第379页。
④ 同前注。

有责,家家户户有责的意思。章氏之论,结穴在其"攘斥满洲"的思想与诉求中,其于文中论及牧斋,正因牧斋于《投笔集》中有仇满排满、复兴明室的思想与情绪,可资其革清之命的话语。

九、于清末,寻找、抢救牧斋

牧斋著作,乾隆皇帝打为"毒草";其在清末,却人以为宝。

牧斋遗著,有数种于清末得以刊行,如《吾炙集》(1907)、《投笔集》(1910)、《牧斋全集》(1910)。《牧斋全集》出版前若干年间,读者对牧斋遗籍渴求甚殷,争相抢购,其实际情况,可于下述数则"书志"中窥见一二。

《国粹学报》一九〇八年第四十五期刊《钱蒙叟历朝诗集序》一文,后录"北平朱天民"按语,云:

> 数年来三见是集,皆无序文,盖为人所删去,惟此本尚完好无缺,殊可喜也。序文自云托始于丙戌(顺治三年,永历元年[1646]),彻简于己丑(顺治六年,永历四年[1649]),时北都定鼎已六七年。牧斋既身入本朝,复谬托于渊明甲子之例,于国号纪年,均削而不书,为他日开文字之狱,加一重罪案,皆咎由自取。至自述丁字之义,则曰:"金镜未坠,珠囊重理,鸿朗庄严,富有日新。"盖是时南明君臣,犹拥众于岭越间,江浙义民,与海上之师,互为响应。故牧斋自附于孤臣逸老,想望中兴,以表其故国旧君之思,与世所传《投笔集》同一首施两端之见,真一钱不值也!序后所钤印章曰:"鸿朗籛龄""白头蒙

叟"。鸿,大也。朗,明也。筴龄,即长寿。命意尤为显然。读其序,文特哀丽。推牧斋之心,盖犹知恻怛返本者,惜其不能前死,乃欲致叹孟阳,以遗山野史自文,求谅于后世。呜乎!岂可得哉,岂可得哉!北平朱天民识。①

此中所谓《历朝诗集》即传世之《列朝诗集》。朱氏论牧斋其人,虽不脱乾隆批钱之窠臼,但仍不掩其对牧斋文词欣赏之色,至谓"推牧斋之心,盖犹知恻怛返本者,惜其不能前死,乃欲致叹孟阳,以遗山野史自文,求谅于后世"云云,批判之余,亦不无惋惜之意。

《国粹学报》一九〇九年第四十九期刊邓实(秋枚,1877—1951)编录《国学保存会藏书志》,其于《钱笺杜诗元本》(二十卷,钱谦益笺注,何义门、俞犀月二先生评点,顺德邓氏藏书)一则云:

> 是本照《草堂全集笺注》,卷首附以唱酬题咏一卷、诸家诗话一卷、附录一卷、略例一卷、钱氏自序一首、季沧苇序一首。今录二序如左。予所见此本,皆无钱序,或有其上页而无其署名之下页,盖禁毁时为藏者惧祸所毁去,今此本独幸仅存,完善无缺,可宝也。书中有朱、墨、蓝三色评点,卷一首页有小字二行,曰"此朱笔何义门先生评,墨笔俞犀月先生评,苓芗录"二十字。苓芗不详何人,其小楷颇精,自首至末不苟。盖此本为苓芗所手录,何、俞二氏之评语,散于书眉及行间者。何氏之评于钱氏每多驳正,谓《洗兵马》《收京》诸作,钱氏以为"无

---

① 《国粹学报》第 45 期(1908 年 9 月),撰录第 1b—2a 页。此朱天民乃曾编民初《学生》杂志者乎?待考。

非讥刺"为伤教害义。然予读钱氏笺,其独识博引,实有过人者。钱氏生当鼎革,慨然念乱,与工部丁天宝之难,伤心兵火,同抱幽忧,故时有借题发挥,抒其愤懑之处,其《洗兵马》《入朝》《诸将》诸笺,固无愧所谓"凿开鸿蒙、手洗日月"者。工部之得称为诗史,谓其忧时刺讥,推见至隐,毕陈于诗耳。若如义门之说,所谓诗史者何邪?钱氏著作如《初学》《有学》《列朝诗集》《笺杜诗》等,自禁毁后,存者甚仅,近年日本人复尽收购以去,故其值奇昂。余得此本于苏城,费至十二金,犹称廉也。①

朱天民云:"数年来三见是集(《列朝诗集》),皆无序文,盖为人所删去,惟此本尚完好无缺,殊可喜也。"邓实云:"予所见此本(《钱注杜诗》),皆无钱序,或有其上页而无其署名之下页,盖禁毁时为藏者惧祸所毁去。"可见乾隆禁毁牧斋书籍之苛烈,即便偶有漏网之鱼,亦多无完肤之体,盖藏书之家冒险匿藏,难免谨小慎微,至少撕毁印有牧斋姓名字号之书页,以掩人耳目也。② 清末爱书之士求得完帙,欣喜快慰,自不在话下。邓氏又云:"钱氏著作如《初学》《有学》《列朝诗集》《笺杜诗》等,自禁毁后,存者甚仅,近年日本人复尽收购以去,故其值奇昂。余得此本于苏城,费至十二金,犹称廉也。"物以罕为贵,不足为奇。牧斋书于清末有价,除了因稀见,还因日人高价竞争抢购。此则为新鲜事,亦反映出牧斋有"海

---

① 《国粹学报》第49期(1909年1月),藏书志第1a—1b页。俞玚(1644—1694),字犀月,号旅农,长洲人,入清不仕,清初杜诗学家。义门,何焯(1661—1722)号。
② 年来笔者有缘目验公私藏明清之际诗人之遗集,亦多有此种情况,为之扼腕慨叹。

外市场",东瀛文士宝爱其书。①

《国粹学报》一九〇九年第五十四期又刊邓实《国学保存会藏书志》,所述乃钱曾牧斋《初学集笺注》《有学集笺注》(皆顺德邓氏藏书),云:

> 牧斋《初学》《有学集》,当时禁毁最烈,故几至只字无存,偶有一二,亦当时士夫爱其书者,百计隐秘,藏之山岩屋壁。近今文网疏阔,始稍稍有出者,而日本人又贮巨金在苏门收罗,每一部出,即收购以去。余托书贾物色,将近十年,今乃获之。印刷至精,纸墨如新,并无残阙。盖此书自经禁毁,藏者惟恐不密,未数经人翻阅也。牧斋著作,余于前岁既得《投笔集》《吾炙集》及《钱笺杜诗》,近又印行《钱钞校李义山集》,惟所缺者,钱氏所选《列朝诗集》,及其文集尺牍,至今未得,心常怦怦。世有藏者,如能割爱以归余,固不惜兼金以相酬耳。②

邓氏于清末访求牧斋遗书甚力,是真爱牧斋之著述者。记中但云牧斋《初学》《有学》二集,而观其题目及文后附录凌凤翔《有学集诗注序》,知其所得,应为钱曾《牧斋初学集诗注》及《牧斋有学集诗注》二种。牧斋《初学》《有学》集无注本,出版年代较为久远(刊于崇祯末、康熙初),购求不易,可以理解;但钱曾《牧斋初学集诗注》及《牧斋有学集诗注》约于十八世纪初刊行,且前后有二种版

---

① 据笔者所知,实则韩国文士亦尽力搜购,越南文士有无同样举动,则待考。
② 《国粹学报》第 54 期(1909 年 6 月),藏书志页第 1a 页。

本,至清末,邓氏多方搜求,竟历十载始入手,思之惘然。乾隆于明清之际诗人遗书破坏之巨,可以想见,天厌之。而是时国中牧斋书又遭一新劫(或为良好的机遇?):"日本人又贮巨金在苏门收罗,每一部出,即收购以去。"乾隆眼中之"毒草",今为"国宝"矣,思之不禁莞尔。邓氏当年,不禁忧心如焚,甚至刊出"个人广告"(personal ad)兼金求书,云:"牧斋著作,余于前岁既得《投笔集》《吾炙集》及《钱笺杜诗》,近又印行《钱钞校李义山集》,惟所缺者,钱氏所选《列朝诗集》,及其文集尺牍,至今未得,心常怦怦。世有藏者,如能割爱以归余,固不惜兼金以相酬耳。"邓氏真有心人。清末牧斋书之流向如何,留于国中,抑或远航至东北亚、欧美诸国,实一颇可研味的课题。①

《国粹学报》一九一〇年第六十五期又刊邓实《国学保存会藏书志》一则,此记最妙,盖其书为日本贞享二年刊本《楞严经疏解蒙钞》(十卷,卷首一卷,卷末一卷,顺德邓氏藏书)。邓氏云:

> 《楞严蒙钞》原本,为泰和萧孟昉唱刻于武林报恩院,时则顺治十五六年(1658—1659)也。此本为日本贞享年间重刊。卷尾有字三行,曰:"天和癸亥腊朔以降,洎贞享甲子十月廿五日。加倭训,改鱼鲁毕。乞上报佛祖恩,下豁众生眼而已。雖

---

① 笔者留学美东耶鲁大学时,于斯特林纪念图书馆(Sterling Memorial Library)东亚图书阅览室见一"蒙尘"已久(在书架最底部)之牧斋《列朝诗集》初刻(为一完好本),为之抚卷不忍释手久之。毕业前夕,曾告馆员,此集宜以善本珍藏(同时告渠,馆藏《大藏经》已遭虫咬,请速往救护之)。馆员唯唯应诺,后事如何,我已离校,不知矣。修业期间,亦曾赴哈佛大学图书馆、美国国会图书馆、日本各馆,访求牧斋书旧刻,所在多有,保管良好,调阅不至于太困难。

下大谷后学寓光隆沙弥知空。"又有字曰:"贞享二乙丑初春吉旦,西村九郎右卫门开板。"考日本天和三年癸亥,当康熙二十二年(1683);贞享元年甲子,当康熙二十三年(1684),是知当时佛教之盛,蒙叟名重三岛,原书刊行不及二十余年,即已流传海外,为之翻板。今中土传本日罕,即此日本版,亦越二百载,仅而复得流传于中国,亦可珍矣! 每卷之首末,皆有呼井窟朱文印,知为日本书库旧藏。余得于杭州,和装绵纸,完善无破损。考蒙叟尚有《华严经注》《心经蒙钞》二书,安得合而得尽读之乎?《心经蒙钞》,友人余同伯已为开雕。《楞严蒙钞》苏州有新刊本,惟《华严经注》闻常熟有人珍藏其钞本者,未得见也。①

《大佛顶首楞严经疏解蒙钞》,牧翁晚年耗费几近十载心血始撰成,卷帙浩繁,流通量本来有限。此书亦在乾隆禁毁之列,真可谓我佛一劫矣。牧斋《楞严蒙钞》中国旧刻有顺治十七年(1660)泰和萧孟昉等刊本,光绪十五年(1889)复有苏城玛瑙经房重刊本。邓氏撰此书志时,玛瑙经房重刊本问世不久,邓氏慨叹"今中土传本日罕",固指顺治旧刻,非玛瑙经房本也。《楞严蒙钞》初刻出版后不久,即流传日本,有贞享二年(1685)京都西村九郎右卫门刊本,后又有《卍续藏经》本(刊于1905—1912年间)。牧斋疏解佛经之书,中土东瀛,各有二刻,时代亦相若,此佛弟子心心相印乎? 亦一殊胜因缘。清末邓氏于杭州购得《楞严蒙钞》日本旧刻,其时邓氏正与日人争夺牧斋遗籍,收得此书,欣喜之余,难免兴世事沧桑、

---

① 《国粹学报》第65期(1910年4月),藏书志第2b—3a页。

古今书籍聚散无常之感。①

十、清帝国覆亡前夕,出版牧斋

一九〇七至一九一〇数年间,有数种牧斋遗著得以出版。

《国粹学报》一九〇八年第四十五期刊邓实《绍介遗书·旧著新刊类》,所述介者为牧斋《吾炙集》,乃叶石君、冯定远合校柳南草堂本,光绪丁未(1907)南𬯎草堂新刊。本文先刊牧斋原序,后低一格附录古今各家题识,对牧斋是书之流传、内容多所考辨。《吾炙集》乃牧斋生前未刻(亦惹麻烦)之书,牧斋殁后,不同稿钞本存世,各本内容稍有出入。② 南𬯎草堂此新刊本,谓访求得存世诸钞,详加校勘而复完原书旧观,此亦一书林佳话也。南𬯎识语录如下,以见其成书经过:

> 牧翁《吾炙集》不分卷数,采诗凡二十一家。丁未(1907)秋,余以柳南王氏应奎,字东溆钞藏本转录一通,与徐剑心前辈共读之。沉郁悲凉,谓此中热泪可掬,未尝不有余哀焉。其为之搜集考证,知当日所采,并不止此,惜其原帙之不可复睹睹也。以语丁君丙蘅,丙蘅则出许有介诗一小册以赠。展视之,

---

① 《楞严蒙钞》,牧斋手稿一部十册,现知存世者仅五,且"四分五裂",二册贮中国国家图书馆,一册藏上海图书馆,另一册皮藏于美国伯克利大学东亚图书馆书库。近年有民间所藏一册流入文物拍卖市场,拍出245万元人民币高价。牧斋书物,于今有价矣。而此稿本,何时得延津剑合,复完旧观,吾人合什以待,至祷,至祷。
② 参孙之梅《钱谦益与明末清初文学》,第369—382页。

亦柳南故物，诗即《吾炙集》中所采，丹黄满纸，灿然可玩。末有牧翁题诗、柳南识语各一，则皆集所未载。盖柳南既钞二十一家之本，又见冯定远班，号钝吟手录许诗，点阅出自牧翁，因复钞临之，而别为一本者。余喜甚，亟取题诗、识语补录集尾，而以圈点还之许诗，且校其字句之小异者，以为今日得见牧翁手迹，虽零铅剩粉，弥可宝矣！既将携之海上，付手民，复从李丈敬与假得一本互勘之，亦二十一家，编次先后，微有不同。而钱后人曾至东海何云二十家之后，有钱兴国字孝标，有《口云集》，见柳南《海虞诗苑》一跋，云是叶石君树廉，洞庭人，鉴藏家也照牧翁原本所钞临，勘阅亦仍其旧。跋后乃接录许诗，明非钞自叶本而别出之。余不禁喟然叹曰："得此而二十一家皆复旧观矣！"意者此实牧翁定本，叶氏得其二十家，冯氏得其一家，而叶本圈点，玩"钞临""仍旧"二语，知兴国时亦必有之，殆又为后人转钞所略欤？然编次勘阅，则固信而可据也。遂又以叶本校二十家，仍录钱跋于何云诗后。集中凡柳南所校注者，亦并见焉。《吾炙》当时禁网密，故秘而未刊。又其书无卷次条贯，人各件系之，编采时为人传写去者，不能无先后详略，故柳南所见毛本，则阙西江半衲，亦有阙许有介者。今合观叶、冯二本，则陈迹宛然，阙者固非。而渔洋、梅仙、鄾山、庭表诸诗，为牧翁始取而终舍之。剑心之论，不亦较然无疑乎？嗟夫！二百余年破碎沉霾之物，至今而犹见延津之合，岂非大奇。校毕，亟告剑心、丙蕺,皆谓余言不谬,为之狂喜。南陔识。①

牧斋《吾炙》一集,究其实,并非至关要紧之书,乃其纂集同代友侪、后辈之诗选,类皆其所赏识、所赏玩者。清末南陔草堂主人张继良有缘得见各旧钞,乃为相互校勘,拾遗补阙,最终复完原帙"二十一家"之旧观,可谓初步解决了一桩学术公案(因前此各旧钞所收诗人之数量不一,学人于此现象及其背后之寓意,颇有议论)。

也许张氏对复完《吾炙集》原貌如此之热情,并为刊行于世,无非出于其对古籍、牧斋,以及乡邦文献的爱惜。但张氏为《吾炙集》所做的工作,却在无意中反映出清末民初牧斋其人其书接受史中一个新的趋势,即学者开始就牧斋的遗著展开学术性的探究,而非如前代之执着于议论牧斋的人格操守及事迹。

一九一〇年,牧斋讽议清王朝最烈、故国旧君之思表露无遗之诗集《投笔集》(含七律一百又八首)刊行于世,一大奇书于是传焉。史家陈寅恪于《柳如是别传》中谓"《投笔》一集实为明清之诗史,较杜陵尤胜一筹,乃三百年来之绝大著作也",其重要性可以想见。② 是书排印出版,乃邓实风雨楼假虞山庞氏所藏旧钞本印行者。书后附沈曾植(1850—1922)《投笔集跋》,录如后:

---

① 《国粹学报》第45期(1908年9月),《绍介遗书》第2b—3a页。张继良(1871—?),字南陔,南葴,号兰思、南葴居士,常熟人。光绪二十一年(1895)进士,翁同龢门生,任刑部主事,山西河津县知事。入民国,历任江苏省公署秘书、河南督理军务署顾问,1938年任临时政府司法委员会秘书。著有《南陔词草》,辑有《佚丛甲集》《瓶庐诗补遗》。

② 陈寅恪:《柳如是别传》,第1169页。

第七章　钱谦益遗著于清代的出版及"典律化"历程

　　蒙叟《投笔集》二,凡诗一百八首。题为《后秋兴》,用杜韵者,十三叠一百四首。自题前后四首。前二叠国姓攻金陵时作,后七叠皆为永明王(案:桂王,南明永历帝)作。中间三四五叠,作于国姓兵败后,情词隐约,似身在事中者。其书晚出,流布市井,士大夫不乐观,疑近人伪造。然以选词用事察之,诚是叟笔,非他人所能为也。

　　明季固多奇女子。沈云英、毕著,武烈久著闻于世。黔有丁国祥,皖有黄夫人,浙海有阮姑娘。其事其人,皆卓荦可传。而黄、阮皆与柳如是通声气。蒙叟通海,盖若柳主之者,异哉!黄夫人见《广阳杂记》,余别有考。阮姑娘见《劫灰录》,云甲午正月,张名振兵至京口,参将阮姑娘殁于阵。此第三叠"娘子绣旗营垒倒",注云:"张定西谓阮姑娘:吾当使汝抱刀侍柳夫人。阮喜而受命。舟山之役,中流矢而殒,惜哉!"京口、舟山,殁地不同,当以诗为得实。阮之官为参将,正与沈云英官游击同。其称曰姑娘,盖女子未嫁者,亦与沈、毕同。张定西与荡湖伯阮进合兵,姑娘其阮家属欤?

　　诗又云:"破除服珥装罗汉。"注云:"姚神武有先装五百罗汉之议,内子尽橐以资之,始成一军。"又云:"将军铁稍鼓音违。"注云:"乙未八月,神武血战死崇明城下。"考徐氏《小腆纪年》,顺治癸巳三月,明定西侯张名振,以朱成功之师,入长江,破京口,截长江,驻崇明。平原将军姚志倬、诚意伯刘孔昭,以众来依。甲午正月,名振复以朱成功之师入长江,祭孝陵,败于崇明。仁武伯平原将军姚志倬战死。诗注"神武"即"仁武"音讹。当时以姚、刘归张,壮张军势,而姚军借柳如是橐资以成,如是所经营,不可谓小。定西欲令阮姑娘侍之,宜也。嘉兴沈曾植跋。①

沈曾植于清末民初,无论于学、于书、于诗,均卓然为一大家,乃清朝遗老中之铮铮佼佼者。《投笔集》,牧斋生前未付梓行世,钱曾《有学集》诗注本之编刻者亦"慎不敢钞",至清季世,钞本始流出。其书既晚出,则学者于此集诗是否真出自牧斋手笔,不无置疑。沈氏之言论,有助于确认《投笔集》为牧斋作品。(其实,若依愚见,《投笔集》有钱曾诗注,这就是最好的证据,否则,连钱曾的诗注也是伪造的?)

沈氏之议论,最堪注意者有三事。一者,沈氏提点,牧斋诸《后秋兴》组诗应置放于郑成功反清复明的军事行动以及南明历史、政治的脉络中考论,并谓其中数叠诗"情词隐约,似身在事中者",反映出牧斋可能亲身参与了郑成功的复明运动。再者,沈氏文中对柳夫人如是的渲染远超牧斋。沈氏之意,固在强调"明季固多奇女子",南明抗清活动与"女英雄"的关系不应于史无闻。与此密切相关者,则沈氏认为"蒙叟通海,盖若柳主之者""姚军借柳如是橐资以成,如是所经营,不可谓小",评估了柳如是于抗清复明运动中的贡献。复次,沈氏指出,相关史事,诸记互有抵触,吾人若以诗求证,考之以诗,则可决疑;沈氏于此提倡者,乃"以诗证史""以诗补史"之法。

总而言之,虽然沈氏此跋,篇幅不长,其说可从与否,亦可先置

---

① 〔清〕钱谦益:《钱牧斋全集·牧斋杂著》,附录,第955—956页。

第七章　钱谦益遗著于清代的出版及"典律化"历程

之不论,然后来现代学者对牧斋于复明运动中所可能扮演的角色的探论、诠解牧斋诗文的进路、对柳如是女英雄形象的渲染及对于柳氏对牧斋行事之影响的种种强调,与沈氏于此之见及"灵视"(vision)若合符契(其中最重要的著作,固为陈寅恪撰于二十世纪五六十年代之《柳如是别传》)。以此言之,沈氏先声之功,不可掩也。

同在一九一〇年,牧斋近世最重要之书问世,是为《牧斋全集》,为一"整理本",乃吴江薛凤昌(1876—1943? 1944?)邃汉斋为排印出版者。① 薛氏《校印牧斋全集缘起》录如后:

> 蒙叟为一代文宗,与梅村、芝麓相伯仲,而蒙叟其尤也。著述宏富,流传海内,几于家置一编。至于今,吾人神往目想而不睹其集者久矣。盖板销于禁网,书亡于缴毁,江左士夫之家,所存亦仅。数十年来,京、津书估,日本行商,四出搜求,不惜悬巨金以待。一书偶出,辄为若辈挟之去,而所存乃益如星凤。不惟《初学》《有学》两集不可得,即求其遵王笺注《初学》《有学集》之诗,亦不可得;不惟其诗之原椠本不可见,即求其翻椠本,亦不易致。如余之无力,而能一旦尽得之,以慰数十年之饥渴,不可谓非意外之幸矣。去岁冬(1910),遇一书贾,以钞本之《投笔集》及《有学集补遗》二册求售,阅之,楷字整洁,纸墨古旧,固一完好之未刻本也。亟购归,以示里中诸同志,争相传阅,叹为未有,余亦颇自矜贵。然而《初学》《有学》

---

① 邃汉斋《牧斋全集》,今存世已稀。寒舍藏有一套,乃谢正光教授于二〇〇七年前后慨然相赠者,不胜感幸之至。

两集,犹未见也。嗣过里中范氏书斋,获见遵王笺注蒙叟诗之原椠本,喜不自胜,把玩不忍去。范君曰:"此犹非其全也。"乃启旧箧,出《初学》《有学》两集数十巨册以示。展而阅之,当时各家之藏书图记,累累卷首,益形跋踏。范君曰:"吾曾祖嗜书,此在尔时,已出巨金以得者。而至今珍秘,不轻示人。若以君得之钞本合之,斯两美矣。"诸同志胥韪其言,且怂恿印行,以公同好。范君慨然允,余亦乐为赞成,出而付印,数月毕事。吾知世之爱蒙叟之文,恨未一睹如余者,至此可大慰其饥渴矣,乃于竣工之日,特书其缘起如此。至蒙叟之诗文,先辈早有定评,又何俟余之喋喋为?宣统二年(1910),岁次庚戌五月,吴江凤昌氏识于邃汉斋。①

其书《校印例言》如下:

是书计《初学集》一百十卷,《有学集》五十卷,《有学集补遗》二卷,《投笔集》一卷,都为一百六十三卷,蒙叟诗文尽于是矣,故以全集名之。《初学》《有学集》之诗,自以遵王笺注本为善,盖不独详其典实,而当时之朝章国故备焉。是刻悉依原本,而诗则加以遵王之笺注,较之原本,卷帙溢出不少。

原本之诗,与笺注本略有出入,词句亦互有异同《有学集》为多。兹特两相对勘,或为原本有而笺注本所无者,或笺注本有而原本所无者,概行增入,以蕲完备,并加按语,俾易区别。至

---

① 〔清〕钱谦益:《钱牧斋全集·牧斋杂著》,附录,第 974—975 页。

词句之同异,则主原本,而以笺注本列注中。

　　旧钞本之《有学集补遗》,系何义门先生旧藏,朱墨灿然,并有图记。间有与正集重出者,兹特删去,俾免重复。

　　《投笔集》之名,不见于正集,仅见于遵王笺注本之目中。遵王笺注《有学集》诗目,《投笔集》编次在第十二卷,下注"慎不敢钞"四字。至翻椠本则以下二卷之《东涧集》分为三卷,不列其目,当时止有钞本也可知。兹特取旧钞本附诸卷末,以为全璧。校印者识。①

清帝国在夕照中苟延残喘,命祚不久矣。

人们看书,百无禁忌。

清道光以降,文网松弛,风气渐开,各种禁书一一浮现。牧斋在晚清重现时,身影潇洒多了。人们已不再汲汲于考辨其生平事迹,或议论其心之诚伪邪正,牧斋一代宗师的地位似已毋庸置疑。②

薛凤昌《校印牧斋全集缘起》开篇即云:"蒙叟为一代文宗,与

---

① 〔清〕钱谦益:《钱牧斋全集·牧斋杂著》,附录,第975页。
② 固然,笔者此语,乃侧重上文所述牧斋著作于晚清出版时所附录之序跋、凡例等文字而言。实则如本章原稿审查人所指出,清末读者因非议牧斋其人之操守而鄙视其著作者亦大有人在(至今犹然)。审查人特别指出,晚清周星誉(1826—1884)因牧斋编纂《列朝诗集》不书"顺治"年号,斥之为"残明遗孽""自附于孤臣逸老,想望中兴,以表其故国旧君之思,真无耻之尤者也"。稍后之刘声木(1876—1959)也对牧斋不以为然,云:"其晚年皈依佛家,亦自知大节已亏,欲借此以湔释耻辱,此所谓欲盖弥彰,忏悔何益?"清初以降,类此之批评,实不绝如缕。刘声木与章太炎、邓实生存的时代相去不远,可见其时存有其他阅读声音,并非所有读者都视牧斋为一典范性大家。周星誉与刘声木之说俱见〔清〕刘声木撰,刘笃龄点校《苌楚斋随笔续笔第三笔四笔五笔·苌楚斋四笔》(北京:中华书局,1998年《清代史料笔记丛刊》),卷2,第717页,"论钱谦益"条。

梅村、芝麓相伯仲,而蒙叟其尤也。著述宏富,流传海内,几于家置一编。"于文末又云:"蒙叟之诗文,先辈早有定评,又何俟余之喋喋为。"可见清末读者已普遍视牧斋为一典范性大家,瓣香私淑者不乏其人。薛氏却又感叹:"至于今,吾人神往目想而不睹其集者久矣。"何以故?薛氏指出,其时牧斋书罕见,读者渴求,主要有二原因:一者"板销于禁网,书亡于缴毁",一者"数十年来,京、津书估,日本行商,四出搜求,不惜悬巨金以待。一书偶出,辄为若辈挟之去,而所存乃益如星凤"。此二情形,上文已论及,兹不赘。

很明显,清季文士对牧斋书籍日见稀罕及其流失于海外感到莫大的惋惜、担忧。如何使牧斋之书籍再广为流通,已成为一个迫切的时代使命(及市场需求)。

此番出版大业,因缘际会,文星聚于江苏吴江,其人氏功莫大焉。先是薛氏从书贾手中收得旧钞本《投笔集》(此为无注本,与上述邓氏所刊印有钱曾注者不同)、《有学集补遗》(清初何焯旧藏,尤可珍贵),其里中同好争相传阅,羡叹不已。嗣而有里中藏书家范氏(范氏为谁,笔者浅陋,至今未晓,望方家有以教我),胸襟大方,以父祖辈珍藏之钱曾诗注原椠本、《初学》《有学》集等示薛氏,与之把玩交流,并谓今二人之藏如鸟之双翼,相辅相成,合则两美。里中之好事者遂怂恿印行,范氏慨然允诺(实则书之得以出版,范氏贡献最巨),薛氏则自任编纂校雠之劳。

因缘、条件成熟,《牧斋全集》排印本乃于数月后诞生。此中之因缘始末,真清末藏书、印书的一桩美好事,书林佳话。

乾隆禁毁牧斋之后一百四十一年,牧斋书再化身千万。

翌年,清亡。

薛凤昌邃汉斋《牧斋全集》后为钱仲联先生编校、出版现今流通本《钱牧斋全集》之重要底本。

十一、结语

本章通过牧斋殁后出现的悼文、传记,以及历次刊行牧斋遗作的序跋文字,整理牧斋通往"典律化"的路径,期有助于读者比较完整地了解牧斋今传之书的来龙去脉,亦借之以反映清初至清末,读牧斋诗文者的反应、心态及其所处时代的历史脉动与"精神"。

明清诗文相对较短的"接受"历程,造成文学史认识论上的不足。近世学者,固不无标举"正典"、区分流别的尝试,但其论述,却每每对研究对象的当代语境不够重视,有泛滥无归、率尔操觚之弊。职是之故,本章不殚烦琐,逐一列举龚鼎孳、归庄、邹式金、凌凤翔、沈德潜、乾隆、章炳麟、朱天民、邓实、张继良、沈曾植、薛凤昌等对牧斋人品、性格、文学、仕履之议论,尽量展开"脉络化"的工作,用以突显上述读者、出版商如何各因师友关系、阅读品味、流传需要、意识形态,而对牧斋的遗著有不同的处理,以期重构牧斋其人、其文学评价之曲折历程。质言之,本章之所作,无非研究牧斋的必须而基础的工作,希望能对以后之牧斋研究,提供若干方便,而本章论述失误之处,必定存在,尚祈大雅方家指正为幸。

至于本章述论所援用之原始文献,多为牧斋研究者经常征引者,无甚新奇,野人献曝之讥,所不辞也;然而,因其惯见,亦往往被轻易过眼,论者或未能充分挖掘内里可供论述之重要信息。例如,本章论章炳麟一节,论者持章氏之言"其悲中夏之沉沦,与犬羊之俶扰,未尝不有余哀也""以人情恩宗国言,降臣陈名夏至大学士,犹拊顶言不当去发。以此知谦益不尽诡伪矣",用谓此乃章氏于牧斋之怨辞,却未能揭示章氏在"攘斥满洲"思想脉络中提出此论的时代意义,也就未能细察在牧斋"接受史"中,发生于秋毫之末的种种变化。本章论述龚、归、邹氏对牧斋之评论,乃至于乾隆所加之斧钺之诛,莫不在习见材料中展开,但力避想当然耳,尝试揭开文字襞绩处尘封已久的文理义理,披露作者的思考与心事。

　　复次,本章自章氏《訄书》一节以下,乃为补进当代研究视域前钱氏"接受史"之末端而作,叙述清末以来抢救、出版牧斋的情况,亦以之见出钱氏遗著历二百五十年后,仍具市场影响力。同时,其时之出版工作,亦为当今之钱谦益生平、诗文研究奠下基石,陈寅恪、钱仲联诸先生莫不得力于此。此中种种,前行研究者尚未留意及之,是故笔者努力搜罗,弥缝罅漏,或为后之研究牧斋者之一助乎?

第八章　权力意志：清高宗乾隆帝讥斥钱谦益诗文再议

一、前言

所谓"权力意志"，尼采说，"即贪得无厌地要求显示权力，或者，作为创造性的本能来运用、行使权力，等等"。①

清高宗"十全老人"乾隆皇帝(1736—1795在位)对批判明清易代之际的文坛宗主钱谦益(牧斋，1582—1664)似乎有一种情结或执念(psychological complex)，无所不用其极，此习明清文史者所熟知，论者已多，拙著 The Poet-historian Qian Qianyi (《钱谦益的"诗史"理论与实践》，2009)一书中亦有专节讨论。② 近因研究所

---

① 见[德]弗里德里希·尼采著，张念东、凌素心译《权力意志——重估一切价值的尝试》(北京：商务印书馆，1991年)，第154页。
② Lawrence C. H. Yim, *The Poet-historian Qian Qianyi* .

需,复核乾隆批判牧斋诗文,发现往昔失检者不少,惭愧之余,撰为本章,用补前之所阙,并尝试进一步拓展此一研究课题的深度与广度。

笔者在前著 The Poet-historian Qian Qianyi(《钱谦益的"诗史"理论与实践》)一书中已比较详细地探讨过,除政治、道德批判及禁毁诽谤清朝、犯清讳的书籍的情况外,在乾隆持续批判牧斋的近三十年中,牧斋的厄运还须与其时乾隆施行的种种政教举措一并考量,此中包括:给予明季殉节诸臣谥号,汇辑《四库全书》,编纂明清之际《贰臣传》,编制国初以来满汉大臣表传,建构"满洲"身份及主体性等等,不一而足。此外,乾隆自命天下圣王及历史、文化"大判官"的心态,其欲缔构一种忠贞不贰的臣节观,其暗中与牧斋较劲争高下等心理因素,亦不容忽视。① 探论乾隆批判牧斋的诗文,若能从此等方向展开论述,料能抉微探隐,洞悉其所以然。

---

① Yim, The Poet-historian Qian Qianyi, pp. 59–76. 另可参本书"钱谦益遗著于清代的出版及'典律化'历程"一章。此外,正如史家欧立德(Mark C. Elliott)所言:"至乾隆登基之时,满洲人正日益面临着沦为自己成功的牺牲品之危机。在与汉人生活的一个世纪中,高生活水平、轻率鲁莽、自命不凡及不事生产的综合影响正严重威胁着满洲人,那些令人敬畏的、高素质的军事菁英正在趋于变成一个寄生的、不再辉煌的勇士阶层,而且,他们已经不再能用母语交流。因此,乾隆时期正是满洲身份认同发生重大危机之时,清朝的未来悬而未决。"见[美]欧立德(Mark Elliott)著,青石译《皇帝亦凡人:乾隆·世界史中的满洲皇帝》(新北:八旗文化,2015年),第102页。(欧立德此书原名 Emperor Qianlong: Son of Heaven, Man of the World, 2009年由 Pearson Education, Inc 出版。若依愚见,书名译作《乾隆皇帝:天子,亦世俗中人》可能比较准确、可读。面对八旗制度面临瓦解、满洲"涵化"(或"汉化")加快的危机,欧立德指出,乾隆采取了两项策略,企图化解之:"一个是强化八旗体制,另一个是促进满洲民族意识的复兴。乾隆以父亲为榜样,不知疲倦地去维持和加强诸如勇猛、节俭及骑射技巧等满洲的传统和美德。他尽其所能地去保护满洲特有的认同,包括推进满语的使用、整理并编辑历史资料、书写赞美满洲故土的诗歌、整编宗教礼仪及庆祝满洲的尚武文化等。"见上揭书,第112—114页。

至于前贤论乾隆之批判牧斋,切入点多在乾隆关于牧斋的谕令及其种种政治举措。此乃大关节大问题,固宜先攻破之,但愚见以为,值得一并考量者,还有学者尚未注意到的乾隆所写关于牧斋的古今体诗。有鉴于学者对乾隆的相关谕令着墨已多,研究成果丰硕,但全面探论乾隆相关诗作者尚未之见,本文拟另辟蹊径,将探论的重心放置于乾隆的诗作,而辅之以乾隆的相关谕令,如此,或能更完整地了解乾隆帝讥斥牧斋的情实。①

二、乾隆批判牧斋诗文年表

检《清实录·高宗纯皇帝实录》、乾隆《御制诗集》《文集》,自乾隆二十六年至五十四年(1761—1789),二十八年间,关涉牧斋者(包括直接因牧斋而发或提及牧斋者),至少有谕、令等十九件,诗十二题十五首。兹制年表如下,以便一窥全豹。(表内"内容"一栏中,用标楷体者为诗,用别体字者,则相关谕令之标题或事由。同一年而有多件文献者,依时间先后,用 ABC 等顺序排列。)

---

① 张小李刊有《乾隆帝批判钱谦益的过程、动因及影响》一文,分别从"批判钱谦益是清帝加强文化专制的逻辑延伸"(清除明季遗民影响)、"确立本朝文学传统"、"强化清人忠君观念"等角度分析乾隆帝批判牧斋的原因,论述颇中肯。见氏著《乾隆帝批判钱谦益的过程、动因及影响》,《故宫学刊》2013 年第 1 期,第 150—163 页。又,张文胪列的乾隆批判牧斋的谕旨与笔者检得者数量及内容相同,笔者颇有同道之感,惜乎张文并未论及乾隆批判牧斋之诗作,本章之作,正可补足这方面的欠缺。

年份	内容	阶段
乾隆二十六年（1761）	"沈德潜来京,进所选《国朝诗别裁集》,求为题辞……披阅卷首,即冠以钱谦益。"	第一阶段
乾隆三十年（1765）	《反钱谦益淮阴侯庙诗即用其韵》 《题夏圭山水》 《歌风台》	
乾隆三十四年（1769）	A."钱谦益,本一有才无行之人。" B."钱谦益以故明大员,设使死节,则为明之忠臣。" C."谕军机大臣等,据永德奏称,准江省起获王炁尊书铺玉诏堂《初学》《有学集》板片。" D."又谕:前经降旨,将钱谦益之《初学集》《有学集》严行查禁。" E."军机大臣等奏,查汲古阁刻《十三经》《十七史》……等书,均有钱谦益序文。" F."军机大臣等奏,查《续藏经》内,有钱谦益塔铭跋二种。"	第二阶段
乾隆三十五年（1770）	《观钱谦益初学集因题句》	
乾隆三十六年（1771）	《铜印诗(有序)》	
乾隆三十八年（1773）	"其钱谦益所著《楞严蒙钞》一种,亦据奏请毁彻。"	

续表

年份	内容	阶段
乾隆四十年（1775）	"命议予明季殉节诸臣谥典。"	第三阶段
乾隆四十一年（1776）	A."前因汇辑《四库全书》,谕各省督抚,遍为采访。"	
	B."前因沈德潜选辑《国朝诗别裁集》……有才无行之钱谦益居首,有乖千秋公论。……而沈德潜身故后,其门下士无识者流,又复潜行刷印,则大不可。"	
	C."命国史馆编列明季《贰臣传》。"	
乾隆四十三年（1778）	"命国史馆以明季《贰臣传》分甲乙二编。"	
	《全韵诗》（其三）	
	《宁远祖氏石坊叠旧作韵二首》	
	《经吕翁山作》	
乾隆四十四年（1779）	A."陶煊、张灿选刻《国朝诗的》,将钱谦益、屈大均等诗选入。"	
	B."各省郡邑志书内,如有登载应销各书名目,及悖妄著书人诗文者,请一概俱行铲削等语,所奏甚是。"	
	《五词臣五首·故礼部尚书衔原侍郎沈德潜》	
乾隆四十六年（1781）	A."国史之修,所以彰善瘅恶,信今传后。……如钱谦益、龚鼎孳、冯诠诸人,则列入（《贰臣传》）乙编,以昭褒贬之公。……乃自开馆以来,迄今十有七年,其所纂成进御之书,甚属寥寥。"	

续表

年份	内容	阶段
	B."命馆臣录存杨维桢《正统辨》。……（杨维桢）较之钱谦益托言不忘故君者，鄙倍尤甚。"	
	《宋端石绶带砚歌》	
乾隆四十八年（1783）	《经吕翁山叠戊戌旧作韵》	
	《宁远祖氏石坊再叠旧作韵二首》	
乾隆五十年（1785）	"此事舒常办理太过。……外间所著诗文，果有如钱谦益、吕留良等，其本人及子孙，俱登膴仕，而狂吠不法者，自应搜查严办。"	
乾隆五十二年（1787）	"前因热河文津阁所贮《四库全书》，朕偶加披阅。……此内阁若璩《尚书古文疏证》一书，有引李清、钱谦益诸说，未经删削。"	
乾隆五十四年（1789）	"朕阅国史馆所进《贰臣传》……所有《贰臣传》甲乙编内，如冯铨、龚鼎孳、薛所蕴、钱谦益等者……不必立传。若以伊等行为丑秽，一经删削，其姓名转不传于后，得幸免将来之訾议，不妨仅为立表。"	

三、乾隆批判牧斋诗文汇次

细阅以上所胪列乾隆二十六年至五十四年间之诗文，愚见以为，可以见出乾隆之批判牧斋，前后历经三个阶段（详下）。本节旨在汇次、列举相关文献，以期具体呈现乾隆批判牧斋之来龙去脉、修辞策略、目的。更详尽的论析，请俟后二节。

第八章　权力意志：清高宗乾隆帝讥斥钱谦益诗文再议

下面叙论，先诗后文，并稍寻考其指归。又，为彰显诗与文间之"互文性"(intertextuality)，下文不嫌文烦，尽量展示乾隆之文字，其或累赘无味，不堪卒读，但原文如此，莫奈之何，幸读者谅之。

（一）第一阶段，乾隆二十六至三十年（1761—1765）：沈德潜所编《国朝诗别裁集》收入牧斋诗，引起乾隆注意及批评

乾隆以下三诗均作于乾隆三十年（1765）。

反钱谦益淮阴侯庙诗即用其韵

谦益诗云"岂知隆准如长颈"，夫信反迹已明，岂得谓高祖忌刻如句践乎？是非倒置甚矣。无知者犹有以彼言为当者，故不可不正之。（案：此处及下文，举凡乾隆诗序、注及论旨中涉及牧斋者，加着重号，以便考览。）

　　家臣谋诈赦官徒，反迹宁同有莫须。
　　陛下早知能将将，项王尝见语姁姁。二句皆檃括信语。
　　枉寻彼谩称直尺，谓谦益。恶紫吾犹恐乱朱。
　　心事若殊陈代相，那寻遗庙奠倾盂。谦益有"好为英雄奠一盂"之句。①

牧斋《题淮阴侯庙》原诗云：

---

① 〔清〕高宗：《御制诗集》，三集，卷46，古今体一百一十四首（乙酉四），第2b—3a页。

331

> 淮水城南寄食徒，真王大将在斯须。
> 岂知隆准如长颈，终见鹰扬死雄姁。
> 落日井陉旗尚赤，春风钟室草常朱。
> 东西冢墓今安在？好为英雄奠一盂。①

鸟尽弓藏，兔死狗烹，牧斋以此喻汉高祖与韩信事。《史记·越王句践世家》载范蠡遗大夫种书，云："蜚鸟尽，良弓藏；狡兔死，走狗烹。越王为人长颈鸟喙，可与共患难，不可与共乐。子何不去？"②又《淮阴侯列传》云："上令武士缚信，载后车。信曰：'果若人言，"狡兔死，良狗亨；高鸟尽，良弓藏；敌国破，谋臣亡"。天下已定，我固当亨！'上曰：'人告公反。'遂械系信。至雒阳，赦信罪，以为淮阴侯。"③在乾隆看来，牧斋毫无识见，盖韩信谋反之迹昭彰，汉高祖不得不制缚之，非其刻薄寡恩如越王句践也。

歌风台

> 歌风千载称高台，当年提剑起草莱。
> 天下大定还过沛，置酒乐拟登云来。
> 何事涕洒英雄血，游子故乡悲往辙。
> 百二十人习和歌，止张去声。三日从兹别。
> 复沛不已复丰乡，雍齿之恨独未忘。
> 卓尔想见兴王概，讵止霄汉云飞扬。

---

① 〔清〕钱谦益：《钱牧斋全集·初学集》，卷8，第252页。
② 〔汉〕司马迁：《史记·越王句践世家》，卷41，第1746页。
③ 〔汉〕司马迁：《史记·淮阴侯列传》，卷92，第2627页。

第八章 权力意志:清高宗乾隆帝讥斥钱谦益诗文再议

知人善任何与良,叔孙制礼明有方。

方回何独为去声。信慨以慷?乌号之挽宁因鸷鸟藏。信之反迹已明,不得谓高祖寡恩,故反贺诗意并见近作《反钱谦益淮阴侯庙诗》。①

乾隆此诗,乃步宋贺铸(方回,1052—1125)《彭城三咏·歌风台词》韵之作。贺诗云:

汉祖高风百尺台,千年客土生蒿莱。
何穷人事水东去,如故地形山四来。
江淮犹沸鲸鲵血,八十一车枉归辙。
白叟逢迎皆故人,牢酒欢呼惜将别。
峙㟏迢遥非我乡,死生此地何能忘。
酒阑鸣筑动云物,青衿儿曹随抑扬。
尔时可无股肱良,端思猛士守四方。
君不闻淮阴就缚何慨慷,解道鸟尽良弓藏。②

贺诗结联承上"尔时可无股肱良,端思猛士守四方"而及汉高祖杀开国功臣如韩信之事,其运思,于传统怀古、咏史诗中可谓司空见惯(牧斋上诗亦然),而乾隆持以反牧斋及贺诗之理据亦无非老生常谈,不过尔尔。此数诗稍可观者在于文辞,非其议论。

---

① 〔清〕高宗:《御制诗集》,三集,卷50,古今体九十八首(乙酉八),第12a—12b页。
② 见〔宋〕贺铸《庆湖遗老诗集》(文渊阁《四库全书》,第1123册),卷1,第4a—4b页。

题夏圭山水乾隆三十年,1765
落落乔松远远山,人家多住绿筠间。
展图恰在维扬道,真境真情共往还。(其一)

山意雄浑水态湉,淋漓元气却安排。
稼轩已自归乌有,弄者谁知耕石斋。见卷前钱谦益
识语。(其二)①

  乾隆所咏之"夏圭山水",今存,淡设色绢本,手卷,明清间瞿式耜(1590—1651)、冒襄(1611—1693)递藏(乾隆诗末提及之"耕石斋"为瞿式耜室名),最后入清内府。② 一二卷末载瞿式耜后跋,云:"夏圭,字禹玉,系南宋御前画院,与李唐马远辈,同著名于时。笔力遒劲,墨气淋漓,亦与相类,盖一时风尚然也。但禹玉真迹,传世颇少,而如此长卷,尤不易得。此卷邱壑幽奇,林泉深邃,屋宇桥杓,渔舠游骑,布置点缀,无纤微瑕颣,而一种气韵生动郁郁苍苍,非精熟之至,得心应手者,一笔不敢效颦,洵禹玉生平绝作也。甲戌(崇祯七年,1634)长夏与家起郯,避暑东皋山庄,披览及此,顿觉

---

① 〔清〕高宗:《御制诗集》,三集,卷50,古今体九十八首(乙酉八),第3b页。
② 鉴藏印有:瞿式耜"瞿稼轩收藏印""稼轩";冒襄"冒巢民老人七十岁宝彝染香楼阁书画焚后收藏印记""辟疆园";乾隆帝"石渠宝笈""乾隆御览之宝""石渠定鉴""重华宫鉴藏宝""乾隆鉴赏""三希堂精鉴玺""宝笈重编""宜子孙"(八玺全);嘉庆帝"嘉庆御览之宝";宣统帝"宣统御览之宝"。2003年,佳士得(Christiek's)香港拍卖公司于香港拍卖会拍售此画。参 Fine Classical Chinese Paintings and Calligraphy (Sunday 27 April 2003) (Hong Kong: Christie's, 2003), no. 525, pp. 158-163。香港中文大学文物馆博士后研究员陈冠男博士代检此条材料,谨此致谢。

清风习习,袭我襟袖,喜而记之。稼轩主人式耜。"①

乾隆《题夏圭山水》诗其二末联后注云:"见卷前钱谦益识语。"今画上无之,颇疑卷前原有,而乾隆因厌恶牧斋其人,乃割去之。

瞿式耜,号稼轩,江苏常熟人,牧斋同里老弟子。式耜乃南明永历朝重臣,官拜兵部尚书,封临桂伯。顺治七年(1650),桂林城陷,式耜被俘,不久慷慨就义。式耜为残明竭力致死,其忠义之行传颂人口,有"今之文信国"之隆誉。② 乾隆于式耜殁后百余载,赏玩式耜旧藏宋画,怡然自乐之余,不禁施其惯技,题诗画上。诗尚可,形容不无生动处。

(二) 第二阶段,乾隆三十四至三十八年(1769—1773):乾隆以牧斋诗文"笔墨腾谤",下令禁毁其书

观钱谦益《初学集》因题句 乾隆三十五年,1770
　　平生谈节义,两姓事君王。
　　进退都无据,文章那有光?
　　真堪覆酒瓮,屡见咏香囊。
　　末路逃禅去,原为孟八郎。禅宗以不解真空妙有者为孟八郎。③

---

① 参见〔清〕王杰、董诰、阮元等编《石渠宝笈续编》(北京:北京出版社,2004年《秘殿珠林石渠宝笈汇编》,第5册),卷28,第1534b页。
② 瞿式耜的最新近研究,可看范雅琇《从虞山到桂林——瞿式耜殉国叙事之研究》(台北:政治大学中国文学系硕士学位论文,2013年)。
③ 〔清〕高宗:《御制诗集》,三集,卷87,古今体一百四十首(庚寅三),第6a—6b页。

乾隆此诗,作"口号诗"之一例观可也,无多圣哲,打油有余,讥讽之意,一泄无遗。牧斋确喜于诗文中谈朝廷之安危、名士之节义,而在乾隆看来,此满口节义之人,却有"两姓事君王"之事,言行不一,修辞不立其诚,更全无臣节。如此进退无据、大节有亏之人,根本已失,文章复何足观哉!复由牧斋之道德与夫文章而及其"咏香囊",将其言情之作亦一并否定。最后抨击牧斋另一生命面向,判其晚年"逃禅",乃走投无路之举,实于佛教之真谛无识。①

铜印诗(有序)乾隆三十六年,1771

　　定边左副将军成衮扎布奏进铜印一,云:巡卡台吉于额尔逊特斯地鄂博间得之。印方得三寸有十分寸之一,厚十分寸之五。三台递上,各减二分有半,上台方二寸有十分寸之六。直纽:高寸有十分寸之七,纵寸有十分寸之三,横十分寸之六,其末微敛,纵减分之二,横半之。通印之高二寸有十分寸之七。重六十九两。文曰"太尉之印",蒙古篆,八叠文。覆首:右署"太尉之印",左署"宣光元年十一月日中书礼部造",凡十有七字,皆汉文。考之,则元昭宗嗣位和林时所铸也。昭宗即元顺帝太子阿育师利达拉史,旧作爱猷识理达腊,今译改,事详诗注。元太尉,官位尚书右丞相上,秩正一品,不常置。印制无考。宣光年号,史亦不载。乃今四百余年,忽得此于新屯鹫壤中,登之册府。物之显晦以时,诚有定数。且因此而得考北元之纪年、官制,不终湮没无传,足以补正史之阙,盖亦有莫之为而为者

---

① 详参拙著《钱谦益〈病榻消寒杂咏〉论释》,第3—8页。

乎？因叙其事，而系以诗。

　　　　厄鲁久荡平，屯田辟耕畷。

　　　　掘土得铜印，将军呈京阙。

　　　　文曰太尉印，宣光年颁发。

　　　　正史虽无考，彝尊朱。集可掇。

　　　　其书高丽后，昭宗年号揭。《高丽史》载：元顺帝子嗣立，徙和林，遣使至高丽，行宣光年号，国人不允。寻复告纪年天元，辛禑遣人往贺。立十一年而殂，谥曰昭宗，云云。见朱彝尊集《书高丽史后》。

　　　　数百岁月湮，隐现有时节。

　　　　北元国未亡，南宋难同列。元自顺帝出居应昌，即称北元，传及昭宗，纪年、命官、典章犹备，视宋末二王之流离海岛者，不可同日而语。乃《宋史》于昺、昰，具载年号，而《元史》则顺帝北迁以后，即不复书其世系，偏袒不公，殊乖信史，向于《通鉴辑览》曾论定之。

　　　　南人率左袒，正论谁衷折。

　　　　谦益钱。瀛国公，其事益謷说。明宗北狩，过阿尔斯兰地，纳霍勒禄鲁氏，生顺帝，史文甚明。及文宗下诏，谓顺帝非明宗子，本嫉怨构诬之辞，风影无据。钱谦益遂谓顺帝为瀛国公子，明宗乞养之，并携其母以归，诡诞不经，显与史庚。纪载家任情毁誉，大都不足深信。似此逞私肆诋，则悖妄尤甚。然谦益大节已隳，其人不足齿于人类，其邪说更安足论乎？①

元惠宗（顺帝）至正二十八年（1368）闰七月，明大军压境，惠宗弃大都北奔，退回蒙古草原，以其地处塞北，史称"北元"。至正三

---

① 〔清〕高宗：《御制诗集》，三集，卷94，古今体一百三十七首（辛卯二），第1b—3a页。

十年(洪武三年,1370),惠宗于应昌驾崩,皇太子爱猷识理答腊即位,次年改元宣光。北元共传七帝,享祚三十五年。

惠宗身世,扑朔迷离。元末明初人权衡《庚申外史》载:宋恭帝降元,封瀛国公,居漠北,生一子,元周王和世㻋(后明宗)收为己子,此即惠宗之出身。① 明初以降,此说风行,几成定论,牧斋非创始者。乾隆对牧斋的批评有欠公允。究其实,牧斋《书瀛国公事实》一文所堪注意者,非乾隆所谓其"谦益瀛国公"之说(意谓牧斋主元惠宗实为瀛国公之子),而在其排比材料之特色——牧斋于此展露了"诗史互证"的方法。牧斋取程敏政(克勤,1445—1499)《宋遗民录》载洪武间人余应所咏相关史事之《合尊大师》一诗及明初以来诸家载记,相互铺陈叙论,别出心裁,结撰成一元惠宗"诗史"。②

现代学者已辨明,"抱养"之说,野史无稽之谈耳。③ 此乃后世史家占有更多材料以后所作之考论,可谓后出转精。牧斋于文末云:"余得《庚申大事记》(案:《庚申外史》),以余应之诗疏通证明,然后知信以传信,可备著国史,不当以稗官琐录例之也。《元史》潦草卒业,实本朝未成之书。"④今天看来,牧斋此一结论未免武断。而乾隆之据以驳斥牧斋之"瞽说"者,仅《元史》所载"明宗北狩,过阿尔斯兰地,纳霍勒禄鲁氏,生顺帝"数语,乾隆谓"史文甚明",只此孤证而已,比牧斋更为武断;至其谓"文宗下诏,谓顺帝非明宗

---

① 〔明〕权衡撰:《庚申外史》(台南:庄严文化事业有限公司,1996年《四库全书存目丛书》史部,第45册据苏州市图书馆藏明钞本影印),卷上,第9b—10a页(总第221页)。
② 牧斋文见〔清〕钱谦益《钱牧斋全集·初学集》,卷25,第794—796页。
③ 可参任崇岳《元顺帝与宋恭帝关系考辨》,《民族研究》1989年第2期,第41—47页。
④ 〔清〕钱谦益:《钱牧斋全集·初学集》,卷25,第796页。

子,本嫉怨构诬之辞,风影无据",并无辨证,大言欺人耳。至于乾隆末云:"然谦益大节已隳,其人不足齿于人类,其邪说更安足论乎?"此数语大类其于乾隆三十四年批评牧斋之谕中语:"钱谦益本一有才无行之人,在前明时,身跻膴仕,及本朝定鼎之初,率先投顺,洊陟列卿,大节有亏,实不足齿于人类。"(1769A)①乾隆之诗注,显系再挪用道德、政治批判的力量以杜绝异议并"因人废言"也。②

(三) 第三阶段,乾隆四十至五十四年(1775—1789): 牧斋成为乾隆核定明季殉节诸臣及厘订"贰臣"甲乙二编的参照系

全韵诗(其三)乾隆四十三年,1778

世祖平定天下

帝后追葬有礼,顺治元年五月,王师平定燕京,以礼

---

① 〔清〕庆桂等奉敕修:《清实录·高宗纯皇帝实录》,卷836"乾隆三十四年六月上",第155b页。
② 平情而论,乾隆此诗及注还是展现了若干卓见的。北元历史,记载甚稀,今天我们对它的认识,幸赖传世及近年出土北元文物所获得的些许信息。此等文物分布在云南、漠北及朝鲜,包括经卷、碑刻、题记、塔砖、官印、文书。迄今发现三方北元官印,分别铸于宣光元年、五年、天元五年,其中之宣光元年官印即乾隆《铜印诗》所咏者,出土最早。乾隆得观此印,即敏锐地指出,"因此而得考北元之纪年、官制,不终湮没无传,足以补正史之阙",确为卓识。关于北元出土文物及其历史价值,可参黄德荣《云南发现的北元宣光纪年文物及相关问题》,《广西民族大学学报(自然科学版)》2009年第S2期,第111—116页。又如乾隆认为北元自顺帝传及昭宗,"纪年、命官、典章犹备,视宋末二王之流离海岛者,不可同日而语",而《元史》于顺帝北迁以后,即不复书其世系,"偏袒不公,殊乖信史",对《元史》之批评亦不无道理。

葬明崇祯帝后及妃袁氏两公主,并熹宗后张氏、神宗妃刘氏,仍造陵墓如制。公卿赐谥无濟。十年六月,赐谥明末殉节之大学士范景文等二十人,仍于本籍给田致祭,追录胜国遗忠易名,褒阐实亘古旷典。

樵采护其林木,奠陈予以蕙肴。

试考历来胜国,谁能似此荒包?

推而行之或待,丙申德音孔胶。丙申春,以世祖章皇帝时表章崇祯末死事诸臣,仅据传闻,未暇遍为搜访。迨久而遗事渐彰,《明史》所载,按籍可考。若史可法之力支残局,矢死全忠;刘宗周、黄道周之謇谔立朝,临危授命,均足称一代完人。其他或死守城池,或身殒行阵,与夫俘擒骈僇,视死如归,若而人者,皆无愧疾风劲草,即自尽以全名节,亦并可矜怜。又如福王之仓猝偏安,唐桂二王之流离窜迹,已不得成其为国,而其臣茹苦相依,舍生取义,各能忠于所事,亦岂可令其湮没?又如我太祖萨尔浒之捷,明良将若刘綎、杜松等,皆殁于阵,其时抗我颜行,自当弥斁,至今迹其竭忠效命,未尝不为嘉悯。又若明社将移,孙承宗、卢象升等之抵拒王师,身膏原野;周遇吉、蔡懋德、孙传庭等,以闻献躁躏,御贼亡身,凛凛犹有生气。总由明政不纲,权奸接踵,遂致黑白混淆,忠良泯灭,每为扼腕不平。福王时虽间有追谥之人,而去取未公,亦无足为重。予惟以大公至正为衡,若钱谦益之自诩清流,腼颜降附,及金堡、屈大均辈之幸生畏死,诡托缁流,均属丧心无耻,自当严《春秋》斧钺之诛,而明季尽节诸臣,为国抒忠,宜加优奖,准情理而公好恶,即以示彰瘅,而植纲常。因命大学士九卿等集议,征考姓名,仍其故官,予以谥号,一如世祖时例。议上。予专谥者二十六人,通谥忠烈者一百一十二人,通谥忠节者一百九人,通谥烈愍者五百七十六人,通谥节愍者八百四十三人,并各节叙事实,辑为《胜朝殉节诸臣录》刊行,以垂不朽,此惟远绍祖德,而所录几多至百倍,有若当时留

第八章 权力意志:清高宗乾隆帝讥斥钱谦益诗文再议

待此日之推行云尔。①

此诗应与乾隆四十年(1775)一谕对读:

  命议予明季殉节诸臣谥典。谕:崇奖忠贞,所以风励臣节。然自昔累朝嬗代,于胜国死事之臣,罕有录予易名者。惟我世祖章皇帝定鼎之初,于崇祯末殉难之大学士范景文等二十人,特恩赐谥。仰见圣度如天,轸恤遗忠,实为亘古旷典。第当时仅征据传闻,未暇遍为搜访,故得邀表章者,止有此数。迨久而遗事渐彰,复经论定,今《明史》所载,可按而知也。至若史可法之支撑残局,力矢孤忠,终蹈一死以殉;又如刘宗周、黄道周等之立朝謇谔,抵触忌壬,及遭际时艰,临危授命,均足称一代完人,为褒扬所当及。其他或死守城池,或身殒行阵,与夫俘擒骈僇,视死如归者,尔时王旅徂征,自不得不申法令以明顺逆,而事后平情而论,若而人者,皆无愧于疾风劲草,即自尽以全名节,其心亦并可矜怜。虽福王不过仓猝偏安,唐桂二王,并且流离窜迹,已不复成其为国,而诸人茹苦相从,舍生取义,各能忠于所事,亦岂可令其湮没不彰?自宜稽考史书,一体旌谥。其或诸生韦布,及不知姓名之流,并能慷慨轻生者,议谥固难于概及,亦当令俎豆其乡,以昭轸慰。尝恭读我太祖《实录》,载萨尔浒之战,明杨镐等,集兵二十万,四路分出,侵我兴京。我太祖、太宗,及贝勒大臣等,统劲旅数千,殄

---

① 〔清〕高宗:《御制诗集》,四集,卷48,全韵诗下平声十五首(戊戌四),第4b—5b页。

戮明兵过半,一时良将,如刘綎、杜松等,皆殁于阵。近曾亲制书事一篇,用扬祖烈而示传信。惟时王业肇基,其抗我颜行者,原当多为狝薙,然迹其冒镝撄锋,竭忠效命,未尝不为嘉悯。又若明社将移,孙承宗、卢象升等之抵拒王师,身膏原野,而周遇吉、蔡懋德、孙传廷等,以闻献踬躏,御贼亡身,凛凛犹有生气。总由明政不纲,自万历以至崇祯,权奸接踵,阉竖横行,遂致黑白混淆,忠良泯灭,每为之扼擘不平。福王时,虽间有追谥之人,而去取未公,亦无足为重。朕惟以大公至正为衡,凡明季尽节诸臣,既能为国抒忠,优奖实同一视。至钱谦益之自诩清流,腼颜降附,及金堡、屈大均辈之幸生畏死,诡托缁流,均属丧心无耻。若辈果能死节,则今日亦当在予旌之列,乃既不能舍命,而犹假语言文字,以图自饰其偷生,是必当明斥其进退无据之非,以隐殛其冥漠不灵之魄。一襃一贬,袞鉞昭然,使天下万世,共知予准情理而公好恶,以是植纲常,即以是示彰瘅。凡诸臣事迹之具于《明史》及《通鉴辑览》者,宜各征考姓名,仍是故官,予以谥号,一准世祖时例行。其令大学士、九卿、京堂、翰、詹、科、道集议以闻。①

乾隆朝中叶以后,清廷展开一系列修史事业,其中至少有两项与明清改朝换代的历史直接相关,即给予明季殉节诸臣谥号及编纂明清之际《贰臣传》——被压抑了百多年的历史,终于可以笔之

---

① 〔清〕庆桂等奉敕修:《清实录·高宗纯皇帝实录》,卷996"乾隆四十年十一月上",第316c—318a。

第八章 权力意志:清高宗乾隆帝讥斥钱谦益诗文再议

于文,公之于世。①

在上录乾隆四十年的"命议予明季殉节诸臣谥典"一谕中,乾隆罗列了各类应考虑赐予谥号的"胜国死事之臣"。在谕文后段,牧斋赫然作为反面人物的代表出现。乾隆给予牧斋的评价毫不含糊:"自诩清流,腼颜降附""丧心无耻";尤有进者,牧斋"既不能舍命,而犹假语言文字,以图自饰其偷生,是必当明斥其进退无据之非,以隐殛其冥漠不灵之魄"。

乾隆四十三年,乾隆创作《全韵诗》之《世祖平定天下》一首,②咏顺治帝入主中土;乾隆歌其功颂其德,表其礼葬前明皇帝之后妃、公主等,又赐予明末殉节诸臣谥号,"褒阐实亘古旷典"云云。于此语境中,乾隆四十年"命议予明季殉节诸臣谥典"一谕之文字再派用场,被移录于诗句后,用为诗注,而乾隆对牧斋之"斧钺之诛",亦同时再次重申、强调。

> 宁远祖氏石坊叠旧作韵二首乾隆四十三年,1778
> 翠华迤逦度秋朝,祖氏石坊复见遥。
> 虽是贰臣背明国,却成世族事清朝。昨命国史馆以明臣降附本朝者,列为《贰臣传》,并视其历著勋绩,忠于我朝如洪承畴等,为甲编;其进退无据,不齿于人,如钱谦益,为乙编,以示褒贬。若祖大寿,虽由明总兵来降,有负胜国,然在本朝,则功绩茂著,其子孙并为世臣,正宜

---

① 关于乾隆对南明历史的处理,可参何冠彪《清高宗对南明历史地位的处理》,《新史学》第7卷第1期(1996年3月),第1—27页。
② 《全韵诗》者,乾隆咏史之系列诗作,凡106首,遍用全部诗韵,故称。《全韵诗》所咏上起唐尧,直至清世,乾隆以之传达其历史政治观。参乔治忠、崔岩《韵文述史 审视百代——论清高宗的咏史〈全韵诗〉》,《文史哲》2006年第6期,第69—74页。

列之甲编者也。(其一)

　　崇焕遭缧入狱朝,率兵独跳去而遥。

　　弗追弗罪仍为守,足识陵夷笑胜朝。祖大寿闻我军进薄燕京,同袁崇焕入援,及我太宗用计,明帝不察,竟磔崇焕于市。大寿惊惧,率兵径归,其叛迹已著,而明帝闻之,既不追回,又不加罪,大寿亦仍为明守锦州。且既已纳款我朝,及纵归,复怀观望,反复无常,直待势穷援绝,始决计来降。其故诚不可解,而明人委边事于叛臣,明政之陵夷,即此可见矣。(其二)①

　　宁远祖氏石坊再叠旧作韵二首乾隆四十八年,1783
　　明纲值夕不谋朝,天命人心去已遥。

　　大寿屡招降乃就,天聪三年,太宗亲统大军征明,宁远巡抚袁崇焕、锦州总兵祖大寿赴援。我太宗用计间之,明帝不察,竟磔崇焕于市。大寿惊惧,率兵径归,仍为明守锦州。明帝既不追回,又不加罪。至天聪五年秋,太宗统兵围大凌河,明兵四万自锦州来援,我军进击,大破之,生擒监军道张春等。十月大凌垒中粮绝,祖大寿始举城降,夜至御营输款,寻纵归锦州。大寿复叛,与我兵相拒。太宗复遣郑亲王济尔哈朗等统军,更番围锦州。至崇德七年三月,大寿粮尽援绝,战守计穷,又闻松山已失,乃率众官诣军门降,遂克锦州。计其屡怀观望,实为反复无定。而其初志,尚依恋胜国,犹一端之可节取者耳。嘉其初尚恋朱朝。(其一)

　　宁远重征值此朝,因之咏古罢思遥。

---

① 〔清〕高宗:《御制诗集》,四集,卷52,古今体六十二首(戊戌八),第16b—17a页。

第八章　权力意志:清高宗乾隆帝讥斥钱谦益诗文再议

贰臣传复分甲乙,用训人毋事两朝。前曾敕国史馆,以明臣降附本朝者,编列《贰臣传》,以为人臣身事两朝者戒。其中复示区别,如洪承畴等,著有勋绩,尽力本朝者,为甲编;其进退无据,不齿于人,如钱谦益辈,为乙编。若祖大寿,虽大节已亏,有负胜国,而于我朝功绩茂著,子孙世禄,仍予列之甲编云。(其二)①

祖大寿(?—1656),字复宇,辽东宁远(今辽宁兴城)人,吴三桂舅。崇祯元年(1628),祖大寿守宁远,获"宁远大捷",擢为前锋总兵官,驻锦州。后随袁崇焕入关保卫京城。而崇祯中皇太极反间计,袁崇焕下狱。祖大寿惧,毁山海关逃出。崇祯四年(1631)大凌河之战,祖大寿粮尽援绝,诈降,后逃至锦州城。清屡次招降,不从。崇祯十四年(1641)松锦大战,援军洪承畴兵败,锦州解困彻底无望,祖大寿乃率部降清。后从龙入关,顺治十三年(1656)殁于北京。②

乾隆所咏之祖氏石坊位于宁远卫,即所谓"祖家牌楼",一为祖大寿楼,一为祖大乐楼。祖大寿楼建于明崇祯四年,高可十余丈,上层内外匾皆大书"玉音"二字,第二层前刻"元勋初锡",后刻"登坛骏烈",③皆明室为表彰祖氏功勋所颁赐者。

---

① 〔清〕高宗:《御制诗集》,四集,卷100,古今体八十一首(癸卯八),第24b—25b 页。
② 事详〔清〕赵尔巽等撰《清史稿·祖大寿传》(北京:中华书局,1976—1977 年),卷234,第9419—9429 页。
③ 参见[朝]金景善《祖氏两牌楼记》,《燕辕直指》(首尔:东国大学校出版部,2001 年《燕行录全集》,第70—72 册),卷2,第66—68 页。

345

经吕翁山作乾隆四十三年,1778

我太宗皇帝擒洪承畴处也,见皇祖诗中,而《通志》讹为吕洪山。兹经过其处,命更正之。尔时武烈,已见于《全韵诗》中松山、杏山之作。特以洪承畴被擒于此,复以其事咏之。

衮衣经略屡更人,足识君无定见真。

莫怪生降背厥义,要知能养在乎仁。太宗每得降人,皆厚抚之,使各得其所。洪承畴既降,送至盛京,即授显秩,推诚待之,故感而思报。

明亡缘自生多议,国史应为列贰臣。洪承畴在明代,身膺闽寄,一旦力屈俘降,历跻显要。律以有死无二之义,固不能为之讳。然其后宣力东南,颇树劳伐,虽不克终于胜国,实能效忠于本朝。岂可与钱谦益辈之进退无据,不齿于人者,漫无区别?因命国史馆总裁,于《贰臣传》分为甲乙二编,俾优者瑕瑜不掩,劣者斧钺凛然,以示传信,而彰公道。

然亦其间具优劣,更教甲乙等差陈。①

经吕翁山叠戊戌旧作韵乾隆四十八年,1783

明似承畴者几人,生降其国兆亡真。

固缘腼面不知耻,亦以开心大布仁。

辽左驰驱从圣主,江南经略果能臣。洪承畴,在胜国身膺闽寄,一旦力屈俘降,固于臣节有亏,亦由我太宗推诚布德,能得人之心,是以承畴感激图报。其驰驱辽沈,宣力东南,颇树劳伐,虽不克终于明季,实能效用于本朝,非如钱谦益辈进退无据者比也。

---

① 〔清〕高宗:《御制诗集》,四集,卷52,古今体六十二首(戊戌八),第18a—19a页。

第八章 权力意志:清高宗乾隆帝讥斥钱谦益诗文再议

> 金陵缚致道周黄。曰,无奈棱棱事说陈。承畴既投诚本朝,明人讹传为阵亡,优恤备至。后黄道周被执至金陵时,承畴经略江南,以道周同乡,遣人慰问。道周言"先帝因洪经略已死,优赐祭葬,举国皆知,今安得复有洪经略"云云,词气激昂慷慨,闻者感动,承畴为之惭沮。承畴、道周者,皆闽人,漳浦蔡闻之先生尝言其乡事最悉。①

洪承畴(1593—1665),字彦演,号亨九,福建泉州南安英都人。万历四十四年(1616)进士,累官至陕西布政使参政,崇祯时官至兵部尚书、蓟辽总督。吕翁山在锦县松山附近。崇祯十五年(1642),清八旗破洪承畴军于松山,遂尽得辽西之地。松锦大战,洪承畴战败被俘,后降清为汉人大学士。顺治元年(1644)四月,随清军入关。抵京后以太子太保、兵部尚书兼右副都御史衔,列内院佐理机务。十年(1653),受命经略湖广、广东、广西、云南、贵州等地,总督军务兼理粮饷。十六年(1659),督清军攻占云南后返京。十八年(1661),自请致仕。康熙四年(1665)逝世,谥文襄。②

与上四题诗直接相关者,为乾隆四十三年(1778)之谕:

> 命国史馆以明季《贰臣传》分甲乙二编。谕:我国家开创之初,明季诸臣,望风归附者多,虽皆臣事兴朝,究有亏于大节,自不当与范文程诸人,略无区别。因命国史馆,以明臣之降顺者,另立《贰臣传》,据实直书,用彰公是。兹念诸人立朝事迹,既不相同,而品之贤否邪正,亦判然各异,岂可不为之分

---

① 〔清〕高宗:《御制诗集》,四集,卷100,古今体八十一首(癸卯八),第22b—23a页。
② 〔清〕赵尔巽等撰:《清史稿·洪承畴传》,卷237,第9465—9475页。

辨淄渑？如洪承畴在明代，身膺阃寄；李永芳曾乘障守边，一旦力屈俘降，历跻显要。律以有死无贰之义，固不能为之讳。然其后洪承畴宣力东南，颇树劳伐，李永芳亦屡立战功，勋绩并为昭著，虽不克终于胜国，实能效忠于本朝。昔战国豫让，初事范中行，后事智伯，卒伸国士之报。后之人，无不谅其心而称其义。则于洪承畴等，又何深讥焉？至如钱谦益，行素不端，及明祚既移，率先归命，乃敢于诗文阴行诋毁，是为进退无据，非复人类；又如龚鼎孳，曾降闯贼，受其伪职，旋更投顺本朝，并为清流所不齿，而其再仕以后，惟务腼颜持禄，毫无事迹足称，若与洪承畴等同列《贰臣传》，不示等差，又何以昭彰瘅？着交国史馆总裁，于应入《贰臣传》诸人，详加考核，分为甲乙二编，俾优者瑕瑜不掩，劣者斧钺凛然，于以传信简编，而待天下后世之公论，庶有合于《春秋》之义焉。然朕所以为此言者，非独为臣子励名教而植纲常，实欲为君者，当念苞桑而保宗社。盖此诸人，未尝无有用之才，诚使明之守成者，能慎持神器而弗失，则若而人，皆足任心膂股肱，祖业于是延，人才即于是萃。故有善守之主，必无二姓之臣。所以致有二姓之臣者，非其臣之过，皆其君之过也。崇祯临终之言，不亦舛乎！[1]

乾隆四十三年，乾隆东巡龙兴之地盛京，恭谒祖陵。四十八年，盛京庋藏《四库全书》之文渊阁落成，乾隆再度东巡，同时祭奠先祖三陵。乾隆于清朝崛起之地抚今追昔，摅怀旧之蓄念，发思古

---

[1]〔清〕庆桂等奉敕修：《清实录·高宗纯皇帝实录》，卷1051"乾隆四十三年二月下"，第50b—51b页。

第八章 权力意志:清高宗乾隆帝讥斥钱谦益诗文再议

之幽情,赋咏曾与先祖战斗于辽沈大地之明朝总兵祖大寿、总督洪承畴,并对二人"虽是贰臣背明国,却成世族事清朝"之功过给予评价。乾隆此六诗,或是一时有感而发,但对其背后的评价纲领其实早已胸有成竹,盖乾隆四十三年,乾隆有"命国史馆以明季《贰臣传》分甲乙二编"一谕,早于诸诗之作。此谕部分文字,直接出现在咏祖大寿、洪承畴诗的注文中。

在上述《全韵诗》中,牧斋是作为"胜国死事之臣"的反面人物代表而被论及的。在咏祖大寿、洪承畴六诗中,牧斋是乾隆厘定何等人物可入《贰臣传》甲编、何等人物该贬入乙编的参照系。在乾隆的操作、"定性"下,牧斋在清代官史的话语系统中成为既不忠于明室又不忠于清朝的典型负面人物——"自诩清流,腼颜降附""进退无据,不齿于人"乃乾隆给予牧斋的判词,乾隆大书特书之,反复使用之,乐此不疲。而究其实,明清改朝换代,"贰臣"多的是,为何乾隆如此介怀、憎恶牧斋?在上引二谕中,乾隆已透露了个中玄机——牧斋"既不能舍命,而犹假语言文字,以图自饰其偷生,是必当明斥其进退无据之非,以隐殛其冥漠不灵之魄";"行素不端,及明祚既移,率先归命,乃敢于诗文阴行诋毁,是为进退无据,非复人类"。从此看来,牧斋之所以成为乾隆眼中极恶不赦、丧心无耻之徒,不在于他的政治行为(类似牧斋者大有人在,甚至可以说,牧斋的作为,在其时的历史形势中,根本无足轻重),而是因为他的"语言文字""诗文"。乾隆之举措,从侧面佐证了一个事实——牧斋的诗文具有异于寻常的力量。

(四) 其他

不属上述三个系统的,尚有二诗。

五词臣五首·故礼部尚书衔原侍郎沈德潜 乾隆四十四年,1779

沈德潜与钱陈群,余尝称为江浙二老。施恩则同,而守分承恩,则沈不逮钱远甚。德潜吴中诸生,久困场屋。乾隆戊午举于乡,年已七十。其成进士、选词林,皆由物色而得之。授职甫三年,即擢至詹事,再迁礼部侍郎,命在尚书房授诸皇子读。戊辰秋,引年乞休,准致仕。濒行,呈所作《归愚集》吁赐序文。德潜早以诗鸣,非时辈所能及。余耳其名已久,频年与之论诗,名实信相副,笑俞所请。因云非常之人,然后有非常之遇。德潜受非常之知,而其诗亦今世之非常者,故以非常之例序之,盖异数也。辛未南巡,命在籍食俸。丁丑,加礼部尚书衔。乙酉,赐其孙维熙为举人。嗣复时予存问,冀跻百龄。寻以己丑秋卒于家,闻而赠阶优恤,以示轸惜,并入祀乡贤祠。生前身后,宠荣至矣。顾其辛巳来京,以选刻《国朝诗别裁集》乞序。阅之,则以钱谦益辈为本朝之冠。其人皆士类所不齿,德潜首列之,离忠孝而言诗,乖于正道。其他序次,亦多踳误。意德潜耄荒,或其门下士依草附木者流所为,而德潜未及检。因命内廷翰林重为精校,以定去留,并序示大义而还之,犹包容不加责也。戊戌秋,徐述夔逆词案发。沈德潜曾为作传,称其品行文章皆可法,直视悖逆诗句为泛常,转欲为之记述流

第八章 权力意志:清高宗乾隆帝讥斥钱谦益诗文再议

传,则良心澌灭尽矣。使其身尚在,获罪不小。虽已死,亦不可竟置不论。因下廷臣议。佥云:应削夺所有阶衔祠谥,并仆其墓碑,以为众戒。并从之。今作怀旧诗,仍列词臣之末,用示彰瘅之公,且知余不负德潜,而德潜实负余也。

东南称二老,曰钱沈则继。

并以受恩眷,佳话艺林志。

而实有优劣,沈踣钱为粹。

钱已见前咏,兹特言沈事。

其选国朝诗,说项乖大义。钱谦益,品本不端,且以明季大臣降顺本朝,复膺显秩,而又阴为诽刺,进退无据,实不足比于人类。德潜取为国朝诗之冠,竟不论其名节有亏,妄加评许。昧于忠孝大义,尚何足以言诗?详见向所作《〈国朝诗别裁集〉序》。

制序正厥失,然亦无诃厉。

仍予饰终恩,原无责备意。

昨秋徐述夔案发,潜乃为传记。

忘国庇逆臣,其罪实不细。

用是追前恩,削夺从公议。

彼岂魏徵比,仆碑复何日(叶)。

盖因耄而荒,未免图小利。徐述夔家饶于赀,德潜为之作传,不过图其润笔,贪小利而谀大逆,不知有耻,并不知畏法矣。

设曰有心为,吾知其未必(叶)。

其子非己出,纨袴甘废弃。德潜无子,其嗣子种松,不知何所来。人甚不肖,狎邪作恶,曾命该抚就近约束之,幸而未致生事抵罪。而德潜末年所得谀墓财,皆被其荡费罄尽。娶妾至多,养子至十四人。其视德潜赐举人者,不久即夭,其余无一成材者,实德潜忘良负恩之报也。

> 孙至十四人,而皆无书味。
> 天网有明报,地下应深愧。
> 可惜徒工诗,行阙信何济?①

关于沈德潜《国朝诗别裁集》事,乾隆二十六年(1761)先有一谕:

> 谕军机大臣等:沈德潜来京,进所选《国朝诗别裁集》求为题辞。披阅卷首,即冠以钱谦益。伊在前明,曾任大僚,复仕国朝,人品尚何足论?即以诗言,任其还之明末可耳,何得引为开代诗人之首!又如慎郡王,以亲藩贵介,乃直书其名,至为非体。更有钱名世,在雍正年间,获罪名教,亦行入选。甚至所选诗人中,其名两字,俱与朕名同音者,虽另易他字,岂臣子之谊所安?且其间小传评注,俱多纰谬。沈德潜身既老惫,而其子弟及依草附木之人,怂恿为此,断不可为学诗者训。朕顾可轻弁一辞乎?已命内廷翰林,逐一检删,为之别白正定矣。至朕自来加恩于沈德潜者,特因其暮年晚遇,人亦谨愿无他。是以令其在家食俸,加晋头衔,以示优恤。然庄有恭前任苏抚时,曾奏及伊子不知安分,时为规戒,俾不至多事,累及伊父。此正庄有恭存心公正,所以保全沈德潜者不少。现在诗选刻已数年,陈宏谋则近属同城,尹继善虽驻江宁,亦断无不行送阅者。使能留心如庄有恭,据理规正,不但此集早知检点,即其子弟等群知约束,安静居乡,其所裨于沈德潜者,岂浅

---

① 〔清〕高宗:《御制诗集》,四集,卷59,古今体三十七首(己亥五),第8a—10b页。

鲜耶？陈宏谋无足论，而尹继善伴为不知之锢习，虽朕屡经谆谕，尚执而不化耳！着将此传谕尹继善、陈宏谋，令其知所省改。①

乾隆《沈德潜选〈国朝诗别裁集〉序》云：

> 沈德潜选国朝人诗而求序，以光其集。德潜老矣，且以诗文受特达之知，所请宜无不允。因进其书而粗观之，列前茅者，则钱谦益诸人也。不求朕序，朕可以不问，既求朕序，则千秋之公论系焉，是不可以不辨。夫居本朝，而妄思前明者，乱民也，有国法存。至身为明朝达官，而甘心复事本朝者，虽一时权宜，草昧缔构所不废，要知其人，则非人类也。其诗自在，听之可也，选以冠本朝诸人，则不可，在德潜，则尤不可。且诗者何？忠孝而已耳。离忠孝而言诗，吾不知其为诗也。谦益诸人，为忠乎？为孝乎？德潜宜深知此义。今之所选，非其宿昔言诗之道也。岂其老而耄荒，子又不克家，门下士依草附木者流，无达大义、具巨眼人捉刀所为，德潜不及细检乎？此书出，则德潜一生读书之名坏，朕方为德潜惜之，何能阿所好而为之序？又钱名世者，皇考所谓名教罪人，是更不宜入选。而慎郡王，则朕之叔父也。虽诸王自奏，及朝廷章疏署名，此乃国家典制，然平时朕尚不忍名之。德潜本朝臣子，岂宜直书其名？至于世次前后倒置者，益不可枚举。因命内廷翰林，为之

---

① 〔清〕庆桂等奉敕修：《清实录·高宗纯皇帝实录》，卷648"乾隆二十六年十一月上"，第251b—252a页。

精校去留,俾重锓板,以行于世,所以栽培成就德潜也,所以终从德潜之请,而为之序也。①

逮乾隆三十四年(1769),乾隆查处牧斋遗著最烈时,复有此谕:

又谕:前经降旨,将钱谦益之《初学集》《有学集》严行查禁。业据高晋、永德等先后奏到,江浙两省所有板片书本,陆续收缴销毁。因思沈德潜、钱陈群二人,平素工于声韵,其收藏各家诗集必多在。钱陈群于钱谦益诗文,似非其性之所近,且久直内廷,尚属经事,谅不致以应禁之书,转视为可贵。若沈德潜,向曾以钱谦益诗选列《国朝诗别裁集》首,经朕于序文内申明大义,令其彻去。但既谬加奖许,必于钱谦益之诗,多所珍惜,或其门弟子狃于锢习,尚欲奉为瓣香,妄以沈德潜齿宿爵尊,谓可隐为庇护,怂恿存留,亦未可定。果尔,岂沈德潜不知恩重,不复望朕为之庆百岁耶?沈德潜、钱陈群,自退居林下以后,朕恩礼便蕃,所以体恤而矜全之者,无所不至,冀其颐养林泉,俱臻上寿,人瑞表称,为东南缙绅佳话。优眷所被,至今有加。伊二人宁不感戴殊荣,勉思仰副?若其家尚有钱谦益《初学》《有学》等集未经呈缴者,即速遵旨缴出,与两人毫无干涉,断不必虑及前此收藏之非,妄生疑畏。岂朕成全两人至此,而委曲令其缴出,转从而加之罪责乎?设或不知警悟,

---

① 〔清〕高宗:《御制文集》,初集,卷12,第9b—11a页。

第八章 权力意志:清高宗乾隆帝讥斥钱谦益诗文再议

密匿深藏,使悖逆之词,尚留人世,此即天理所不容,断无不久而败露之理。纵使二人不及身受其谴,宁不为其子孙计乎?朕于奖善惩恶,悉视其人之自取,从无丝毫假借,钱陈群尤所深知,而沈德潜则恐不能尽悉矣。着传谕高晋、永德,将此旨就近密谕沈德潜、钱陈群知之。令各据实恪遵,体朕始终优礼保全之意。仍将如何宣谕遵办之处,附便奏闻。(1769D)①

沈德潜(归愚,1673—1769)《国朝诗别裁集》(又有《钦定国朝诗别裁集》之目,今称《清诗别裁集》),始选于乾隆十九年(1754),二十四年(1759)初刻,二十五年(1760)重订,二十六年(1761)增订本刻行,同年十二月,乾隆严厉批评之,责令南书房删改重镌,将钱谦益等之诗删去。沈氏此选,收清初以迄乾隆间诗人近千,诗作几达四千首,无愧鸿篇巨制。沈氏以"国朝诗"名其集,固欲使之成为清朝之"正典"(canon),而己则为此国朝诗"选政"之功臣。

沈德潜生前曾有殊遇:七十余岁后获帝识昀,平步青云,"尚书房行走";致仕前,官拜内阁学士兼礼部侍郎。乾隆曾赐德潜诗,有句曰:"我爱德潜德,淳风挹古初。从来称晚达,差未负耽书。"②沈老进献《国朝诗别裁集》,求御序,本为成就圣朝及己一桩风雅之事,没想到,此举竟为自己及牧斋带来灭顶之灾。

沈德潜殁于乾隆三十四年(1769)。沈氏的文字狱案,竟在其

---

① 〔清〕庆桂等奉敕修:《清实录·高宗纯皇帝实录》,卷841"乾隆三十四年八月下",第239b—240b页。
② 〔清〕高宗:《御制诗集》,初集,卷34,古今体一百三首(丙寅六),第23b页。

身后愈演愈烈。先是乾隆四十一年,乾隆下令追查沈氏门人潜行印刷原本《国朝诗别裁集》之事。逮乾隆四十三年,发生"徐述夔逆词案"(乾隆语),乾隆以沈氏曾为徐述夔作传,"直视悖逆诗句为泛常","虽已死,亦不可竟置不论",命廷臣议其罪。最后,曾经"青鞋布袜金阶上,天子亲呼老秘书"的沈老先生被追夺阶衔、罢祠削谥、平毁墓碑,真个惨不忍睹。① 沈氏晚岁及身后之劫祸,与牧斋难分难解,菟丝附女萝,诗与政治之纠葛,往往出人意表,有莫知其所以然者。

> 宋端石绶带砚歌乾隆四十六年,1781
> 端溪之石润溪濑,谁凿为砚刻绶带?
> 盖不出乎热中流,寓意乃在不言外。
> 铁崖改绶以为寿,欲藉砚田永年久。二句隐括扬维桢铭语。
> 大明铙歌鼓吹曲,亦曾用此摛词否?维桢于元仕不显,而不肯仕明,似为全人。然其集中,有《大明铙歌鼓吹曲》,非刺故国,颂美新朝,与《剧秦美新》何异?岂真全人所为?夫钱谦益既仕本朝,复阴为诗文诋毁,深恶其进退无据,然犹稍有怀故国之心。若维桢,则直毁故国,其较谦益尤甚。昨岁因阅《四库全书》,见所录维桢集,曾为文揭其卷首以斥之。

---

① 袁枚《怀人诗》其四:"确士先生七十余,自删诗稿号归愚。青鞋布袜金阶上,天子亲呼老秘书。(沈确士)"见〔清〕袁枚《小仓山房诗集·文集·外集》(上海:上海古籍出版社,1995年《续修四库全书》集部,第1431—1432册据上海图书馆藏清乾隆刻增修本影印),诗集,卷3,第16b页(总第262页)。

第八章　权力意志：清高宗乾隆帝讥斥钱谦益诗文再议

> 为寿荣乎抑辱乎？龙宾有识惭斯徒。①

作此诗三年以前（乾隆四十三年，1778），乾隆已有《题杨维桢〈铁崖乐府〉》一文，云：

> 杨维桢于元仕不显，而不肯仕于明，似为全人矣。而其补集中，有《大明铙歌鼓吹曲》，非刺故国，颂美新朝，非真全人之所为，与《剧秦美新》何以异耶？予命为《贰臣传》，于钱谦益之既仕本朝，阴为诗文诋毁，常恶其进退无据。然谦益之所毁者本朝，犹稍有怀故国之心，若维桢，则直毁故国，较谦益为甚。夫文章者，所以明天理、叙人伦而已。舍是二者，虽逞其才华，适足为害，不如不识字之为愈也。若曰惧明祖之强留，而故为此逊词以自全，乃明哲保身之计，予谓明祖直未强留耳，若与之官，将亦必受之。何也？以其忘故国而知之。危素跋而赞之，盖亦同病相怜，曲为之解耳。因著此论，并命录其集前，亦

---

① 〔清〕高宗：《御制诗集》，四集，卷77，古今体七十六首（辛丑一），第15b—16a页。又，"宋端石绶带砚"，今存，即"南宋端石凤池砚"，南宋淳熙元年（1174）铭，长24.1cm，宽16.4cm，厚3.5cm，重3310g。紫端石，砚面陷刻一绶带鸟，鸟首与鸟身为墨池，长尾由左向右回绕出墨堂，首端与左下角有伤缺。砚背宽平，首端与右侧有伤缺。中央直刻隶书："淳熙元年。"右方阴刻楷书铭："寿带翩跹，集我砚田。用发藻思，亦以永年。"行楷款："维桢。"篆印："维桢""铁崖。"左下方阴刻行书："姚绶珍藏。"篆书印："云东逸史。"下方侧壁阴刻楷书乾隆此诗。款识曰："乾隆己亥（四十四年，1779）仲秋月，御题。"阴刻篆书印："古香""太璞"。见台北故宫博物院编辑委员会编《千禧年宋代文物大展》（台北：台北故宫博物院，2000年），第445页。又，砚上乾隆此诗下款题乾隆四十四年，而在《御制诗集》四集中，此诗属乾隆四十六年之什。今观砚上诗与《御制诗集》中诗文字相同，但《御制诗集》本增加了注文。或乾隆先有砚上诗，后又于乾隆四十六年为诗添注，故所标作年亦有二？

357

所以教万世之为人臣者。①

又,乾隆四十六年谕有云:

> 命馆臣录存杨维桢《正统辨》。谕:……夫维桢身为元臣,入明虽不仕,而应明太祖之召,且上《铙歌鼓吹曲》,颂美新朝,非刺故国,几于《剧秦美新》,其进退无据,较之钱谦益托言不忘故君者,鄙倍尤甚,向屡于诗文中斥之。(1781B)②

杨维桢(铁崖,1296—1370),名列"元末三高士",元亡后不仕。杨氏诗、文、戏曲皆精,尤以"铁崖体"古乐府诗名擅一时。元社既屋,明太祖召杨纂修礼、乐书,婉辞不就。后有司敦促再三,无奈赴京,作《老客妇谣》,以表不仕二朝之意。留京百有一十日,俟所修书叙例略定,即乞归家。行前宋濂作诗赠别,有句云:"不受君王五色诏,白衣宣至白衣还。"杨抵家卒。③

杨维桢不仕二姓,理应得到乾隆的赞美才是,不意乾隆却深恶其人。在乾隆看来,杨氏虽无仕明之事实,但未必无仕明之心,又应明太祖召至京,上《大明铙歌鼓吹曲》,"非刺故国,颂美新朝",无异于《剧秦美新》。在乾隆批判杨维桢之际,牧斋竟然又成为对比

---

① 〔清〕高宗:《御制文集》,二集,卷18,第5b—6b页。
② 〔清〕庆桂等奉敕修:《清实录·高宗纯皇帝实录》,卷1142"乾隆四十六年十月上",第308a—308c页。
③ 详〔清〕张廷玉等撰《明史·杨维桢传》(北京:中华书局,第1974年),卷285,第7308—7309页。

第八章　权力意志:清高宗乾隆帝讥斥钱谦益诗文再议

的对象。于此一语境中,相对于维桢,牧斋虽进退无据,又阴为诗文诋毁,"然犹稍有怀故国之心",比维桢尚算略胜一筹。难得乾隆找到一个比牧斋更"不齿于人"的易代人物。

四、乾隆批判牧斋诗文探微

详味乾隆三十年(1765)乾隆所作三诗,可知该年前后,他对牧斋的反感似乎还不至于太强烈,还未采取大段、长篇诗注的策略以施展其对牧斋狠毒的人身攻击(详下)。《反钱谦益淮阴侯庙诗即用其韵》《歌风台》二首,乃步韵诗,至少在文词的表层结构上,与原作构成一定程度的、对等的互动关系,已作难免有所制约与收敛。就意韵而言,此二诗接近传统的咏史诗,是对前人所发的"史论"作一"翻案"(rebuttal),运思与文辞大体在传统同类型作品的法度中。步韵有一定难度,能完成这两首步韵诗,想乾隆对自己的诗艺多少有些得意。

《题夏圭山水》二首并未对牧斋作出任何批评,且诗其二末联后云:"见卷前钱谦益识语。"以此可以推想,乾隆本联乃借用或化用牧斋原作的文字而来。这可以说是乾隆对牧斋罕见的"首肯"。固然,乾隆此诗是题写在夏圭的画作上的,这宋画是国宝,"宜子孙"的物件("宜子孙"是乾隆在画上所钤众多藏印的其中一章),乾隆自然会刻意为自己在画上留下一个文雅、圣哲的形象,以垂示永久,无恶言泼语,也颇可以理解。

前此四年,乾隆二十六年(1761),在示军机大臣关于沈德潜《国朝诗别裁集》的谕令中,乾隆议及牧斋,也只说:"伊在前明,曾

359

任大僚,复仕国朝,人品尚何足论? 即以诗言,任其还之明末可耳,何得引为开代诗人之首?"乾隆此数语,比起以后的诟骂,可算"温柔"。

要言之,在这几年间,乾隆尚未太在意、痛恨牧斋,对他的批评是偶然触发的,尚有分寸。此中原因何在? 愚意以为,很可能是因为乾隆此际还未读过牧斋的《初学》《有学》二集,对牧斋的认识尚不深,只是从沈德潜的《国朝诗别裁集》读到牧斋若干诗作。乾隆《反钱谦益淮阴侯庙诗即用其韵》所"反"的牧斋的《题淮阴侯庙》诗,即在沈选中。在其1769A谕中,乾隆即云:"朕从前序沈德潜所选《国朝诗别裁集》……彼时未经见其全集,尚以为其诗自在,听之可也。今阅其所著《初学集》《有学集》,荒诞背谬,其中诋谤本朝之处,不一而足。"[1]可证。

后五年,乾隆三十五年(1770)的《观钱谦益〈初学集〉因题句》是一个分水岭,自此以后,乾隆对牧斋,尽是诟詈之词。这个新的发展来得其实并不突然。前此一年,乾隆三十四年(1769),牧斋已遭受到清王朝最密集、严厉的批判。其年六月至十二月,半年之内,乾隆对牧斋曾六度发言,批判不遗余力。1769A—F六件文献中,前四为乾隆谕旨,指摘牧斋《初学》《有学》二集"荒诞背谬","诋谤本朝之处"触目皆是;复指示:"此等书籍,悖理犯义,岂可听其流传,必当早为销毁。"清廷禁毁牧斋著作之举,于兹正式启动。乾隆于此四谕中,对禁毁牧斋的具体措施、地域范围、任员、时程等,颁下明确的指令。后二文献较短,系臣下就牧斋著作的情况上奏,乾隆在其上批复之言。

---

[1] 〔清〕庆桂等奉敕修:《清实录·高宗纯皇帝实录》,卷836"乾隆三十四年六月上",第155b页。

第八章　权力意志:清高宗乾隆帝讥斥钱谦益诗文再议

在上述第一阶段的批判中,乾隆认为"伊在前明,曾任大僚,复仕国朝,人品尚何足论?"指出牧斋人品有问题。在这第二阶段中,批判的火力大大增强。乾隆说:"(钱谦益)在前明时,身跻膴仕,及本朝定鼎之初,率先投顺,溽陟列卿,大节有亏,实不足齿于人类。"(1769A)到此地步,牧斋已不止人格有缺陷,他简直不是人了。至于牧斋的著作,乾隆评曰:"夫钱谦益,果终为明臣,守死不变,即以笔墨腾谤,尚在情理之中。而伊既为本朝臣仆,岂得复以从前狂吠之语,列入集中?其意不过欲借此掩其失节之羞,尤为可鄙可耻。"(1769A、1769B 开首之论类此。)很明显,在此一阶段的乾隆诗文中,牧斋在关乎臣节的道德问题之上,还有一个因为对清朝"笔墨腾谤"而带来的政治问题,而后者又连带使前者的严重性大幅增加,更形具体化。

《观钱谦益〈初学集〉因题句》为五律,篇幅不长,却是乾隆批评牧斋诗中最狠辣的一首,是对牧斋全方位的攻击。乾隆三十六年(1771)的《铜印诗》所咏的主体并非牧斋,诗是乾隆因收得元末文物而发的思古之幽情。诗末论及中国史家对元末正统归属论断之不公,云:"南人率左袒,正论谁衷折。"而诗之末联忽及牧斋,云:"谦益瀛国公,其事益瞽说。"牧斋《书瀛国公事实》一文乃考史之作,主元顺帝为元明宗"抱养"之子,其生父实乃宋降主瀛国公。牧斋此论,是否"瞽说",或可先置之不论,更重要的是,乾隆从"南人"史家忽而转接至牧斋,在无意中透露出牧斋在其心目中的分量——牧斋俨然为"南人"史家的代表。再者,乾隆厌恶的,又岂止于牧斋对"本朝"的"笔墨腾谤"?凡是牧斋对"异族"政权(古或今)有所讽议的,都"着急",圣天子乾隆一定要站出来纠谬匡正,口诛笔伐其"瞽说"。在此一认识下,乾隆与牧斋的对决,就不只是因为牧斋的文字对大清有所冒犯而已,而是因为牧斋议及明清、汉满、中外、华夷、正闰等大关大节,触犯了当朝皇上的权威。愚意以为,这才是乾隆批判牧斋的关键所在。故质言之,牧斋文字、议论之妥当与否,只是乾隆诟骂牧斋的跳板而已,其亟亟捍护的,是"异族"入主"中国"的"政治正当性"(political legitimacy)。

乾隆批判牧斋的第三阶段,有乾隆四十三年(1778)的《全韵诗》《宁远祖氏石坊叠旧作韵二首》(及乾隆四十八年[1783]的《远祖氏石坊再叠旧作韵二首》)《经吕翁山作》(及乾隆四十八年的《经吕翁山叠戊戌旧作韵》)。这五题七首诗的共同之处,在于所咏的都是明清易鼎之际人物,但此等人物,于生死去就的抉择却又迥然不同——《全韵诗》所咏者,乃为明朝殉节死事之忠臣;《祖氏石坊》及《吕翁山》诸什,则事涉叛明降清之"贰臣"。乾隆没有在诗的正文中咏及牧斋,牧斋出现在诗句后的长注中。

若真如乾隆所言,其批判牧斋,"实为世道人心起见,止欲斥弃其书,并非欲查究其事"(1769A),那么,在上述第二阶段的诗、文、措施中,禁毁牧斋的作业可说已经布置完成,而且很快就见到成效,何以牧斋仍屡屡出现在乾隆此一阶段的文字中?大概是因为乾隆发现,牧斋大有"回收再利用"(recycle)的价值,故而不断"鞭打一匹死马"(beating a dead horse)。

如同上一阶段,《全韵诗》《祖氏石坊》《吕翁山》诸作涉及牧斋的内容,都可在乾隆前此数年的谕令中找到对应的文字及诠解的基准。乾隆四十年(1775)到四十三年(1778)间,对于明清易代之际的重要人物,乾隆下令给予权威的、官方的评价;具体的举措是

第八章 权力意志:清高宗乾隆帝讥斥钱谦益诗文再议

赠予明季殉节诸臣谥号,以及命国史馆编列《贰臣传》(及后复命《贰臣传》分甲乙二编),前者可参看乾隆四十年的谕令,后者有乾隆四十一年(1776C)、四十三年二谕可资研寻。

　　正是在制定其对明清之际殉国诸臣及"贰臣"的评议纲领、政策时,乾隆发现牧斋是一唾手可得的参照系,可多加利用。相对于"临危授命,均足称一代完人"的明季死事诸臣,"若钱谦益之自诩清流,腼颜降附,及金堡、屈大均辈之幸生畏死,诡托缁流,均属丧心无耻,自当严《春秋》斧钺之诛",追加封谥,自然没他们的份。至如洪承畴、祖大寿等人物,"虽是贰臣背明国",但洪承畴其人,"视其历著勋绩,忠于我朝",而祖大寿,"虽由明总兵来降,有负胜国,然在本朝,则功绩茂著,其子孙并为世臣",乾隆乃命史馆臣,如此二人者,"正宜列之甲编"。

　　牧斋又如何?乾隆毫不含糊地指示:"其进退无据,不齿于人,如钱谦益,为乙编,以示褒贬。"当初馆臣受命编纂《贰臣传》,稿成,呈上览。乾隆披阅后,发现书中将钱谦益、洪承畴、祖大寿等混为一谈,龙颜大不悦,退件,命再分甲乙二编,甲褒,乙贬。牧斋竟尔成为清帝评价古今臣节的基准,而清代官史之一的体例、结构,又因之而发生变化,牧斋于九泉之下,应感到"与有荣焉"?

　　总而言之,乾隆此一阶段的诗篇所咏的人物是明清之际明朝殉国诸臣及归降清朝的"贰臣",涉及牧斋的文字只在诗注中出现,但在此一语言环境中,乾隆所形构的关于牧斋的"历史记忆"(historical memory)可谓每况愈下,愈"不齿于人"。

　　不在上述三个语义系统中的,尚有二诗。乾隆四十四年(1779),乾隆有《五词臣五首》之作,其中一首为《故礼部尚书衔原侍郎沈德潜》,牧斋出现在诗的前序及夹注中。上文已表过,牧斋之所以引起乾隆皇帝的注意,很有可能就是乾隆二十六年(1761)沈德潜进呈《国朝诗别裁集》求御序所惹的事。乾隆于当年已降旨批评沈德潜及牧斋,此谕之文字及旨意又重现于乾隆赐沈书的序中。后来,在查禁牧斋著作最严厉时(乾隆三十四年,1769),乾隆又下特谕,警告沈德潜莫存侥幸,切勿"密匿深藏"牧斋诗集,否则后果自负(见1769D)。此乃其年八月廿九日之事,而沈猝死于九月七日,①乾隆此谕恐与沈氏之暴毙不无关系。逮乾隆四十一年(1776)乾隆又谕军机大臣等,谓发现德潜殁后,"其门下士无识者流,又复潜行刷印"未经删定之原《国朝诗别裁集》,命追查原板所在,解京销毁。此德潜殁后一小劫也(详1776B)。乾隆四十三年(1778),"徐述夔逆词案"发,乾隆谓"沈德潜曾为作传,称其品行文章皆可法,直视悖逆诗句为泛常,转欲为之记述流传,则良心澌灭尽矣! 使其身尚在,获罪不小。虽已死,亦不可竟置不论"。事态严重了。命下廷臣议,结果是"削夺所有阶衔祠谥,并仆其墓碑,以为众戒"。此德潜身故后之一大劫。乾隆《故礼部尚书衔原侍郎沈德潜》一诗即作于此案定谳之次年,难怪其诗序、夹注陈述此事之来龙去脉特为详尽。之所以如此,大概就是不欲臣民视圣主为刻薄寡恩之人,遂洋洋洒洒、絮絮叨叨一大篇,以申明中外,"余不

---

① 〔清〕袁枚:《太子太师礼部尚书沈文悫公神道碑》,《小仓山房诗集·文集·外集》,文集,卷3,第23a页(总第12页)。

负德潜,而德潜实负余也"。①

乾隆四十六年(1781),牧斋意外获得一个小小的"平反"。本年,乾隆收得一件南宋端石凤池砚,见砚背刻有杨维桢铭文,不耻之,乃作《宋端石绶带砚歌》刻砚侧壁,以讥讽维桢。乾隆于诗的夹注中议及维桢与牧斋的人格操守。元末杨维桢入明不仕,当时后世颇有嘉其志节者。但在乾隆看来,维桢无非伪君子,盖其曾作《大明铙歌鼓吹曲》,"非刺故国,颂美新朝,与《剧秦美新》何异?岂真全人所为?"乾隆认为,杨维桢比牧斋更卑鄙无耻:"夫钱谦益既仕本朝,复阴为诗文诋毁,深恶其进退无据,然犹稍有怀故国之心。若维桢,则直毁故国,其较谦益尤甚。"虽然乾隆仍趁机抒发他对牧斋制式般的讥贬,但至少,在这个语境中,乾隆承认牧斋"犹稍有怀故国之心"。对牧斋此一"美德",乾隆是从未在他处表过的。(固然,前此三年,乾隆已作有《题杨维桢〈铁崖乐府〉》一文,刊于《四库全书》所收维桢集卷首,此诗注大部分文字实移录自该处,包括其评牧斋者。)

五、关于皇权与"场域"的理论性思考

乾隆虽然爱写,但其诗艺无甚足观,显而易见。不过,本文所

---

① 此中情实,也许还有必要从另一角度考量之,此乃于香港岭南大学一次会议席间,徐雁平、罗时进二位教授所提点者。要言之,究竟是因为乾隆要批判牧斋而牵连沈德潜,还是因为乾隆要夺其时天下之"文柄"(在沈老手中),必先整沈而后方可,而牧斋乃此事"冷手"中之"热煎堆",遂借力打人?此一"阴谋论",实在发人深省,惜笔者对沈德潜与乾隆二人之关系尚无深入研究,不敢臆断,请俟他日。

述关于乾隆咏及牧斋的诗,却有一个不见于历代诗歌、殊堪玩味的现象——他安排诗句与附注的形构方式(textual configuration)。从乾隆三十五年的《铜印诗》开始,我们发现,诗与注的篇幅完全不成比例,注文字数远远超过诗句本身——诗,沦为沧海一粟,四面楚歌。复次,在相关诗作中,注文又多半雷同,其来源,都是诗篇诞生前乾隆颁发的相关谕令。

乾隆的诗与注构成一个"诠释循环"(hermeneutic circle),可谓"吾道一以贯之"矣。然而,这些文本的意义基石,乃至于归宿,不在诗,而在注(或序)中所述引的乾隆的谕令。这些附注,是否乾隆手笔,很难判断。"十全老人"治御天下万国,文治武功,日理万机,故而这些冗长的诗注,很可能是他授意翰林学士或随侍词臣代为检索、缮写的。不过,乾隆这皇帝,精力确实异于常人,他要是真的写起来,也常滔滔不绝,连篇累牍。无论如何,这些文字乃乾隆"权力意志""绝对意志"的展演则可断言。乾隆虽反复强调其以"大公至正为衡",所作所为,光明磊落,"准情理而公好恶,即以示彰瘅,而植纲常""以示传信,而彰公道",但究其实,这种种背后,有一种严格的道德律在起着指导作用,其"终极关怀"(ultimate concern),在进一步巩固清朝统治中国(乃至于万国)的政治正当性,模铸一种只效忠于一朝一姓的臣节观,以及唤醒八旗的"历史记忆"。这些诗篇,也许是乾隆诗兴勃发时的产物,但因其背后烙有乾隆政治观、道德律、"权力意志"的印记,一切的赋义(signification)行为与过程,难免宿命地、无奈地沦为注文/诏谕/御旨的附庸。史家欧立德(Mark Elliott)曾论乾隆之文艺作为,有言道:

第八章　权力意志:清高宗乾隆帝讥斥钱谦益诗文再议

……通过将自己训练为一个艺术鉴赏家和实践者,乾隆想要展现给众人的是一个理想的君子形象,就其言谈和行为而言,乾隆企图在文章与武德之间取得完美平衡:精通射术并不足以让他赢得文官的尊敬,其中一些文官为世家大族,他们拥有的藏书比皇家还多。为了巩固皇权和他个人的权威,乾隆必须为自己建构一个睿智君主的形象,以显示他和他治下的臣民一样精通诗歌、艺术、历史和哲学。这显然并非易事。在某种程度上,乾隆是成功的;但从另一方面来看,他的努力因自负、褊狭和过激而打了折扣。不过,无论如何看待他的文化品味和天分,乾隆对于那一时代领域所产生的影响,两者都不容忽视。①

此中意思,若用法国哲学家、社会学家布迪厄的"场域"(field)理论的概念来表述,则乾隆乃欲将其于"文艺场域"中通过文艺创作所积累的"文化资本"(cultural capital)以及其扮演"诗人/书画家/行动者"所挣得的"象征资本"(symbolic capital),"转换"为其于"政治场域"中所能使用的资本与权力。愚见以为,欧立德于此之说未免过于谨小慎微(又因写作者对其书写对象难免有"移情作用",遂亦有所遮蔽)。要言之,至少从本文论述的乾隆有关牧斋的诗文来看,乾隆凭恃其九五之尊(imperial authority),施行集权专制(autocracy)以及"自由"(liberty),根本无视各场域中的"自主性";乾隆的言论掺合了"文艺/政治/朕"而形成一种权力的"混合体"

---

① [美]欧立德(Mark C. Elliott)著,青石译:《皇帝亦凡人:乾隆·世界史中的满洲皇帝》,第204—206页。

（hybridity）。结果,斯文扫地,一切均沦为乾隆"权力意志"的展演与施行。下面,不妨再援用布迪厄的理论,进一步分析此中情况。①

布迪厄的实践理论包含三个核心概念,即"习性"（habitus）、"资本"（capital）、"场域"。每一场域（诸如经济场域、政治场域、文艺场域、科学场域）都具有半自主性,可让场域中的"行动者"（agent,如诗人、科学家等）演出其本色。然而,场域不是绝缘体,在某一场域中获得的资本、酬劳是有可能"转换"到另一个场域中的。布迪厄把资本的不同形式的构成,以及资本在各场域中的"可转换性",放置到研究的中心。②

布迪厄所谓"文化资本"以三种形式存在:一、具体的状态,以精神和身体的持久"性情"的形式;二、客观的状态,以文化商品的形式（图片、书籍、词曲、工具、机器等等）,这些商品是理论留下的痕迹或理论的具体显现,或是对这些理论、问题的批判等等;三、体制的状态,以一种客观化的形式出现,这一形式必须被区别对待,

---

① 在讨论乾隆常将其书法作品赐予臣下的现象时,欧立德曾说"乾隆更乐意将其在书法上的天资转变为一种政治资本",已触及"文化资本"转换为"政治资本"的问题。见［美］欧立德（Mark C. Elliott）著,青石译《皇帝亦凡人:乾隆·世界史中的满洲皇帝》,第211页。由此看来,我在这里进一步使用布迪厄的资本理论来探讨此中涉及的"场域"间的逾越关系,应该是一个可取的进路。

② 可参包亚明《译后记》,［法］布尔迪厄著,包亚明译《文化资本与社会炼金术:布尔迪厄访谈录》（上海:上海人民出版社,1997年）,第212—224页。布迪厄说:"资本的不同类型的可转换性,是构成某些策略的基础,这些策略的目的在于通过转换来保证资本的再生产（和在社会空间占据的地位的再生产）。……资本的不同类型可以根据它们的再生产性加以区别,或更确切地说,可以根据它们如何轻易地被传递来加以区分,即带着或多或少的损失和或多或少的隐蔽性来加以区分;损失率与隐蔽的程度成反比状变化。"［法］布尔迪厄:《文化资本与社会资本》（原题为《资本的形式》）,收入［法］布尔迪厄著,包亚明译《文化资本与社会炼金术:布尔迪厄访谈录》,第209—210页。

第八章 权力意志:清高宗乾隆帝讥斥钱谦益诗文再议

因为这形式赋予文化资本一种原始性的财产,文化资本受到这笔财产的庇护。①

关于"文艺场域"的自主性及其行动者的特性,高宣扬有颇为精到的观察:布迪厄在分析文学和艺术场域时,一方面指称文学和艺术场域与社会其他场域的关联(如其与政治或经济场域的共同特点),但另一方面,又亟亟揭示文学和艺术场域文化再生产的特殊性,突显其运作逻辑的自律性。文学和艺术场域之不同于政治或经济场域,在于文学和艺术所使用的特殊象征性符号,其作为人类创造精神的最高级、最细腻和最超越的表达方式,具有特别复杂、曲折、灵活和迂回的特色。此外,文学家和艺术家,作为特殊的知识分子,倾向于以清高的姿态和隐蔽的形式曲折地表达他们的利益和欲望。他们不乐意参与社会、政治及经济场域的斗争,有时甚至将政治、经济场域的斗争看成"肮脏"的交易活动。他们宁愿更多地以良心和道德责任的名义,从抽象的人性出发,监督政治和经济场域的斗争。②

易言之,文艺场域的象征、符号系统具有抽象、迂回、"不切实际"的特质。若就中国传统的文艺观而言,也许就是讲求"兴寄""神韵""含蓄""言有尽而意无穷"等等。而且,欲将从文艺场域中挣得的资本"转换"成经济或政治场域的资本,难乎其难。(不妨想想,毕其一生,梵高曾卖出过几张画?司马相如又为什么要让卓文君当垆卖酒?)再则文艺场域中人清高(或自命清高),"不戚戚于贫

---

① [法]布尔迪厄:《文化资本与社会资本》,[法]布尔迪厄著,包亚明译:《文化资本与社会炼金术:布尔迪厄访谈录》,第192—193页。
② 高宣扬:《布迪厄的社会理论》,第82—83页。

贱,不汲汲于富贵"①(至少就理想而言),且多半对政治冷感,或刻意敬而远之,是以文人雅士、骚人墨客穷愁潦倒,朝不保夕,古今中外司空见惯,应谓寻常。

乾隆皇帝的文艺作为及情况,却完全不符合以上的描述。窃以为,对于乾隆的赋咏行为及其影响,不能用文艺场域的生产逻辑和美学诉求来理解(无论乾隆是多么地想附庸风雅)。乾隆关于牧斋的诗作带有强烈的、明确的政治目的性,是政治举措的产物;也可以说,在乾隆的操弄下,文艺场域与政治场域重叠起来。此时,传统诗歌的美学宗尚、旨趣几乎完全被牺牲掉,这些诗篇尽管遵从诗体的格律要求写成(诸如句式、平仄、对仗、押韵等),却毫无诗意、韵味。这些文本特殊的形构方式与结构更是对传统诗歌的体式与情韵恣意的破坏(vandalism):乾隆把原属政治场域的文件(documents,他的谕旨、诏书,尽管其每每是披着教化的外衣而颁下的)"剪贴"(cut-and-paste)到诗句四周,完全无视诗歌美学系统对意象、象征、抒情、典雅的要求。更重要的是,诗中或诗后附注一般担当补充、辅助的功能,为诗句服务,而且文字也讲求与诗句谐协,不至于喧宾夺主。乾隆的文本却将这种主从关系、结构以及文字质地(textuality)完全颠倒过来——文本的意涵来自乾隆的谕令,诗句本身只是这些谕令的韵语"转译"(paraphrasing),沦为相关谕令的附庸、从属、延展。乾隆这些诗作(也许除了《题夏圭山水》二首),自始至终,都是政治场域的产物。乾隆专横、野蛮地剥夺了文

---

① 陶渊明于《五柳先生传》中引黔娄妻之言以自况。见逯钦立校注《陶渊明集》(香港:中华书局,1987年),第175页。

第八章 权力意志:清高宗乾隆帝讥斥钱谦益诗文再议

艺场域中文化生产的自主性、自律性,以及诗人的灵魂与尊严。

吊诡的是,乾隆这些味同嚼蜡的诗作却拥有在文艺场域中即便是杰作也难以企及的权力与光环。个中原因何在?首先,这些诗作出自御笔,毋乃皇帝的化身,其权威性不言而喻,且不容置疑。再者,在这些诗篇诞生以前,它们的意义与权力早已获得"体制"的确认与奉行,因为诗篇的意义及指归其实来自早于诗篇的、在政治与法律场域中拥有至高无上权力的"圣旨"。

正因为在乾隆的操作下,文艺场域等同于政治场域,原来在个别场域的资本之间的困难"转换",现在不费吹灰之力就可以达成。复次,文艺场域的行动者原为艺术家与作家,而政治场域的行动者是政治家,但就本文所论述的情况而言,这两个场域的行动者都是乾隆皇帝本人,"政"与"教"既集于一身,"场域"于"帝力"何有哉!乾隆关于牧斋的诗作是乾隆的政治资本,"文章,经国之大业"。明乎此,也许,我们对于乾隆的诗作(以及作为诗人的乾隆)就不必过于苛评了——因为它们不是诗。

总而言之,在乾隆有关牧斋的诗作中,展露的除平庸乏味、不甚高明的"凑韵"(以及"不韵",尤其是咏五词臣中沈德潜那首,于其中,乾隆恣意地揭人隐私,刻薄寡恩)以外,也就是皇权与"国家"无所不在的、庞大的力量与意志。固然,我们也不能否认,他这种种作为,也许是出于为其大清王朝的福祉以及臣民的思想"健康"着想,有其睿智、善良与苦心在。不过,布迪厄也提醒过我们:"……国家最主要的力量之一,就是将思想的范畴强加于我们,并

371

让我们自发地将之运用于社会世界的所有事物,包括国家本身。"①至于乾隆屡屡强调的"大公至正""以示传信,而彰公道",我们不妨认为,他是在文字中暗中(其实是明目张胆,习读经史的读者一眼就能看破)"挪用"(appropriate)中国先圣的格言箴训,以行使其"象征权力"(symbolic power):"假自然、仁爱、贤能的名义而行,意义与赋义系统(systems of meaning and signification)遂得以遮蔽(并因此而强化)压迫与剥削关系的能耐。"②也许不妨说,乾隆所施展的象征权力,对牧斋(以及类似牧斋的文士)而言,究其实,就是"象征暴力"(symbolic violence),以及实际暴力。

六、结语

于中国历代帝王中,唐太宗(626—649在位)是乾隆心仪的对象。陈威(Jack W. Chen)对唐太宗的文学举措有颇深刻的观察。他指出,对于唐太宗而言,文学之所以对帝国的建立与巩固至关要紧,是因为"在文学的空间中,帝国与君主得以被想象"。陈威以"文学的构建力量"(constitutive power)形容之;在文学作品中,"抽象的政治观念与难以名状的社会机制被赋予形式和声音"。唐太宗书写文学及政治的文本,而这些作品"也同时成为其理想形象

---

① 成伯清:《布尔迪厄的用途》,收入[法]皮埃尔·布尔迪厄著,刘成富、张艳译《科学的社会用途——写给科学场的临床社会学》(南京:南京大学出版社,2005年),第11页。
② 华康德(Loïc Wacquant)阐释布迪厄"象征权力"的概念。见 Loïc Wacquant, ed., *Pierre Bourdieu and Democratic Politics: The Mystery of Ministry* (Cambridge and Malden, MA: Polity Press, 2005), p. 134。

（ideal image），他的自我（self）也因之而受到规范",他既是这些作品的主体（subject），也是这些作品的客体（object）。① 在唐太宗的诗歌里,陈威看到"在诗人的主体与帝国的化身（persona）之间存在着紧张性"。② 而唐太宗的"帝王诗"（imperial poetry）不应只被看作"政治正当性"（political legitimation）的产物。唐太宗是在认真写诗,是诗人。③

唐太宗之世后千余载,清朝乾隆皇帝的文治武功成就彪炳。但在乾隆的诗文中,我们看不到像唐太宗那样的诗与政治间的拉扯与"张力"（tension）。乾隆的诗,至少就本文所述引的那些而言,只是政治的传声筒,其中君主的"权力意志"无所不在,震耳欲聋。花非花,雾非雾。乾隆不是诗人。他通过诗体所欲建构的,是一个绝对的、旷古绝今的圣王形象。

---

① Jack W. Chen, *The Poetics of Sovereignty: On Emperor Taizong of the Tang Dynasty* (Cambridge, MA and London: Harvard University Asia Center, 2010), p. 4.
② Jack W. Chen, *The Poetics of Sovereignty*, p. 381.
③ Jack W. Chen, *The Poetics of Sovereignty*, p. 382.

第九章　近代上海《申报》中钱谦益的身影

明清之际,钱谦益(字受之,号牧斋,1582—1664)继"公安三袁"之后崛起文坛,攘斥复古派后劲,荡清竟陵派余响,以诗文、议论雄于时,并与弟子形成所谓"虞山之学",执文坛牛耳,"四海宗盟五十年",①系明末清初文学潮流嬗递、转变中的关键人物,影响当时后世文学、学术发展既深且远。惟钱氏于明季以东林党魁交结马、阮,又于南明弘光朝土崩瓦解之际,以礼部尚书率众降清,为"贰臣",因而后之论钱氏者,多着眼于其政治、人格操守及其于明清之际之政治活动。牧斋身后,清人对其议论有不同情况。正如论者所指出的,清初之议论牧斋者,主要在其人之政治操守及学术成就二端。牧斋新故,故旧门生表哀思之余,发为诗文,于牧斋之学术备极推崇,而对其政治操守则略而不谈。至于与牧斋交往不

---

① 语见黄宗羲《八哀诗》之五《钱宗伯牧斋》:"四海宗盟五十年,心期末后与谁传?凭裀引烛烧残话,嘱笔完文抵债钱。红豆俄飘迷月路,美人欲绝指筝弦。平生知己谁人是,能不为公一泫然。"〔清〕黄宗羲:《黄宗羲全集·南雷诗历》,卷2,第256页。

深之时人(此中明遗民与清官吏皆有之),对牧斋之议论则颇具分歧,争议亦烈,其争议主要在牧斋之政治操守,或掊击之,或为之回护。及康熙之末,去牧斋之世渐远,议论者视牧斋为一与己无涉之历史人物而已。此等议论皆出于士大夫之流,纯为论者一己之私见。及乎乾隆中叶,清廷明令禁毁牧斋著述,乃始有来自朝廷之官方言论。往后十数年间,乾隆及其文学侍从之臣,遂渐为牧斋定谳。及牧斋名列"贰臣",乃有所谓定论,而此一定论延续到清室覆亡为止。① 笔者于他处曾论及,乾隆对牧斋的"斧钺之诛"影响深远,终清之世,官家著述无敢有支吾者,此不在话下;而即便私家撰作,论及牧斋,亦率多于牧斋的政治行为、人格操守再三致意,乐此不疲。钱谦益成了一个政治、历史、道德的问题,"贰臣"成为钱氏的标签。②

本文尝试将观看的焦点转移到近现代,以上海《申报》为考察对象,分析牧斋的形象在晚清以迄民国时期的种种样态。首先,为何选择《申报》?《申报》乃近现代芸芸报刊中创刊时间较早而历史最长、发行量最大的报纸,它在一八七二年四月三十日创刊,到一

---

① 见谢正光《探论清初诗文对钱牧斋评价之转变》,《清初诗文与士人交游考》(南京:南京大学出版社,2001年),第60—108页。相关研究可参:Kang-i Sun Chang, "Qian Qianyi and His Place in History," in Wilt L. Idema, Wai-yee Li, and Ellen Widmer, eds., *Trauma and Transcendence in Early Qing Literature* (Cambridge, MA and London: Harvard University Asia Center, 2006), pp. 199–218;拙著: Lawrence C. H. Yim, "Qian Qianyi's Reception in Qing Times," *The Poet-historian Qian Qianyi*, pp. 56–78.
② 相关的问题,可参拙著《钱谦益〈病榻消寒杂咏〉论释》,第3—20页;本书"钱谦益遗著于清代的出版及'典律化'历程""权力意志:清高宗乾隆帝讥斥钱谦益诗文再议"二章。

九四九年五月二十六日才停印,历时七十七年。《申报》是一份以营利为主要目的的商业报纸,它必须面向大众。《申报》刊登文学作品,对中国近现代文学发展起过重要作用。① 要之,我们可借着《申报》,对牧斋的形象(image)与"受容"(reception)作较长时期的观察,增补我们对清初及乾隆朝(十七、十八世纪)以后的牧斋的认识。同时,《申报》与近现代中国可谓同步发展,它见证、反映了清朝的结束与"现代"的来临——作为一种新式新闻媒体(news medium)且逐渐离开皇权、官方的束缚,《申报》提供了作者异于传统的书写空间与可能性。《申报》中牧斋的形象、人们对他的议论,与清初以及乾隆时期的侧重相比较,会否呈现不同的情态、发展趋势?这是一个有趣且重要的探问。②

---

① 关于《申报》及近代中国报刊史,现今学界研究成果已相当丰富,但下列三部较早出版的专著亦不无参考价值:Y. P. Wang, *The Rise of the Native Press in China* (New York: Columbia University Press, 1924);中译:汪英宾著,王海、王明亮译:《中国本土报刊的兴起》(广州:暨南大学出版社,2013 年),第 23—32 页。Roswell S. Britton, *The Chinese Periodical Press, 1800-1912* (Shanghai: Kelly and Walsh, 1933);中译:[美]白瑞华著,王海译:《中国报纸(1800—1912)》(广州:暨南大学出版社,2011 年),第六章"《申报》和上海报纸",第 70—81 页。戈公振:《中国报学史》(上海:上海书店出版社,2013 年),第 69—71 页。
② 本文使用《申报》材料,悉从电子数据库"申报(1872—1949)数据库"中搜得。搜寻关键词设定为"钱谦益""钱受之""牧斋""牧翁""蒙叟""钱宗伯",后据实际情况,再增"牧斋外集"一项。搜寻范围虽已尽量周详,但搜寻结果未必完备,因此一数据库文字版脱字、讹字、错字甚多,必然影响到搜寻的准确度。疏漏之处,幸读者方家有以教我。因所搜获材料错误太多,无法直接使用,乃取《申报》复制纸本逐一校对订正;所据纸本为:上海申报馆编辑《申报》(上海:上海书店,1982—1987 年据上海图书馆藏原报影印)。(《申报》电子库设有图像文件可供对照,但系统极差,久久输不出影像,干脆放弃。)《申报》纸本原文明显的错别字径改,不另说明。《申报》早期无标点,后有简单句读,后期有新式标点;今为方便阅读,所引用材料统一以通行方式增补标点。

一、楔子——关于牧斋的历史记忆

清朝覆亡前四十年左右,一八七二年十月二日的《申报》在第二页刊出《吴兴赵忠节公复伪忠王李逆书并绝命辞四律(附和诗及来书)》。于此场合,钱牧斋在十八世纪遭乾隆帝禁毁之后,首次重现于大众读物中。

十九世纪中叶太平天国之乱期间,江南湖州之攻守战争极为惨烈,轰动全国。战事从咸丰十年(1860)二月至同治元年(1862)五月,逾二载。湖州守防,乡绅赵景贤(1822—1863)自办团练为之,称统帅(期间清廷任赵为道员,多次擢升,最后授官福建督粮道),太平军忠王李秀成亲率大军屡攻不下。湖州孤城,坚守二年始陷,其中种种艰辛(有易子而食之事),可以想象。赵景贤,《清史稿》有传,史臣于传末论曰:"赵景贤以乡绅任战守,杀敌致果,继以忠贞。当时团练遍行省,自湖湘之外,收效者斯为仅见。"①得其实。

同治元年五月,城陷。《清史稿》载:

> 景贤冠带见贼,曰:"速杀我,勿伤百姓。"贼首谭绍洸曰:"亦不杀汝。"拔刀自刎,为所夺,执至苏州,诱胁百端,皆不屈。羁之逾半载,李秀成必欲降之,致书相劝。景贤复书略曰:"某受国恩,万勿他说。张睢阳慷慨成仁,文信国从容取义,私心窃向往之。若隳节一时,贻笑万世,虽甚不才,断不为此也。

---

① 〔清〕赵尔巽等撰:《清史稿·赵景贤传》,卷400,第11838页。

> 来书引及洪承畴、钱谦益、冯铨辈,当日已为士林所不齿,清议所不容。纯皇帝御定《贰臣传》,名在首列。此等人何足比数哉?国家定制,失城者斩。死于法,何若死于忠。泰山鸿毛,审之久矣。左右果然见爱,则归我者为知己,不如杀我者尤为知己也。"秀成赴江北,戒绍洸勿杀。景贤计欲伺隙手刃秀成,秀成去,日惟危坐饮酒。二年三月,绍洸闻太仓败贼言景贤通官军,将袭苏州,召诘之,景贤谩骂,为枪击而殒。①

《清史稿》此处引载赵景贤复李秀成书仅一段,《申报》所载者则为全文,并附赵之绝命诗四首,及另二人和赵诗,又附万本梅花馆主致申报馆信一封。今天看来,《申报》刊出的,可谓一个小专辑。赵复李书中,明告李秀成,其援明清鼎革之际钱谦益等"贰臣"例劝之降、教之叛,绝无可从之理。(可惜李秀成致赵景贤书今佚,无从得知其如何引述钱氏的事迹。)

《申报》此页为近现代文艺副刊的前身,"书""诗"固然也是文学的体类,但这里刊出的文本所成就的,其实是"史义",且与乾隆帝于十八世纪下半叶所建构的忠臣观、节义观息息相关(请详下文)。赵景贤写这信时,兵败被执,囚于苏州,已决意殉国。在赵性命危急之际,若非李秀成来书先提及钱氏等人,他未必会如此回应,书此明志。无论如何,这些诗文突显了一个现象——在国族危急存亡关头所牵动的历史记忆、政治话语、道德选择中,钱氏的行为成为一种参照系:时与势的考验、可为与不可为的权衡、忠与不

---

① 〔清〕赵尔巽等撰:《清史稿·赵景贤传》,卷400,第11837—11838页。

忠的抉择、历史记载中不朽的声名与当下存活的挣扎。

赵景贤殁于一八六三年，后一年，太平天国被清军彻底剿灭，《申报》一八七二年十月二日刊出赵景贤之书及诗时，已在赵殉难将近十年以后。《申报》刊登此数书及诗，应非着眼于新闻时事价值，而在其"纪念性价值"（commemorative value）。①

在《吴兴赵忠节公复伪忠王李逆书》中，钱氏不是书写的重心，而且"复伪忠王李逆书"这个语境很严肃，不类钱氏于近现代报刊中出现的姿态。

钱氏再在《申报》出现时，会在一个"雅集"中。

牧斋走进近现代报刊、读者群中，会比走进史册或"道德之书"（book of morality）相对从容（或无关痛痒）得多。

二、牧斋重现文坛

《申报》创办于一八七二年四月三十日。同年十二月二十五日（同治十一年壬申十一月二十五日），《申报》刊有《消寒雅集唱和

---

① 赵书及诗后附二人和韵诗，后又附万本梅花馆主致申报馆一函，云："吴兴赵忠节公筹办湖防事务，血战三年，被围五月，城陷后觅死不得，被执至苏。伪忠王李逆谬为恭敬，诱胁多方，公终百折不回，卒至被害。其筹兵伟略，矢志公忠，辉耀史乘，无待赘言。兹检得在苏复伪忠王一书、绝命辞四章暨和什，一并录奉，即希登入《申报》，以广传闻，是所至祷。万本梅花馆主录呈。"据此可知，赵书及诗或系新发现的文献，则其除了纪念性价值，还具有历史价值（historical value）。复次，《清史稿·赵景贤传》载："自湖州陷，屡有旨问景贤下落。至是死事闻，诏称其'劲节孤忠，可嘉可悯'，加恩依巡抚例优恤，于湖州建专祠，宣付史馆为立特传，予骑都尉世职，谥忠节。"此赵氏"特传"既撮录赵复李书一段，其取材，是否即《申报》此日所刊出者？若然，则近代"正史"之史源与报刊材料的关系，值得进一步探究。

诗》,蘅梦庵主原唱,龙湫旧隐次韵,云来阁主和作。①

蘅梦庵主,即蒋其章(1842年生,1877年进士),字子相,乃《申报》第一任主笔(约于1872—1875年间在任)。蒋氏任《申报》主笔后别号芷湘(又作芷缃),用蘅梦庵主、蠹勺居士、小吉罗庵主等笔名在《申报》《瀛寰琐记》上发表诗文。②

申报馆于一八七二年十一月十一日(同治十一年壬申十月十一日)创办《瀛寰琐记》,近代第一部由中国人翻译的西方小说《昕

---

① 关于早期《申报》,汪英宾说:"在太平天国起义被镇压后的19世纪七八十年代,中国处于一个和平年代。朝廷中忙于奉承皇上的政客们实际上无暇顾及报刊的发展,热衷于科举考试这条唯一进入仕途的士子们都不愿在报刊上浪费时间,而涉足报刊的所谓'秉笔华士'遭到当时国人的蔑视。报刊编辑的岗位往往由科考失败的士子们担当,而他们从事此项事业旨在把报刊作为表达其个人不幸命运的泄愤工具。这样的报刊报导者无从采集有价值的新闻,因此当时的报刊充塞着'无病呻吟'的文章。报刊内容都是琐碎而无聊的,大致分为三类:(1)中央和地方政府官员发布的"圣旨";(2)同省份的省府科考、谋杀案和鬼故事等;(3)诗歌栏目刊登缺乏主题的文人诗歌。报纸广告栏则主要刊登市场行情、航船价目和戏院节目单等。"可谓一针见血。见汪英宾著,王海、王明亮译《中国本土报刊的兴起》,第25页。但具体情况不妨考论得更细致些,如邵志择就认为:"蒋芷湘在主持《申报》之时对于海上文人的影响力还是很大的,而《申报》也确实通过发表文人的诗文获得了文人的认可。癸酉正月,署名为'海上双鸳鸯砚斋'的作者戏仿《阿房宫赋》作了一篇《申报馆赋》,刊于《申报》,历数《申报》的好处,其中也提到诗文酬酢。赋的最后一段说:'使《申报》各爱其新,则借以劝惩。劝惩扩《申报》之新,则布一处可至各处而警心,谁阅而不乐也? 吾人既爱自新,俾众人新之,众人新之而日广之,亦使众人而又新众人也。'由此可见,蒋芷湘在《申报》最初一年里所做的事情,至少在文人圈中还是有效果的。"见邵志择《〈申报〉第一任主笔蒋芷湘考略》,《新闻与传播研究》第15卷第5期(2008年第5期),第57页。
② 关于蒋其章,可参邵志择《〈申报〉第一任主笔蒋芷湘考略》,《新闻与传播研究》第15卷第5期(2008年第5期),第55—61、95页。据邵文,《申报》第一任主笔蒋芷湘本名蒋其章,字子相,浙江钱塘(杭州)人,生于1842年,1877年成进士,约在1875年即已离开《申报》,而非一般认为的1884年。蒋氏1879年至1883年间出任甘肃敦煌知县。

夕闲谈》即于该刊连载。《昕夕闲谈》原作为布威-利顿(Edward Bulwer-Lytton,1803—1873)于一八四一年出版的《夜与晨》(Night and Morning)上半部,据学者考证,其译者即为蒋其章(刊载时署名蠡勺居士),大概是由《申报》创办人英人美查(Ernest Major)口译,蒋氏笔述而成。①

与洋人合作移译域外小说,于其时中国固是甚"摩登"之事,而约在同时,蒋氏于沪上又有相当传统的活动,即频频与上海文人诗酒雅集。一八七二年十二月二十五日,《申报》刊出"消寒雅集唱和诗"一辑,蘅梦庵主之诗题作《壬申长至日,同人作消寒雅集于怡红词馆,漫成二律,用索和章》。是年冬至为公元十二月二十一日,此为消寒雅集第一会。《申报》于一八七三年一月二十五日刊梦游仙史之《消寒第四集同社诸君公饯》诗,据此可知自上年十二月底至本年一月底,诸人已四度聚会。这四次诗酒雅集,催生了不少诗作,部分刊登在《申报》上。

从这期间刊出的"消寒雅集"诗来看,蒋其章等人在雅集时有同题赋咏之事。"消寒"第一集,分咏红梅;第三集,咏雪美人。第一集诗作中,竟有咏及钱谦益者。龙湫旧隐次蘅梦庵主韵之诗有联云:"藏得虞山遗集在,围炉重与赏奇文。"句后自注云:"蘅梦庵主藏有牧斋外集,消寒第二集拟以命题,故云。"《申报》于一八七三

---

① 可参 Patrick Hanan, "The First Novel Translated into Chinese," *Chinese Fiction of the Nineteenth and Early Twentieth Centuries* (New York: Columbia University Press, 2004), pp. 85-109;中译:[美]韩南著,徐侠译:《论第一部汉译小说》,《中国近代小说的兴起》(上海:上海教育出版社,2010年),第87—113页。吕文翠:《巴黎魅影的海上显相:晚清"域外"小说与地方想象》,《海上倾城:上海文学与文化的转异,一八四九——一九〇八》(台北:麦田出版社,2009年),第29—72页。

年一月八日又刊苿申《壬申长至日同人作消寒雅集于怡红词馆奉和大吟坛原韵》,亦有联云:"珠探骊颔君先得,集购虞山我未披。(君藏有牧斋外集。)"此二联诗预告了钱谦益在遭十八世纪乾隆皇帝禁毁、打压后,将重现文林。

果然,从一八七三年一月十一日到三月五日,《申报》刊载了如龙湫旧隐《书钱牧斋外集后》等十题二十三首诗,毫无疑问,这些都是蒋其章等人所举消寒第二集所分咏或嗣后引发的诗作。之后,四月二日、八日的《申报》尚各有一诗,虽非专咏此"牧斋外集"者,但仍有诗句及附注提及牧斋其人其诗。此中第一批诗作录如下:

　　牧斋外集题词录呈同社诸吟坛斧政
　　　　　鹤槎山农江湄
　　古人有才兼有福,充栋汗牛藏厥腹。
　　赓歌廊庙笔如椽,海样文章难卒读。
　　当日虞山产美材,拔地参天成高木。
　　绣虎雕龙未足夸,倚马千言皆中鹄。
　　生平著作可等身,甲乙编年装成轴。
　　兴酣落笔皆烟云,安得熊鱼兼所欲。
　　金钟大镛登明堂,两部鼓吹置偏屋。
　　拂水山庄集已成,零珠碎玉皆其族。
　　不幸生逢多事秋,长言永叹当歌哭。
　　耦耕偕隐订松圆,半野堂开招闲局。
　　独惜功名心未灰,耄年犹食熙朝禄。
　　方今选政剧精严,珍重一编宜韫椟。

第九章 近代上海《申报》中钱谦益的身影

书钱牧斋外集后
龙湫旧隐

士人读书置朝列,不重文章重气节。
有明一代多伟人,殉国死君尤激烈。
虞山本是东林魁,高谈忠孝何恢恢。
一朝钩党挂冠去,激昂慷慨名争推。
转瞬浡升入卿贰,参预枚卜挟猜忌。
温周虽非宰相才,贿赂通情亦贪肆。
汉儒讦奏非无因,抚按交白冤难伸。
幸为宦竖作碑记,解狱削藉全其身。
京师已陷国南渡,阴戴潞王冀攀附。
讵料朝廷早有君,颂功幸得邀恩遇。
上疏既推马士英,草奏复荐阮大铖。
反侧贪鄙殊可笑,安能报国抒忠诚?
江南已定迎降始,屈膝马前不知耻。
芳名甘让柳枝娘,大节有惭瞿式耜。
乞疾归田悔已迟,掩罪召祸由诗词。
朽骨难逃董狐笔,贰臣传里名昭垂。
今观外集益叹惜,先后心情多变易。
中兴一疏皆空谈,岂于南都有裨益?集中有《矢愚忠以裨中兴疏》。
暮年末路聊逃禅,皈依我佛心甚虔。
楞严金刚手抄遍,鬓丝禅榻飘荒烟。

383

其文虽在不足重,那有光芒为腾涌?
沧桑历劫谁收藏,寂寞残编等邱垄。
君不见阁部一书今尚存,凛凛名节皇朝尊。
梅花岭上鹃啼血,千秋庙食招忠魂。

消寒第二集,出牧斋外集示客,并索题词。龙湫旧隐、鹤槎山农既各成长古,予亦继声得六绝句。

蘅梦庵主

者是虞山劫后灰,断笺碎墨认心裁。
如何颓老功名愿,强付楞严半偈来。集中多禅悦之作。(其一)

绛云文笔本清腴,搜辑看从积蠹余。
读至卷终还一笑,祭文偏附老尚书。卷尾附龚合肥祭文。(其二)

党魁何事度逶迟,一疏中兴愤不支。
覆读老臣披沥语,居然朝局顾当时。(其三)

几番枚卜误斯人,晚节偏夸气节真。
谁料初心偏大负,还山可许白衣身?(其四)

颓唐老笔亦堪怜,如此才名惜晚年。
也识诗人忠爱意,杜陵斟酌作新笺。内与人书多论

笺杜诗语。(其五)

> 遗刻都归一炬中,只今传写惜匆匆。
> 殷勤谁付钞胥手,小印红钤竹坨翁。(其六)

(同治十一年壬申十二月十三日[1873年1月11日],第220号,第2页)

鹤槎山农、龙湫旧隐、蘅梦庵主对牧斋其人其书的赋咏,在牧斋的生平事迹方面,毫无新知可言,而对牧斋其人的评议,亦不超过十八世纪乾隆朝对牧斋作出"定论"后的象限。其实,只要读过乾隆皇帝敕修《贰臣传·钱谦益传》中的一段文字,读者对鹤槎山农等的(及下文述论的)诗的指归便可了然于心,不用笔者多费唇舌。兹不避烦碎,引录如下:

> 乾隆三十四年(1769)六月,谕曰:"钱谦益本一有才无行之人,在前明时身跻膴仕,及本朝定鼎之初,率先投顺,洊陟列卿,大节有亏,实不足齿于人类。朕从前序沈德潜所选《国朝诗别裁集》,曾明斥钱谦益等之非,黜其诗不录,实为千古纲常名教之大关。彼时未经见其全集,尚以为其诗自在,听之可也。今阅其所著《初学集》《有学集》,荒诞悖谬,其中诋谤本朝之处,不一而足。夫钱谦益果终为明朝守死不变,即以笔墨腾谤,尚在情理之中,而伊既为本朝臣仆,岂得复以从前狂吠之语,列入集中?其意不过欲借此以掩其失节之羞,尤为可鄙可耻!钱谦益业已身死骨朽,姑免追究。但此等书籍,悖理犯

义,岂可听其留传？必当早为销毁,其令各督抚将《初学》《有学集》于所属书肆及藏书之家,谕令缴出,至于村塾乡愚,僻处山陬荒谷,并广为晓谕,定限二年之内尽行缴出,无使稍有存留。钱谦益籍隶江南,其书板必当尚存,且别省有翻刻印售者,俱令将全板一并送京,勿令留遗片简。朕此旨实为世道人心起见,止欲斥弃其书,并非欲查究其事。通谕中外知之。"三十五年(1770),上观钱谦益《初学集》,御题诗曰:"平生谈节义,两姓事君王。进退都无据,文章那有光？真堪覆酒瓮,屡见咏香囊。末路逃禅去,原为孟八郎。"四十一年(1776)十二月,诏于国史内增立《贰臣传》,谕及"钱谦益反侧贪鄙,尤宜据事直书,以示传信"。四十三年(1778)二月,谕曰:"钱谦益素行不端,及明祚既移,率先归命,乃敢于诗文阴行诋谤,是为进退无据,非复人类。若与洪承畴等同列《贰臣传》,不示差等,又何以昭彰瘅？钱谦益应列入乙编,俾斧钺凛然,合于《春秋》之义焉。"①

三人中,龙湫旧隐对牧斋的讥讽最像乾隆,而鹤槎山农和蘅梦庵主批评归批评,对牧斋似乎还存有一种微妙的、纠结的爱慕。鹤槎山农对牧斋之才充满赞叹,且对其于明季遭遇之多舛深表同情。"独惜功名心未灰,耄年犹食熙朝禄",则其惋惜牧斋于大节有亏,沦为贰臣。全诗整体而言,言辞不算刻薄。至于此"牧斋外集",鹤槎山农认为宜珍重收藏。

---

① 王钟翰点校:《清史列传·贰臣传乙·钱谦益传》,卷79,第6577—6578页。

蘅梦庵主之诗比之上述二人之作较灵巧（许是采用绝句体之故），每一首宛如一个"处境"（situation），牧斋于此"六绝句"中比较形象化。"者是虞山劫后灰，断笺碎墨认心裁""绛云文笔本清腴，搜辑看从积蠹余"云云，表达了蘅梦庵主对此集牧斋遗文的珍爱。固然，蘅梦庵主对牧斋"初心偏大负"之事还是感到相当遗憾的。最妙的是诗其三，云："党魁何事度逡迟，一疏中兴愤不支。覆读老臣披沥语，居然朝局顾当时。"对牧斋于南明弘光朝的怀抱与作为，表示同情和欣赏。诗其六表出，是集虞山遗文珍贵之处，在于牧斋的著作"遗刻都归一炬中"，经乾隆朝禁毁，"者是虞山劫后灰"，无论人们对牧斋的人格操守如何评价，此物仍值得珍藏。况且，它还是朱彝尊（竹垞，1629—1709）旧藏之物，"殷勤谁付钞胥手，小印红钤竹垞翁"，蕴藏着丰富的文化记忆，价值不言而喻。

对于牧斋，这一组文本展露了三个情感倾向：爱其才（其为明清之际诗文大家）、哀其遇（其于晚明时累受政治打击）、鄙其行（其降清而为贰臣）。文本的形构（configuration）与感情、思想的抒发就在这三个倾向的对立、拉扯中完成。此固非清末文士对牧斋特有的情意结，究其实，自清初以迄乾隆朝，人们书写牧斋就在这三种情绪中来回摆荡。然而，乾隆朝的牧斋批评的话语逻辑与指导原则确立在"鄙其行"一端。其力量始于皇权（imperial authority）的高压施展而终于"体制"（institution）的内化与规范，见诸"禁毁"、《贰臣传》的编纂等。在此一"定论"的框范中，毫无"爱其才""哀其遇"的余地。循此以思，牧斋在清末蒋其章等消寒第二集中以"被议论""被思考""被书写及刊登"的方式重新进入文人群体及公共空间，就某一意义而言，宣告了禁锢的结束（unbound），其意义

387

不容小觑。虽然如此，但乾隆帝对牧斋的诅咒与贬斥自形成后，就从未消退过，其批评牧斋的内容、情绪色彩，乃至于实际语词（actual diction）构成十八世纪至今书写牧斋的重要典实（allusion）及典范（paradigm）。乾隆帝将牧斋作为政治事件处理（针对牧斋对"国朝"忠诚与否，"明祚既移，率先归命，乃敢于诗文阴行诋谤，是为进退无据，非复人类"），虽然他宣称其目的在于道德伦理的扶持（"千古纲常名教""世道人心"）或史书修撰的完善（"据事直书，以示传信""俾斧钺凛然，合于《春秋》之义"），此种说法实难让人信服。无论如何，当时与后世的文人在书写牧斋的举措中，从不忘记使用此一"牧斋/乾隆"连结，使得关于牧斋的诗文、论说，总带有政治底蕴或阴影，书写行为陷入自觉或不自觉的"制约"（bound）中。

在刊出上述三人诗作的同页，还有云来阁主的《读牧斋外集题词》二首，云：

> 剩有遗编在，斯人讵不传。
> 生平原厉节，老去漫逃禅。
> 事业余钩党，文章托杜笺。
> 谁知少陵叟，忠爱本缠绵。（其一）

> 不作中书死，其如褚彦回。
> 中兴遗一疏，此老故多才。
> 去国愁难遣，还山事可哀。
> 半生此心血，莫付劫余灰。（其二）

（同治十一年壬申十二月十三日[1873年1月11日]，第220号，第2页）

揆诸蘅梦庵主诗题,似乎鹤槎山农及龙湫旧隐乃消寒第二集与会者(但鹤槎山农其实不在场,请详下文),而当天云来阁主有无出席,无从确考。如云来阁主当天在场且曾赋诗,而蘅梦庵主诗题没有提到他,则可能是他人诗先成,已下题如上,云来阁主后至后作,故不及之。又或者云来阁主当天其实并未与会,其作乃因上述诸作而赓作者(或系应蘅梦庵主之请而作)。果如是,则其诗题应理解为"读'牧斋外集题词'"。

笔者于此,并非作无关痛痒的考证,实欲顺此揭出,晚清报刊(新式活版印刷机印制物、活版印刷术[typography])给创作、传播、阅读带来的新变。要之,相对于传统雕版印刷(woodblock printing),新式报刊此一媒体(medium)可迅速、大量制作文本,并使之传播于读者受众群中。这首先方便编者(作为一积极行动者[an active agent])组织作者群对某一共同主题从事创作,提供共时发表的纸墨、空间、场域,进而营造出一个关系密切的社群(community),或此"社群"的"观感"(impression)(如此一"社群"其实并不存在)。例如:设若云来阁主当日并未出席消寒第二集,则其诗系后作,但其诗却得以于一八七三年一月十一日的《申报》与蘅梦庵主等人的作品同页刊登。

再者,《申报》乃一谋利的报刊(属商业性质),有其必须履行的专业伦理(professional ethics),如定期、准时出刊。如此一来,如某一主题的文本可增加刊物的销量(关乎利益),此种文本可能会持续出现于刊物中;又或刊物遇到困难,譬如某日稿量不足,此种文本虽无利润价值,但可"补白",聊胜于"开天窗",依然会被刊出。

承上所言,乾隆皇帝于十八世纪屡屡批评钱谦益,使之持续出现在朝廷的诏令中(政治空间),是出于帝主建构忠贞、臣节"话语"(discourse)的需要。相对而言,晚清报刊连续登载关于钱氏的诗文,并非出于政治、理念的诉求,只是因在这种出版、传播机制(mechanism)中,牧斋有市场价值(market value)。固然,与此互为表里的是,文人爱写牧斋,读者爱读关于牧斋的种种逸事。

从一八七三年一月十一日到一八七三年三月五日,《申报》陆续刊载有关消寒雅集(共四会)的诗作,与此同时,赋咏"牧斋外集"的作品亦相继出现。关于牧斋的诗作,具录如下:

> 书牧斋外集后七绝四首和消寒第二集之作
> 弇山逸史
> 当年侧足小朝廷,马阮何人效荐腥。
> 残局自将收箸下,中兴疏要耸谁听?(其一)
>
> 晚托逃禅妙遁虚,骚坛祭酒集簪裾。
> 可怜序墨珍于璧,误却东阳老尚书。(其二)
>
> 寂寂山庄拂水搜,绛云不共墨云留。
> 自矜注杜高笺手,穿凿能逃一炬不。自注:邵子湘《〈杜诗臆评〉序》谓钱注穿凿,欲尽焚杜注。(其三)
>
> 何须外集手亲披,约略词人口沫时。
> 我最爱吟初白句,"死无他恨惜公迟"。(其四)

(同治十一年壬申十二月十九日[1873年1月17日],第225号,第3页)

钱牧斋外集题词
慈溪酒坐琴言室主人
虞山旷世才,文章本华缛。
笺诗尊杜陵,解经师王肃。
所以诸名士,一时推耆宿。
共仰东林魁,高谈惊凡俗。
亦耻依权门,挂冠非不速。
掉头归故乡,立志何卓荦。
继复膺简命,卿贰参枚卜。
其时国运微,温周秉钧轴。
未几遭讦奏,免官又放逐。
闯贼沦京师,苍生同一哭。
南渡佐福王,江山剩一角。
马阮预政事,何异道傍筑。
君臣图苟安,大仇不思复。
春灯燕子笺,歌舞日继烛。
尔竟初心违,未闻进启沃。
空上中兴疏,国势日以蹙。
痴心恋栈豆,袖手观棋局。
王师天上来,南都已倾覆。
柳姬苦劝君,宁死不可辱。
如何首屈膝,迎降学陶谷。

名心偏未冷,犹贪熙朝禄。
慷慨巾帼流,相对亦愧恧。
未握中书政,不称其心欲。
及其乞身归,逢人常踧踖。
狂悖不自检,祸已诗文蓄。
回首少年场,老泪盈一掬。
末路耽禅悦,自诩得慧觉。
迹其生平事,品行颇不足。
名登贰臣传,朽骨尚觳觫。
一卷冰雪文,往事嗟陵谷。
古今重忠节,不在留篇牍。
遥指绛云楼,惟惜蘼芜绿。

虞山外集
鹭洲诗渔(小园)
首树东林帜,原推磊落才。
文章为世重,富贵逼人来。
遂使初心负,应多晚节哀。
可怜遗集在,弃掷等蒿莱。

(同治十一年壬申十二月二十七日[1873年1月25日],第232号,第3页)

题钱牧斋外集五绝句
梦蕉居士

姓氏东林□党魁,虞山才调共相推。

一从庾信飘零后,万轴牙签付劫灰。(其一)

红豆联吟绝妙词,绛云楼上画眉时。

可怜此老偏多寿,竟把丹青让柳枝。(其二)

等闲残局变沧桑,屈膝迎降亦可伤。

毕竟愚忠何处矢,中兴一疏负君王。(其三)

归田赋就惜余生,拂水庄成托耦耕。

底事文章能惹祸,白头著作太无情。(其四)

杜诗惭愧手亲笺,竹垞搜藏有外编。

一卷心经空色相,才人末路例参禅。(其五)

(同治十二年癸酉正月十一日[1873年2月8日],第238号,第4页)

题钱牧斋外集(消寒第二集)
梦游仙史

秋风故国感沧桑,老去逃禅亦自伤。

罪案难消新著述,劫灰犹剩旧文章。

党魁初志东林社,偕隐余生拂水庄。

珍重一编休浪掷,竹垞而后义门藏。朱竹垞、何义门两先生均有珍藏铃记。

(同治十二年癸酉二月初一日[1873年2月27日],第254号,第3页)

补题虞山外集录请同社诸吟坛削政
瑟希馆主
零落残编在,煌煌亦大观。
有才埋末路,垂老误儒冠。
著作千秋易,英雄一死难。
不如巾帼妇,名节尚能完。

(同治十二年癸酉二月初七日[1873年3月5日],第259号,第3页)

《申报》早期所载诗词,唱和之作颇多,消寒雅集及"牧斋外集题词"诸诗属此类。鹤槎山农、龙湫旧隐、蘅梦庵主、云来阁主、弇山逸史、酒坐琴言室主人、鹭洲诗渔、梦蕉居士、梦游仙史、瑟希馆主等作者,或真有雅集晤谈、即席吟咏之事,又或其实未曾赴会,其诗作系后和、赓作、遥和者。例如,一八七二年十二月二十五日所刊"消寒雅集唱和诗"诗中,有云来阁主之作,其诗有自注云:"浪迹海上半年矣,秋间旋里两阅月,殊有离群之感。昨甫解装,蘅梦庵主告余曰:'自子去后,吾因龙湫旧隐得遍交诸名士,颇盛文宴。'余甚羡之,复闻有'消寒雅集',不揣弇鄙,愿附末座,因和蘅梦庵主原倡二章,即尘诸吟坛印可。"(同治十一年壬申十一月二十五日,第204号,第2页)观此,知雅集当日,云来阁主并未出席,其诗系后作。

尤有甚者,上引一八七三年一月十一日刊出第一批"牧斋外集题词"诗中,有鹤槎山农之作(且次诸什之前),而蘅梦庵主之诗题作《消寒第二集,出牧斋外集示客,并索题词。龙湫旧隐、鹤槎山农既各成长古,予亦继声得六绝句》,如此这般,予人鹤槎山农当日在场并即席赋诗的印象。然而,前此一日的《申报》刊有鹤槎山农《消寒第二集》一诗,内有句云:"消寒未践分题约。"后夹注云:"是集予以事阻未赴。"很明显,蘅梦庵主所言,为情造文耳。又,一八七三年一月十八日《申报》刊爱吾庐主人《和蘅梦庵主消寒第二集诗原韵》,云:"极目当头月一钩,天涯何日识荆州。关河迢递三秋感,风雪飘零万里游。终古灵丹长羡鹤,半生尘梦却羞鸥。知君第二消寒会,遥忆横江酌酒楼。"可知爱吾庐主人与蘅梦庵主并未谋面,其诗且系后作,遥和者。此外,酒坐琴言室主人、侣鹿山樵、昆池钓徒等相关诗作,亦系事后赓和者。传统诗集中,同题唱和之诗并非产生于同时同地,而刊行时并排互见,例子固多(如清初王士禛《秋柳诗四首》的和作,即系显例)。① 然而,新式报刊登载唱和及"虚拟"唱和诗,其效果却与古有别,可营造出更强大的凝聚力与"社群感"(sense of community),盖报刊出刊迅速、稳定,又可在一段时间内持续刊布相关作品,而且版面布置灵活、传播网络广,这种种崭新条件与资源都不是传统雕版印刷与书籍传播方式可以企及的。

　　细观此等"牧斋外集题词",古体、律、绝、五言、七言都有,体式算得上多样,但耐读、有意境、有新意的却没有几首,大概只有龙湫旧隐的七古长篇于规模、魄力较可观,蘅梦庵主的六绝句亦不无巧思,余者,乏善可陈。这些诗作的集体倾向是语意浅近,信笔而为,不以深刻为功。如上所述,此中诸作多非即席即兴而赋者,发表前应有斟酌、经营的时间,但其整体面貌如此,就不能不以新式报刊带来的机制、制约(convention)来理解了。报刊,说到底,是大众读

---

① 可参拙著《秋柳的世界:王士禛与清初诗坛侧议》(香港:香港大学出版社,2013年)。

物(《申报》虽然最初于格调、语言比较文雅,但没几年就不得不妥协,转向口语化),自然希望读者无阅读障碍(accessible),"凡有井水处,即能歌柳词"大概是其指南(越多人看,销量就越好,利益就越大)。此批"牧斋外集题词"的语言特色有可能就是《申报》编者刻意经营出来的,又或为其作者意识到报刊的诉求(appeal),自我配合而成。从这些诗作可以看出,对牧斋的书写,在晚清报刊这个新开发的文化生产场域(field of cultural production)中,正开始着一个大众化(popularize)、世俗化(secularize),甚或庸俗化(vulgarize)的转向。

  与上述现象同时发生的,是这些诗在语言质地与思想倾向上,体现出"乾隆化"。始作俑者固是乾隆,其讽刺牧斋之诗云:"平生谈节义,两姓事君王。进退都无据,文章那有光?真堪覆酒瓮,屡见咏香囊。末路逃禅去,原为孟八郎。"上文所引《贰臣传·钱谦益传》中所载的乾隆谕旨、诏令,以及此一御制诗成为此等"牧斋外集题词"诗的基本"声口"(tone, voice),渗透到具体语词及句构中,而对于牧斋其人的整体评价,诸诗亦与《贰臣传》所传达的思想高度一致。这个"摹拟"的特征,试将《贰臣传·钱谦益传》及上述诸诗对读一过即可了然,兹不再赘。十八世纪乾隆之后,书写牧斋,在某一意义上来说,变得容易,因为制作典型化、形式化(stylized)的作品有规矩方圆可循。与此同时,"君臣一体"使得对牧斋其人其事的叙述亦趋向制式化,牧斋变成一"扁平人物"(flat character),单调乏味,而一众人等却继续"鞭打一匹死马"(beating a dead horse),似乐此不疲。"牧斋外集"于清末上海重现,本应是一件好玩而刺激的事儿。我们不知道此"牧斋外集"的内容为何,但即便其内里披露了有关牧斋的难得的新知新闻,此等作者也没向我们多报道,委实让人失望,也让人感叹皇权之无远弗届,即使在清末,在上海。

稍可注意的是,诸诗对牧斋《中兴疏》一事反复致意(此"牧斋外集",应含今传牧斋于南明弘光朝所上长疏《矢愚忠以裨中兴疏》)。① 龙湫旧隐云:"中兴一疏皆空谈,岂于南都有裨益?"拿山逸史云:"残局自将收箸下,中兴疏要耸谁听?"酒坐琴言室主人云:"空上中兴疏,国势日以蹙。"梦蕉居士云:"毕竟愚忠何处矢,中兴一疏负君王。"皆是讥讽之言。蘅梦庵主云:"党魁何事度逶迟,一疏中兴愤不支。覆读老臣披沥语,居然朝局顾当时。"云来阁主云:"中兴遗一疏,此老故多才。"则颇有同情之意。诸人对此"中兴"的"凝视"(fixation)或具某种时代意义。清中叶后,同治皇帝在位期间(1862—1874),清朝国力稍振,在政治上出现一段相对平静的时期,史称"同治中兴"。同治中兴期间,清朝开展洋务运动,致力于"自强""求富",创办了一系列近代企业,包括福州船政局、江南制造总局、开平煤矿等等。不难想象,《申报》诗人赋咏"牧斋外集"之际,颇有意以今之"中兴"视昔牧斋"中兴"之举措。同治中兴自强的成绩既可圈可点,其时之人则难免看不起牧斋在南明小朝廷时"矢愚忠以裨中兴"之举(尤其是弘光朝亡不旋踵)。

上文论及,蘅梦庵主等人赋咏牧斋之作,蕴含三个情感倾向:爱其才、哀其遇、鄙其行。由上述的分析可以看出,一八七三年一月十一日到三月五日间在《申报》出现的牧斋并不光彩,真可谓此

---

① 〔清〕钱谦益:《钱牧斋全集·牧斋杂著·牧斋外集》,卷20,第808—816页。

等诗人聊以"消寒"之物事而已。他们主要是在"鄙其行"的指归下"消遣"牧斋。"爱其才""哀其遇"这两个元素虽然在清末重归"书写牧斋"的视阈中,但此际并未构成足够力量,可与"鄙其行"的"话语权"抗衡。多方、多元书写牧斋的时机尚未到临,犹有待报刊在晚清进一步发展成可以容纳更多声音、内容的载体,甚或皇权的崩析瓦解,以及士人、作者思想的解放。这种种,都不是可以一蹴而就的。但无论如何,在十八世纪乾隆皇帝无所不用其极的禁毁、封杀之后,牧斋以某种姿态重现文坛,至少证明了他有被书写、思考,以及引入市场的价值。牧斋是驱不去的魅,一八七三年《申报》的诗人们只是处于一种自我压抑、克制的状态而已。

三、走进近现代的《申报》——牧斋的"六道轮回"

(一)咏牧斋之诗

一八八三年三月七日《申报》刊珠江拙闲庐主人杜凤岐邠农甫《书岭南江左六家诗后》,第四首咏钱牧斋,云:

> 鼎革官仍领秩宗,东林党籍著高踪。
> 残生妄念逃禅悦,偕老怀惭让宠封。
> 翠袖佳人冗凤诰,白头江令晚龙钟。
> 流传只有空文藻,国史宁终弃蔡邕。

(光绪九年癸未正月二十八日[1883年3月7日],第3553号,第3页)

此诗成于龙湫旧隐等雅集诗后十年,而口吻、构篇、内容大类"前贤",单调乏味。清人咏牧斋之诗,大率如此,千篇一面,缺少个性。

(二)笔记杂录中的牧斋

清初以降,文士所为笔记杂录(乃至诗话),每喜载牧斋遗事,大都琐碎庸俗,陈陈相因,读之可消永日,但无甚益处(大抵只有常熟人王应奎《柳南随笔》所载者稍可观)。此等笔记杂录,最喜着眼于二端:一为钱氏与柳如是的情事,一为钱氏因降清而受人讥讽。以下兹举数例,以见一斑。

《申报》"自由谈"创设于一九一一年八月二十四日,次年九月十三日载《染香室野乘》,谈及牧斋:

> 蒙叟,钱谦益之号。谦益,又号受之及牧斋,自称东涧遗老,常熟人。晚年卜筑红豆山庄,与河东君吟咏其内,茗碗熏炉,绣床禅板,仿佛苏子之遇朝云也。尝有句云:"青袍便拟休官好,红粉还能入道无。筵散酒醒成一笑,鬓丝禅榻正疏芜。"
> (民国元年[1912]九月十三日,第14211号,第10页)

后七年,一九一八年十一月二十五日"自由谈"的"杂录"刊《澹有味斋杂录》,云:

> 钱虞山之笑史:钱牧斋易节后,动辄受人讥刺。两朝领袖之谑,至今以为佳话。或谓当清兵入关时,牧斋具满洲衣冠,

匍匐往迎,恬不知耻。途遇一叟,手柄竹杖。见牧斋身穿异服,即举杖击其首曰:"我是个多愁多病身,打你这倾国倾城帽。"帽与貌同音,盖窜易《西厢》词句也,闻者为之绝倒。(民国七年[1918]十一月二十五日,第16444号,第14页)

约三十年后,一九四七年十一月十六日"自由谈"载王百里的《两朝领袖》,合上述二者以为牧斋写照(当然,王百里并非始作俑者):

  钱牧斋既娶柳如是,宠爱若神仙,为别筑精舍居之,颜其室曰"我闻",取《金刚经》"如是我闻"之义也。一日挈之游虎邱,牧斋衣小领而大袖,遇一士人前揖,问此何服制,牧斋曰:"小领为新朝法服,大袖者所以示不忘于先朝也。"士人谬为改容曰:"公事新朝,尚不忘故国,用心良苦,真可谓两朝领袖矣!"牧斋大窘。

  按钱谦益,身为礼部尚书,事急,不与弘光俱走,而与大学士王铎、都督越其杰等同以南京迎降,奴颜事敌,至此尚谓不忘先朝,恬不知耻,真可谓老而不死,若历史允许的话,大可与五朝元老的冯道并传。然冯道虽身事九君……犹有几分自知之明,故终其身只是糊里胡涂的做官吃饭,不敢出风头,较之钱谦益甘心事敌而尚欲钓誉沽名自命风雅者差胜一筹也。(民国三十六年[1947]十一月十六日,第25056号,第9页)

类似的载记,前清时期的《申报》不是没有,但我只引上述数则,为的是突显一个现象,即即便是民国肇始以后,或到了二十世纪四十年代(其实到今天也一样),人们对牧斋的"凝视"(gaze),依然停留在艳闻艳事(romance)与"示众受辱"(public shame)之上——前者其实关乎欲望(desire)及其不得满足或好奇好事;后者则关乎自我形象、权位之拥有与失去,或/及对此之渴望与恐惧(不妨想想鲁迅的小说《肥皂》)。报刊,在平常岁月,说到底,最能煽动人心、卖钱的,就是这些。而作者"翻炒"这些,既能满足自己(过一把当道德法官的瘾,如王百里)以及大众的渴求,又可赚几块稿费,何乐而不为?类似的牧斋轶事在报上刊出,即使时移世易,犹不绝如缕,无形中证明了"某种牧斋"的市场价值。又或者可以说,牧斋已变成一种"库存"(stock),报刊哪天哪期缺稿,大可把这些牧斋旧闻拿出来填填版面,再"消费"一下。牧斋可谓"不朽"(immortal)了,哀哉。

(三)出版界中的牧斋

在十八世纪乾隆帝禁毁牧斋逾百年后,文网松弛,风气渐开,牧斋著作得以重新面世。一九〇九年十二月十三日《申报》刊出一则"杂著",颇可反映这个新发展:

> 大雅不作,世风陵夷。欧化初来,国粹浸失。有心世道者怒焉忧之,投资刊书,以饷学子。叠承厚贶,披读一过,聊抒管见,以当介绍。《钱牧斋文钞》:虞山钱谦益,历仕两朝,依违首鼠,尚论者鄙之。然其为文也,汪洋恣肆,俊伟光明,腴而不

縟,华而不浮,漱诸子之沥液,撷迁固之芳润,洵能于方桐城、曾湘乡之前,别树一帜,为龚仁和一派鼻祖。书被禁锢,已历二百年(案:不确,只百年),承学之士,率以为憾。今得国学扶轮社诸君出沉沦而付诸铅椠,有功艺林为不少矣。读此书者,慎勿以人废言可也。(宣统元年己酉十一月初一日[1909年12月13日],第13241号,第12页)

清朝最后三年(宣统元年至三年,1909—1911),牧斋著作像复仇般一时涌现。一九〇九年,国学扶轮社出版《钱牧斋文钞》,一九一一年出版《钱牧斋诗集》《牧斋晚年家乘文》;一九一〇年,上海文明书局出版《钱牧斋全集》,顺德邓氏风雨楼出版《投笔集笺注》。数种牧斋年谱亦于此数年间问世。这是钱氏著作刊行的丰收期,远超于明末清初。这几种书都是大部头,如此规模的出版,民国肇始以后反而比较少见,试观《申报》所刊若干"书讯"即可知一二:

一九一九年五月六日"本埠新闻"刊"志谢"一条:

> 文明书局近出版《唐诗鼓吹》一书,系钱牧斋、何义门评注抄本所翻印,昨承惠赠一部。又商务书馆赠第十卷等四号《小说月报》一册。书此并谢。(民国八年[1919]五月六日,第16598号,第11页)

一九二三年九月三日"本埠新闻三"的"出版界消息"载:

> 昨得出版界新讯二则,汇列如下:

《寿亭侯关公集》。是书原辑者为钱牧斋氏,现由王大错君重纂,东方图书馆发行,内容甚佳。甲种三元半,乙种二元,丙种二元半。代发行所为棋盘街中华图书馆云。

《英译汉汉译英》。是书为戴符九与英国甘成德二君所译著,有益初学不浅,由伦敦 Macmillan & Co 发行云。(民国十二年[1923]九月三日,第 18147 号,第 17 页)

此所谓牧斋、何义门(焯)评注抄本《唐诗鼓吹》应即近年出版的现代整理本《唐诗鼓吹评注》①前身。《唐诗鼓吹》原书不著编者姓氏,而学者多主此集为金代元好问所辑。此书有清初刊本,书前冠以牧斋所撰《唐诗鼓吹序》,但著录牧斋"评注"云云,坊贾托名耳,内里评点文字,非出牧斋手笔,故而是书实际上不能算作牧斋作品。至于所谓《寿亭侯关公集》,颇疑即牧斋逝世前不久所编订之《重编义勇武安王集》(牧斋生前并未刊行),该书原为明人吕楠所编撰,严格而言,也非牧斋著作。

话虽如此,《申报》一九一九年、一九二三年这两则"书讯"我还是看得兴味十足的。这倒不是因为上述二书怎么说都跟牧斋有一定关系,而是因为看到《唐诗鼓吹》与《小说月报》、《寿亭侯关公集》与《英译汉汉译英》同时登场,华洋杂处以招徕顾客(或嗜好唐诗者,或现代小说迷,或关帝信徒,或习英汉翻译者)。此种种"并置"(juxtaposition),毫无传统书志学(bibliography)的逻辑可言,让人感到报刊内容真五花八门,"现代"莫名其妙地有趣,又让人感到

---

① 〔清〕钱牧斋、何义门评注,韩成武、贺严、孙微点校:《唐诗鼓吹评注》(保定:河北大学出版社,2000 年)。

好奇,牧斋继续走向现代(及当代)深处,会有怎样的一番造化?

(四)学术演讲活动中的牧斋

牧斋其人其事渐以不同的方式"散播"(dissemination)。一九二三年八月十一日《申报》"地方通信"的"松江"报道:

> 学术演讲会之第五日。十日为暑期学术演讲会之第五日,上午八时先由王理臣讲国语会话。九时由叶圣陶讲新文学。十时由周建人讲"生命与灵魂"。周君略谓人之生命,系食物吸养气而起燃烧作用,因是足能运动,脑能思想,并非另有灵魂,而人之死亡,即由内部机关损坏,呼吸停止,而手足不能运动,脑筋不能思想也,故人死者生命即完全消灭,并无灵魂之存在云云。至十一时由叶圣陶续讲新文学,提出新体小说两篇,精密研究,直至十二时暂行休息。下午一时半继续开会,先由吴研因讲"恋爱与贞操",大意谓有恋爱然后有贞操,有贞操而后恋爱始能坚固,如古人司马相如与卓文君之不讲贫富、梁鸿孟光之不讲美丑、钱牧斋柳如是之不讲年龄,方为真的恋爱云。至二时半仍由叶圣陶续讲新文学而散。(民国十二年[1923]八月十一日,第18124号,第11页)

看来一九二三年八月十日这天的"暑期学术演讲会"活动很紧凑,内容也丰富多元。讲者王理臣、叶圣陶、周建人(鲁迅三弟,生物学家)、吴研因,均为知名学者、教育家、新文学家。因讲"恋爱与贞操"而谈及牧斋、柳如是的吴研因(1886—1975)为近现代教育家,一生致力于研究小学教育及编写教科书。观此活动纪要,吴氏讲钱、柳,不再着眼于二人"爱汝之黑者发,而白者面""爱公之白者发,而黑者面"等艳闻秘事,①转而为"钱牧斋柳如是之不讲年龄,方为真的恋爱"。时代、思想似乎是进步了。

(五)牧斋成为文艺创作的题材

《申报》一九二六年七月三十日"出版界"的"最近之出版物"载:

> 《董小宛演义》廉价出售。清代顺治帝出家五台山为千古疑案,历家纪载,多谓帝悼董鄂妃之丧,敝屣万乘,入山披缁;所谓董鄂妃,即如皋冒辟疆之姬人董小宛。现由小说家胡憨珠君将其艳事轶闻编为《董小宛演义》:董小宛如何落籍秦淮、冒辟疆如何恋爱小宛、钱牧斋如何仗义、洪承畴如何弄奸、皇太后如何压抑、顺治帝如何多情,无一事无来历,无一语无根据。读《影梅盦忆语》与吴梅村《清凉山赞佛诗》者,不可不看此书,读《红楼梦》者,尤不可不看此书,其中人物,咸能暗合。该书现由棋盘街中段广益书局发行,价定六角,在此暑假期中,为优待顾客起见,特予六折出售云。(民国十五年[1926]七月三十日,第19184号,第19页)

---

① 见〔清〕王应奎撰,以柔校点《柳南随笔・续笔》(上海:上海古籍出版社,2012年),卷2,第18页。

胡憨珠为其时著名报人,办"小报",写游戏文章,其著《董小宛演义》乃通俗小说,鸳鸯蝴蝶派一路。明清改朝换代、清宫秘闻、英雄气短、儿女情长,依旧引人入胜,即便已到民国岁月;而暑假期间以特大折扣推销小说以刺激莘莘学子(或其家长)的购买欲这一策略,今天的书商也同样采取。

一九三三年九月十二日起,《申报》"自由谈"陆续刊登阿英(钱杏邨,1900—1977)的《爱书狂者之话》,颇有述及牧斋藏书之轶事者。《申报》连载的阿英书话,构成日后脍炙人口的"谈书之书"(book about book)《阿英书话》的一部分,讲述牧斋购藏宋版书的几篇故事即为此系列书话的开端。

一九四〇年十二月十七日"自由谈"开始连载小说《章台柳》,牧斋与柳夫人的旧事被编写为现代白话小说。这部小说创作于中日战争期间,柳如是变身为抵抗外族入侵的女英雄,于"抗日"有功焉;至于牧斋先生,对不起,请继续扮演因水冷而无法投水自尽以殉明的不堪男人。

一九四八年六月十二日"文化界小新闻"报道:"齐如山近编《章台柳》剧本,系用钱牧斋柳如是艳史为题材。"(民国三十七年[1948]六月十二日,第 25259 号,第 4 页)(案:今传齐氏著作中无此剧本,《章台柳》或为其未成之作。)

（六）关于牧斋常熟旧宅荣木楼——牧斋、柳如是的记忆与鬼魅

钱氏半野堂、我闻室、绛云楼因钱柳姻缘和各种载记的渲染，比较知名；但狐死首丘，牧斋最后是在钱家老宅荣木楼中撒手尘寰的。牧斋死而"家难"（陈寅恪语）作，灵堂未撤，柳夫人被迫自缢于荣木楼东偏的"梳妆楼"。嗣后钱家气数尽矣，走向没落，楼废，至雍正年间，被改建为昭文县署，自是楼房屡有兴革。时移世易，辛亥革命成功，合原常熟、昭文二县为常熟县，县政府暂借前昭文县衙为公署，后他迁。民国年间，此处又成为地方法院院址。荣木楼主体于一九五〇年代被拆除，至二〇〇九年，当地大规模改造，钱氏故宅遗迹遂亦荡然无存。有意思的是，前此，柳如是缢死的梳妆楼虽历经清朝、中华民国、中华人民共和国，却一直被保存下来，原封不动（最后被封存在一家学校内，思之恐怖）。传说柳如是死后冤魂不散，屡屡作祟，甚吓人。清人袁枚（1716—1798）的《子不语》中就有《柳如是为厉》一篇，极尽渲染之能事。此梳妆楼成为常熟人不敢轻侮的禁地，敬而远之，称"大仙堂"。然而岁月、记忆无情，人心不古，这种种历史、人文遗迹最终还是被夷为平地，建起商区。

民国改元，一九一二年二月二十三日《申报》"自由谈"的"尊闻阁词选"载有"虞山初我"三诗，详味文辞，作者应为辛亥革命后常熟县政府最早期的一位官员，其《宵深治事不寐有感》云：

丽年蒙垢虞山面，今日迁乔尚旧枝。_{前昭文署为钱}

蒙叟故居。

　　　　庭树无声丛雀少,谤书有味一灯知。

　　　　雕零文学搜秦火,近岁手辑邑中遗老著述,尚未成编。
朴野衣冠似汉时。

　　　　待补当年遗佚史,衙斋风雪辑残诗。

（民国元年[1912]二月二十三日,第14009号,第8页）

此诗典雅有味,对牧斋的景仰之情自然流露,难能可贵。

诗人"初我"实大有来头,乃常熟人丁祖荫(1871—1930),清末民初著名学者、文学家,于文教、出版、文献、藏书、吏治及地方公益事业贡献良多。辛亥革命举事,常昭两县宣布独立,成立民政局（相当于县政府）,丁氏于地方德高望重,被推为常熟县民政长（相当于县长）。作此诗时,丁氏正在县政府公署"宵深治事不寐"。建国伊始,事务极繁,而丁氏却似心不在焉,遥想牧斋旧事,发愿搜寻其劫余之"雕零文学"。果然,数年后丁氏陆续刊印《虞山丛刻》（虞山历代文人总集）,内有牧斋、柳如是、毛晋等人作品,而今传清抄本《牧斋外集》二十五卷,亦由丁氏校并跋。

二十五年后,一九三七年七月二十七日《申报》有"常熟"《新法院中闹鬼》一文：

　　本邑法院于本年三月中成立,院址即前县府房屋。讵二十五晚九时许,各职员正在休憩纳凉时,突见第一法庭上电炬通明,似在审理案件。及往察看时,则黑暗如初。众皆骇怪,纷传鬼怪狐祟。按该院原为钱牧斋旧第,历任俱供奉钱及柳

> 如是神位,称之为大仙,常燃香祝拜,但历任中屡有鬼话发生,主管人员,均不敢稍拂意。兹法院成立,以时代所趋,不应存此迷信,乃与大仙堂隔绝,因此又复闹鬼。据内部人传出,类此怪事,已屡有发生。(民国二十六年[1937]七月二十七日,第23068号,第10页)

殁后将近三百年,牧斋和柳如是竟然又走进了"社会新闻"。在国史、官史无法(或无意)给予钱氏公允、全面的评价后,牧斋和柳夫人化为人们敬畏的"大仙","神位"受供奉祝拜。听起来滑稽、怪异,但仔细想想,这又何尝不是他俩"不朽"的最强烈的证明?况且,这里本是他们的旧宅(虽然现在已变成新时代的法院),谁敢无礼、不敬?他俩就算出来"作祟"一下,又何可深责乎?

(七)摆脱不了的魔咒,另一种"鬼"——"贰臣",今称"汉奸"

一九三七年常熟新法院闹鬼事件之后一年,牧斋被揪出来,失去了"大仙"的地位。其时,中日战争已爆发,有人主张,要把中国历代"汉奸"的丑行揭露出来,写成专书。一九三八年十一月十七日《申报》刊出诗人王独清(1898—1940)的《"历代汉奸传"——妄想录》:

> 就我所知道的,在过去还像是没有过这样性质的著作。过去历史上固然有所谓奸佞传等等,但那不过是正史的一部

分,不能算是专著。清朝底《贰臣传》,固然是专著,同时确也可以说是一代汉奸的传记,不过那却是清朝皇帝钦定的作品,性质和我所说的恰是相反的。……画出了小人底嘴脸,才更可以说明君子底行为。然以南明来说罢,假使我们知道了钱谦益、阮大铖等向清兵叩头的丑态,便会越发觉得当时不屈不挠的那般英雄和义士的可贵。(民国二十七年[1938]十一月十七日,第23246号,第11页)

战后,一九四七年十二月一日枪决"十大汉奸"之一殷汝耕(1883—1947)的前几天,牧斋的名字又见报了。一九四七年十一月二十五日《申报》"自由谈"刊风人《言是而非》:

> 言和行往往是不能一致的,讲起话来头头是道的人,实在倒要留心留心他的行为,钱牧斋的文章,慷慨激昂,连史可法也不及他。后人如果光读殷汝耕"亡国惨"的大作,又哪里想得到他会是华北的头号汉奸呢。(灯下杂记)(民国三十六年[1947]十一月二十五日,第25065号,第9页)

这个比拟发人深思。假如牧斋活在现代,抗日期间投降日本人,或当了"汪伪政权"五个月的官,战后,牧斋会不会也被枪毙?又或者回溯到十七世纪,设若一六五〇年代郑成功北上复明成功,神州光复以后,郑氏是会奉牧斋为国师,还是会斩了他的头?

无论如何,上文论及清初以降,在国族危急存亡的关头所牵动的历史记忆、政治话语、道德选择中,钱氏的行为每每被当作一种参照系,以之刻画、判断某人忠或不忠、诚抑伪、对国家有功还是有过,观上述王独清及风人的言论即可见一斑。

四、结论

从本文所述的种种现象可以归纳出若干结论。

牧斋在《申报》出现,相当随机,无规律可言,也没任一作者对牧斋长期关注及书写。一八七二至一九四九年的《申报》没有刊登过具有重大意义的关于牧斋的作品。大抵在升平岁月,诸作以述牧斋的轶闻艳事为主,但每当国家陷入祸乱或对外战争时,牧斋的"贰臣"身份、事迹及对此的批判又成为人们书写的侧重。

相对于十八世纪乾隆君臣对牧斋所作的"不足齿于人类"的"定论",《申报》所见有关牧斋的诗、文、小说呈现出"爱其才""哀其遇""鄙其行"三个元素的拉扯,比较多元。但是,这并非再现牧斋的重大进步,只是回复到清初至乾隆朝以前的状态而已。在"大众"文化生产场域中,清末至中华人民共和国成立之前对牧斋的处理大略如此,以后,也可能延续这一模式。

也许由于《申报》是面向大众、计较利益的报纸,刊登的诗文或多或少都有大众化、世俗化、庸俗化的倾向。曲高和寡、阳春白雪之作在报上偶然可见,但绝不是常态。《申报》上所见关于牧斋的作品无一具体论及牧斋的学问或文学造诣,这不无遗憾,但似乎也"理所当然",不必深责。

若说近现代《申报》作者书写牧斋有一集体倾向的话,那可能就是我在上文论及的"乾隆化",从对牧斋事迹的勾勒、评价的侧重,到使用的具体语辞,都可见出乾隆的影响。毫无疑问,乾隆成功地创造了评论牧斋的一个强有力的"典范",影响深远。(直到今天,我开研究牧斋的课,和同学讨论时,也还有认为乾隆说得对的。这每每让我深深思考文学与言行、道德之间的关系,以及不同的意义场域所具有的特殊能量、终极关怀、价值取向,不敢自以为是,"虽在父兄,不能以移子弟"。)

在现代中国,牧斋历经了另一次被"标签化"(labeled)的过程——出于借古讽今、以古喻今、指桑骂槐、杀鸡儆猴的需要,"贰臣"牧斋在对日战争的语境中被等同于"汉奸","仕清"犹如"仕日",牧斋于是被植入了现代(甚或当代)国族主义(Nationalism)的话语与情绪结构中。此一概念性转化及糊涂账导致人们议论、书写牧斋的基准离开了明清之际实际的历史、政治、文化、个人脉络,越行越远,每况愈下,更无法给予牧斋全面、公允的评论与诠解。

固然,上述的种种不足以反映近现代时期牧斋接受史的全貌。近现代中的牧斋还有一番更重要的造化,我暂称之为"典律化"(canonization)与"学术化"(academization),这两个进程都不是在大众读物(如本章论述的《申报》)中发生、完成的,而兹事体大,又是另一重公案,有机会,我会另文论述。

征引书目

上海申报馆编辑:《申报》,上海:上海书店,1982—1987 年据上海图书馆藏原报影印。

王士禛著,袁世硕主编:《王士禛全集》,济南:齐鲁书社,2007 年。

王士禛辑,卢见曾等补传:《感旧集》,收入《四库禁毁书丛刊》第 74 册,北京:北京出版社,2000 年据清华大学图书馆藏清乾隆十七年(1752)刻本影印。

王兆鳌纂修:《朝邑县后志》,收入《中国方志丛书》华北地方陕西省第 241 号,台北:成文出版社有限公司,1969 年据清嘉庆间重刊康熙五十一年(1712)刻本影印。

王廷相著,王孝鱼点校:《王廷相集》,北京:中华书局,1989 年。

王红蕾:《钱谦益藏书研究》,天津:南开大学出版社,2013 年。

王应奎撰,以柔校点:《柳南随笔·续笔》,上海:上海古籍出版社,2012 年。

王杰、董诰、阮元等编:《石渠宝笈续编》,收入《秘殿珠林石渠宝笈汇编》第 5 册,北京:北京出版社,2004 年。

王恺:《公安与竟陵:晚明两个"新潮"文学流派》,南京:江苏古籍出版社,1996 年。

王钟翰点校:《清史列传》,北京:中华书局,1987 年。

韦昭注:《国语》,收入文渊阁《四库全书》第 406 册,台北:台湾商务印书馆,1983 年。

不著撰人:《朝鲜史略》,收入文渊阁《四库全书》第 466 册,台北:台湾商务印书馆,1983 年。

戈公振:《中国报学史》,上海:上海书店出版社,2013 年。

中国第一历史档案馆编:《纂修四库全书档案》,上海:上海古籍出版社,1997 年。

毛奇龄:《西河合集》,"中研院"傅斯年图书馆藏清康熙间李塨等刊萧山陆凝瑞堂藏板本。

方良:《钱谦益年谱》,北京:中国书籍出版社,2013 年。

计有功撰:《唐诗纪事》,收入文渊阁《四库全书》第 1479 册,台北:台湾商务印书馆,1983 年。

邓小军:《周法高编〈足本钱曾牧斋诗注〉书后》,《古诗考释》,北京:商务印书馆,2013 年,第 115—131 页。

邓实:《国学保存会藏书志》,《国粹学报》1909 年第 49 期,藏书志第 1a—3b 页。

邓实:《国学保存会藏书志》,《国粹学报》1909 年第 54 期,藏书志第 1a—3b 页。

邓实:《国学保存会藏书志》,《国粹学报》1910 年第 65 期,藏书志第 1a—6b 页。

邓实:《绍介遗书·旧著新刊类》,《国粹学报》1908年第45期,绍介遗书第1a—3b页。

左丘明传,杜预注,孔颖达正义:《春秋左传正义》,北京:北京大学出版社,1999年。

左丘明撰,杜预注,孔颖达疏,陆德明音义:《春秋左传注疏》,收入文渊阁《四库全书》第143—144册,台北:台湾商务印书馆,1983年。

布尔迪厄:《文化资本与社会资本》,收入布尔迪厄著,包亚明译《文化资本与社会炼金术:布尔迪厄访谈录》,上海:上海人民出版社,1997年,第189—211页。

归庄:《归庄集》,上海:上海古籍出版社,1984年。

白亚仁:《江南一劫:清人笔下的庄氏史案》,杭州:浙江古籍出版社,2016年。

白亚仁:《清人笔下的庄氏史案》,《清史论丛》2010年号,第49—85页。

白居易:《白氏长庆集》,收入文渊阁《四库全书》第1080册,台北:台湾商务印书馆,1983年。

白瑞华著,王海译:《中国报纸(1800—1912)》,广州:暨南大学出版社,2011年。

包亚明:《译后记》,收入布尔迪厄著,包亚明译《文化资本与社会炼金术:布尔迪厄访谈录》,上海:上海人民出版社,1997年,第212—224页。

冯惟讷:《古诗纪》,收入文渊阁《四库全书》第1379—1380册,台北:台湾商务印书馆,1983年。

永瑢等:《四库全书总目》,北京:中华书局,1965年。

司马迁著,裴骃集解,司马贞索隐,张守节正义:《史记》,北京:中华书局,1959年。

弗里德里希·尼采著,张念东、凌素心译:《权力意志——重估一切价值的尝试》,北京:商务印书馆,1991年。

弗洛伊德:《释梦》,收入车文博主编《弗洛伊德文集》,长春:长春出版社,2004年。

台北故宫博物院编辑委员会编:《千禧年宋代文物大展》,台北:台北故宫博物院,2000年。

扬雄撰,郭璞注:《方言》,收入文渊阁《四库全书》第221册,台北:台湾商务印书馆,1983年。

亚里士多德、贺拉斯著,郝久新译:《诗学·诗艺》,北京:中国社会科学出版社,2009年。

朴祥:《讷斋集》(1843年刊本),收入《韩国文集丛刊》第18—19册,首尔:民族文化推进会,1988年。

权衡撰:《庚申外史》,收入《四库全书存目丛书》史部第45册,台南:庄严文化事业有限公司,1996年据苏州市图书馆藏明钞本影印。

成伯清:《布尔迪厄的用途》,收入皮埃尔·布尔迪厄著,刘成富、张艳译《科学的社会用途——写给科学场的临床社会学》,南京:南京大学出版社,2005年,第1—22页。

成海应:《研经斋全集》(出版年不详),收入《韩国文集丛刊》第273—279册,首尔:民族文化推进会,2001年。

吕不韦撰,高诱注:《吕氏春秋》,收入文渊阁《四库全书》第848册,台北：台湾商务印书馆，1983年。

吕文翠：《巴黎魅影的海上显相：晚清"域外"小说与地方想象》，《海上倾城：上海文学与文化的转异，一八四九——一九〇八》，台北：麦田出版社，2009年，第29—72页。

朱天民：《钱蒙叟历朝诗集序·按语》，《国粹学报》1908年第45期，撰录第1a—2a页。

朱鹤龄：《愚庵小集》，收入《清人别集丛刊》，上海：上海古籍出版社，1979年据上海复旦大学图书馆藏清康熙间刻本影印。

朱彝尊著，姚祖恩编，黄君坦校点：《静志居诗话》，北京：人民文学出版社，1990年。

乔治忠、崔岩：《韵文述史　审视百代——论清高宗的咏史〈全韵诗〉》，《文史哲》2006年第6期，第69—74页。

任辅臣：《丙辰丁巳录》(1556年刊本)，见"韩国古典综合DB"，"国学原典"。

任崇岳：《元顺帝与宋恭帝关系考辨》，《民族研究》1989年第2期，第41—47页。

庆桂等奉敕修：《清实录·高宗纯皇帝实录》，北京：中华书局，1986年。

刘义庆撰，刘孝标注：《世说新语》，收入文渊阁《四库全书》第1035册，台北：台湾商务印书馆，1983年。

刘声木撰，刘笃龄点校：《苌楚斋随笔续笔三笔四笔五笔》，收入《清代史料笔记丛刊》，北京：中华书局，1998年。

刘知几撰：《史通》，收入文渊阁《四库全书》第685册，台北：台湾商务印书馆，1983年。

刘歆撰,葛洪辑:《西京杂记》,收入文渊阁《四库全书》第 1035 册,台北:台湾商务印书馆,1983 年。

刘勰:《文心雕龙》,收入文渊阁《四库全书》第 1478 册,台北:台湾商务印书馆,1983 年。

米歇尔·福柯著,谢强、马月译:《知识考古学》,北京:生活·读书·新知三联书店,1998 年。

许维遹撰:《吕氏春秋集释》,北京:中华书局,2009 年。

孙之梅:《钱谦益与明末清初文学》,济南:齐鲁书社,1996 年。

孙之梅选注:《钱谦益诗选》,北京:人民文学出版社,2009 年。

孙立:《明末清初诗论研究》,广州:广东高等教育出版社,1999 年。

孙枝蔚:《溉堂前集》,收入《清代诗文集汇编》第 71 册,上海:上海古籍出版社,2010 年据清康熙六十年(1721)增刻本影印。

孙康宜著,张健译:《中国文学作者原论》,《中国文学学报》第 7 期,2016 年 12 月,第 1—13 页。

孙康宜著,李奭学译:《陈子龙柳如是诗词情缘》,台北:允晨文化事业股份有限公司,1992 年。

约翰·伯格著,戴行钺译:《观看之道》,桂林:广西师范大学出版社,2007 年。

严志雄:《秋柳的世界:王士禛与清初诗坛侧议》,香港:香港大学出版社,2013 年。

严志雄:《钱谦益〈病榻消寒杂咏〉论释》,台北:联经出版公司,2012 年。

苏轼撰,王十朋注:《东坡诗集注》,收入文渊阁《四库全书》第 1109 册,台北:台湾商务印书馆,1983 年。

杜甫著,钱谦益笺注:《钱注杜诗》,香港:中华书局,1973年。
李天辅:《晋庵集》(1762年刊本),收入《韩国文集丛刊》第218册,首尔:民族文化推进会,1998年。
李圣华:《晚明诗歌研究》,北京:人民文学出版社,2002年。
李白著,王琦注:《李太白全集》,北京:中华书局,1999年。
李百药撰:《北齐书》,北京:中华书局,1972年。
李昉等撰:《太平广记》,收入文渊阁《四库全书》第1043—1046册,台北:台湾商务印书馆,1983年。
李商隐撰,朱鹤龄注:《李义山诗集注》,收入文渊阁《四库全书》第1082册,台北:台湾商务印书馆,1983年。
李楷:《河滨文选》,收入《清代诗文集汇编》第34册,上海:上海古籍出版社,2010年据清嘉庆谢兰佩谢泽刻本影印。
李穑:《牧隐稿》(1626年刊本),收入《韩国文集丛刊》第3—5册,首尔:民族文化推进会,1988年。
杨钟羲撰集,刘承干参校:《雪桥诗话余集》,北京:北京古籍出版社,1992年。
吴明济编,祁庆富校注:《朝鲜诗选校注》,沈阳:辽宁民族出版社,1999年。
吴调公:《为竟陵派一辩》,收入吴承学、李光摩编《晚明文学思潮研究》,武汉:湖北教育出版社,2002年,第220—243页。
何文焕辑:《历代诗话》,北京:中华书局,1981年。
何冠彪:《清高宗对南明历史地位的处理》,《新史学》第7卷第1期,1996年3月,第1—27页。
何龄修:《〈柳如是别传〉读后》,《五库斋清史丛稿》,北京:学苑出版社,2004年,第99—139页。

鸠摩罗什译:《维摩诘所说经》,收入《大正新修大藏经》第14册,CBETA电子佛典V1.13普及版。

汪英宾著,王海、王明亮译:《中国本土报刊的兴起》,广州:暨南大学出版社,2013年。

汪荣宝疏,陈仲夫点校:《法言义疏》,北京:中华书局,1987年。

汪琬著,李圣华笺校:《汪琬全集笺校》,北京:人民文学出版社,2010年。

沈津:《钱谦益的〈初学集〉〈有学集〉》,《书丛老蠹鱼》,北京:中华书局,2011年,第125—133页。

沈德符著,黎欣点校:《万历野获编》,北京:文化艺术出版社,1998年。

沈德潜:《沈归愚自订年谱》,收入《北京图书馆藏珍本年谱丛刊》第91册,北京:北京图书馆出版社,1998年据清乾隆二十九年(1764)刻本影印。

沈德潜选编,李克和等校点:《清诗别裁集》,长沙:岳麓书社,1998年据中华书局影印清乾隆二十五年(1760)教忠堂重订本校点。

宋如林等修,石韫玉纂:《苏州府志》,清道光四年(1824)刻本。

张小李:《乾隆帝批判钱谦益的过程、动因及影响》,《故宫学刊》2013年第1期,北京:故宫出版社,第150—163页。

张廷玉等:《明史》,北京:中华书局,1974年。

张说:《张燕公集》,收入文渊阁《四库全书》第1065册,台北:台湾商务印书馆,1983年。

陆林:《钱谦益诗文集版本知见录》,《知非集:元明清文学与文献论稿》,合肥:黄山书社,2006年,第387—402页。

陆林:《钱谦益诗文集版本知见录续补》,《知非集:元明清文学与文献论稿》,合肥:黄山书社,2006年,第403—404页。

陆游:《剑南诗稿》,收入文渊阁《四库全书》第1162—1163册,台北:台湾商务印书馆,1983年。

陈广宏:《竟陵派研究》,上海:复旦大学出版社,2006年。

陈书录:《明代诗文的演变》,南京:江苏教育出版社,1996年。

陈文新:《明代诗学》,长沙:湖南人民出版社,2000年。

陈国球:《试论〈唐诗归〉的编集、版行及其诗学意义》,收入胡晓真主编《世变与维新:晚明与晚清的文学艺术》,台北:"中研院"中国文哲研究所筹备处,2001年,第17—78页。

陈寅恪:《柳如是别传》,上海:上海古籍出版社,1980年。

邵志择:《〈申报〉第一任主笔蒋芷湘考略》,《新闻与传播研究》第15卷第5期,2008年第5期,第55—61、95页。

范晔撰,李贤等注:《后汉书》,北京:中华书局,1965年。

范景中、周书田编纂:《柳如是事辑》,杭州:中国美术学院出版社,2002年。

范雅琇:《从虞山到桂林——瞿式耜殉国叙事之研究》,台北:政治大学中国文学系硕士学位论文,2013年。

欧立德著,青石译:《皇帝亦凡人:乾隆·世界史中的满洲皇帝》,新北:八旗文化,2015年。

欧阳修、宋祁撰:《新唐书》,北京:中华书局,1975年。

明太祖朱元璋:《皇明祖训》,收入《四库全书存目丛书》史部第264

册,台南:庄严文化事业有限公司,1996年据北京图书馆藏明洪武礼部刻本影印。

金景善:《燕辕直指》,收入《燕行录全集》第70—72册,首尔:东国大学校出版部,2001年。

周法高:《钱牧斋诗文集考》,《钱牧斋吴梅村研究论文集》,台北:编译馆,1995年,第1—97页。

房玄龄等撰:《晋书》,北京:中华书局,1995年。

孟元老:《东京梦华录》,收入文渊阁《四库全书》第589册,台北:台湾商务印书馆,1983年。

孟棨:《本事诗》,收入文渊阁《四库全书》第1478册,台北:台湾商务印书馆,1983年。

赵尔巽等撰:《清史稿》,北京:中华书局,1976—1977年。

赵岐注,孙奭疏,廖名春、刘佑平整理,钱逊审定:《孟子注疏》,北京:北京大学出版社,2000年。

赵晔:《吴越春秋》,收入文渊阁《四库全书》第463册,台北:台湾商务印书馆,1983年。

赵翼撰:《廿二史札记》,北京:中华书局,1985年。

荀况撰,杨倞注:《荀子》,收入文渊阁《四库全书》第695册,台北:台湾商务印书馆,1983年。

胡幼峰:《清初虞山派诗论》,台北:编译馆,1994年。

胡应麟:《少室山房笔丛》,收入文渊阁《四库全书》第886册,台北:台湾商务印书馆,1983年。

胡寅:《致堂读史管见》,收入《续修四库全书》史部第448—449册,上海:上海古籍出版社,1995年据宛委别藏宋宝佑二年(1254)

宛陵郡斋刻本影印。

南九万:《甲子燕行杂录》,《药泉集》(1723年刊本),收入《韩国文集丛刊》第131—132册,首尔:民族文化推进会,1994年。

南克宽:《梦呓集》(1723年刊本),收入《韩国文集丛刊》第209册,首尔:民族文化推进会,1998年。

查尔斯·泰勒著,韩震等译:《自我的根源:现代认同的形成》,南京:译林出版社,2001年。

柳希龄编注:《校勘标题音注东国史略》,收入《古典资料丛书》第85—2册,京畿道城南:韩国精神文化研究院,1985年。

冒襄辑:《同人集》,收入《四库全书存目丛书》集部第385册,台南:庄严文化事业有限公司,1997年据北京师范大学图书馆藏清康熙冒氏水绘庵刻本影印。

钟惺著,李先耕、崔重庆标校:《隐秀轩集》,上海:上海古籍出版社,1992年。

侯岐曾著,王贻梁、曹大民校点:《侯岐曾日记(丙戌丁亥)》,收入刘永翔等整理《明清上海稀见文献五种》,北京:人民文学出版社,2006年。

洪兴祖:《楚辞补注》,收入文渊阁《四库全书》第1062册,台北:台湾商务印书馆,1983年。

姚宽:《西溪丛语》,收入文渊阁《四库全书》第850册,台北:台湾商务印书馆,1983年。

贺铸:《庆湖遗老诗集》,收入文渊阁《四库全书》第1123册,台北:台湾商务印书馆,1983年。

班固撰,颜师古注:《汉书》,北京:中华书局,1962年。

袁枚:《小仓山房诗集·文集·外集》,收入《续修四库全书》集部第1431—1432册,上海:上海古籍出版社,1995年据上海图书馆藏清乾隆刻增修本影印。

莫伟民:《译者引语》,见米歇尔·福柯著,莫伟民译《词与物——人文科学考古学》,上海:上海三联书店,2002年,第1—19页。

顾炎武:《原抄本顾亭林日知录》,台北:文史哲出版社,1979年。

钱实甫:《清代职官年表》,北京:中华书局,1980年。

钱牧斋、何义门评注,韩成武、贺严、孙微点校:《唐诗鼓吹评注》,保定:河北大学出版社,2000年。

钱曾著,谢正光笺校,严志雄编订:《钱遵王诗集笺校(增订版)》,台北:"中研院"中国文哲研究所,2007年。

钱曾著,管庭芬、章钰校证,佘彦焱标点:《读书敏求记校证》,上海:上海古籍出版社,2007年。

钱谦益:《列朝诗集小传》,上海:上海古籍出版社,1983年。

钱谦益著,钱曾笺注,周法高编:《足本钱曾牧斋诗注》,台北:编者自印,1973年。

钱谦益著,钱曾笺注,卿朝晖辑校:《牧斋初学集诗注汇校》,上海:上海古籍出版社,2012年。

钱谦益著,钱曾笺注,钱仲联标校:《钱牧斋全集》,上海:上海古籍出版社,2003年。

钱谦益撰集,许逸民、林淑敏点校:《列朝诗集》,北京:中华书局,2007年。

钱锺书:《谈艺录(补订本)》,北京:中华书局,1984年。

徐元诰撰,王树民、沈长云点校:《国语集解》,北京:中华书局,

2002年。

徐晟撰:《存友札小引》,收入《丛书集成续编》集部第155册,上海:上海书店出版社,1994年。

徐陵著,许逸民校笺:《徐陵集校笺》,北京:中华书局,2008年。

徐鼒撰:《小腆纪传》,北京:中华书局,1958年。

卿朝晖:《前言》,见钱谦益著,钱曾笺注,卿朝晖辑校《牧斋初学集诗注汇校》,上海:上海古籍出版社,2012年,第1—10页。

卿朝晖:《钱曾〈牧斋初学集诗注〉再论》,《中国典籍与文化》2013年第1期(总第84期),第97—103页。

高宣扬:《布迪厄的社会理论》,上海:同济大学出版社,2004年。

高诱注,姚宏续注:《战国策》,收入文渊阁《四库全书》第406册,台北:台湾商务印书馆,1983年。

高艳林:《朝鲜王朝对明朝的"宗系之辨"及政治意义》,《求是学刊》第38卷第4期,2011年7月,第141—147页。

郭茂倩辑:《乐府诗集》,收入文渊阁《四库全书》第1347—1348册,台北:台湾商务印书馆,1983年。

郭璞注,毕沅校:《山海经》,上海:上海古籍出版社,1989年。

唐玄宗御注,陆德明音义,邢昺疏:《孝经注疏》,收入文渊阁《四库全书》第182册,台北:台湾商务印书馆,1983年。

黄宗羲著,沈善洪主编:《黄宗羲全集》,杭州:浙江古籍出版社,2005年。

黄宗羲撰:《弘光实录钞》,收入《续修四库全书》史部第367册,上海:上海古籍出版社,1995年据浙江图书馆藏清光绪三年(1877)傅氏长恩阁抄本影印。

黄庭坚:《山谷集》,收入文渊阁《四库全书》第1113册,台北:台湾商务印书馆,1983年。

黄德荣:《云南发现的北元宣光纪年文物及相关问题》,《广西民族大学学报(自然科学版)》2009年第S2期,第111—116页。

萧统编,李善注:《文选》,北京:中华书局,1977年。

曹学佺:《蜀中广记》,收入文渊阁《四库全书》第591—592册,台北:台湾商务印书馆,1983年。

崔庆昌:《孤竹遗稿》(1683年刊本),收入《韩国文集丛刊》第50册,首尔:民族文化推进会,1990年。

章炳麟著,朱维铮编校:《訄书(初刻本)(重订本)》,北京:生活·读书·新知三联书店,1998年。

章炳麟著,徐复注:《訄书详注》,上海:上海古籍出版社,2000年。

竟陵派文学研究会编:《竟陵派与晚明文学革新思潮》,武汉:武汉大学出版社,1987年。

清高宗御制,于敏中等奉敕编:《御制文集》,收入文渊阁《四库全书》第1301册,台北:台湾商务印书馆,1983年。

清高宗御制,蒋溥等奉敕编:《御制诗集》,收入文渊阁《四库全书》第1302—1311册,台北:台湾商务印书馆,1983年。

逯钦立校注:《陶渊明集》,香港:中华书局,1987年。

蒋寅:《王渔洋与康熙诗坛》,南京:凤凰出版社,2013年。

蒋寅:《王渔洋事迹征略》,北京:人民文学出版社,2001年。

韩南著,徐侠译:《论第一部汉译小说》,《中国近代小说的兴起》,上海:上海教育出版社,2010年,第87—113页。

程嘉燧:《耦耕堂集》,收入《四库禁毁书丛刊补编》第67册,北京:

北京出版社,2005年据上海图书馆藏清顺治十二年(1655)刻本影印。

释皎然著,李壮鹰校注:《诗式校注》,北京:人民文学出版社,2003年。

童庆炳:《文学经典建构诸因素及其关系》,《北京大学学报(哲学社会科学版)》第42卷第5期,2005年9月,第71—78页。

谢正光、范金民编:《明遗民录汇辑》,南京:南京大学出版社,1995年。

谢正光:《清初诗文与士人交游考》,南京:南京大学出版社,2001年。

鲍彪原注,吴师道补正:《战国策校注》,收入文渊阁《四库全书》第407册,台北:台湾商务印书馆,1983年。

蔡营源:《钱谦益之生平与著述》,苗栗:作者自印,1977年。

裴世俊:《钱谦益古文首探》,济南:齐鲁书社,1996年。

裴世俊:《钱谦益诗歌研究》,银川:宁夏人民出版社,1991年。

裴世俊选注:《钱谦益诗选》,北京:中华书局,2005年。

熊礼汇:《略说竟陵派对公安派性灵说的修正》,《荆州师范学院学报(社会科学版)》2003年第6期,第12—15页。

薛涛、李冶:《薛涛李冶诗集》,收入文渊阁《四库全书》第1332册,台北:台湾商务印书馆,1983年。

戴冠撰:《濯缨亭笔记》,收入《四库全书存目丛书》子部第103册,台南:庄严文化事业有限公司,1995年据中国科学院图书馆藏明嘉靖二十六年(1547)华察刻本影印。

戴德撰,卢辩注:《大戴礼记》,收入文渊阁《四库全书》第128册,台北:台湾商务印书馆,1983年。

李钟默:《17—18 세기 中國의 朝鮮 세기 漢詩》,《韓國文化》第 45 集,2009 年 3 月,第 15—49 页。

桜沢亜伊:《'东国史略'の諸本について》,《资料学研究》第 3 期,2006 年 3 月,第 28—49 页。

Abrams, M. H. & Geoffrey Galt Harpham, eds. *A Glossary of Literary Terms* (Eleventh Edition). Stamford, CT: Cengage Learning, 2015.

Berger, John. *Ways of Seeing*. London: British Broadcasting Corporation & Penguin Books, 1972.

Bloom, Harold. *The Western Canon: The Books and School of the Ages*. New York: Harcourt Brace & Company, 1994.

Bourdieu, Pierre. *Language and Symbolic Power*, edited and introduced by John B. Thompson, translated by Gino Raymond and Matthew Adamson. Cambridge: Polity Press, 1993.

Bourdieu, Pierre. *The Field of Cultural Production: Essays on Art and Literature*, edited and introduced by Randal Johnson. Cambridge: Polity Press, 1993.

Bourdieu, Pierre. *The Rules of Art: Genesis and Structure of the Literary Field*, edited by Werner Hamacher & David E. Wellbery, translated by Susan Emanuel. Stanford, CA: Stanford University Press, 1996.

Chang, Kang-i Sun. "Qian Qianyi and His Place in History," In Idema, Wilt L., Wai-yee Li, and Ellen Widmer, eds. *Trauma and Transcendence in Early Qing Literature*. Cambridge, MA and London:

Harvard University Asia Center, 2006, pp. 199-218.

Chang, Kang-i Sun. *The Late-Ming Poet Ch'en Tzu-lung: Crises of Love and Loyalism*. New Haven, CT & London: Yale University Press, 1991.

Chen, Jack W. *The Poetics of Sovereignty: On Emperor Taizong of the Tang Dynasty*. Cambridge, MA and London: Harvard University Asia Center, 2010.

Chow, Kai-wing. *Publishing, Culture, and Power in Early Modern China*. Stanford, CA: Stanford University Press, 2004.

Danto, Arthur C. "Bourdieu on Art: Field and Individual," In Shusterman, Richard, ed. *Bourdieu: A Critical Reader*. Oxford: Blackwell Publishers Ltd., 1999, pp. 214-219.

Fine Classical Chinese Paintings and Calligraphy (Sunday 27 April 2003). Hong Kong: Christie's, 2003.

Foucault, Michel. "What Is an Author?" In *Aesthetics, Method, and Epistemology*, ed. James D. Faubion, trans. Robert Hurley et al. *Essential Works of Foucault 1954-1984*, vol. 2. New York: The New Press, 1998, pp. 205-222.

Foucault, Michel. *The Archaeology of Knowledge*, trans. A. M. Sheridan Smith. New York: Pantheon Books, 1972.

Foucault, Michel. *The Order of Things: An Archaeology of the Human Sciences*. New York: Vintage Books, 1973.

Freud, Sigmund. *The Interpretation of Dreams*, trans. James Strachey. New York, NY: Avon Books, 1965.

Guillory, John. *Cultural Capital: The Problem of Literary Canon Formation*. Chicago: The University of Chicago Press, 1993.

Hanan, Patrick. "The First Novel Translated into Chinese," *Chinese Fiction of the Nineteenth and Early Twentieth Centuries*. New York: Columbia University Press, 2004, pp. 85-109.

Hockx, Michel, ed. *The Literary Field of Twentieth-Century China*. Honolulu: University of Hawai'i Press, 1999.

Hockx, Michel, ed. "The Literary Association (Wenxue yanjiu hui, 1920-1947) and the Literary Field of Early Republican China." *The China Quarterly* 153 (Mar. 1998): 49-81.

Hockx, Michel, ed. "Theory as Practice: Modern Chinese Literature and Bourdieu." In Hockx, Michel & Ivo Smits, eds. *Reading East Asian Writing: The Limits of Literary Theory*. London & New York: Routledge Curzon, 2003, pp. 220-239.

Taylor, Charles. *Sources of the Self: The Making of Modern Identity*. Cambridge, MA: Harvard University Press, 1989.

Wacquant, Loïc, ed. *Pierre Bourdieu and Democratic Politics: The Mystery of Ministry*. Cambridge and Malden, MA: Polity Press, 2005.

Yim, Lawrence C. H. *The Poet-historian Qian Qianyi*. London & New York: Routledge, 2009.

大学问，广西师范大学出版社学术图书出版品牌，以"始于问而终于明"为理念，以"守望学术的视界"为宗旨，致力于以文史哲为主体的学术图书出版，倡导以问题意识为核心，弘扬学术情怀与人文精神。品牌名取自王阳明的作品《〈大学〉问》，亦以展现学术研究与大学出版社的初心使命。我们希望：以学术出版推进学术研究，关怀历史与现实；以营销宣传推广学术研究，沟通中国与世界。

截至目前，大学问品牌已推出《现代中国的形成（1600—1949）》《中华帝国晚期的性、法律与社会》等80多种图书，涵盖思想、文化、历史、政治、法学、社会、经济等人文社会科学领域的学术作品，力图在普及大众的同时，保证其文化内蕴。

"大学问"品牌书目

大学问·学术名家作品系列
朱孝远《学史之道》
朱孝远《宗教改革与德国近代化道路》
池田知久《问道：〈老子〉思想细读》
赵冬梅《大宋之变，1063—1086》
黄宗智《中国的新型正义体系：实践与理论》
黄宗智《中国的新型小农经济：实践与理论》
黄宗智《中国的新型非正规经济：实践与理论》
夏明方《文明的"双相"：灾害与历史的缠绕》
王向远《宏观比较文学19讲》
张闻玉《铜器历日研究》
张闻玉《西周王年论稿》
谢天佑《专制主义统治下的臣民心理》
王向远《比较文学系谱学》
王向远《比较文学构造论》
刘彦君　廖奔《中外戏剧史（第三版）》
干春松《儒学的近代转型》
王瑞来《士人走向民间：宋元变革与社会转型》

大学问·国文名师课系列
龚鹏程《文心雕龙讲记》
张闻玉《古代天文历法讲座》

刘　强《四书通讲》
刘　强《论语新识》
王兆鹏《唐宋词小讲》
徐晋如《国文课:中国文脉十五讲》
胡大雷《岁月忽已晚:古诗十九首里的东汉世情》
龚　斌《魏晋清谈史》

大学问·明清以来文史研究系列
周绚隆《易代:侯岐曾和他的亲友们(修订本)》
巫仁恕《劫后"天堂":抗战沦陷后的苏州城市生活》
台静农《亡明讲史》
张艺曦《结社的艺术:16—18世纪东亚世界的文人社集》
何冠彪《生与死:明季士大夫的抉择》
李孝悌《恋恋红尘:明清江南的城市、欲望和生活》
李孝悌《琐言赘语:明清以来的文化、城市与启蒙》
孙竞昊《经营地方:明清时期济宁的士绅与社会》
范金民《明清江南商业的发展》
方志远《明代国家权力结构及运行机制》

大学问·哲思系列
罗伯特·S.韦斯特曼《哥白尼问题:占星预言、怀疑主义与天体秩序》
罗伯特·斯特恩《黑格尔的〈精神现象学〉》
A.D.史密斯《胡塞尔与〈笛卡尔式的沉思〉》
约翰·利皮特《克尔凯郭尔的〈恐惧与颤栗〉》
迈克尔·莫里斯《维特根斯坦与〈逻辑哲学论〉》
M.麦金《维特根斯坦的〈哲学研究〉》
G·哈特费尔德《笛卡尔的〈第一哲学的沉思〉》
罗杰·F.库克《后电影视觉:运动影像媒介与观众的共同进化》
苏珊·沃尔夫《生活中的意义》
王　浩《从数学到哲学》

大学问·名人传记与思想系列
孙德鹏《乡下人:沈从文与近代中国(1902—1947)》
黄克武《笔醒山河:中国近代启蒙人严复》
黄克武《文字奇功:梁启超与中国学术思想的现代诠释》

王　锐《革命儒生：章太炎传》
保罗·约翰逊《苏格拉底：我们的同时代人》
方志远《何处不归鸿：苏轼传》

大学问·实践社会科学系列
胡宗绮《意欲何为：清代以来刑事法律中的意图谱系》
黄宗智《实践社会科学研究指南》
黄宗智《国家与社会的二元合一》
黄宗智《华北的小农经济与社会变迁》
黄宗智《长江三角洲的小农家庭与乡村发展》
白德瑞《爪牙：清代县衙的书吏与差役》
赵刘洋《妇女、家庭与法律实践：清代以来的法律社会史》
李怀印《现代中国的形成（1600—1949）》
苏成捷《中华帝国晚期的性、法律与社会》
黄宗智《实践社会科学的方法、理论与前瞻》
黄宗智　周黎安《黄宗智对话周黎安：实践社会科学》
黄宗智《实践与理论：中国社会经济史与法律史研究》

大学问·雅理系列
拉里·西登托普《发明个体：人在古典时代与中世纪的地位》
玛吉·伯格等《慢教授》
菲利普·范·帕里斯等《全民基本收入：实现自由社会与健全经济的方案》
田　雷《继往以为序章：中国宪法的制度展开》
寺田浩明《清代传统法秩序》

大学问·桂子山史学丛书
张固也《先秦诸子与简帛研究》
田　彤《生产关系、社会结构与阶级：民国时期劳资关系研究》
承红磊《"社会"的发现：晚清民初"社会"概念研究》

其他重点单品
郑荣华《城市的兴衰：基于经济、社会、制度的逻辑》
郑荣华《经济的兴衰：基于地缘经济、城市增长、产业转型的研究》
王　锐《中国现代思想史十讲》
简·赫斯菲尔德《十扇窗：伟大的诗歌如何改变世界》

北鬼三郎《大清宪法案》
屈小玲《晚清西南社会与近代变迁:法国人来华考察笔记研究(1892—1910)》
徐鼎鼎《春秋时期齐、卫、晋、秦交通路线考论》
苏俊林《身份与秩序:走马楼吴简中的孙吴基层社会》
周玉波《庶民之声:近现代民歌与社会文化嬗递》
蔡万进等《里耶秦简编年考证(第一卷)》
张　城《文明与革命:中国道路的内生性逻辑》
蔡　斐《1903:上海苏报案与清末司法转型》
洪朝辉《适度经济学导论》
秦　涛《洞穴公案:中华法系的思想实验》